La quête d'Alexandre

Chroniques du Nouvel-Ontario 1

Du même auteur

Marie-Julie, Ottawa, Éditions du Vermillon, 2001.

L'ermitage, Sudbury, Éditions Prise de parole, 1996.

A Saga of Northern Ontario, book 3 : The Honorable Donald, Winnipeg, Watson and Dwyer, 1990.

A Saga of Northern Ontario, book 2 : Rose-Delima, Winnipeg, Watson and Dwyer, 1987.

Chroniques du Nouvel-Ontario, tome III : Les routes incertaines, Sudbury, Éditions Prise de parole, 1986.

A Saga of Northern Ontario, book 1 : Alexandre, Winnipeg, Watson and Dwyer, 1983.

Chroniques du Nouvel-Ontario, tome II : Entre l'aube et le jour, Montréal, Quinze, 1983 [1re éd.]; Sudbury, Éditions Prise de parole, 1986 [2e éd.], prix Le Droit.

Chroniques du Nouvel-Ontario, tome I : La quête d'Alexandre, Montréal, Quinze, 1981 [1re éd.]; Sudbury, Éditions Prise de parole, 1985 [2e éd.], prix Champlain.

Hélène Brodeur

La quête d'Alexandre

Chroniques du Nouvel-Ontario 1

Préface, choix de jugements
et bibliographie de Doric Germain

Roman

Bibliothèque canadienne-française
Éditions Prise de parole
Sudbury 2011

Catalogage avant publication de Bibliothèque et Archives Canada
Brodeur, Hélène
Chroniques du Nouvel-Ontario / Hélène Brodeur.

Sommaire incomplet : 1. La quête d'Alexandre.
ISBN 978-2-89423-262-0 (v. 1)

I. Titre.

PS8553.R632C47 2011 C843'.54 C2011-903497-2

Diffusion au Canada : Dimedia

Prise de parole

Ancrées dans le Nouvel-Ontario, les Éditions Prise de parole appuient les auteurs et les créateurs d'expression et de culture françaises au Canada, en privilégiant des œuvres de facture contemporaine.

La maison d'édition remercie le Conseil des Arts de l'Ontario, le Conseil des Arts du Canada, le Patrimoine canadien (programme Développement des communautés de langue officielle et Fonds du livre du Canada) et la Ville du Grand Sudbury de leur appui financier.

La Bibliothèque canadienne-française est une collection dont l'objectif est de rendre disponibles des œuvres importantes de la littérature canadienne-française à un coût modique.

Canada

ONTARIO ARTS COUNCIL
CONSEIL DES ARTS DE L'ONTARIO
an Ontario government agency
un organisme du gouvernement de l'Ontario

Greater Grand Sudbury

Conseil des arts du Canada
Canada Council for the Arts

Œuvre en page de couverture et conception de la couverture : Olivier Lasser

Éditions Prise de parole
C.P. 550, Sudbury (Ontario) Canada P3E 4R2
www.prisedeparole.ca

ISBN 978-2-89423-262-0 (papier)
ISBN 978-2-89423-357-3 (PDF)
ISBN 978-2-89423-524-9 (ePub)

À Normand, sans qui rien n'aurait été possible

Avant-propos

Dans ce livre, à travers des personnages imaginaires, j'ai voulu faire revivre une époque révolue de l'histoire de l'Ontario-Nord, région qui s'étend de North Bay à Cochrane et au delà, et que l'on appelait autrefois le Nouvel-Ontario.

Il ne faut pas chercher sur une carte géographique Peltrie Siding, Miska et Sesekun. Ces agglomérations représentent respectivement un village agricole d'anglophones, une petite ville minière et une paroisse de Canadiens français et se trouvent quelque part entre Haileybury et Cochrane.

Tout le reste est vrai. Les événements relatés s'y sont vraiment déroulés. Le voyageur peut d'ailleurs en retrouver facilement la trace.

Les feux de forêt ont été, et restent toujours, hélas ! une menace constante pour toutes les créatures vivantes de ces régions. Fait intéressant à noter, ils ont également joué dans l'histoire du monde un rôle que peu de gens connaissent. Au Moyen Âge, lorsqu'il y avait des jours sombres où les ténèbres recouvraient la Terre, des « cieux noirs » comme on les appelait, on ne manquait pas d'y voir une preuve de la colère de Dieu et on brûlait force sorcières et hérétiques pour l'apaiser. Ce que l'Europe ignorait, c'est qu'au-delà des mers l'Amérique du Nord, continent inconnu, était recouverte des plus vastes forêts d'essences résineuses et feuillues du globe et était le théâtre de feux d'une envergure inimaginable, allumés soit par l'inadvertance des indigènes ou comme arme de guerre, soit par la foudre ou par combustion spontanée causée par des circonstances physiques bien particulières. Les débris et la fumée de ces conflagrations, transportés par les vents de haute altitude entre les continents, obscurcissaient le ciel de l'Europe et étaient la véritable cause de ces « cieux noirs ».

Enfin, je tiens à rappeler que les dialogues sont censés, pour une grande partie, se dérouler en anglais.

Hélène Brodeur

Tout le reste est vrai[1]

En 1981, la lecture de *La quête d'Alexandre* m'avait fasciné comme me fascinent toujours ceux qui réussissent à me révéler à moi-même, à exprimer ma pensée ou mon sentiment mieux que je n'aurais pu le faire. Je n'étais pas le seul. Hélène Brodeur a séduit toute une génération de lecteurs et d'enseignants et a inspiré de nombreux imitateurs et apprentis-écrivains. Nous découvrions qu'il était possible de faire de l'excellente littérature à partir de notre jeune histoire et dans le cadre du Nord de l'Ontario. Depuis, j'ai rencontré l'auteure à plusieurs reprises et j'ai lu ses autres romans. En parcourant la réception critique de l'œuvre, incluant plusieurs compte rendus, critiques et analyses, et même des thèses, j'ai découvert d'autres lectures possibles des aventures d'Alexandre Sellier et comparses. Chaque fois que j'ai commenté et enseigné l'œuvre d'Hélène Brodeur, j'ai constaté qu'elle exerçait le même attrait sur les jeunes que sur ma

[1] L'auteur désire ici remercier le Centre de recherche en civilisation canadienne-française (CRCCF) de l'Université d'Ottawa, où sont déposées les archives d'Hélène Brodeur, de même que l'Université de Hearst, qui lui a accordé un appui financier pour effectuer ses recherches au CRCCF.

génération. Au fil des ans, mon enthousiasme du début ne s'est jamais démenti. Aussi, quand on m'a demandé d'écrire la préface à une édition, dans la collection « Bibliothèque canadienne-française », de la trilogie dont vous avez présentement le premier tome entre les mains, la réponse s'est-elle imposée d'elle-même. Je devais bien cet hommage à une auteure qui nous avait révélés à nous-mêmes et nous avait montré la voie à suivre pour accéder à une littérature franco-ontarienne originale et de qualité. D'autant plus qu'en nous redonnant un passé, elle avait posé un jalon important dans la construction de notre identité.

Moins d'un an après le décès d'Hélène Brodeur, et au moment de cette réédition, il convient de rappeler ici la genèse des *Chroniques du Nouvel-Ontario*.

Née au Québec en 1923, Hélène Brodeur a grandi à Val-Gagné, petit village du Nord de l'Ontario où elle a entendu raconter maintes histoires et anecdotes de l'époque héroïque de la colonisation. Après quelques années d'enseignement et une carrière dans la fonction publique fédérale, elle prend une retraite anticipée en 1978 pour se consacrer à la recherche et à l'écriture. Elle consulte les journaux locaux et enregistre des entrevues avec des témoins de l'époque de la colonisation du Nouvel-Ontario[2]. Son projet est clairement exprimé dans l'avant-propos de *La quête d'Alexandre :* « faire revivre une époque révolue de l'histoire de l'Ontario-

[2] Sur les sources des *Chroniques du Nouvel-Ontario*, on consultera avec profit la thèse de maîtrise d'Anne Bray, « L'inscription de l'histoire dans la trilogie d'Hélène Brodeur », thèse de M.A. (Lettres françaises), Ottawa, Université d'Ottawa, 2000, 159 p., ainsi que l'ouvrage de Beatriz C. Mangada-Cañas, *Hélène Brodeur*, Ottawa, Éditions David, 2003, 189 p.

Nord[3] ». Comme la documentation récoltée est trop abondante pour un seul livre, elle décide d'écrire plutôt une trilogie qu'elle intitule *Chroniques du Nouvel-Ontario*[4], titre inusité pour un roman, mais combien révélateur de la volonté de l'auteure d'accorder une grande importance à l'Histoire.

Le premier tome, *La quête d'Alexandre*, paraît en 1981 aux Éditions Quinze à Montréal. Pourquoi les Quinze? D'abord, le choix en Ontario est plutôt restreint. Il n'existe, en 1981, qu'un seul éditeur de livres littéraires français en Ontario, Prise de parole. Sans doute aussi pour nous révéler aux autres en même temps qu'à nous-mêmes et parce qu'il y avait là un défi à relever. Je me souviens de l'avoir entendu dire qu'elle avait voulu publier dans «la plus grosse boîte du Québec», question de se mesurer aux plus grands[5], combativité qu'elle

[3] Hélène Brodeur, «Avant-propos», *Chroniques du Nouvel-Ontario. La quête d'Alexandre*, Sudbury, Prise de parole, 1985, p. 9.

[4] René Dionne a critiqué l'utilisation du terme «chroniques», sans véritablement s'en expliquer (Voir René Dionne, «La littérature franco-ontarienne: esquisse historique (1610-1987)», *Les Franco-Ontariens*, sous la dir. de Cornelius Jaenen, Ottawa, Presses de l'Université d'Ottawa, 1993, p. 383.) Je pense au contraire que cet emploi était parfaitement justifié dans son sens ancien de «recueil de faits historiques rapportés dans l'ordre de leur succession]» (*Le Robert*) et dans celui plus moderne d'article d'opinion. Peut-être Hélène Brodeur a-t-elle voulu simplement indiquer qu'elle ne resterait pas neutre devant les faits qu'elle raconte.

[5] Hélène Brodeur a exprimé à Marie-Hélène Barbier-Tainturier sa fierté d'avoir réussi «à signer un contrat avec le plus grand éditeur québécois d'alors, Quinze, ce qui, pour elle, représentait une grande satisfaction, un pari gagné en quelque sorte»: «Lorsqu'ils ont accepté mon manuscrit, ça [*sic*] été le plus beau jour de ma vie.» («*Chroniques du Nouvel-Ontario.* Hélène Brodeur. Le Roman régionaliste en question autour d'une étude du personnage d'Alexandre», mémoire de maîtrise, Dijon, Université de Bourgogne, Centre d'études canadiennes, 1987, f. 45.)

prêtera d'ailleurs à certains de ses personnages, en particulier à Rose-Delima et surtout à Germain Marchessault. Le livre est bien accueilli et remporte, en 1982, le prix Champlain, prix décerné à une œuvre littéraire d'un francophone vivant à l'extérieur du Québec en Amérique du Nord. Le deuxième tome, intitulé *Entre l'aube et le jour* d'après un vers de Gaston Tremblay, paraît en 1983 et vaut à son auteure le prix du Nouvel-Ontario de l'Université Laurentienne en 1984 et le prix littéraire *Le Droit* en 1985. Malgré ces succès, les ventes au Québec ne sont sans doute pas à la hauteur des attentes de l'éditeur car il décide de ne pas publier le troisième tome de la trilogie, *Les routes incertaines*. Heureusement, le comité éditorial de la maison d'édition Prise de parole n'attendait que cette occasion pour «rapatrier» Hélène Brodeur[6], «une des écrivaines les plus respectées en Ontario[7]». Le premier tome étant épuisé, Prise de parole rachète les exemplaires restants du deuxième tome et publie sous sa bannière le premier tome en 1985, le deuxième en 1986 de même que le troisième, *Les routes incertaines*, la même année.

Entretemps, Hélène Brodeur s'est attelée à la tâche de traduire elle-même sa trilogie en anglais. Les trois tomes paraîtront à Winnipeg chez Watson and Dwyer Publishing Ltd.: *Alexandre. A Saga of Northern Ontario, Book One* en 1983, *Rose-Delima. A Saga of Northern Ontario, Book Two* en 1987 et *The Honorable Donald. A Saga of Northern Ontario, Book Three* en 1990. Cet ouvrage imposant en

[6] Gaston Tremblay, alors directeur de Prise de parole, raconte qu'on avait, l'année précédente, identifié «trois auteurs, Hélène Brodeur, Gabrielle Poulin et Gérard Bessette, que l'on voulait attirer chez nous». (Gaston Tremblay, *Prendre la parole. Le journal de bord du grand CANO*, Ottawa, Le Nordir, 1995, p. 264.)

[7] *Ibid.*, p. 290.

trois tomes et en deux langues[8] couvre l'essentiel de sa carrière de romancière mais non sa totalité puisqu'elle signera encore deux romans : *L'Ermitage* paru chez Prise de parole en 1996 et *Marie-Julie* publié aux éditions du Vermillon en 2000. Mais on se souviendra surtout d'Hélène Brodeur pour ses *Chroniques du Nouvel-Ontario*, monument de la littérature franco-ontarienne par leur ampleur, leur valeur documentaire et sociohistorique et leurs indéniables qualités littéraires. Qu'on me permette, à titre d'exemple, quelques commentaires sur les grandes lignes de l'intrigue et sa signification, le rôle, la fonction et l'élaboration des personnages ainsi que la justesse du ton et la qualité du style des *Chroniques*.

⁘

Quand, dans son avant-propos à *La quête d'Alexandre*, après avoir averti son lecteur que certains lieux dans le roman sont fictifs, Hélène Brodeur ajoute que « [t]out le reste est vrai[9] », elle a raison si elle réfère au cadre géographique et historique. L'intrigue quant à elle est

[8] Les trois tomes de la *Saga of Northern Ontario* ne constituent pas à proprement parler une traduction de la trilogie puisque l'auteure l'a effectuée elle-même et qu'elle a admis l'avoir adaptée, ce qu'une lecture des premières pages de la version anglaise confirme. Aussi, serait-il plus juste de parler de réécriture que de traduction. Cette écriture en deux langues est typique du bilinguisme que beaucoup de Franco-Ontariens ont érigé en valeur fondamentale qui les distingue à la fois des autres Ontariens et des francophones du Québec. Un tel bilinguisme littéraire se retrouve par exemple chez Robert Marinier, qui a traduit ses pièces *À la gauche de Dieu* et *L'Insomnie*. Et que dire de *L'Homme invisible / The Invisible Man* de Patrice Desbiens où les versions en français et en anglais se côtoient dans le même livre en un jeu de miroirs déformants qui donne au texte sa signification.

[9] Hélène Brodeur, *op. cit.*, p. 9.

fictive mais reste toujours vraisemblable et sa crédibilité est sans cesse renforcée, surtout dans le premier tome, par des digressions sur la géographie, l'histoire, la démographie ou les mœurs de l'époque. C'est en ce sens qu'Hélène Brodeur la dit « vraie ». Elle n'a d'ailleurs rien laissé au hasard, même dans la fiction : les cahiers d'écolier et les feuilles éparses où elle a écrit à la main la première version de *La quête d'Alexandre* contiennent des croquis de Val d'Argent avec les résidences des Stewart, des Marchessault et d'Achille Nantel, ainsi que les noms, prénoms, parents et dates de naissance des principaux personnages. Selon Marie-Hélène Barbier-Tainturier,

> [a]insi les *Chroniques du Nouvel-Ontario* se présentent-elles comme un récit savamment orchestré, où aucune indication n'est apportée gratuitement. L'ensemble de la composition romanesque converge pour mettre en valeur la logique interne du récit, autour du comportement d'Alexandre en particulier. Hélène Brodeur devient un chef d'orchestre parfait, maîtrisant les techniques du métier avec un brio certain, qu'il est bon de souligner[10].

L'intrigue est relativement simple. En 1913, Alexandre, un jeune Québécois promis malgré lui à la prêtrise, part à la recherche de son frère François-Xavier disparu à l'époque du grand feu de forêt de 1911 dans la région de Porcupine, près de Timmins en Ontario. Tel est le premier sens de sa quête. Après maintes péripéties dans l'exploration, la prospection, l'enseignement et même la trappe, il rencontre Rose Brent, une jeune et jolie Anglaise fraîchement arrivée au Canada et nouvellement

[10] Marie-Hélène Barbier-Tainturier, *op. cit.*, f. 202.

mariée pour son plus grand malheur à Doug Stewart. Ils tombent éperdument amoureux l'un de l'autre. Ce parcours tout ce qu'il y a de plus classique permettra cependant au jeune homme de remettre en question ses valeurs en général et sa vocation en particulier. Son identité elle-même est remise en cause et devient le véritable objet de sa quête. Le grand feu de 1916 fermera la parenthèse ouverte par l'incendie de 1911 et la disparition de François-Xavier, et mettra fin aux deux quêtes et au premier tome : Alexandre a appris la mort de son frère de la bouche même de son assassin, et face à la mort imminente devant l'élément destructeur, a fait le vœu de reprendre le chemin du séminaire.

Après un hiatus d'une quinzaine d'années, le deuxième tome s'ouvre en 1930 et couvre à peu près la période de la crise économique. Exception faite de Jean-Pierre Debrettigny, il met en scène la première génération née en Ontario : Donald Stewart, fils de Rose, Germain Marchessault, l'entrepreneur, et surtout sa sœur Rose-Delima, alter ego de l'auteure. Ces personnages s'enracinent tout en remettant parfois en question leur vie dans le Nord de l'Ontario. L'idylle entre Rose-Delima et Donald reflète fidèlement et sans plus d'avenir celle de Rose et d'Alexandre dans le premier tome.

Nous retrouverons les mêmes personnages dans le troisième tome et nous pourrons constater leur succès ou leur échec dans leur vie personnelle et professionnelle. Ce n'est qu'à la toute fin des *Routes incertaines*, le troisième tome dont le récit s'échelonne de 1945 à 1968, que le lecteur retrouve Alexandre, missionnaire vieillissant en Afrique. La trilogie a donc permis au lecteur de suivre l'histoire des Franco-Ontariens du Nord pendant plus d'un demi-siècle. Avec les personnages, il a traversé les différentes étapes de l'exploration, de la colonisation et de l'enracinement. Il a traversé les deux guerres mondiales, des conflits politiques et scolaires, dont celui que le Règlement XVII a engendré, et a subi une crise économique majeure.

Comme il sied à un roman historique, la datation des *Chroniques* est absolue et le lecteur sait souvent la date et même l'heure où certains événements surviennent. Les détails sur la vie et le travail sont nombreux, surtout dans le premier tome, et quand ils ne s'intègrent pas facilement au récit, Hélène Brodeur ne craint pas de relayer la narration à un personnage secondaire. Ces micro-récits forment une partie importante de la trilogie, d'autant plus que le narrateur principal ne craint pas non plus de rappeler ou de commenter les faits historiques et politiques, ou d'interrompre la narration pour décrire le pays et son développement. Nous obtenons ainsi toute une mine de renseignements sur la prospection (la pyrite de fer, l'or des idiots), la façon de « saler un claim », la banique, le « télégraphe du mocassin », les alambics et la « bagosse », le défrichement, la vie dans les camps et les « boullés », les batailles d'hôtel, les mœurs en forêt, la vie amoureuse des Amérindiens (Joe Vendredi), celle des prospecteurs blancs avec leurs engagées amérindiennes, etc. Une liste exhaustive de tous ces détails occuperait plusieurs pages. Pourtant, ils ne nuisent pas au récit principal parce que quiconque souscrit à l'objectif de l'auteure en comprend l'intérêt et même la nécessité. Comme le dit Annie Bray,

> Contrairement au simple roman-divertissement, le

roman historique, reflet de leurs racines, du quotidien de leurs ancêtres, constitue un adjuvant précieux et efficace dans cette quête identitaire, pour peu que la dimension historique soit crédible. Et c'est cette confiance que le romancier se doit de nourrir dans son récit par la fusion d'une fiction et d'une histoire reproduite avec un souci d'authenticité sincère, comme Hélène Brodeur l'a fait dans ses *Chroniques du Nouvel-Ontario*[11].

✣

Les personnages de la trilogie se définissent avant tout par leur rapport à l'espace qu'Hélène Brodeur avait défini d'entrée de jeu comme « l'Ontario-Nord, région qui s'étend de North Bay à Cochrane et au-delà et que l'on appelait autrefois le Nouvel-Ontario[12] ». Cet espace, ils y arrivent par hasard (Alexandre), pleins d'espoir (Ron et Rose Brent), malgré eux (Jean-Pierre Debrettigny), ou ils y naissent et n'en connaissent pas d'autres (Germain et Rose-Delima Marchessault). Certains seront déçus (Rose), chercheront à s'en échapper (Doug Stewart et Jean-Pierre Debrettigny), réussiront à en tirer profit (Germain Marchessault) ou lutteront corps à corps avec lui avec ce curieux mélange d'amour et de haine qu'éprouve Eugène Marchessault pour le pays qui, finalement, aura sa peau. Selon François Paré, « [c]'est l'espace qui est proprement héroïque ici; les personnages, eux, s'ils y survivent, en sortent totalement

---

[11] Annie Bray, *op. cit.*, p. 127.

[12] Hélène Brodeur, « Avant-propos », *op. cit.* p. 9.

métamorphosés [...][13] ». Bien qu'ils servent eux aussi à « faire revivre une époque révolue », ils vivent — et c'est là une des forces d'Hélène Brodeur — de leur vie propre. Comme le dit Johanne Melançon, « [l]es personnages qu'elle a créés appartiennent désormais à notre mémoire collective[14] ». C'est que les personnages sont si crédibles, si humains que le lecteur n'a aucun mal à comprendre « l'obscure révolte qui couv[e] dans [l']âme[15] » d'Alexandre contre cette vocation imposée par le curé, l'institutrice et ses parents, de même que son coup de foudre devant Rose évanouie. Comme il n'a pas de mal à imaginer non plus la nausée de Rose, habituée à faire littéralement dans la dentelle, lorsqu'elle doit plumer et éviscérer les poules que son mari a abattues. On comprend que ce midi-là, « Rose ne mang[e] guère » (*QA*, 248), que, plus tard, quand Doug lui propose de l'accompagner chez les voisins, elle songe « qu'en effet, une promenade au grand air lui ferait du bien » (*QA*, 249), « qu'elle détourn[e] les yeux de la souche ensanglantée et de la neige tachée de sang où Doug [a] tué les volailles » (*QA*, 249). Et une page plus loin, « elle frissonne, pensant à la boucherie du matin » devant les portraits papistes accrochés aux

---

[13] François Paré, « Un endroit qui s'appelait Haileybury : le lieu pédagogique de l'identité », *Éducation et francophonie*, vol. XXI, n° 3, décembre 1993, p. 6.

[14] Johanne Melançon, « Hélène Brodeur, pionnière de la littérature franco-ontarienne contemporaine », *Liaison*, n° 122, printemps 2004, p. 21.

[15] Hélène Brodeur, *La quête d'Alexandre*, Sudbury, Prise de parole, 2011, p. 28. Désormais, les références à cet ouvrage seront indiquées par le sigle *QA*, suivi du numéro de la page, placés entre parenthèses.

murs chez les Marchessault, où le Sacré-Cœur et Notre-Dame-des-Sept-Douleurs ont le cœur sanguignolant bien en évidence par-dessus leur robe. De sorte que le lecteur se laisse prendre au jeu et oublie facilement que ces personnages ne sont que des prototypes. Alexandre n'est rien d'autre que le Québécois venu en Ontario pour fuir une société trop oppressive. Rose est l'Européenne arrivée pleine d'espoir d'une vie meilleure et brutalement confrontée à la vraie vie du colon; Rose-Delima, la fille à qui on refuse l'éducation mais qui réussira à devenir quand même institutrice d'une école de rang, puis fonctionnaire (comme l'auteure). Germain Marchessault, c'est l'entrepreneur qui s'élève à la force des poignets et Donald Stewart, l'anglophone à qui tout réussit sans effort et qui, par la suite, profite des francophones (de Rose-Delima en particulier) en leur laissant voir qu'il leur est supérieur. On pourrait ainsi assigner un rôle à tous les personnages — et ils sont nombreux, et souvent hauts en couleur —, du dominateur curé Courtaud au savant et très français abbé d'Argent jusqu'au très original Père Paradis, missionnaire-coureur des bois qui, soit dit en passant, a vraiment existé et réellement, bien que malencontreusement, transformé le lac Frederick House en mer de boue. Ce personnage à la fois fictif et réel, Ronald Plante le compare à « un sas à travers lequel s'opère un mouvement d'aller et retour entre la réalité et l'imaginaire[16] ». Ce jugement sur un personnage vaut à mon sens pour tous les personnages et même pour l'œuvre tout entière: la fiction n'est qu'une mince surface à

[16] Ronald Plante, « Paradis du Témiscamingue ou l'Inukshuk brodeurien », *Revue du Nouvel-Ontario*, n° 22, 1998, p. 93.

travers laquelle perce toujours la réalité. Pour reprendre encore une fois les mots même d'Hélène Brodeur, « [t]out le reste est vrai ! » (*QA*, 7) et encore, elle est modeste. Elle aurait pu dire que tout est vrai car sa fiction sert toujours à illustrer la vérité plutôt qu'à la déformer et elle possède au plus haut point l'art de « mentir vrai » dont parlait Aragon.

Le style d'Hélène Brodeur et sa syntaxe ont été vivement critiqués — à tort me semble-t-il — par Gabrielle Poulin dès la parution de *La quête d'Alexandre*[17]. Je n'ai pas retrouvé les « incorrections de sa syntaxe » ni « les irrégularités de la ponctuation ». S'il est vrai que ses phrases sont souvent longues, elles n'en sont pas pour autant « mal construites et essoufflantes » comme le prétend la critique. Au contraire, il s'agit là d'un style travaillé et très littéraire, et non de négligence ou de manque de métier. D'autres ne s'y sont pas trompés. Anticipant la parution du second tome, Paul Gay se délecte d'avance : « Quels [*sic*] délices alors d'admirer la même perfection du style, la même variété de personnages, la même puissance, la même évocation d'un pays abhorré et si aimé[18] ! » La phrase longue ne fait que refléter les méandres d'une pensée sans cesse à l'affût de liens, d'oppositions, de circonstances, d'effets et de causes. On ne lirait pas Marcel Proust autrement.

---

[17] Gabrielle Poulin, « Ce feu qui couve... *Chroniques du Nouvel-Ontario. La quête d'Alexandre* d'Hélène Brodeur », *Lettres québécoises*, n° 24, hiver 1981-1982, p. 21.

[18] Paul Gay, « *Chroniques du Nouvel-Ontario* », *Liaison*, n° 16, juin 1981, p. 11.

Je concède que le deuxième paragraphe du livre: « Plus tard, lorsque Alexandre implorait le Ciel pour le pardon de ses fautes passées [...] » (*QA*, 27), reste obscur jusqu'à la toute dernière phrase du roman. Mais elle a le mérite de piquer la curiosité du lecteur. Par ailleurs, les descriptions, les comparaisons et les images en général sont toujours bien réussies. Qu'on me permette de citer à nouveau Paul Gay quand il remarque judicieusement que « [c]e qui plaît surtout dans *Chroniques*, c'est la continuelle harmonisation du style et du sujet[19] ». Jamais une image qui vienne distraire le lecteur du contexte. Au contraire, les tropes le replongent sans cesse dans cet univers d'exploration, de travail de défrichement et de feu. Ainsi la révolte d'Alexandre « couv[e] dans son âme comme le feu dans les tourbières de ce rude pays » (*QA*, 28), et les souches omniprésentes entourent les pauvres cabanes des défricheurs « comme des poils de barbe sur une joue mal rasée » (*QA*, 78).

Les descriptions dominent — n'oublions pas que le véritable sujet est le pays et son histoire — et peuvent prendre des proportions épiques, comme c'est le cas lors du terrible incendie qui ravage la contrée dans les derniers chapitres de *La quête d'Alexandre*.

Le réalisme impose aussi aux personnages de « parler vrai ». Les dialogues sonnent juste, mettant de l'avant la pudeur pour Rose, le franc-parler pour les cousins Tremblay, la retenue pour le séminariste Alexandre et le laconisme pour les Amérindiens. Souvent, la naïveté des personnages fait sourire, comme quand Mastaï Lallier cherche à expliquer à l'abbé d'Argent « curé, [et] Français par-dessus le marché » (*QA*, 272), ce que c'est qu'une

[19] *Ibid.*, p. 11.

« bécosse » ou quand Wilfrid Lamontagne cherche le mot anglais pour « limbes ». Lorsque le digne majordome Finlay ouvre la bouche, bien qu'il s'exprime en français dans le texte, on croirait entendre de l'anglais, un peu comme l'hôte *d'Astérix chez les Bretons* lorsqu'il lui sert de la « tiède cervoise ».

Hélène Brodeur maîtrise aussi l'art du portrait. La description des personnages est souvent faite par un autre personnage, ce qui est toujours plus convaincant et surtout plus révélateur de la relation entre ce personnage et celui qui le voit. Rose, par exemple, est vue par le cousin Finlay, qui la trouve jolie et craint que cela ne lui cause des embêtements. Puis elle se voit elle-même dans un miroir à deux reprises : d'abord bien mise et bien reposée, elle songe avec confiance à entreprendre son voyage outre-Atlantique ; puis dans le train, sale et fatiguée, elle se laisse aller au découragement. À son arrivée, son frère Ron est tout surpris de retrouver une « fashionable miss » (*QA*, 198) alors qu'il avait quitté quelques années auparavant une fillette à tresses. À la première rencontre des deux personnages principaux, le regard d'Alexandre sur Rose sera plus précis : il remarquera ses lèvres et le renflement de sa poitrine. Comme Finlay, il la trouvera jolie mais, contrairement à lui, il n'en est pas du tout fâché. Tout l'art d'Hélène Brodeur consiste à se mettre dans la peau de ses personnages pour les rendre crédibles au lecteur afin que ce dernier partage leurs sentiments et comprenne leurs idées et la vision du monde qu'ils expriment.

Cette vision du monde, c'est d'abord et avant tout celle d'Hélène Brodeur. De quoi est-elle composée ? De beaucoup d'amour pour le Nord de l'Ontario et ses habitants, d'un faible pour son histoire, la petite et la grande, et d'une condamnation sans équivoque du dogmatisme et du fanatisme sous toutes ses formes. On pourrait ajouter à ces thèmes un peu de féminisme et une bonne dose d'un anticléricalisme qui deviendra d'ailleurs plus virulent dans *Marie-Julie*, le dernier roman de l'auteure. Les portraits peu flatteurs des prêtres, l'hésitation d'Alexandre devant le sacerdoce et le rôle autoritaire et dénué d'empathie qu'Hélène Brodeur attribue au clergé dans la colonisation, la vie paroissiale, l'éducation (des filles en particulier) montrent bien qu'elle a voulu décrire l'époque telle quelle, sans chercher à l'embellir, et qu'elle a su, de façon toute personnelle, comme il sied à une chronique, juger et parfois blâmer sévèrement. Ces idées et cette vision présentées dans une vaste saga (c'est ce mot qui traduit ou remplace le terme « chronique » dans la version anglaise), fruit de l'observation, de la recherche et du travail, ont d'ailleurs valu à l'auteure une reconnaissance presque unanime de la réception critique[20] qui, au fil des ans, en a loué la qualité, l'ampleur et l'importance pour l'identité franco-ontarienne.

Doric Germain
Université de Hearst

[20] On pourra consulter un choix de jugements critiques en annexe.

Première partie

I

Lorsqu'il fut décidé, au printemps 1913, qu'Alexandre Sellier partirait pour le Nouvel-Ontario à la recherche de François-Xavier, on croyait que ce voyage serait assez bref. À tout le moins, il ne se prolongerait pas au-delà du mois de septembre. Ne fallait-il pas qu'il reprenne ses études au Grand Séminaire s'il voulait être ordonné prêtre à temps pour les grandes fêtes de l'inauguration de la nouvelle église dans sa paroisse natale de Sainte-Amélie-de-la-Vallée ?

Plus tard, lorsque Alexandre implorait le ciel pour le pardon de ses fautes passées (alors que d'autres se débattaient avec les conséquences de ces mêmes fautes), il lui arrivait de se demander à quel point précis du parcours le destin — pour ne pas dire le Malin — était intervenu pour brouiller un itinéraire établi avec tant de soin et qui, à première vue, s'annonçait si simple. Lequel des imprévus de ce voyage organisé avec la collaboration des cousins Tremblay, qui, eux, connaissaient bien le pays, l'avait conduit dans des aventures si éloignées de la route droite qui aurait dû être sienne ? Cette route, son coparoissien Auguste Drouin l'avait toujours suivie et il était maintenant un vicaire modèle dans une paroisse des Cantons-de-l'Est, tandis que lui…

Il lui fallait alors admettre, en toute humilité, que, malgré les événements qui avaient bouleversé le Nouvel-Ontario à cette époque, il lui aurait été possible à maintes reprises de reprendre la voie tracée, n'eût été cette obscure révolte qui couvait dans son âme comme le feu dans les tourbières de ce rude pays et qui l'avait toujours empêché d'accepter sans remettre en question les principes établis, de se soumettre sans arrière-pensée à l'autorité comme il se devait, comme il aurait dû le faire.

L'intention avait été bonne. Il avait voulu retrouver, sauver François-Xavier, le frère qu'il admirait et à la remorque duquel il trottinait, enfant. François-Xavier, le fort, avec sa tignasse rousse, son sourire facile découvrant de fortes dents saines, ses taches de rousseur semées sur le visage comme si une bonne fée lui en eût lancé une poignée à la figure comme on lance le maïs doré aux volailles. Rosalie, sa mère, en avait « perdu un », comme on disait, entre François-Xavier et lui. C'est ce qui expliquait l'intervalle d'un peu plus de quatre ans entre eux.

Il avait un goût inné du voyage, cet aîné. N'avait-il pas, alors qu'il était à peine âgé de douze ans, décidé le père à le laisser partir avec Angus Sparton, le commerçant d'animaux qui parcourait cette région des Cantons-de-l'Est blottie au creux de la frontière de trois États américains, achetant du bétail et des moutons qu'il fallait conduire par les chemins poussiéreux, sans jamais en laisser s'égarer, jusqu'à la gare de Pisa — ainsi nommée par un Italien en mal du pays —, où un parc de chargement permettait de mener le bétail à bord des wagons en partance pour les abattoirs de Montréal ?

Un jour, à la forge de leur père, Angus avait mentionné que le neveu qui l'aidait dans cette tâche allait déménager avec sa famille en Ontario. François-Xavier avait aussitôt demandé à Angus s'il pouvait prendre la place du neveu, et Alexandre, quand il avait appris que son frère partirait sans lui, avait tant pleuré que le père avait cédé, bien que l'enfant n'eût pas encore atteint ses huit ans. Pendant quatre étés, Alexandre avait parcouru les routes avec son frère et Angus Sparton, couchant dans les granges, partageant la nourriture des fermiers. Chaque lundi, on partait dans le buggy d'Angus dans une direction différente et souvent on ne revenait à la maison que le jeudi soir. À la suite de ces randonnées, Alexandre s'était retrouvé avec une solide paire de jambes et une connaissance passable de l'anglais et même d'un peu de gaélique — on apprend facilement les langues à cet âge —, appris au contact d'Angus et des habitants des villages écossais qui parsemaient la région. Quand François-Xavier avait approché de ses seize ans, il avait quitté l'école pour travailler avec le père à la forge. Alexandre comptait en faire autant, le moment venu. Mais un événement inattendu était venu bouleverser sa vie: le doigt de Dieu s'était appesanti sur lui et tout désormais serait changé.

⁂

Le premier maillon de cette chaîne s'était refermé le jour où le curé Courtaud avait décidé que la paroisse Sainte-Amélie-de-la-Vallée donnerait, elle aussi, des fils à l'Église. Ce n'était pas parce qu'elle était moins ancienne que Saint-Pierre-de-l'Ormeau ou Saint-Paul-de-Damase

— ses habitants ayant essaimé des villages plus anciens de la Beauce il y avait à peine vingt-cinq ans — qu'elle ne pouvait avoir son prêtre bien à elle. Et plutôt deux qu'un. Malgré sa petite taille, le curé était un homme énergique et décidé. Un autre destin l'eût fait chevalier d'industrie. Il s'attaqua donc immédiatement à la tâche en demandant à l'institutrice du village ainsi qu'à celle du deuxième rang de lui soumettre le nom d'un garçon qui, par l'intelligence et la sagesse, serait apte à entreprendre le cours classique.

L'institutrice du deux avait suggéré le nom d'Auguste Drouin. « Oui, se dit le curé, c'est là un garçon tranquille, rangé, dont les parents sont des cultivateurs pas trop riches mais honnêtes et assidus aux offices. Une belle famille, les Drouin. Huit enfants et peut-être plus car le petit dernier n'a pas encore deux ans. »

Quand l'institutrice du village suggéra Alexandre, le fils du forgeron, cela lui plut moins de prime abord. Il le connaissait bien, cet enfant, puisque la forge se trouvait non loin du presbytère. Un gamin un peu frondeur, un peu turbulent.

— Vous croyez vraiment, Marie-Rose, que ça pourrait faire un bon prêtre ? Est-il sage ? pieux ?

— Sage, pas toujours, monsieur le curé, mais intelligent, pour ça oui. Quant à la piété, comment pourrait-il manquer des grâces nécessaires avec une mère comme Rosalie ?

— C'est vrai que Rosalie mériterait d'avoir un fils prêtre. Elle a toujours été d'une piété exemplaire, même quand elle était jeune fille. Assidue aux offices, active dans les œuvres de la paroisse... Plus j'y pense et plus je crois que vous avez raison, Marie-Rose.

Le curé se rendit à la forge, où Octave, tout ému, le fit entrer à la maison. Rosalie ouvrit pour lui le salon, pièce qui ne servait qu'aux grandes cérémonies. Quand ils apprirent ce qui leur valait la visite du curé, ils furent transportés de joie et de fierté. Pensez donc! Ils auraient un fils prêtre!

On fit venir Alexandre plutôt pour lui annoncer la bonne nouvelle que pour lui demander son avis. D'ailleurs il ne serait jamais venu à l'idée de l'enfant que cet honneur qui s'abattait sur lui comme un orage d'été sur la montagne pût provoquer une autre réponse qu'un acquiescement. Il se laissa aller à la joie de voir s'ouvrir devant lui de nouveaux horizons. Même si ce n'était qu'à quelques heures de chemin de fer, il verrait ce qu'il y avait de l'autre côté de la montagne.

C'est ainsi qu'à la fin de l'été Alexandre Sellier et Auguste Drouin prirent le chemin du Petit Séminaire, les parents payant une petite somme que le curé complétait de ses deniers personnels.

Au Séminaire, Alexandre s'était vite aperçu qu'il y avait deux groupes distincts. D'abord ceux qui étaient là parce que leurs parents avaient des sous: les fils de notaire, d'avocat, de médecin, de député, de marchand; puis les autres, les ruraux, qui étaient là plus ou moins par charité et qui n'avaient pour toute justification que de fournir de nouveaux ouvriers aux vignes du Seigneur. On ne désapprouvait pas l'intelligence pourvu qu'elle soit accompagnée d'une modestie seyante, condition *sine qua non* si par hasard elle se manifestait chez un rural.

Alexandre admirait la solidité d'Auguste, ce gros garçon tranquille qui acceptait tout sans étonnement, sans grande émotion, que rien ne dérangeait de la route qu'il voyait très clairement s'ouvrir devant lui. Il marchait sans fausse honte avec ses gros souliers ressemelés par le cordonnier du village, si peu conscient des camarades plus huppés qui l'entouraient que les flèches qu'on lui avait décochées au début s'étaient émoussées sur une indifférence à toute épreuve qui avait vite fini par lasser les archers. Il n'en était pas de même pour Alexandre, dont la sensibilité inquiète était toujours aux aguets. Le peu d'assurance qu'il possédait avait été étayée par la franche amitié que lui avait témoignée dès l'abord le chef incontesté du groupe d'élite, Jérôme LaChesnaie, dont le père, en plus d'être un médecin réputé et dévoué, était homme de lettres, auteur de deux plaquettes de poésies patriotiques fort bien reçues en milieu métropolitain. Il était de plus héritier d'une fortune de famille que l'on disait importante.

Pour Alexandre, Jérôme avait les qualités d'assurance, de simplicité, de bonté et d'intelligence qu'il aurait voulu posséder ; Jérôme, de son côté, avait deviné chez ce grand garçon réservé une intelligence égale à la sienne et une sensibilité peu commune.

Cette amitié réconfortante faillit mettre un terme prématuré à ses études et justifier pleinement les hésitations initiales du curé à son sujet.

Le programme de littérature française en Belles-Lettres comportait l'étude des écrivains contemporains. Le professeur chargé de ce cours déplorait qu'il se trouvât, parmi les gens de plume de ce dix-neuvième siècle qui venait de s'achever, autant de mécréants. Il prenait soin de consacrer le plus clair de son temps à Lamennais et Lacordaire, Chateaubriand et François Coppée, mais il croyait de son devoir de mettre les élèves en garde contre les autres: Victor Hugo, poèmes admirables mais prose à proscrire; Baudelaire, à éviter; Renan, il aurait mieux valu qu'il n'eût jamais vécu. Quand il en vint à Gustave Flaubert, il se permit un léger calembour: «Ses livres ont avec raison été mis à l'index par le Saint-Office. Son premier livre, *Madame Bovary*, est de sorte à offenser les gens bien-pensants. Quant à son second, ajouta-t-il avec un sourire austère, il s'intitule *Salammbô* et on a dit que c'était du "sale en beau".»

Ce modeste jeu de mots produisit un effet extraordinaire sur Alexandre. L'idée que la souillure, l'immondice, le péché quoi! puissent exister dans la beauté, la grâce, l'harmonie, la splendeur le plongea dans un trouble profond. Lorsque Jérôme le rejoignit dans la cour du collège afin de sortir du hangar où étaient rangées les bandes de bois qui servaient à entourer la patinoire, tâche pour laquelle ils avaient été désignés, il remarqua son air rêveur et préoccupé.

— Qu'est-ce que t'as? T'as l'air tout drôle.

— Je me demande ce qu'il peut y avoir dans un livre comme *Salammbô*.

Jérôme fit la moue.

— J'imagine que ce doit être un livre comme les autres. Mon père a tous ces bonshommes dans sa bibliothèque. Il reçoit des caisses de livres de France.

Alexandre s'arrêta net.

— Mais alors, tu pourrais les lire tous?

— Pas moi. Tu penses que je me mettrais à lire ces gros volumes alors que je n'y suis même pas obligé?

— Moi, je ne sais pas ce que je donnerais pour lire celui-là. Penses-tu que tu pourrais me l'apporter?

Jérôme hocha la tête.

— Tu sais, ce n'est pas si facile que ça. D'abord, mon père garde la porte de son cabinet fermée à clé. Il va falloir que je la lui demande. C'est vrai que dernièrement il m'a montré quelques-uns de ses livres de médecine. Il voudrait que je commence à m'y intéresser. Il veut que je devienne médecin comme lui pour le remplacer plus tard.

— Essaie, veux-tu ? supplia Alexandre. Je veux voir ce qu'il y a dedans, ajouta-t-il avec une intensité à croire que sa vie en dépendait.

— Bon, bon, ça va. Je verrai ce que je peux faire. En attendant, dépêchons-nous car ils veulent commencer à faire de la glace ce soir.

Cette nuit-là, Alexandre dormit mal. Dès qu'il s'assoupissait, des formes lascives lui apparaissaient comme à saint Antoine dans le désert. Des femmes aux formes divines, complètement nues, traînaient leurs longs cheveux d'or dans un cloaque immonde et cherchaient à l'y entraîner. Il luttait désespérément, implorant l'aide de son ange gardien. Mais lorsque l'ange à la tunique éclatante et aux ailes d'azur qu'il apercevait à ses côtés comme une présence salvatrice se tournait vers lui, il découvrait avec horreur un visage de monstre. Il se réveilla plusieurs fois en sursaut, trempé de sueur, et au matin s'aperçut avec honte que ses draps portaient le témoignage indéniable de cette nuit de débauche.

Dès qu'il entra à l'étude, il chercha Jérôme des yeux, mais celui-ci lui fit un léger signe de tête négatif, le plongeant dans un désespoir profond. Plus tard, quand ils purent se retrouver à la récréation, Jérôme lui expliqua que son père avait été appelé auprès d'un malade et qu'il était rentré fort tard dans la nuit. « Mais j'essaierai ce soir », ajouta-t-il.

Alexandre se demanda comment il pourrait vivre jusqu'au lendemain. Il passa de nouveau une nuit agitée, mais le lendemain il eut le bonheur de voir Jérôme lui sourire et faire un signe de tête affirmatif. Il lui glissa le volume pendant que le professeur écrivait au tableau. Alexandre le cacha sous son cahier et son livre de mathématiques, mais il fut bientôt en butte à un problème de taille : comment le lire sans attirer l'attention ? Il était beaucoup trop dangereux de le lire en classe et à l'étude le surveillant, question de se dégourdir les jambes, avait l'habitude de circuler à des fréquences imprévisibles entre les pupitres. Un mouvement subit aurait sans doute attiré son attention.

Par un heureux hasard, ce soir-là, le péripatéticien, que l'on avait surnommé le Père Vert à cause de la couleur maladive de sa peau, fut remplacé à l'étude par un jeune prêtre qui avait la réputation de s'absorber dans sa lecture au point d'oublier ses élèves. Comme Alexandre avait la vue perçante, il avait l'avantage d'être placé à l'arrière et la nature avait dédommagé les myopes assis devant lui en donnant à l'un une carrure substantielle et à l'autre une abondante chevelure frisée. Il s'obligea consciencieusement à faire ses devoirs le plus rapidement possible et put enfin ouvrir le volume relié en vélin blanc. Tournant rapidement les minces pages à tranche dorée, il lut avec émotion : « C'était à Mégara, faubourg de Carthage, dans les jardins d'Hamilcar ». En un instant, il fut plongé dans le monde exotique, coloré, cruel, inimaginable de la Carthage ancienne. Il lui semblait qu'il avait à peine parcouru quelques pages lorsque la cloche sonna, annonçant la fin de l'étude, et il dut cacher le volume au fond de son pupitre.

Le lendemain soir, ses devoirs furent bâclés encore plus expéditivement que le jour précédent et il se replongea dans sa lecture, happé de nouveau par le récit où les mercenaires faisaient preuve à table de manières vraiment déplorables. Puis son cœur se mit à battre. Salammbô entrait en scène.

Avec ravissement, il lut: «Sa chevelure, poudrée d'un sable violet, et réunie en forme de tour selon la mode des vierges chananéennes, la faisait paraître plus grande. Des tresses de perles attachées à ses tempes descendaient jusqu'aux coins de sa bouche, rose comme une grenade entrouverte.» Transporté, il ferma les yeux pour mieux se représenter une femme aussi extraordinaire. Quand il les rouvrit, il aperçut, debout devant lui, le Père Vert, qui, remis de son indisposition, était entré sans bruit avec ses bottines de feutre.

Deux jours plus tard, il était convoqué avec Jérôme LaChesnaie chez le supérieur. Durant l'interrogatoire suivant la découverte, il avait refusé de dire où il s'était procuré ce livre à l'index. Mais comme le docteur LaChesnaie avait l'habitude des ex-libris, il ne fut pas difficile de découvrir la source de cette littérature interdite. Voyant le trouble où se trouvait Alexandre, Jérôme lui souffla à l'oreille: «Tais-toi et laisse-moi faire.»

Le père supérieur était grave. À sa gauche, se tenait le père préfet et, de l'autre côté, d'abord le curé Courtaud, le visage ravagé, l'air d'un homme qui voit s'écrouler ses espérances, puis le docteur LaChesnaie, la physionomie empreinte d'une profonde lassitude. On retraça les événements et le père supérieur termina son exposé en rappelant les règlements du Séminaire, lesquels prévoyaient l'expulsion immédiate de tout élève qui apporterait, lirait ou aurait en sa possession un livre interdit.

C'est alors que Jérôme fit montre des qualités qui devaient en faire d'abord un avocat brillant et plus tard un homme d'État éminent. Fixant le père supérieur de son œil candide, le front serein, avec un accent de sincérité indéniable et un sourire désarmant, il s'accusa d'être, par distraction, l'auteur infortuné de cet incident qui risquait de compromettre un camarade dont l'innocence ne pouvait être mise en doute et dont le trouble n'avait pour origine que sa loyauté et son désir de ne pas lui attirer à lui, Jérôme, des ennuis aussi graves. L'explication de l'affaire était simple. Flaubert voisinait avec Chateaubriand sur le rayon de la bibliothèque de son père. En voulant prendre *Le génie du christianisme,* il avait, par mégarde, pris *Salammbô.*

Le docteur LaChesnaie, qui avait passé une seconde nuit au chevet des malades et craignait de devoir chercher un autre collège pour son sacripant de fils, se hâta de dire que c'était là une erreur fort compréhensible et qu'il n'y avait évidemment pas de quoi fouetter un chat.

Le curé Courtaud, qui entrevoyait pour la première fois une lueur d'espoir, assura qu'Alexandre avait grandi dans un foyer chrétien où jamais les mauvais livres n'avaient pénétré et où la mère, soucieuse de préserver de toute souillure l'âme de ses fils et suivant en cela les conseils des prédicateurs de retraites paroissiales, ne manquait jamais de retirer du catalogue Eaton les pages illustrant les vêtements intimes féminins.

Le père supérieur ne tenait pas à se départir de ses séminaristes, surtout pas du fils du docteur LaChesnaie.

Il s'apprêtait à lever la séance lorsque le père préfet, qui avait une vue moins optimiste du genre humain et qui sentait qu'Alexandre était le maillon faible de la chaîne, le fixa de son œil glacial:

— Mais enfin, Alexandre, vous étiez en train de le lire, ce livre. Pourquoi ne pas l'avoir rendu immédiatement à votre camarade?

— Je venais de le lui apporter aujourd'hui même, se hâta de dire Jérôme. Il n'avait pas eu le temps de s'apercevoir de mon erreur. Il l'a ouvert au hasard.

— Est-ce vraiment ainsi que les choses se sont passées? insista le père préfet.

Le cœur battant à se rompre, comme un noyé entraîné dans l'abîme et qui de guerre lasse se laisse sombrer, le malheureux Alexandre répondit faiblement:

— Oui... c'est bien comme cela que c'est arrivé...

— Bon, dit le docteur en se levant, maintenant que cette affaire est tirée au clair, vous m'excuserez si je retourne auprès de mes malades. Quant à toi, Jérôme, j'espère que dorénavant tu feras plus attention et que tu n'exposeras pas tes camarades à des embêtements aussi peu mérités.

Une fois cette première alerte passée et son second séminariste de nouveau sur la bonne voie, le curé se remit à la tâche d'établir des plans pour construire une église en remplacement de la chapelle de bois qui remontait au tout début de la paroisse. C'était un homme qui pensait grand. Chaque été, lors des vacances, Alexandre voyait s'élever les murs de pierre. Il était au Grand Séminaire quand enfin elle fut coiffée de son clocher d'argent. Le curé se frottait les mains d'aise.

— Mes enfants, dit-il un matin aux deux séminaristes

qui lui servaient d'enfants de chœur durant les vacances, nous allons avoir un cadre digne de vous recevoir lorsque vous viendrez célébrer votre première messe dans votre paroisse natale. Songez-y un peu. Deux prêtres pour honorer notre nouvelle église.

— Elle me paraît bien grande pour cent dix familles, hasarda Alexandre.

— Mais pas du tout, riposta le curé. Il faut prévoir pour l'avenir. La paroisse va grandir, se développer. D'autres familles viendront. Les jeunes fonderont de nouveaux foyers.

Il s'échauffait, emporté par la vision d'une foule nombreuse se pressant sur le parvis de l'église. Il lui faudrait des vicaires, comme les deux solides jeunes hommes qu'il avait devant lui. Peut-être même plus de deux. Cela lui vaudrait sans doute le titre de prélat domestique et lui donnerait droit au liséré pourpre et au titre de monseigneur.

En attendant, on n'avait rien vu de pareil dans la région. Avec son immense nef et ses deux chapelles latérales, ses vitraux en ogive et son maître-autel imposant, l'église avait déjà de quoi faire crever de jalousie les paroisses environnantes. Mais il fallait encore voir le presbytère, construit de la même pierre et qui contenait, à part l'appartement qu'occuperait monseigneur l'évêque lors de ses visites triennales, pas moins de six chambres à coucher avec salles de bains attenantes. Les badauds en faisaient le but de leurs promenades en voiture du dimanche après-midi. Le curé Courtaud voguait en pleine euphorie.

Cependant, une autre épreuve, plus sérieuse que la première, l'attendait et elle concernerait de nouveau

Alexandre. Avec son camarade Auguste Drouin, il achevait le Grand Séminaire et se préparait à recevoir les ordres mineurs, premier pas vers le sacerdoce. À mesure qu'approchait le grand jour pour lequel il se préparait depuis bientôt sept ans, alors qu'il aurait dû, comme le placide Auguste, goûter la joie de toucher au but, il sentait sourdre en lui une angoisse qu'il s'expliquait mal. Il s'en ouvrit au père Anselme, son directeur spirituel, homme humble et bon qu'il avait choisi de préférence à d'autres plus cérébraux. Celui-ci le rassura. Ce n'étaient que les derniers efforts du démon pour empêcher une vocation certaine de se réaliser. Il lui recommanda le jeûne et la prière puisqu'on entrait justement dans le carême. Prescrire le jeûne constituait un remède draconien contre l'angoisse car déjà la maigre cuisine du Séminaire sustentait à peine son grand corps de jeune mâle.

Doué d'une nature entière, Alexandre se lança immodérément dans les privations et commença bientôt à en ressentir des séquelles physiques : étourdissements, débilité générale, mauvais rhume qui ne le lâchait plus.

Un jour, une querelle éclata avec son professeur de droit canon. Il n'avait jamais existé de grande empathie entre lui et cet abbé que l'on disait issu d'une vieille famille de magistrats de Québec. Sa noble figure de lévrier surmontée d'une chevelure blanche rejetée à l'arrière comme une crinière abritait un cerveau d'une dure logique qui paraissait imperméable aux sentiments humains. « *Dura lex, sed lex* », avait-il coutume de dire. La loi est dure, mais c'est la loi.

Le cours portait sur le sacrement du mariage, plus précisément sur les causes qui pouvaient rendre le mariage invalide.

— Il est possible de découvrir un défaut, soit dans la forme, soit dans l'essence, qui permette de déclarer l'union invalide. Dans les pays où la loi civile coïncide avec la loi religieuse, en Italie par exemple, ceci peut avoir des conséquences assez fâcheuses. Ainsi, il y a quelques années, l'attaché militaire à l'ambassade ayant découvert un défaut de forme, son mariage fut déclaré nul. La cérémonie avait été célébrée dans une paroisse qui n'était pas celle des conjoints et on avait omis d'obtenir la dispense de l'ordinaire du lieu. Le mariage fut déclaré invalide et, malgré leurs cinq enfants, les époux se trouvaient libres de contracter une nouvelle union puisqu'il n'y avait pas eu mariage.

— Se sont-ils remariés en bonne et due forme? demanda Alexandre.

— Non. Il se trouvait que le mari désirait épouser une jeune fille de sa connaissance et il le fit. C'était son droit le plus strict.

— Et la mère? Et les enfants?

— Puisque le mariage avait été déclaré invalide, elle n'était qu'une concubine et les enfants, illégitimes, c'est-à-dire n'ayant aucun droit à l'héritage de leur père naturel.

— Même si elle avait épousé cet homme en toute bonne foi? ne put s'empêcher d'ajouter Alexandre, haussant le ton involontairement.

L'abbé le regarda froidement.

— *Dura lex, sed lex*, dit-il. Je ne discute pas de charité, je donne un cours de droit canon.

Un tumulte indescriptible s'élevait en Alexandre, une indignation qui lui faisait oublier où il se trouvait et à qui il s'adressait:

— Je croyais que la loi qui primait toutes les autres était justement celle de la charité, cria-t-il. Vous croyez qu'il n'avait aucune obligation envers cette femme qui était mère de ses enfants?

Un silence de mort se fit dans la salle.

— Monsieur Sellier, dit l'abbé d'un ton glacial, je vous serais fort obligé de bien vouloir cesser de crier des sottises. Je n'ai pas que je sache de leçons à recevoir d'un Chiniquy de village. C'est l'orgueil qui a perdu Charles Chiniquy et c'est l'orgueil qui vous perdra, bien que, ajouta-t-il d'une voix lourde d'ironie, je ne puisse vraiment pas déceler de quoi vous pourriez vous enorgueillir.

Voyant l'état d'exaltation où se trouvait Alexandre, il lui ordonna de quitter la pièce tout en l'assurant que le préfet s'occuperait de son cas.

Le jeune homme se leva et, à tout hasard, enfila le corridor. Sans trop savoir comment il y était parvenu, il se retrouva au premier étage, devant la grande porte d'entrée du Séminaire. L'ouvrant, il dévala les degrés et prit à gauche le sentier qui conduisait vers un petit bois de sapins. Un bourdonnement comme une nuée d'insectes allait s'amplifiant dans sa tête, menaçant de submerger son cerveau prêt à éclater. Il marchait dans les sentiers mal battus, fouetté par le vent aigre qui soulevait, sous un ciel de plomb de fin février, des rafales de neige oblitérant à demi la trace fraîche de ses pas. Il ne sentait pas le froid, ni l'absence de paletot, ni la neige qui mouillait ses chevilles et emplissait ses chaussures légères. Longtemps, il marcha comme un automate tandis que des idées confuses tournoyaient dans sa tête douloureuse. La voix dure du professeur semblait le poursuivre: «Un Chiniquy de village, voilà ce que vous deviendrez,

Alexandre Sellier, un prêtre renégat qui déshonorera sa famille, qui fera mourir sa mère de chagrin. » Comme Charles Chiniquy, qui, après avoir été un orateur remarquable et un défenseur de l'Église, avait glissé dans l'erreur au point de devenir ministre protestant et détracteur de la confession et du confessionnal, il était sans doute destiné, tôt ou tard, à la chute. Et sa mère ! Elle qui était déjà si éprouvée par la disparition de François-Xavier en mourrait de peine. Son père n'oserait plus relever la tête : il ruinerait l'avenir de ses frères et sœurs. Quel démon le poussait ainsi, malgré lui, à un comportement si indigne d'un séminariste qui arrivait au sacerdoce ? L'obscurité grandissante finit par lui rappeler l'heure. Il se rendit compte qu'il tremblait de tous ses membres. Il pénétra dans l'édifice par la porte arrière et ne rencontra personne car tout le monde était à la chapelle à cette heure. Montant au dortoir, il se glissa dans son lit. Malgré les couvertures dont il s'enveloppait, les frissons secouaient son corps tandis qu'un étau se resserrait lentement dans sa poitrine. Vaguement il entrevit, penchée au-dessus de lui, éclairée par un bougeoir, la figure ridée et apeurée du père Anselme, puis il sombra dans le noir.

⁘

Le père Anselme déposa le plateau du petit-déjeuner sur la table au chevet de son lit dans la chambre d'infirmerie et, avec des gestes quasi maternels, aida Alexandre à s'asseoir. Il gonfla les oreillers, les glissa derrière ses épaules et installa le plateau sur ses genoux.

— Il faut tout manger surtout, dit-il avec un bon sourire. Dès que tu auras recouvré suffisamment de forces pour permettre le déplacement, tu retourneras chez tes parents pour ta convalescence.

— Je suis renvoyé ?

— Mais non, voyons, qu'est-ce que tu vas chercher là ? C'est simplement qu'il faut refaire tes forces et qu'il n'est plus question, d'après le docteur LaChesnaie, de reprendre tes études avant plusieurs mois. Tout surmenage pourrait entraîner une phtisie.

Il s'installa sur la chaise de bois près du lit.

— Tout simplement, tu seras un peu en retard sur tes confrères. Voilà tout.

Le cœur d'Alexandre bondit d'allégresse. Chez lui ! Il retournerait chez lui. Il reverrait les montagnes de son coin des Cantons-de-l'Est. Avec le printemps qui arriverait bientôt, les ruisseaux pleins de truites couleraient gaiement, alimentés par la fonte des neiges. En fermant les yeux, il revoyait la maison blanche avec la grande véranda qui courait sur deux côtés, la boutique de forge attenante, le rougeoiement du feu ; il entendait le bruit du marteau sur le fer, l'ébrouement des chevaux. Pour sûr que sa mère l'attendrait sur le pas de la porte, son tablier amidonné lui enserrant la taille.

— Quand pourrai-je partir ?

— Hé là ! pas si vite. Le médecin a dit qu'il te faut au moins une autre semaine. Tu seras là pour Pâques. Mais avant, il faut manger.

Docilement, il s'attaqua au gruau gélatineux et au pain de ménage, auquel l'excellent homme avait ajouté, malgré le carême, du beurre et du sirop d'érable.

Il arriva chez lui le Samedi saint. En descendant à la gare de Pisa, il aperçut Charles, qui l'attendait avec la carriole.

Pâques tombait le 23 mars cette année et le temps avait été si inclément que l'on circulait encore sur des patins plutôt que sur des roues. Comme ils entraient dans le village, les cloches de l'angélus se mirent à sonner joyeusement, annonçant la fin du carême.

«Alléluia! le carême s'en va. On mangera plus de soupe aux pois, on mangera du bon lard gras, alléluia!», entonna Charles en riant.

Alexandre regarda avec affection ce frère jovial, son cadet d'à peine dix-huit mois.

Comme il se l'était imaginé, malgré le froid de cette journée, ils sortirent tous sur le pas de la porte pour l'accueillir: le père qui avait cessé son travail un peu plus tôt pour quitter son tablier de cuir et laver son visage et ses bras noircis par la fumée du feu de forge; la mère, toute à la joie de revoir son fils presque prêtre et qui levait sur lui ses beaux yeux gris brillants de larmes. Il l'embrassa et la serra de son bras gauche tandis que sa main droite cherchait celle du père. Pendant qu'il échangeait avec lui quelques propos sur son voyage, son cerveau enregistrait le choc de sentir combien frêles étaient les épaules maternelles. Elle qui autrefois resplendissait de santé avec ses cheveux roux et son teint haut en couleur semblait s'être affaissée. Sa tête atteignait à peine la poitrine de son fils. Était-ce lui qui avait grandi ou s'était-elle amenuisée?

Puis, il se tourna vers ses frères et sœurs, qui se tenaient silencieux, intimidés par ce grand frère presque toujours absent et qui venait tout juste d'échapper à la mort. Il lui semblait qu'il les voyait pour la première fois. Têtes rousses comme la mère ou comme lui, têtes brunes venant du père. Émilie et Maria, toutes deux devenues de jolies jeunes filles, l'aînée rousse, la cadette brune et rieuse comme Charles. Les jumeaux, Pierre et Paul, qui devaient avoir treize ans maintenant et incapables, même dans un moment aussi solennel, de cesser de se poussailler subrepticement. Cécile et la gravité de ses huit ans. Et enfin, Estelle, le bébé de quatre ans, habituée d'être le chouchou de la famille, qu'il enleva à bout de bras pour planter deux baisers sonores sur ses joues fraîches et rebondies.

On passa à table. Après le bénédicité, récité d'ordinaire par le père mais l'honneur en revenant cette fois au fils séminariste, ce fut le brouhaha joyeux du repas de famille. Pression affectueuse de la main d'Émilie sur son épaule alors qu'elle se penchait pour le servir. Joie enfantine d'Estelle, qui exigea que sa chaise fût placée près de la sienne. La béatitude lui entrait par les pores de la peau, dissipant l'angoisse qui l'avait si longtemps habité comme la brume matinale fond au soleil.

Il fit au curé une visite de politesse et prit l'habitude d'accompagner sa mère à la messe matinale. Mais le reste de la journée se passait à parcourir la campagne dans la neige fondante. Il aidait les jumeaux à poser des collets pour prendre des lièvres et, si la chasse avait été bonne, la mère préparait un civet. Quand arrivait sur la table le grand plat avec sa croûte dorée recouvrant une sauce riche où se mariait harmonieusement la chair sombre du lièvre à celle, plus rose, du poulet (qu'on employait en cette saison faute de perdrix), les pommes de terre, les échalotes et les herbes que Rosalie, sa mère, cultivait et séchait tous les automnes sur du papier journal, le père humait en fermant les yeux de contentement le fumet qui s'en échappait. Il servait largement Alexandre en lui disant :

— Voilà, mon garçon, de quoi de bien mieux que les fioles et les pilules des docteurs. Il y a là de quoi ressusciter les morts.

— Vous avez raison, papa. Voyez comme j'ai bonne mine depuis que j'en mange.

C'était vrai. Chaque jour, il se sentait revivre et ses forces revenir.

— Je pourrais vous aider à la forge maintenant, dit-il à son père un jour. Je me sens coupable de faire la paresse pendant que vous et Charles travaillez.

— Non, mon garçon. Ta besogne à toi, c'est de retrouver la santé. Pour ça, il vaut mieux respirer le bon air de la montagne que la poussière de la forge. D'ailleurs, Charles et moi suffisons à la tâche.

Une ombre pourtant au tableau, un nom qu'on ne prononçait plus, celui du fils absent et que tous sauf Rosalie croyaient mort : François-Xavier. La mère n'en parlait pas mais, chaque après-midi, vers deux heures, alors qu'approchait le moment où le postillon revenait de Pisa avec le sac du courrier, elle se rendait à l'église pour y prier et entrait au bureau de poste au retour. Le plus souvent, elle revenait les mains vides, à moins qu'il n'y eût quelques annales pieuses ou une lettre de la tante Tremblay de Ville-Marie ou de la tante Jeanne, religieuse à Montréal.

Tous savaient qu'elle espérait encore des nouvelles de l'absent, malgré les deux années qui s'étaient écoulées depuis le désastre et malgré les recherches faites par les cousins Tremblay.

Comme disait le père, François-Xavier avait toujours eu « l'errance dans le sang ». Il avait à peine douze ans lorsque l'oncle dont il portait le prénom avait quitté le village pour se joindre aux chercheurs d'or du Klondyke. Malgré que l'aventure de cet oncle se fût terminée lamentablement puisqu'il avait été asphyxié par un poêle défectueux avant d'avoir pu trouver une seule pépite d'or, les récits qu'en avait rapportés son compagnon avaient vivement frappé l'imagination de l'enfant. Lorsque, au printemps 1910, la tante Tremblay avait écrit que ses fils Georges et Arthur étaient allés travailler dans le Nouvel-Ontario, là où les trottoirs étaient faits d'argent et où l'on trouvait de l'or comme une rivière de métal à la surface de la terre, François-Xavier ne tint plus en place. Le père avait moins besoin de lui, même si Alexandre était au Séminaire, car Charles, à seize ans, était déjà robuste et manifestait des dons évidents pour les travaux de la forge.

Pour Alexandre, ce départ avait donné lieu à un déchirement égal à celui qu'il avait ressenti tout enfant alors que François-Xavier lui avait annoncé qu'il partait avec Angus Sparton.

— J'aimerais partir avec toi, avait-il dit, presque de la même façon qu'il avait autrefois supplié son frère de l'emmener.

— Eh oui, ce serait agréable de partir ensemble, avait soupiré François-Xavier, mais, que veux-tu, tu as ta vocation… Quand je serai établi là-bas, j'espère que tu viendras me visiter et, quand tu seras prêtre, peut-être viendras-tu faire du ministère dans ces régions ?

C'est ainsi que François-Xavier avait pris le train pour le Nouvel-Ontario, alors qu'Alexandre se dirigeait vers le Grand Séminaire.

Après son départ, on avait reçu une lettre de François-Xavier d'un endroit qui s'appelait Haileybury. Il disait y avoir trouvé du travail dans un moulin à scie et ajoutait qu'il comptait faire des économies qui lui serviraient, dès qu'il aurait amassé un petit pécule, à se rendre au vrai pays de l'or, la région Kirkland Lake-Porcupine, pour y faire de la prospection et enregistrer ses propres concessions minières. En juin 1911, une dernière lettre leur apprenait qu'il était bel et bien arrivé à Porcupine, qu'il s'attendait à partir bientôt avec un compagnon du nom de Lyle Wellesby, un Américain qui était un prospecteur d'expérience. Il terminait sa lettre par ces mots: «Monsieur Wellesby a appris par un Indien qui trappe dans cette région où se trouvent des formations rocheuses qui contiennent de l'or. La prochaine fois que vous entendrez parler de moi, je serai riche.»

Dans les jours puis les mois qui suivirent la date fatidique du 11 juillet 1911, on avait attendu en vain des nouvelles de l'absent. Les journaux avaient rapporté les détails du terrible incendie qui avait dévasté plus de milles carrés de forêt, rasant villes et villages, fermes et camps, depuis Cochrane au nord jusqu'à Porcupine et Pottsville au sud-ouest. Le bilan officiel de cette journée de malheur fut établi à soixante-treize victimes, mais personne ne pouvait savoir combien de prospecteurs, chasseurs, pêcheurs avaient été surpris dans la forêt par le sinistre. Les cousins Tremblay qui travaillaient à Cobalt étaient allés aux renseignements mais, d'après eux, puisqu'ils partaient dans la forêt juste avant le sinistre, François-Xavier ainsi que son compagnon avaient sans doute péri avec plusieurs autres dont on était sans nouvelles et qui ne seraient sans doute jamais retrouvés. Au cours de l'automne, la tante avait écrit qu'un groupe de bûcherons avaient aperçu un homme semblant dormir contre le tronc d'un arbre. Quand ils s'étaient approchés, ils avaient vu qu'il était mort. Son corps ne portait aucune trace de brûlure. Il avait péri, asphyxié par la fumée et les gaz dégagés par l'incendie. On l'avait enterré sur place sans que personne découvre jamais de qui il s'agissait.

Presque deux ans s'étaient écoulés depuis lors. Petit à petit, on s'était fait à l'idée qu'on ne le reverrait plus. On en parlait au passé, mais pas Rosalie. Elle se contentait de dire, les lèvres serrées: « S'il était mort, je le saurais. » Hors son pèlerinage quotidien à la poste, elle vaquait à ses occupations, mais elle était comme une rose cueillie au matin dans tout l'éclat de sa splendeur et qui, à la fin du jour, s'étiole imperceptiblement dans le vase, son éclat diminué, ses pétales s'affaissant. Alexandre était entré un après-midi alors qu'il n'y avait personne dans la maison et l'avait aperçue agenouillée devant le petit autel aménagé sur la commode de la chambre à coucher où un lampion brûlait constamment devant la statue de saint François-Xavier. Il était resté hanté par son visage ruisselant de larmes.

Lui non plus ne pouvait admettre que François-Xavier fût mort. Il se disait qu'avec sa force, son sang-froid, son habitude des grands bois, il avait dû trouver un moyen d'échapper à l'élément destructeur. Lentement, un projet germa dans son cerveau. Il se garda bien d'en parler avant d'en avoir soigneusement réglé les détails. Puis, un soir, alors que le repas de famille les réunissait autour de la table:

— Papa, dit-il, j'ai parlé aux cousins Martel. Ils vont partir pour la drave sur la Megalloway et je veux aller avec eux.

D'étonnement, le silence se fit dans la pièce. Rosalie, elle, eut un cri du cœur :

— Non !

— Toi à la drave ? Mais pourquoi ? demanda le père.

— Parce que je veux gagner assez d'argent pour payer mon voyage jusqu'au Nouvel-Ontario.

Rosalie joignit les mains sur sa poitrine comme pour comprimer les battements de son cœur.

— Papa, comprenez-moi. Je dois aller là-bas, je dois aller voir sur place. Je suis sûr que je retrouverai quelqu'un qui a connu François-Xavier. Autrement, nous ne saurons jamais s'il est mort ou vivant ni ce qui lui est arrivé. Je me rendrai à Haileybury et à Porcupine, les deux endroits d'où nous avons reçu de ses nouvelles.

— Les cousins Tremblay se sont informés, dit Charles. Ils n'ont jamais pu retrouver sa trace.

— Ils ne sont jamais allés plus loin qu'Haileybury. Moi, je veux me rendre dans la région de Porcupine et, si possible, savoir de quel côté ils se dirigeaient. Je trouverai bien quelqu'un qui se souvienne de lui ou de l'Américain.

— Mais tes études ? demanda le père.

— Je serai revenu à temps pour retourner au Séminaire. Le train se rend maintenant jusqu'à Cochrane et Porcupine et le voyage ne prend guère plus de trois jours.

— Je ne veux pas que tu ailles à la drave, déclara Rosalie. Je ne veux pas qu'il t'arrive un accident.

— Comme à Ferdinand, ajouta Émilie.

Chacun évoqua le souvenir de Ferdinand, le cousin qui s'était noyé à la drave dans la Megalloway le printemps où François-Xavier était parti.

Il faut dire que c'était une sale besogne, la drave. D'abord, il fallait traverser la frontière sans se faire repérer, en se cachant dans les bois. Une fois que l'on était embauché par les Américains, il fallait être aux aguets car la police du New Hampshire faisait des descentes à l'improviste afin de découvrir les travailleurs illégaux. On racontait qu'un draveur de la paroisse voisine était demeuré sous le plancher du camp pendant trois jours alors que les policiers attendaient là-haut que les *aliens* qu'ils devinaient cachés soient forcés par la faim de se manifester. On l'avait retiré plus mort que vif quand ils se décidèrent à partir.

Puis, sur la rivière, il fallait courir sur les billots glacés, les manœuvrant à l'aide d'une longue gaffe. Quand on tombait à l'eau, pas question de quitter le travail pour aller se changer. On travaillait dans son linge mouillé jusqu'au soir.

Quand les billots, au lieu de descendre le courant, s'enchevêtraient et s'empilaient, formant des embâcles, il fallait monter sur la pile et les libérer un à un, tout en prenant garde de toucher à celui qui formait la clé de voûte parce qu'alors tout l'échafaudage s'écroulait avant que l'on ait pu se mettre à l'abri.

Il y avait aussi les gardiens de barrage qui, à des milles de là, ouvraient périodiquement les écluses pour accélérer la flottaison du bois. Le draveur d'expérience devait toujours surveiller le niveau de la rivière et savoir reconnaître le brouillage de l'eau et la crue quasi imperceptible qui annonçaient l'ouverture des écluses, car cette crue serait suivie, après un bref intervalle, d'un raz de marée qui emporterait tout sur son passage.

C'était ainsi que Ferdinand s'était noyé. Ses compagnons avaient crié pour l'avertir, mais leurs voix avaient été étouffées par le rugissement des flots. Quand il s'en était rendu compte, il avait tenté de regagner le bord, voltigeant de billot en billot, mais le mur d'eau qui descendait la rivière l'avait atteint et il était disparu dans un jaillissement d'écume blanche et de billots noirs. Nombreuses étaient les années où le torrent maléfique exigeait son tribut humain avant de livrer la cargaison d'arbres dont s'alimentaient les usines du Massachusetts. On pouvait bien sûr rester dans sa province et trouver du travail à draver sur la rivière Bergeron, qui se déversait dans le lac Mégantic, mais c'était tout aussi dangereux que sur la Megalloway et on était moins bien payé.

La discussion se prolongea avec le père et avec Charles. Les femmes se taisaient. Rosalie ne manquait pas une parole, partagée entre le désir de retrouver François-Xavier et la crainte de mettre en danger celui de ses fils qui lui avait été rendu alors qu'elle avait craint de le perdre quand il était tombé malade.

Le père finit par céder.

— T'as peut-être raison. Il faut aller sur place et trouver ce qui peut être arrivé à François-Xavier. Sans compter qu'il pourrait être malade, sans ressources, s'il s'en est réchappé.

Il tapa sa pipe dans sa grosse main calleuse pour la vider, paraissant insensible à la brûlure du tabac enflammé.

— Mais tu n'iras pas à la drave sur la Megalloway ou ailleurs. J'ai des économies. Le travail a été abondant et, avec Charles pour m'aider, j'ai pu mettre quelque chose de côté. Je voulais aider Charles et Émilie, qui vont penser à se marier bientôt, mais c'est important de savoir ce qui est arrivé à François-Xavier.

— Je m'en gagnerai, de l'argent, déclara Charles. J'irai, moi, à la drave.

— Mais non, nous avons plus de travail ici qu'on peut en faire.

— Je vous rembourserai, papa, dit Alexandre vivement. La tante Tremblay disait dans sa lettre qu'il y avait du travail là-bas. Dès que je gagnerai, je vous rembourserai.

Le curé, consulté comme il se devait, n'opposa pas de refus catégorique et finit par accepter.

— Qui sait si Dieu, dont les vues sont insondables, n'a pas écouté les prières de ta bonne maman et si ton voyage ne portera pas des fruits inattendus, dit-il, hochant la tête.

— Oui, je le crois, répondit Alexandre. En toute humilité, je dois dire que cette idée m'est venue comme une inspiration. Je sens vraiment que je dois aller là-bas.

Il ne restait plus qu'à régler les détails du voyage. Il fut entendu qu'Alexandre écrirait à la tante Tremblay de Ville-Marie et qu'il suivrait ses conseils et ceux de ses fils qui travaillaient dans le Nouvel-Ontario.

En attendant la réponse, il se contenterait d'obéir au docteur LaChesnaie, qui lui avait fortement conseillé l'exercice au grand air.

Dès que les premiers pissenlits montrèrent leurs frimousses veloutées au bord des routes et dans les pelouses, il sortit sa canne à pêche et s'en fut à travers la forêt jusqu'au torrent dont on entend le grondement longtemps avant d'y arriver. Là, entre les arbustes presque couchés sur l'eau, il prenait des truites frétillantes, brillantes, froides et douces comme de l'argent poli, que sa mère et Émilie préparaient pour le repas du soir.

Jamais Alexandre n'avait connu de printemps aussi doux ; jamais il ne s'était senti aussi en harmonie avec la vie qui sourdait de partout, depuis la forêt qui se voilait de la gaze vert jade des bourgeons renaissants jusqu'aux pommiers qui déroulaient dans la lumière leurs bouquets de feuilles veloutées et minuscules, toutes prêtes à faire escorte aux fleurs odorantes qu'elles attendaient. Déjà les chatons au bord du ruisseau montraient un pelage argenté piqué de fleurettes jaunes qui annonçaient la venue des feuilles brillantes. Dans l'herbe, les violettes mauves, blanches et jaunes s'ouvraient pudiquement à l'ombre de leurs feuilles en fer de lance.

À la maison, le samedi soir, Charles se rasait de frais et s'endimanchait pour aller rendre visite à sa Jeannette tandis qu'Émilie, rougissante, ouvrait la porte à son timide amoureux. Il fallait alors une vigilance de tous les instants pour empêcher les turbulents jumeaux de faire subir au pauvre jeune homme des tours pendables. Cécile venait montrer à Alexandre ses devoirs de bonne écolière. La petite Estelle grimpait sur ses genoux et il la berçait en serrant contre lui le petit corps dodu et remuant. La vie renaissait en lui et au-dehors. Printemps merveilleux dont il emporterait le souvenir dans ce lointain Nouvel-Ontario, terre inconnue où il entreprendrait ses recherches.

II

À la mi-juin, Alexandre montait dans le train à North Bay, là où les rails d'acier brillants se tournent résolument vers le nord pour y rejoindre, à Cochrane, l'autre grande ligne de chemin de fer transcontinentale.

Ce trait d'union, le Temiskaming and Northern Ontario Railway, avait été construit entièrement par le gouvernement de l'Ontario. Lorsque George William Ross devint, le 21 octobre 1899, premier ministre de l'Ontario, il chercha immédiatement à découvrir un champ d'action propre à marquer glorieusement son règne et à le distinguer de ceux qui l'avaient précédé durant trente années d'administration libérale. Il arrêta son choix sur le développement du district immense qui s'étendait à partir des lignes du Canadien Pacifique (qui ne faisaient que drainer les ressources humaines et économiques vers l'Ouest et faire bénéficier Montréal du commerce intercontinental au détriment de Toronto) jusqu'à la baie James. Cette décision fut annoncée dans le discours du Trône qui marqua l'ouverture de l'Assemblée législative et suivie, dès la fonte des neiges, par l'envoi de dix expéditions bien équipées, composées de géologues et d'experts en agriculture et en foresterie, pour explorer ce territoire. Les rapports que lui firent ces spécialistes dépassèrent ses espérances.

À une centaine de milles au nord de North Bay, où bon nombre de colons étaient déjà établis, on trouvait, affirmaient-ils, un million d'acres de bonne terre arable argileuse, immédiatement à l'ouest et au nord-ouest de cet élargissement de la rivière des Outaouais appelé lac Témiscamingue. Mais ce n'était rien auprès de ce qu'il y avait plus au nord. Là se trouvaient plus de vingt-cinq mille milles carrés qu'ils surnommèrent la Grande Zone argileuse par rapport à celle moins étendue située plus au sud. Cette terre riche était irriguée par d'innombrables lacs et cours d'eau, parsemée de promontoires rocheux annonciateurs de richesses minérales et dotée d'immenses forêts.

Au cours de l'été, une délégation de colons du nord s'était présentée devant Ross et certains membres de son cabinet. Conduite par Charles C. Farr, diplômé d'une *public school* du nom de Haileybury, ancien bourgeois de la Hudson Bay et fondateur de la ville riveraine du lac Témiscamingue à laquelle il avait donné le nom de son *alma mater*, cette délégation avait peint en couleurs sombres les difficultés auxquelles devaient faire face les habitants de cette région, surtout durant l'hiver où ils se trouvaient complètement coupés du monde extérieur sauf par traînes à chiens. Puis, des marchands d'Haileybury et de New Liskeard avaient raconté avec indignation que des commerçants québécois venant de Fabre et de Ville-Marie s'étaient construit des traîneaux surmontés d'une cabine de toile, chauffée par un petit poêle, et traversaient ainsi en tout confort les trois milles de glace du lac Témiscamingue pour venir colporter sur la rive ontarienne alors qu'eux-mêmes étaient condamnés à attendre le premier bateau au printemps pour se ravitailler. Enfin, Farr avait pris la parole et, d'une voix chargée d'émotion, s'était adressé à Ross lui-même :

— Ce qu'il nous faut surtout, monsieur le premier ministre, ce sont des renforts, de bons immigrants protestants, ceux-là mêmes qui se dirigent tous vers l'Ouest par les trains du Canadien Pacifique. Il n'y a pas que les Britanniques qui soient aptes à exploiter ce magnifique pays : les Scandinaves et les Allemands font aussi d'excellents colons protestants. Ces renforts sont absolument essentiels si on espère endiguer le flot papiste de colons, d'ouvriers et de commerçants qui se déverse dans notre belle province en provenance des établissements québécois de l'autre rive. Souffrirez-vous, monsieur le premier ministre, que le nord-est de l'Ontario devienne un comté québécois, papiste et français ?

La réponse à cette question fut donnée le 12 mai 1902, à Trout Lake, près de North Bay, alors que fut retournée la première pelletée de terre marquant le début de la construction du Temiskaming and Northern Ontario Railway. Wilfrid Laurier, le premier ministre du Canada, avait refusé d'accorder des subsides car il était d'avis que les provinces ne devaient pas se mêler de construire des chemins de fer ; mais, malgré ce refus, l'Ontario allait de l'avant. Les discours officiels évoquèrent la possibilité de prolonger un jour ce chemin de fer jusqu'à la baie James afin de doter l'Ontario d'un port de mer pouvant concurrencer Montréal et Halifax.

Ross n'eut pas à se repentir de sa décision. De la même façon que la construction du Canadien Pacifique en

1885 avait amené la découverte de gisements de nickel à Sudbury, la construction du chemin de fer provincial entraîna de multiples découvertes. Dès l'année suivante, alors que l'on atteignait le mille 104, le forgeron Napoléon LaRose lançait, à ce que l'on racontait, son marteau à un renard rôdeur. Le marteau devait frapper un rocher, dont un fragment s'était détaché, exposant une veine d'argent d'une richesse incomparable. En 1906, le rapport du géologue Parks indiquait que la région de Porcupine s'annonçait comme un champ aurifère de première importance.

Il n'en fallait pas plus pour que l'on vît affluer de partout, des États-Unis, de l'Europe, de Toronto et de Montréal, une foule d'hommes attirés par les rumeurs de découverte de métaux précieux. Depuis plus d'un demi-siècle, on voyait, en Amérique du Nord, s'ébranler ces colonnes d'êtres humains comme des processions de fourmis progressant, malgré les obstacles les plus redoutables, d'abord vers les champs d'or de la Californie dans les années 1850, puis en 1898 vers les rivières aurifères du Klondyke. Maintenant, c'était vers le Nouvel-Ontario qu'elles se dirigeaient. En même temps que les prospecteurs et les bâtisseurs de chemins de fer vinrent les bûcherons qui abattaient les arbres pour alimenter la demande insatiable de bois pour la construction d'habitations et d'édifices, pour le chauffage et pour l'industrie des pâtes et papiers.

Dans le wagon qui l'emportait vers le nord, Alexandre s'épongea le front. Il n'aurait jamais cru qu'il pût faire aussi chaud dans ces territoires septentrionaux. Sous le soleil brillant défilait interminablement le vert sombre des hautes épinettes, éclairé çà et là par des bouquets de bouleaux blancs aux troncs éclatants, ou de hautes futaies de trembles vert argenté. Puis, jaillissait l'éclair d'un lac dont la placide étendue reflétait un ciel sans nuages. Rivières, ruisseaux, cascades suivaient les rails ou, serpentant capricieusement, forçaient le train à les enjamber plusieurs fois. Puis, la rumeur de ferraille s'amplifiait de façon assourdissante alors que le train s'engageait dans un long corridor taillé à même le roc vif.

À mesure que le soleil montait vers le zénith, la chaleur croissait. Les voyageurs accablés ouvraient les fenêtres du wagon dans l'espoir de jouir d'une brise fraîche, mais ils étaient bientôt forcés de les refermer car la locomotive, en suivant les rails tortueux, prenait tantôt vers la droite ou vers la gauche pour longer le rebord capricieux d'un bras de lac, puis revenait pour se diriger franc nord une fois l'obstacle contourné; la fumée âcre, noire et huileuse tantôt entraînée loin du train par la brise était bientôt, le train ayant changé de direction, ramenée vers les wagons qu'elle pénétrait en un tourbillon noir et étouffant, de sorte que les voyageurs prenaient vite l'aspect de mineurs sortant des galeries souterraines, la figure noircie par les poussières de la mine.

Alexandre ferma les yeux, oppressé par cette immensité, fétu de paille emporté à toute vitesse dans ce paysage illimité vers une destinée inconnue. Il se remémora les paysages plus amènes de son enfance, dans les monts des Cantons-de-l'Est, où les villages coquets se succédaient à des distances civilisées.

À l'une des extrémités du wagon, quatre hommes discutaient en anglais de prospection, d'analyses, de rendement par tonne. Près de lui était installé un groupe familial d'une douzaine de personnes dont cinq ou six enfants qui s'interpellaient dans une langue inconnue.

Vers la fin de l'après-midi, on commença à voir des habitations. D'abord, le conducteur annonça Temagami. Alexandre aperçut un grand lac dont les bras comme des tentacules fouillaient la forêt. Sur ses bords, une agglomération de cabanes en bois rond qui paraissaient minuscules par rapport aux grands conifères. Puis, Latchford et sa grande rivière couverte de billots qui dégringolaient les rapides. Enfin, Cobalt, qui l'étonna, indescriptible assemblage de cabanes et de tentes côtoyant des édifices qui n'auraient pas déparé une métropole. De larges rues non pavées où circulaient des tramways étaient bordées de maisons, des rues latérales se transformaient soudain en sentiers qui s'enfonçaient dans la forêt toute proche. Et dominant le tout, les hautes tours percées de multiples fenêtres et surmontées d'un toit pointu qui coiffaient l'entrée des puits de mine.

Une foule hétéroclite se pressait sur le quai de la gare, où les bottines vernies et les complets-veston voisinaient avec les bottes ferrées et les chemises de coton grossier des mineurs et des bûcherons. Par la fenêtre ouverte entrait une cacophonie de conversations et d'interpellations en langues diverses, anglais, français et autres — comme celle de la famille dans son wagon — qu'il ne pouvait identifier. Quelques passagers descendirent, d'autres montèrent et le train s'ébranla de nouveau.

— *North Cobalt, next station*, annonça le conducteur en traversant chaque wagon.

Alexandre ramassa la vieille valise de cuir éraflé à coins de métal qui venait du grand-père et, tenant son chapeau à la main, s'avança vers la portière. Il se demandait comment il reconnaîtrait son cousin Georges. Mais dès que le train s'immobilisa, il vit venir un jeune homme trapu, à la moustache noire tombante, qui souriait un peu timidement en lui tendant une main calleuse.

— C'est bien vous, Alexandre Sellier?

— Oui, et vous, vous devez être Georges Tremblay. Vous n'avez pas mis de temps à me trouver.

— C'était pas difficile. Vous ressemblez à votre père, mon oncle Octave. Vous êtes comme son portrait de noces tout craché. Et puis, acheva-t-il, il n'y avait que vous qui aviez l'air d'un homme de séminaire.

Alexandre en ressentit un vague déplaisir. À mesure qu'il se rapprochait de la prêtrise, il s'était habitué, durant les vacances à Sainte-Amélie, à se faire traiter comme une personne à part par ses anciens camarades d'école et avec un respect qui excluait la coquetterie par les jeunes filles. Mais ici, le dépaysement était si complet qu'il lui semblait avoir laissé là-bas tout ce qui lui était familier. Déjà Georges s'était emparé de sa valise et l'entraînait vers la rue.

— Ma femme vous attend. Vous avez pas dû manger grand-chose depuis North Bay.

La rue, un large chemin de terre où subsistaient les profondes ornières qui s'étaient creusées au dégel, était lignée des rails du tramway. De chaque côté, des cabanes de bois brut jaunissaient au soleil, des commerces se logeaient dans des bâtiments de deux et même trois étages, autour desquels couraient parfois de larges galeries, et des demeures plus cossues affichaient des portes d'entrée masquées de grandes vérandas contre les rafales de l'hiver. Tous ces bâtiments étaient à différents niveaux, suivant l'élévation de la couche de roc souterraine qui émergeait çà et là, parfois presque au niveau de la rue, parfois s'élevant en rocher abrupt.

Il était sept heures du soir et pourtant le soleil était encore haut à l'horizon. Les attelages qui passaient et même les pieds des passants soulevaient une poussière de glaise et d'humus qui s'attachait aux chaussures et collait aux vêtements.

— Nous ne prendrons pas le tramway, dit Georges. Je reste pas loin.

Ce nuage de poussière qui brillait au soleil et surtout les souches que l'on voyait partout, voilà ce qui avait le plus frappé Alexandre. Depuis qu'il avait quitté North Bay, il avait pu suivre le passage de l'homme dans cette forêt septentrionale par ces moignons de troncs mutilés qui se multipliaient entre les cabanes, autour des exploitations minières, le long des chemins, sur le bord des cours d'eau.

— Vous voyez, c'est celle-là, dit Georges en désignant une maison à deux étages recouverte de papier goudronné noir. C'est moi qui l'ai bâtie, ajouta-t-il avec fierté.

Sur le seuil de la porte, une jeune femme au visage rond et frais, à la taille épaissie par une maternité qui commençait à se manifester, les attendait.

— Ma femme, Jeanne-d'Arc, dit Georges.

Alexandre lui serra la main.

— Entrez, venez vous asseoir. Vous devez avoir faim. Je vous sers la soupe dans un moment. Georges, va donc lui montrer la chambre et porter ses bagages pendant que je prépare la table.

Georges précéda son hôte dans l'espèce d'échelle de bois brut qui tenait lieu d'escalier et ils se retrouvèrent à l'étage. Aucune cloison ne divisait le plancher craquant. Deux paillassons recouverts de courtepointes aux couleurs vives occupaient les deux angles opposés de la grande pièce. Une petite table en bois avec pot et cuvette et une chaise complétaient l'ameublement. Quand ils redescendirent, Jeanne-d'Arc s'inquiéta s'il dormirait bien là-haut et Alexandre se rendit compte qu'ils étaient tous deux intimidés d'accueillir ce cousin qui fréquentait le Grand Séminaire.

— Je voulais toujours faire des lits, dit Georges, mais quand j'ai fini mon « chiffre » de dix heures à la mine, je pense plus à me coucher qu'à travailler.

— Écoutez, vous deux. Je suis votre cousin Alexandre. Vous allez me tutoyer et arrêter de me traiter comme de la grande visite. Alors, tu travailles à la mine, Georges. Ça paie bien ?

— Pas mal. Je gagne trois belles piastres et demie pour chaque « chiffre » de dix heures. Ça me fait vingt et une piastres par semaine.

— Et c'est dangereux ?

Georges fit la moue.

— Pour sûr qu'il faut avoir l'esprit présent. Mais moi, je suis chanceux. Je travaille avec une vraie bonne équipe. Des gars expérimentés.

À ce moment, Jeanne-d'Arc les appela pour souper. La conversation porta sur la meilleure façon de commencer les recherches et sur le problème plus immédiat pour Alexandre de se trouver un emploi. Il vit que Georges était un peu sceptique.

— On n'engage pas à la mine dans le moment. D'ailleurs, c'est pas une job pour vous, pour toi je veux dire, ajouta-t-il en voyant la moue que lui faisait son cousin.

— Je prendrai n'importe quoi. Je ne sais pas que parler latin, tu sais. J'ai appris un peu à forger et à m'occuper des chevaux avec mon père et je suis prêt à bûcher ou à travailler au pic et à la pelle.

— Le mieux, dit Jeanne-d'Arc, c'est d'attendre Arthur. Il va descendre bientôt de son chantier sur la Wabi. Il vient tous les samedis soir pour passer le dimanche. Lui, il va savoir qu'est-ce qu'il faut faire.

En attendant l'arrivée d'Arthur, Alexandre ne se lassait pas de se promener dans cette agglomération qui s'échelonnait jusqu'au grand lac Témiscamingue, avant-garde du flot humain mis en branle par les négociants en bois et les spéculateurs miniers et par le gouvernement provincial de Toronto, emporté par la vision d'un Nord qui nourrirait facilement une population d'un million d'habitants. Un peu partout, on fouillait la terre pour découvrir et arracher les métaux précieux qu'elle recelait ; d'autres coupaient les arbres, qui descendaient ensuite par toutes les rivières affluentes, la Wabi, la Mill Creek, la rivière Montréal, et alimentaient les scieries dont on entendait incessamment la plainte déchirante des dents d'acier mordant dans les troncs résineux.

D'autres avaient acheté du gouvernement, au prix de cinquante cents l'acre, des terres qu'il leur fallait défricher et bâtir car ils n'en devenaient véritablement propriétaires que cinq ans plus tard, s'ils avaient rempli les conditions requises.

Et, dominant le tout, il y avait la majesté du lac Témiscamingue. Par les jours ensoleillés, c'était un miroir poli qui réfléchissait le bleu profond du ciel. De l'autre côté, on pouvait distinguer, tant l'air était pur et frais, la rive verdoyante où se trouvaient les établissements québécois. Alexandre l'avait observé un jour d'orage, alors que les nuages sombres montaient dans le firmament.

Les eaux profondes avaient soudain pris la couleur de l'acier, les vagues avaient brandi leurs crêtes blanches. Puis, la pluie était venue de la tête du lac, comme un rideau que l'on tire, oblitérant d'abord la rive québécoise, puis l'île où s'était arrêté Champlain en 1615 et enfin la pointe à Dawson, jusqu'à ce que le lac tout entier se fonde dans la grisaille du ciel comme si la moitié de la terre eût soudain disparu.

On achevait de souper le samedi soir lorsque Arthur fit son entrée.

— Salut la compagnie!

Le feutre plaqué à l'arrière de la tête, une mèche châtaine bouclée descendant sur le front, un mouchoir à carreaux rouges et bleus noué autour d'un cou puissant, le teint coloré d'un homme qui vit exposé aux éléments, Arthur était beaucoup plus exubérant que son frère. L'œil vif, le sourire facile, il plut à Alexandre.

— Je t'emmène prendre un verre au Matabanick, déclara-t-il aussitôt le souper fini. C'est samedi soir, après tout.

— Arthur, gronda Jeanne-d'Arc. Il est au Grand SéminaIre.

— Pas à soir, en tout cas. Pis on sait jamais qui on peut rencontrer. Tous les prospecteurs et les voyageurs vont être là. Si jamais on est pour trouver du monde qui ont connu François-Xavier ou son associé, t'as plus de chances au Matabanick qu'à la sacristie.

C'était là logique irréfutable et les deux hommes se retrouvèrent bientôt dans un tramway bondé en direction d'Haileybury.

Chemin faisant, Arthur indiqua les demeures cossues et identiques des deux frères Timmins, Noé et Henri, qui avaient fait fortune parce qu'ils avaient eu la perspicacité d'acheter la moitié des actions de Fred La Rose pour la somme de trois mille cinq cents dollars. Ils étaient ainsi devenus propriétaires du quart de la mine d'argent LaRose, Fred en ayant déjà vendu la moitié à ses patrons, les frères McMartin, sous-traitants dans la construction du chemin de fer. Non loin de là, et comme celles des Timmins jouissant d'une vue magnifique du lac, la résidence de Charlie Farr, le patriarche et fondateur d'Haileybury. Lorsque avait débuté la construction du chemin de fer, il avait cru toucher à la réalisation de son rêve de bâtir un petit coin de l'Angleterre sur les rives du lac Témiscamingue. Hélas, la découverte des mines d'argent de Cobalt et, plus tard, des mines d'or de Porcupine et de Kirkland Lake avait amené des flots d'étrangers parlant les langues les plus diverses et trop souvent papistes ou athées. En descendant la côte, on y voyait la Davey John's Assay Shop, là où les prospecteurs apportaient leurs échantillons pour que Davey en teste la valeur. Certains en repartaient avec l'espoir de la richesse, mais le plus souvent leurs rêves venaient y mourir.

Ils descendirent devant un édifice imposant de quatre étages, dont les deux premiers étaient entourés de grandes galeries peintes en blanc, affichant fièrement : Matabanick Hotel, Arthur Ferland, prop. À cette heure, la grande salle était bondée d'hommes aux costumes les plus divers, spéculateurs venus des métropoles, fermiers endimanchés, mineurs et bûcherons en chemises de grosse étoffe et bottes de cuir. La chaleur de tous ces corps par cette soirée tiède de juin, l'odeur sure de la bière, du whisky, de la sueur mêlée à la poussière de la rue et du bran de scie répandu sur le plancher saisirent

Alexandre à la gorge. Il suivit Arthur, qui répondait d'un signe de la main aux salutations qui fusaient sur son passage.

— *Hi, Art. How's it going*?

— Salut, Arthur!

Arrivé au comptoir, il commanda deux whiskies, jeta un coup d'œil circulaire et désigna une table où deux hommes étaient assis.

— Viens, on va aller s'asseoir avec Peter Olson. Il travaille pour le chemin de fer et voyage régulièrement tout le long de la ligne jusqu'à Cochrane.

Arthur présenta son cousin. Le compagnon de Peter s'excusa, disant qu'il devait partir, et les deux hommes s'attablèrent. Arthur expliqua à Peter la mission d'Alexandre, qui, pour sa part, traduisit en anglais pour le compte de Peter la dernière lettre qu'ils avaient reçue de François-Xavier.

— Lyle Wellesby, répéta songeusement Peter. Il me semble que ça me dit quelque chose. À moins que ce ne soit un nom qui lui ressemble. Vous savez, des Américains, il y en a beaucoup ici. J'en ai rencontré du Michigan, de l'Ohio, du Colorado et jusque du Texas.

Arthur fit signe au barman de remplir les verres.

— Mais j'y pense, continua Peter. La meilleure personne pour vous renseigner, ce serait le père Paradis.

— Qui est-il, ce curé?

— C'est un curé, mais pas un curé ordinaire, répondit Peter en riant. Ça fait des années qu'il parcourt la région. Il s'est établi au début du siècle sur la rivière Frederick House, dans les débuts de la prospection de l'or. Il a bâti une maison de pension un peu en bas de l'entrée du lac...

— Une maison de pension? demanda Alexandre, surpris.

— Je vous ai dit que c'était pas un curé ordinaire. Avant le chemin de fer, il n'y avait que le canot pour voyager ou la traîne à chiens l'hiver. Tout le monde passait devant le presbytère du père Paradis. Pour deux dollars, on avait le coucher et souvent le repas, même si on n'avait pas de quoi payer. Je pense qu'il garde un registre de ses paroissiens, comme il les appelle. Il connaît tout le monde dans le Nord.

— C'est en plein là que tu devrais aller, déclara Arthur.

— Mais je pensais travailler un peu d'abord, rembourser à mon père l'argent qu'il m'a avancé.

— Tu pourras toujours travailler après. C'est comme à la chasse. Si t'as une piste, tu prends pas le temps d'aller dîner.

— Je suis en visite chez ma sœur qui est veuve, dit Peter. Mais je reprends le service lundi. Prenez le train avec moi. Je vous dirai où descendre et comment trouver le père Paradis.

Quand Peter Olson les eut quittés, Arthur cria au barman d'apporter deux autres whiskies. Alexandre retira son verre quand il se présenta avec la bouteille.

— Merci. J'en ai encore.

Peu habitué, le whisky qu'il avait bu lui montait à la tête et il se sentait tout drôle.

— Il faudrait peut-être partir, hasarda-t-il. Georges et Jeanne-d'Arc vont nous attendre et peut-être s'inquiéter.

— T'en fais pas pour eux autres. Ils se couchent de bonne heure, dit-il en clignant de l'œil de façon significative.

Alexandre se sentit gêné. Il n'en était pas encore à cette acceptation franche de la chair. Pour détourner la conversation, il indiqua un homme de haute taille, debout au bar, qui venait de dire à deux hommes qui paraissaient ivres et houspillaient deux jeunes garçons de seize ou dix-sept ans: «*Leave them alone! I'm not going to tell you again.*»

— Ah, mais c'est Fred Lapointe. Hé! Fred, cria-t-il en agitant la main.

L'homme se tourna, sourit et salua de la main. Pendant qu'il se tournait, l'un des voyous avait assené un coup de poing au garçon le plus proche. «*Here, you goddam peasoup.*» L'adolescent, qui s'était à demi levé en voyant venir l'ivrogne, prit le poing en pleine figure. Il retomba sur sa chaise pendant qu'un mince filet de sang coulait de son nez, le long de son menton imberbe, et dégoulinait sur sa chemise de drap gris.

Fred émit une espèce de rugissement. Il saisit les deux individus au collet: «Vous voulez vous battre? On va se battre. Ça va être plus drôle avec quelqu'un de votre grosseur. Tous les deux ensemble si vous voulez, maudits boullés.»

Dans le tumulte, les serveurs criaient: «*No fighting! Mr. Ferland wants no fighting!*» L'un d'eux saisit un tisonnier près du poêle de fonte qui chauffait la pièce en hiver et fonça dans le groupe: «*Stop that! That's enough!*» Le tisonnier s'abattit et par ricochet frappa Fred à la tête.

Arthur bondit sur ses pieds.

— T'as vu ça, Alexandre? Maudits sauvages! On va vous montrer à prendre un gars par-derrière.

Il se rua sur le tas.

— Arthur, appela Alexandre, étourdi par la poussière, le tumulte, le whisky.

Il se dirigeait vaguement vers Arthur lorsqu'un coup de poing l'atteignit à la tête. Il trébucha. « Mais, j'ai été frappé, se dit-il avec étonnement. On m'a frappé ! » Une grosse bottine l'atteignit carrément au côté et il s'effondra sur le plancher, où il demeura un instant, confus. Puis, une rage folle monta en lui, balayant tout dans son cerveau. D'instinct, il saisit les jambes de son adversaire, qui, pris par surprise, tomba à la renverse. D'un mouvement souple, Alexandre se remit debout. Un homme s'avançait vers lui. Il saisit au poignet le poing qui se tendait, tandis que de toutes ses forces il lui rentrait son poing gauche dans le plexus. Avec un bruit de ballon qui se dégonfle, l'homme glissa au plancher. Il feignit avec la gauche vers un troisième tandis que le rebord de sa main droite atteignait l'adversaire sous la pomme d'Adam comme un taillant de hache dans un tronc d'arbre. L'homme s'affaissa comme un pantin. Puis, un coup atteignit Alexandre à la nuque et il perdit connaissance.

Lorsqu'il revint à lui, Fred et Arthur l'avaient porté dehors. Il était étendu sur l'herbe humide et les susurrations des maringouins bruissaient à ses oreilles.

— Tiens, le voilà qui s'éveille. Dis donc, c'est un fameux batailleur, ton cousin, dit Fred.

— Tu parles, il est de la famille. Mais va falloir qu'il apprenne à surveiller ses arrières, hein Fred ?

— N'empêche qu'on a nettoyé la place, nous trois, s'esclaffa Fred.

Sur le chemin du retour, Alexandre, rompu, se laissait bercer par le tramway. Arthur, lui, était en verve.

— Tu m'as surpris, Alex. Je pensais pas que les séminaristes apprenaient à se battre.

— Qu'est-ce que tu racontes. Je ne me suis pas battu depuis l'école du village quand Kid Desmeules, celui qui est devenu lutteur, nous donnait des leçons.

— En tout cas, t'as ben fait ça, même si t'aurais dû protéger tes arrières. Ça s'apprend. Mais tu sais, continua-t-il, c'était pas parce que c'étaient des Anglais. Des maudits boullés, y en a dans toutes les races. Mais les Anglais, y sont drôles. Y en a qui sont bouchés de partout. Y a rien à leur faire comprendre. Y en a d'autres, une fois qu'on leur a tapé sur la gueule un peu pour montrer qu'on veut se faire respecter, y sont tes amis pour la vie. Y en a d'autres, c'est des vrais *gentlemen*, justes, droits, comme mon futur beau-père.

— Je ne savais pas que tu allais te marier. Avec une Anglaise? Elle est protestante?

— Tu parles comme ma mère. Mais moi, le père Harmond, c'est comme mon père. C'est lui qui m'a aidé quand je suis arrivé dans les chantiers à quinze ans. J'étais tout seul de Canadien dans un camp d'Anglais, de Suédois, d'Irlandais, de toutes sortes de nations. Y m'avait donné des chevaux à mener et c'est moi qui charriais les provisions. J'ai toujours aimé les choses bien faites. Je m'étais fait un beau port pour mes chevaux, avec une bonne auge pour le foin et l'avoine. J'arrive un soir. Je dételle. Y avait d'autres chevaux dans mon port. Bon, que j'me dis. Quelqu'un s'est trompé. Je déménage les chevaux ailleurs et j'y mets les miens. Avant de me coucher, je retourne à l'écurie pour voir si tout était correct. Les mêmes chevaux noirs étaient revenus dans mon port. Je les regarde. Je reconnais les chevaux d'un grand flanc mou d'Anglais qui s'appelait Boyd. Je rentre dans le camp et je marche droit sur lui. « J'ai ôté tes chevaux pour la dernière fois, que j'y dis. C'est mon port. Tu sais que c'est moi qui l'ai fait. T'as qu'à t'en faire un si t'en veux. » Le grand air bête se met à rire. « Frenchie est pas content, qu'y dit. Mais moi, je prends pas d'ordre de Frenchie. » « Si j'te r'prends à faire ça, j'te casse ta grosse tête carrée », que j'y crie. « T'as besoin de pas venir tout seul pour m'la casser », qu'y répond. Tout d'un coup, un grand gars tranquille qui mesurait dans les six pieds quatre se lève. « Y viendra pas tout seul, Boyd. Moi, je serai avec lui. *Leave the kid alone.* » Et il se rassit.

J'ai pas besoin de t'dire que dans le fond j'étais pas fâché d'avoir eu de l'aide. Le père Harmond, c'était lui le grand boss. Il avait eu connaissance de tout ça. Il aimait aussi la façon que je travaillais. C'est comme ça que je suis devenu jobbeur. Y m'a donné ma chance. Y m'disait : « Art, quand quelqu'un te provoque, attends d'avoir ben raison, mais quand t'as raison à cent pour cent, y faut que tu te défendes. Et si t'es pris tout seul avec des gars comme Boyd, prends pas de chance. Bats-toi pas comme un homme, fesse pour tuer car t'auras pas de deuxième chance. » Pis y m'a conté comment lui avait pris charge d'un moulin à scie quand il avait rien que vingt-cinq ans. La compagnie l'avait envoyé prendre charge d'un moulin en haut de Mattawa, où ils n'étaient pas capables de garder un *foreman*. Les gars le battaient. C'étaient des vrais pas civilisés.

Arthur sortit son paquet de tabac et se roula une cigarette qu'il alluma.

— Le père Harmond arrive là, son revolver sur la fesse. Toute la journée, il inspecte le moulin. Les gars le regardent par en dessous. Au souper, il est assis au bout de la table. Personne lui parle. Il repère tout de suite le chef de la bande, un nommé Conroy, avec un cou comme un taureau et qui fait dans les deux cent soixante livres, pas gras. Après souper, tout le monde est assis dehors. Sur des bûches, y a des bouteilles de mises, histoire que les gars s'exercent à tirer. Presque sans faire attention, le père Harmond tire son revolver et crac crac, il casse six bouteilles sans en manquer une. « Bonsoir, les gars », qu'y dit. Et il entre à l'office pour se coucher. Par la fenêtre, y voit le dénommé Conroy qui s'en va chez le *bootlegger* et qui revient ben chaud. Y rentre dans le camp et y commence à déblatérer comment y va écraser ce maudit étranger d'Harmond. « Y en restera pas assez pour faire un enterrement », qu'y crie. Le père Harmond perd pas de temps. Il ramasse un petit banc en bois franc et il se cache derrière la porte. Silence de l'autre côté. Et vlan ! la porte s'ouvre d'un coup de pied et Conroy rentre en ouragan. Harmond lui ramène un coup de banc derrière la tête et l'étend sans connaissance à terre. Puis, il jette le banc sur le lit pour pas que ça fasse de bruit et que les autres devinent avec quoi il l'a frappé. Y griffe mon Conroy par les pieds et y le traîne au milieu du camp. « Y en a-t-y d'autres qui ont de quoi à dire ? Non ? Alors, couchez-vous. » Et il éteint la lampe. Après ça, y a pus eu de trouble.

— C'est sa fille que tu vas épouser ?

— Ouais. Le père Harmond et moi, on va bâtir un moulin à scie à la baie à Migneault. Y m'a invité chez lui. Sa plus vieille, Louise, c'est une ben belle fille et qui a du caractère. J'aime ça, moi, une femme qui a du caractère.

— Tu l'épouses à l'église catholique?

— Y ont pas d'objections. « Art, qu'y m'a dit, le père Harmond, les protestants, les catholiques, ils enseignent tous la même chose : y faut être juste, y faut pas voler, y faut pas coucher avec la femme des autres, y faut pas faire aux autres qu'os' qu'on voudrait pas qu'y nous fassent. Je laisse le bon Dieu se débrouiller avec tout ça. »

Le lendemain matin, quand Alexandre s'éveilla, Arthur était déjà levé. Il entendait des voix à travers les planches mal jointes du plancher. C'était Arthur qui racontait leurs prouesses à l'hôtel Matabanick. Quand il le vit apparaître dans l'escalier, il cria :

— Le v'là, le champion! Je pense que maintenant y peut partir tout seul pour les pays du Nord. Fred et moi, on a complété son éducâtion, ajouta-t-il en traînant ironiquement l'avant-dernière syllabe.

Alexandre s'installa devant le petit miroir de la cuisine pour se raser avant d'accompagner ses cousins à la messe dominicale. Il fut surpris d'apercevoir son visage tuméfié et se souvint avec honte de la rage avec laquelle il avait combattu, de l'espèce de volupté avec laquelle il avait frappé et vu choir ses adversaires. « Ah, père Anselme, gémit-il intérieurement, si seulement vous pouviez voir votre agneau maintenant. » Comment croire qu'il avait pu à ce point perdre la maîtrise de soi?

Il lui sembla entendre le père Anselme qui lui répétait : « Mon fils, on ne se connaît jamais bien soi-même. Prends garde! »

III

Le lendemain, il prit congé de sa cousine. Arthur était parti de bon matin pour retourner à ses chantiers; Georges travaillait à la mine. Il se rendit à la gare et y retrouva Peter Olson en uniforme de garde-frein qui l'attendait comme promis.

Ils se tenaient debout sur le quai fait de grosses planches, regardant de temps à autre vers le sud, d'où apparaîtrait, au bout des rails luisants, la locomotive noire au plumeau gris.

Peter sortit son paquet de tabac et l'offrit à Alexandre.

— Merci, je ne fume pas. Et comme j'ai fait une pleurésie au mois de mars, le médecin m'a fait promettre de ne pas m'habituer.

— Dommage. Dans ce pays-ci, on est content de pouvoir mettre le feu à quelque chose les trois quarts de l'année. Quand c'est pas le froid, c'est les mouches.

— Pourtant, il fait chaud. J'ai été surpris de voir qu'il faisait plus chaud que chez nous, dans les Cantons-de-l'Est.

— Bien sûr, parce que nous sommes en plein été.

Il y a deux semaines d'été ici : la dernière de juin et la première de juillet. Après ça, même par une journée chaude il peut s'élever tout à coup un petit vent frisquet du nord. Et dès le mois d'août, on risque les gelées blanches. Le dicton c'est : neuf mois d'hiver, trois mois de mauvais temps.

— Quand même, on doit exagérer.

— À peine. La seule chose dont on peut être sûr dans ce pays, c'est qu'on peut pas être sûr de rien.

La plainte lointaine d'une locomotive se fit entendre. Le train s'approchait avec force sifflements et s'immobilisa dans un nuage de fumée âcre et de vapeur blanche.

— Je te reverrai dans le train, Alex. T'en as pour un bon cinq heures avant d'arriver à Porquis Junction. De là, tu prends le train vers Porcupine et tu descends à Kelso. À la gare de Kelso, on te dira comment arriver chez le père Paradis.

De nouveau, Alexandre se trouva emporté à travers cette forêt illimitée. Ici et là, des fermes, des champs qui paraissaient minuscules, des rivières, des lacs. Combien avait-il vu de cours d'eau depuis qu'il avait quitté North Bay ? Il songea que s'il était possible de survoler ce pays dans les machines volantes dont on commençait à parler, on serait ébloui par toutes ces surfaces étincelantes reflétant le soleil et que la forêt sombre serait, comme les cieux étoilés de la nuit, semée de feux sans nombre reliés comme les galaxies, comme la Voie lactée, par les grandes rivières qui sillonnent à l'infini ces immenses étendues.

Dans les minuscules clairières des fermiers, dans les vastes superficies des exploitations forestières, toujours les éternelles souches comme des poils de barbe sur une joue mal rasée.

Il remarqua que dans ce pays on n'était jamais loin de l'odeur de la fumée, même par ce temps de chaleur et de sécheresse. Dans les fermes, les abattis brûlaient. De chaque côté du chemin de fer, dont la construction ne remontait qu'à quelques années, des monceaux de troncs d'arbres, de broussailles semblaient autant de bûchers attendant l'étincelle du sacrifice.

Quand enfin on approcha de Porquis Junction, il fut ramené au souvenir du sinistre qui avait peut-être coûté la vie à François-Xavier. Bien que ce fût le deuxième été et que la nature s'employait inlassablement à en effacer la trace, les grands arbres noircis dressaient toujours leurs troncs lépreux, tendaient leurs branches décharnées d'où pendaient des lambeaux d'écorce calcinée. À leurs pieds, les arbustes de bleuets poussaient déjà leurs bouquets durs vert foncé et les fleurs à feu à corolles magenta couraient dans les baisseurs comme des flammes. Çà et là, des espaces gris, des creux remplis de cendres rappelaient la grande conflagration qui avait balayé la région.

Alexandre frissonna malgré lui en songeant à François-Xavier. Il n'avait jamais vu de véritable feu de forêt, mais il imaginait la terreur d'être pris au piège par les flammes au milieu de ces fourrés si combustibles. Il lui semblait sentir le souffle embrasé s'avançant. Où pouvait-on fuir alors que l'on se trouvait au milieu de la fournaise ?

— Porquis Junction, cria le conducteur, entrant dans le wagon.

Il ouvrit la porte du soufflet, à l'autre extrémité.

— *This way out!*

Le train en direction de Porcupine attendait sagement en gare pour cueillir les passagers arrivant du sud. Alexandre envoya la main en signe d'adieu à Peter Olson, qui, perché au bout du train, attendait pour donner le signal du départ. À Kelso, il n'eut pas à se renseigner auprès du chef de gare car il aperçut, de l'autre côté de la route, une réclame: Geoff's Livery Service.

Comme le lui avait assuré Peter Olson, tout le monde connaissait le père Paradis.

— C'est un dollar, dit le patron. Aristide va vous conduire.

Et il appela Aristide. Un petit homme brun et vif entra.

— Ce monsieur veut se faire conduire chez le père Paradis. Attelle donc Girlie. Ça lui fera du bien de courir un peu.

L'employé sortit et Alexandre le suivit, sa valise à la main.

— Avec un nom comme Aristide, vous devez parler français, dit-il comme l'homme faisait reculer la jument baie entre les brancards du buggy.

— Eh oui, mon nom c'est Salois et je viens de Notre-Dame-du-Lac. « *Whoa, Girlie, whoa, take it easy* », dit-il à la jument, qui continuait à piétiner. Comme vous voyez, ici, même les chevaux parlent anglais. Et vous, d'où est-ce que vous venez?

Songeant que la meilleure façon de conduire son enquête était d'en parler au plus grand nombre possible de gens, Alexandre le mit au courant de son histoire. Pendant qu'il parlait, la jument les menait bon train sur la route où les roues soulevaient, du fond des ornières de glaise séchée, une poussière blanche qui restait longtemps suspendue dans l'air calme, formant derrière eux une grande traînée de brume.

— Comme ça, votre frère est venu l'année du feu. Faut dire qu'il en passait du monde à ce temps-là. Benny Hollinger et Alec Gillies avaient découvert la grosse mine d'or seulement deux ans auparavant. Même si on est loin, la nouvelle s'était répandue et ça arrivait à pleins trains. On voyait même des petits messieurs de la ville qui partaient dans le bois en bottines vernies...

« *Whoa, whoa* », cria-t-il à la jument en tirant à deux mains sur les guides car la route descendait dans un vallon marécageux où l'on avait placé des rondins transversaux pour empêcher les véhicules de s'embourber; la vibration et le cahotement menaçaient de rompre les roues et rendaient toute conversation impossible. La route remonta la colline et de nouveau roula sur la boue séchée.

— Vous pouvez pas faire erreur en allant voir le père Paradis, continua Artistide. Lui, y connaît tout le monde. Il est ici depuis le début. Vous verrez, c'est tout un curé. D'ailleurs, on arrive. C'est sa maison, là-bas.

Sur le bord de la rivière, Alexandre aperçut un grand camp en bois rond dont le toit était percé d'un tuyau de fer coiffé d'un bonnet d'acier. Autour, toutes sortes de dépendances, de remises avec des canots tirés parmi les inévitables souches. Un quai rudimentaire de billots flottants avançait dans l'eau. Un canot d'écorce y était amarré.

— Son canot est là. Il est pas parti à la pêche.

Aristide sauta par terre et lança les guides autour d'une souche. Il frappa à la porte.

— Père Paradis! Je vous amène de la visite.

La porte s'ouvrit et une espèce de colosse barbu parut sur le seuil. Chaussé de mocassins, une carrure de bûcheron, une énorme barbe noire qui s'étalait sur sa poitrine et montait le long de son visage pour rejoindre les cheveux noirs touchés d'argent. Deux yeux noirs et vifs regardaient Alexandre à l'abri de sourcils broussailleux. Il tendit une large main velue.

— *How do you do*? *You're new around here*?

— Oui. Je suis venu du Québec par le train. Peter Olson m'a conseillé de venir vous voir parce que vous pourriez m'aider dans mes recherches.

— Bon, vous avez pus besoin de moi, monsieur Sellier? Alors salut, père!

— Salut, Aristide.

Les deux hommes regardèrent Aristide s'éloigner. Du geste, le père invita Alexandre à entrer.

— Je n'ai pas souvent le plaisir d'accueillir des voyageurs qui parlent français, dit-il. Vous me voyez tout prêt à vous aider. Je ne sais pas quelles recherches vous voulez faire. Pourvu que vous ne me demandiez pas de vous aider à trouver autant d'or que Benny Hollinger, ça va.

Un gros rire le secoua tandis qu'il faisait passer son hôte à l'intérieur. Alexandre mit un moment à s'habituer à la pénombre avant de distinguer l'aménagement de la pièce. Une table en bois blanc avec un long banc de chaque côté, un gros poêle de fonte et deux fauteuils de rondins recouverts de peaux occupaient l'avant du camp. D'autres bancs couraient le long du mur de gauche; au fond, une longue plateforme recouverte de branches de sapin servait de lit aux voyageurs. Entre le poêle et le mur, une cloison à hauteur d'homme formait une alcôve où l'on distinguait le lit du maître de céans. Des planches formant rayons au mur étaient garnies de livres. Sur un meuble fruste, une cuvette et un pot en émail bleu. Puis, les rayons se multipliaient et se muaient en comptoir vis-à-vis de la table. Là étaient le garde-manger et la batterie de cuisine.

— Hein, ça ressemble pas beaucoup à vos beaux presbytères des vieilles paroisses, dit le père s'asseyant dans l'un des fauteuils et indiquant l'autre à son invité.

— En effet, acquiesça celui-ci en pensant aux sept chambres à coucher avec salles de bain du presbytère de Sainte-Amélie-de-la-Vallée.

— Tel que vous le voyez, je ne le changerais pas contre un archevêché. Ma paroisse est vaste et parmi mes paroissiens il y a toutes les races : Indiens et Métis, Anglais et Canadiens français — la plupart des pays européens sont représentés et il y a même quelques Chinois.

— Ils ne sont pas tous catholiques, sans doute.

— Non. Mais tous ont besoin, à un moment donné, de nourriture, d'abri, de célébration dans la joie — naissances, mariages —, de consolation dans l'adversité, la maladie et la mort. Et tous savent qu'ils peuvent trouver ici ce dont ils ont besoin, depuis le gars de chantier qui, en une semaine, a bu l'argent gagné par le dur labeur de tout un hiver jusqu'au financier de Toronto ou d'ailleurs que ses richesses ne mettent pas toujours à l'abri des malheurs de la vie.

⁂

Le lendemain matin, Alexandre fut éveillé tôt, autant par le concert d'oiseaux saluant le lever du soleil que par la pensée qui ne le quittait plus depuis la veille : il avait enfin retrouvé la trace de François-Xavier. Dans le registre que le père conservait des visiteurs qui s'arrêtaient à son presbytère sylvestre, avec quelle émotion il avait lu, à la page du 17 juin 1911 : Lyle Wellesby, Américain ; François-Xavier Sellier, Canadien.

Le père dormait paisiblement dans son alcôve. Alexandre s'habilla sans bruit et sortit sur le pas de la porte. Malgré l'heure matinale, le soleil avait déjà dépassé la cime des grands pins gris qui émergeaient de la forêt sombre couvrant les deux berges de la rivière. Çà et là, à la surface des eaux qui coulaient majestueusement vers le nord-ouest, s'accrochaient des bancs de brume. Dans la clairière parsemée de souches qui entourait le camp, une mouffette portant haut la queue comme un panache descendait vers la rivière, suivie de cinq petits chancelants, en file indienne, qui s'efforçaient d'imiter sa démarche pleine de dignité.

Tout cela, son frère l'avait vu. Son canot avait quitté le quai rudimentaire pour se diriger vers le nord-ouest, où on avait signalé des formations géologiques prometteuses. Et quand arriverait l'ami dont le père lui avait parlé, ancien géologue au service de la Standard Oil maintenant retiré dans un ranch au Colorado et qui venait chaque été en voyage de prospection, il partirait à son tour pour cette région sauvage qui détenait le secret du sort de son frère. Le père s'était souvenu de lui malgré les nombreux prospecteurs qui étaient passés cet été-là, d'abord parce qu'il était canadien-français et ensuite parce qu'il avait servi sa messe dans la minuscule chapelle d'été en bois rond.

Alexandre se dirigea vers les dépendances où se trouvaient remisés quelques canots de voyageurs qui reviendraient les reprendre, mais dès qu'il s'en approcha les chiens de traîne que le père gardait pour ses voyages durant l'hiver se mirent à aboyer férocement. Il se hâta de revenir à la maison, mais son hôte parut sur le seuil.

— Alors, on est matinal. Est-ce le paillasson de sapinage qui vous empêche de dormir?

— Pas du tout. J'ai dormi comme un roi. C'est plutôt le dépaysement, la hâte de partir.

— J'ai peur que vous ne trouviez le voyage un peu rude. Heureusement que nous sommes dans le plus beau temps de l'année et que Tom Clegson est un homme qui aime ses aises. Il voyage plus par plaisir de se promener dans les bois que par fièvre de trouver de l'or.

— Il faudrait que j'écrive à mes parents. Ils vont être contents de savoir que j'ai trouvé quelqu'un qui a connu François-Xavier.

— Excellente idée. Pendant ce temps, je vais aller à la pêche.

Après le petit-déjeuner, Alexandre s'installa à la grande table, trempa la plume dans l'encre et écrivit:

> *Mes chers parents,*
> *Je vous écris du presbytère d'un missionnaire, le père Paradis, chez qui François-Xavier s'est arrêté quand il est parti avec son compagnon pour son voyage de prospection. Je ne saurais vous exprimer l'émotion qui m'a saisi en parlant avec ce prêtre, qui se souvient bien de lui et qui est peut-être le dernier à l'avoir vu...*

Longtemps sa plume courut sur le papier car il savait

avec quelle avidité sa mère et toute la famille liraient et reliraient sa lettre, en savoureraient jusqu'aux moindres détails. Il la termina en disant :

> *Je m'attends de partir bientôt avec un prospecteur américain que le père connaît bien et son guide métis. On me dit qu'il faut une semaine à dix jours pour arriver à cette région. Si je compte l'aller et le retour et le temps d'y voir clair là-bas, je devrais revenir vers la mi-août. J'ai comme un pressentiment que je réussirai et que cette longue incertitude prendra fin. Si pour une raison ou pour une autre je devais être quelque peu retardé, ne vous inquiétez pas. Je serai avec des gens sûrs et je ne courrai aucun risque.*

IV

Au début de juillet, alors que le père et Alexandre revenaient de la pêche, ils virent qu'une tente avait été dressée sur la rive en face de leur habitation.

— Ça doit être Jim Kentick qui vient chercher Tom. Allons les saluer. Tu feras connaissance puisque c'est probablement avec eux que tu voyageras.

Ayant traversé la rivière, ils mirent pied à terre sur une pointe de rocher et tirèrent le canot dans les hautes herbes. Près de la tente, un homme bronzé coiffé d'une casquette fumait sa pipe assis sur un tronc d'arbre renversé. Deux femmes s'affairaient autour d'un petit feu au-dessus duquel une chaudière à thé était suspendue.

— Hé, Jim, héla le père d'une voix de stentor.

L'homme se leva vivement et s'avança la main tendue, un large sourire découvrant ses dents tachées de tabac.

— *Father*...

Le père donna la main à tous et présenta Alexandre comme un futur compagnon de voyage. Jim répondit que de fait ils attendaient Tom Clegson d'une journée à l'autre.

— Nous nous préparions à souper. Voulez-vous vous joindre à nous?

— Avec plaisir, mais à une condition: c'est moi qui fournis le poisson, répondit le père.

Il se dirigea vers le canot et revint avec une branche de saule où étaient embrochés trois gros brochets et quatre truites saumonées.

— Hin, hin, toujours le champion des pêcheurs, père.

Il tendit la brochette à Mary, sa femme, qui se retira à l'écart avec sa sœur, Sophia, pour préparer le poisson. Le père ralluma sa pipe et s'assit sur une pierre en face de Jim. Alexandre noua plus serré son mouchoir rouge autour du cou et enfonça son chapeau sur sa tête. Avec la fin de l'après-midi, malgré le soleil encore haut, les maringouins sortaient des sous-bois et s'acharnaient sur son visage. Le père se mit à rire.

— Il va vraiment falloir que tu apprennes à fumer la pipe. Dans ce pays, c'est une nécessité pour se défendre des maringouins, mouches noires, taons à chevreuil et autres bestioles qui abondent. En attendant, va donc t'asseoir de l'autre côté de Jim pour bénéficier de la fumée du feu de cuisson.

Jim et le père parlèrent de la trappe qui avait été assez bonne, des prospecteurs qui se répandaient dans les bois à la recherche de l'or. On discuta du frère d'Alexandre, mais la limite de chasse de Jim était plus à l'est. Il leur assura cependant que l'on ne manquerait pas de rencontrer des Métis ou des Indiens qui connaissaient bien ces régions.

Les deux femmes s'avancèrent, portant des assiettes en fer-blanc où s'entassaient des morceaux de poisson dorés qui dégageaient un fumet appétissant. Jim rompit des morceaux de banique en guise de pain. Alexandre avait vu le père confectionner, dans une poêle à frire, cette sorte de crêpe épaisse faite de farine, de graisse, de poudre à pâte et d'eau. Des fraises des bois et du thé complétèrent ce repas, que l'on mangea dans la quiétude du soir, tandis que les oiseaux se pourchassaient dans les frondaisons et qu'un écureuil curieux, assis sur une branche de pin, les observait d'un œil rond et noir.

Quand les hommes eurent fini leur repas, les femmes recueillirent les assiettes et mangèrent à leur tour.

Alors qu'ils avironnaient pour retourner au presbytère, le père assura Alexandre qu'il ne pouvait voyager avec un guide plus sûr que Jim Kentick.

— C'est le fils d'un employé de la Hudson Bay et d'une Indienne. Quand son père est retourné en Angleterre, il a grandi dans la tribu de sa mère. Il connaît le pays comme sa main et c'est un brave type. Heureusement, l'été s'annonce sec. Vous aurez du beau temps pour voyager.

Ce ne fut que trois jours plus tard que l'on vit arriver l'Américain, conduit par Aristide. Pendant que ce dernier déchargeait les bagages, Tom Clegson serra la main du père.

— J'ai été retardé car je voulais visiter des amis à Swastika et à Kirkland Lake, surtout Harry Oakes. Voilà un prospecteur qui ne lâche pas. Il vit à longueur d'année dans un misérable camp en bois rond. Il parcourt les bois même en hiver pour piqueter des *claims* et couche à la belle étoile, enveloppé d'une couverture de peaux de lièvre. Mais ça, c'est pas pour moi, ajouta-t-il en riant. J'aime trop le confort. Parfois, je me demande si c'est le plaisir de passer l'été en forêt plus que l'espoir de découvrir de l'or qui me ramène chaque été dans ce pays. Certainement, comparé à Harry Oakes, j'ai pas la fièvre de l'or. Je suis comme vous, père.

— Oh, moi, je suis immunisé à vie. Si j'avais eu à l'attraper, je l'aurais déjà. Oubliez pas que j'ai été l'un des premiers à fouler ce qu'on appelait l'Escalier d'or de la Dome quand Harry Preston l'a trouvé. Il fallait voir ça. C'était une veine d'or quasiment pur, comme un ruisseau d'or figé dans la pierre. Quand on a vu ça...

— Et vous n'avez jamais eu l'idée d'enregistrer un *claim*? demanda Tom.

— Oui, une fois, au tout début. C'était en 1902. On commençait déjà à piqueter des *claims* autour de Porcupine. Pour la forme, j'en prends deux dans un endroit qui me paraissait propice. Puis, je les oublie. Je pars en voyage visiter des campements indiens. Quand j'y pense, le délai est déjà expiré. Quelqu'un d'autre les a enregistrés à son nom. Alors, j'écris sur une planchette que je plante dans le sol: « J'ai travaillé en vain (Isaïe, 49, 4) ». Quelques mois plus tard, je repasse par là. Une autre planchette avait été fixée au bas de la mienne. C'était écrit: « Je moissonne où je n'ai pas semé (Matthieu, 25, 26) ».

— Vous avez eu affaire à des voleurs qui lisaient les Saintes Écritures. Il faut dire qu'on trouve de tout ici, dit Tom.

— Eh oui, j'en ai vu passer de toutes sortes. J'ai connu des blancs-becs de la ville qui arrivaient ici tout excités et qui se lançaient en forêt en bottines vernies. Plusieurs n'en sont jamais revenus. Le pays n'est pas tendre pour les écervelés.

Puis, craignant d'avoir blessé Alexandre, il se hâta d'expliquer :

— Ce n'était pas le cas de ton frère. Lui et Lyle Wellesby, c'étaient des gens sérieux.

Et il se mit à raconter à Tom la mission qu'Alexandre s'était donnée. Celui-ci ne se fit pas prier pour l'accepter comme membre de l'expédition.

— Je vous embauche comme aide-prospecteur, dit-il, d'autant plus que ça nous fera un porteur de plus. Quand on ramène des échantillons, ça fait lourd dans les portages.

Le départ fut fixé à la première heure, le lendemain matin.

⁂

Le lendemain soir, après la première journée de voyage, lorsque enfin Tom donna le signal d'arrêt, Alexandre commençait à se demander s'il survivrait plusieurs semaines à ce régime.

À l'aube, les bagages avaient été entassés au centre du canot de toile. Jim se tenait à l'avant et guidait l'embarcation, les deux femmes ramaient à l'arrière et Tom et Alexandre se relayaient comme quatrième rameur. Deux heures plus tard, il avait fallu portager car des rapides et une chute barraient la décharge du lac Frederick House. Une fois le canot déchargé, Jim avait attaché les avirons croisés à la barre du canot. D'un geste souple, il l'avait enlevé et renversé sur sa tête, le bout des avirons et le siège du centre formant un collier bien équilibré sur ses épaules. Il était parti d'un pas régulier par un sentier mal tracé qui longeait la rivière. On avait réparti les bagages entre les quatre personnes qui restaient : une poche de fèves de cent livres, une poche de farine, un seau de graisse de cinquante livres, la batterie de cuisine rudimentaire, le petit poêle de tôle, les deux tentes.

De plus, le père avait donné à Alexandre un sac à dos en toile dans lequel il avait mis « de quoi survivre en forêt si tu es séparé des autres et que tu t'énerves pas » : des bas de laine et des vêtements chauds de rechange, une boîte de métal étanche pleine d'allumettes, une vingtaine de pieds de forte ligne et des hameçons, une hachette, un couteau de chasse, une boussole, une couverture, des collets de laiton pour les lièvres et les petites bêtes.

Lorsque Tom avait divisé les charges, les deux femmes étaient parties avec chacune sur le dos un sac de cent livres retenu par une courroie qui s'appuyait sur leur tête protégée par une écorce de bouleau. En les voyant soulever cette lourde charge, Alexandre avait eu un geste chevaleresque, mais Tom l'avait arrêté sur-le-champ.

— Laisse, elles ont l'habitude et tu vas voir qu'il nous en restera assez. Tu vas prendre le seau de graisse par-dessus ton sac et la batterie de cuisine. Moi, avec mes bouteilles d'acide et mes outils, mon sac est assez lourd. Je prendrai les deux tentes et je fermerai la marche avec ma carabine.

Le cortège s'ébranla. Le sentier était rude, s'élevant sur des rochers à certains endroits, les contournant à d'autres de sorte que l'on perdait de vue la rivière écumante et que l'on n'entendait plus que le grondement des rapides. Parfois, il plongeait dans des fondrières où le muskeg cédait sous leurs pieds et l'eau mouillait leurs bottes. Les mouches noires et les taons à chevreuil s'acharnaient sur leurs visages en sueur, seule partie découverte à part les mains. Dès que l'on émergeait de sous les arbres, le soleil tapait dur.

Alexandre était parti assez allègrement, mais à la longue le fardeau lui paraissait de plus en plus lourd. Il manquait d'expérience dans l'art de distribuer sa charge et les courroies mordaient dans ses épaules meurtries. Jim et les deux femmes avaient disparu à un tournant du sentier.

— Arrêtons-nous un moment, dit Tom. Nous sommes presque rendus car j'entends la chute.

Alexandre ne demandait pas mieux que de déposer sa charge. Il suivit Tom, qui monta sur un rocher et s'avança vers le bord. À cet endroit, la rivière se rétrécissait, resserrée entre deux collines de granit qui avaient dû n'en faire qu'une autrefois. Mais l'eau s'était infiltrée dans une faille, l'avait agrandie, usant la paroi rocheuse jusqu'à creuser un chenal de quelque cinquante pieds de profond où le torrent se précipitait. Au bout du chenal, un énorme bloc s'était détaché et renversé, formant un escalier géant que l'eau descendait en bondissant, retombant dans la plaine pour y continuer son cours majestueux. Ils aperçurent près de l'eau redevenue calme Jim et les deux femmes, qui attendaient. Tom leur fit un signe de la main auquel Jim répondit.

— Allons, dit Tom, nous avons encore fort à faire.

Le reste de la journée, sauf un bref arrêt pour dîner, se passa à ramer. Au moins, au milieu de la rivière, les mouches leur laissaient quelque répit. Mais il y avait la chaleur, le miroitement éblouissant du soleil sur les eaux, la fatigue du portage, le maniement de l'aviron pendant des heures. Aussi Alexandre fut-il heureux lorsque Tom, apercevant une clairière au bord de la rivière où l'herbe paraissait douce et où un rocher pouvait servir de paravent, tira sa montre et cria à Jim :

— Qu'est-ce que tu penses de cet endroit pour camper cette nuit ?

— C'est bon.

— Alors, on s'arrête.

Une fois à terre, Tom dit à Alexandre :

— Je te laisse monter les tentes avec Jim pendant que je vais voir un peu le terrain.

Jim choisit un emplacement sec, d'où il balaya brindilles et cailloux. Alexandre le secondait de son mieux, lui laissant l'initiative, respectueux de ses connaissances supérieures de la vie des bois. Lorsqu'on fut prêt à monter la tente, il allait la disposer pour que, de l'entrée, on pût voir couler la rivière.

— Non, dit Jim, il faut toujours tourner le dos au dieu du Nord.

— Pourquoi ?

— Ça porte malchance si on ne le fait pas.

Les deux femmes s'affairaient de leur côté à ramasser du bois sec et à préparer le repas. L'odeur du poisson grillant sur le feu et de la banique cuisant dans la poêle ramena le prospecteur. Après le souper, les femmes creusèrent un trou dans un endroit sablonneux, vestige de plage de mer disparue, y disposèrent un chaudron couvert contenant des fèves, de la graisse, des condiments et de l'eau, et le recouvrirent de braises et de sable. Puis, elles jetèrent des herbes humides sur ce qui restait du feu pour que la fumée éloigne les moustiques. Tandis qu'elles s'éloignaient à la recherche de baies sauvages, Tom et Jim discutaient de la route à parcourir avant d'atteindre le lac Waniki, où Tom voulait prospecter. Bientôt Alexandre s'excusa, disant qu'il avait sommeil. Il entra dans la tente où Tom et lui avaient mis leurs affaires et fut content de s'envelopper dans sa couverture, de poser sa tête sur son sac en guise d'oreiller, de détendre son corps endolori. Il glissa presque aussitôt dans le sommeil.

Une espèce de frôlement le réveilla. Il faisait nuit, mais la portière de la tente avait été soulevée et on distinguait le clair de lune. Ce devait être Tom qui venait se coucher. Alexandre allait se rendormir lorsqu'il devint conscient que deux personnes avaient pénétré dans la tente. Assez de lumière filtrait par le ventilateur pour qu'il pût distinguer la silhouette d'une femme qui précédait la haute carrure de Tom. Suffoqué, Alexandre était maintenant complètement réveillé. Tom déplia la couverture, enleva ses vêtements. La femme s'était couchée. Tom s'étendit près d'elle et l'enlaça. Bientôt, il la couvrit de son corps, tandis qu'elle demeurait curieusement passive, résignée, comme la bonne terre qui se laisse fouiller par la charrue, comme l'eau qui s'ouvre devant le canot. L'étreinte fut assez brève. L'homme geignit, puis il glissa de côté et bientôt se mit à ronfler.

Alexandre, le cœur battant, la tête en feu, ne pouvait se rendormir. Il avait honte d'avoir été, par inadvertance, témoin d'un accouplement aussi désinvolte, d'avoir assisté à un abus aussi flagrant, sans rien faire, sans rien dire et de s'en être par le fait même rendu complice. Le dégoût succédait à l'indignation. Finalement, la fatigue de la journée finit par avoir raison de son énervement. Quand il s'éveilla, il faisait jour et il était seul dans la tente. Il se glissa dehors rapidement. Jim chargeait le canot. Les deux femmes préparaient silencieusement le petit-déjeuner. Elles avaient dégagé le chaudron de son enlisement, la chaudière à thé bouillait sur le feu. Quand Mary enleva le couvercle, une odeur délicieuse se répandit dans la fraîcheur du matin. Alexandre s'aperçut que malgré tout il avait grand-faim.

— Alors, bien dormi? demanda Tom.

L'indignation d'Alexandre ressurgit à ce rappel des événements de la nuit. Il rougit et, évitant le regard de Tom, répondit brièvement:

— Je crois que j'ai fait un mauvais rêve.

Les femmes apportaient les assiettes fumantes et la conversation cessa. Tout en mangeant, il se prit à observer les deux Indiennes. Mary était robuste, presque aussi grande que son mari, assez forte de taille; l'autre, Sophia, était plus délicate et paraissait plus jeune. Toutes deux avaient des visages ronds, le teint mat, les cheveux noirs brillants, avec raie au milieu, ramenés en tresse sur le dos. Elles servaient en silence et, quand elles répondaient à une question de Jim ou de Tom et qu'elles souriaient, leurs yeux noirs demeuraient énigmatiques et leurs visages reprenaient vite leur gravité naturelle.

On remit le canot à flot et chacun reprit sa place. La rivière coulait, large et tranquille. Parfois, une bête fuyait dans les broussailles, un corridor ombreux s'ouvrait là où un ruisseau venait déverser son tribut d'eau claire dans le flot sombre de la rivière. Vers onze heures, on arriva en vue d'une colline rocheuse et Tom cria à Jim de tirer au bord, qu'il voulait l'explorer. La rive était basse et marécageuse, les aulnes et les saules trempaient dans l'eau.

— J'amène le canot jusqu'à la pointe là-bas pour qu'on puisse débarquer, répondit Jim.

— Tu viendras avec moi, Alex. Je crois qu'il y a de la roche intéressante par là et je voudrais y regarder de plus près. Autant commencer tout de suite à apprendre ton métier de prospecteur.

Les deux hommes marchèrent en silence, Tom frayant le chemin, Alexandre le suivant avec la carabine. Ils débouchèrent au pied de la colline, qui présentait un aspect de rochers gris et blancs perçant le sol recouvert de lichens et de plantes ligneuses rêches et sèches. Ils s'arrêtèrent un moment pour respirer. Tom tira sa blague à tabac et se mit à remplir sa pipe. Il jeta un œil à son compagnon, qui, le visage fermé, regardait au loin.

— T'as pas l'air dans ton assiette. Qu'est-ce qui te chiffonne ?

— Je vous l'ai dit, j'ai mal dormi.

Intérieurement, il s'en voulait de se laisser intimider, de ne pas pouvoir lui dire ce qu'il pensait de sa conduite.

— Mais j'y pense, le père Paradis m'a dit que tu étais presque un curé. Je gage que tu t'es aperçu, même si tu paraissais dormir, que Sophia couche dans ma tente.

Alexandre éclata.

— Comment pouvez-vous abuser ainsi d'une pauvre Indienne, vous en servir, comme ça, en passant…

— Minute, mon garçon. Je n'abuse de personne. Je ne prends personne de force, moi. Je suis un honnête homme. Quand j'ai engagé Jim comme guide l'an dernier, je lui ai dit qu'en plus je voulais une femme pour prendre soin de moi. Il m'a parlé de la sœur de sa femme, dont le mari est mort dans un accident. Elle est venue avec moi l'an dernier et elle était d'accord pour revenir cette année.

— Mais vous êtes marié ?

— Et après, qu'est-ce que ça peut faire ? Ma femme

est avec mes enfants dans mon ranch au Colorado. Moi, j'ai besoin d'une femme pendant que je prospecte dans le Nouvel-Ontario.

— Et si vous lui faisiez un enfant, à Sophia?

— D'abord, je fais attention. Et ensuite, si elle devenait enceinte, ça ne voudrait pas dire que ce serait de moi. Je ne lui demande pas la fidélité.

— Mais ça pourrait être de vous. Cet enfant serait-il moins votre enfant que ceux que vous avez faits à votre femme?

— Tiens, tu m'embêtes avec tes questions. Bon Dieu! C'est quand même pas moi qui ai inventé le système. Jim a été fait par un facteur de la Hudson Bay qui avait une femme temporaire au Canada pendant que la sienne l'attendait sagement en Angleterre. Le continent a été exploré et ouvert comme cela. Tous ces découvreurs, Français, Anglais, Espagnols, s'ils sont parvenus aux Rocheuses, au Pacifique, à l'Arctique et, surtout, s'ils en sont revenus, c'est parce qu'ils étaient guidés par les autochtones et parce que les femmes indigènes ont pris soin d'eux. Ces femmes, elles les nourrissaient du produit de leur chasse et de leur pêche, cuisaient leurs aliments, raccommodaient leurs vêtements, les soignaient dans la maladie. Mais surtout, elles empêchaient ces blancs-becs de faire des bêtises qui leur auraient coûté la vie. On ne raconte pas ça dans les livres d'histoire qu'on apprend à l'école. Il n'y a qu'à voir le nombre de Métis français, anglais et autres sur ce continent pour savoir que cette chose-là a commencé avec les premiers Blancs qui sont venus en Amérique. Et ils n'ont pas tous été aussi honnêtes que moi, et ils ne le sont pas toujours. Ils ne demandent pas toujours la permission.

Ce disant, il se mit à grimper vers l'arête du roc. Alexandre le suivit.

— Je ne peux quand même pas partager votre tente...

Tom s'arrêta.

— Tu veux partager la femme aussi ?

— Ça, jamais !

Tom se mit à rire.

— Tu sais, je n'ai pas d'objections si elle est d'accord. Mais mettons les choses au clair une fois pour toutes. Nous n'avons que deux tentes et, si tu vas dans la tente de Jim, tu risques les mêmes ennuis, même si selon tes idées ce serait plus légitime. Si tu veux coucher dehors, libre à toi, mais avec les moustiques, les bêtes et les orages, tu risques d'avoir le sommeil perturbé.

Alexandre paraissait si découragé que Tom ne put s'empêcher de s'esclaffer.

— Écoute. Quand le père Paradis m'a demandé de t'amener, j'ai vu que t'étais un bon gars, serviable, intelligent et je me suis dit que ça me ferait un bon compagnon et un auxiliaire utile dans la prospection. Si t'avais été morose, je n'aurais jamais accepté.

— Pourquoi ?

— Parce qu'il ne faut jamais s'engager dans la forêt avec des pisse-vinaigre. Des gens qui ne peuvent surmonter les événements ordinaires de la vie vont céder à la panique dans les difficultés et attirer les pires ennuis. Dans ce cas-ci, je suis toujours content de t'avoir, mais à une condition : contente-toi de vivre et de laisser vivre. C'est ce qui vous manque à vous autres, fanatiques d'une religion ou d'une autre. Tiens, je me souviens d'avoir lu dans une revue savante qu'il y a une cinquantaine d'années un Écossais rigidement presbytérien avait organisé une expédition vers le pôle Nord en excluant soigneusement les femmes car il ne tolérait pas les péchés de la chair. Sais-tu comment ça s'est terminé?

— Non.

— Ils ont tous péri comme des chiens, dit Tom avec satisfaction.

Il s'arrêta devant une veine de quartz qui coupait la pierre grise et se mit à enlever la mousse.

— Alors, tu as le choix. Tu continues avec nous, tu m'épargnes les sermons et tu te mêles de tes affaires. Ou tu retournes chez le père Paradis. On n'en est qu'à la deuxième journée, il fait beau, on te donne des vivres et tu n'as qu'à suivre la rivière. Pour le moment, j'aimerais prendre un échantillon de ce quartz. Là où le blanc rencontre le gris, c'est là qu'on trouve de l'or, disaient les vieux prospecteurs.

V

Huit jours plus tard, ils arrivaient au lac Waniki. Ils y seraient parvenus plus tôt s'ils n'avaient entrepris un court voyage pour remonter l'un des affluents de la rivière Oschinichou. Même si cette expédition entreprise uniquement dans le but d'aider Alexandre dans ses recherches s'était soldée par un échec assez cocasse, celui-ci y avait vu la preuve qu'il pourrait retracer son frère, si toutefois il avait échappé au sinistre et s'il continuait d'habiter quelque part dans cette région.

On avait vu venir un canot et Jim avait reconnu Teddy Mayacho avec sa famille, des Cris qui trappaient le long de la rivière. On leur avait demandé s'ils connaissaient des Blancs — prospecteurs ou trappeurs — qui vivaient autour de là. Teddy avait répondu que oui, qu'il y en avait un qui s'était bâti un camp sur la Taywah, à une demi-journée de canot de l'embouchure. Jim connaissait la Taywah et Tom avait accepté d'aller voir. « Après tout, je n'ai pas d'horaire fixe, avait-il dit. Ça me fera du pays de plus à explorer. » Et comme Alexandre le remerciait :

— Mais non, ce n'est rien. Peut-être que ça me portera chance. Dieu sait qu'on a besoin de chance quand on prospecte. Tiens, est-ce que tu savais que Benny Hollinger et Alec Gillies ont trouvé la mine de Porcupine à quelques pas de la tranchée qu'avait creusée Reuben d'Aigle l'année précédente ? Même ils ont juré avoir vu l'empreinte du talon de sa botte sur la veine d'or la plus riche du terrain.

Deux heures plus tard, Jim ayant tourné la pince vers l'embouchure, on se mit à remonter la Taywah, un cours d'eau assez paisible. Vers la fin de l'après-midi, on aperçut une palissade faite de pieux dont l'extrémité finissait en pointe acérée. Cela rappelait à Alexandre les illustrations des forts bâtis aux premiers temps de la colonie en Nouvelle France. Jim dirigea le canot vers la rive et sauta par terre. Alexandre, qui examinait la palissade, vit tout à coup un mouvement se produire vers le haut, comme si quelqu'un se déplaçait sur une plateforme, une ombre qui se distinguait à claire-voie. Une tête dépassa, les rayons du soleil firent briller des cheveux roux.

— François-Xavier ! cria-t-il.

— *That is not the password*, répondit une voix avec un fort accent britannique. *Don't come any closer, I have you in sight.*

Silencieusement, Jim indiqua à Tom le canon d'une carabine qui sortait par une sorte de meurtrière pratiquée dans le haut de la palissade.

— Nous venons en amis. Nous cherchons quelqu'un, cria Tom.

— Qui cherchez-vous ?

— François-Xavier Sellier, répondit Alexandre.

— Il n'est pas parmi nos sujets, reprit la voix. Et nous connaissons tous nos sujets.

— Vous êtes donc un roi ? plaisanta Tom.

— Non, seulement prince de Galles, héritier de la couronne, défenseur de la foi.

— Il est fou à lier, grommela Tom à voix basse. De toute façon, ce n'est pas ton frère, Alex ?

— Non.

— Alors, allons-nous-en avant qu'il lui prenne l'envie de nous tirer dessus.

Et tout haut :

— Nous vous demandons la permission de nous retirer, Altesse royale.

— Permission accordée !

— Reste au bord tant que nous ne serons pas éloignés de la cabane, Jim. Les arbres l'empêcheront de viser. On ne sait jamais avec ces illuminés.

Puis, se tournant vers Alexandre :

— Tu vois ce que ça donne, un homme sans femme…

Mais voyant qu'Alexandre était encore sous le coup de l'émotion d'avoir cru retrouver son frère, Tom ne poussa pas plus loin la plaisanterie.

Le soir, quand on établit le camp au lac Waniki, Alexandre discuta avec Jim de la possibilité de savoir s'il y avait d'autres Blancs dans la région. Jim l'assura qu'il y avait des villages indiens plus loin, que ces gens parcouraient tout le bassin de la Moose River pour trapper et qu'ils sauraient le renseigner car ils avaient une façon étonnante de transmettre les nouvelles. On appelait cela le « télégraphe du mocassin », sans trop savoir de quelle façon au juste cela fonctionnait. « Vous pourriez les rencontrer au printemps, quand ils sortent à Cochrane et dans la région d'Haileybury pour vendre leurs fourrures. Mais il y en a qui remontent plutôt vers le nord et vont vendre leurs fourrures à Moosonee et aux postes de traite de la baie d'Hudson. »

Le lendemain, on commença à prospecter sérieusement. Les trois hommes partaient de bon matin. Les deux femmes restaient au camp à pêcher, à étendre des collets pour les lièvres et autres petites bêtes, à cueillir des framboises et des bleuets.

C'était le début d'août. On avait eu peu de pluie et mouches et moustiques se faisaient moins nombreux. Maintenant que l'on ne se déplaçait pas chaque jour, Alexandre s'était construit un abri de branchages recouvert d'une toile qui avait servi à envelopper des provisions. Il y avait déménagé ses hardes sous l'œil narquois de Tom, qui s'était cependant abstenu de commentaires. Lorsque, après une journée de travail, il s'étendait sur la terre encore chaude de soleil et qu'il regardait, par les interstices des branches qui formaient les murs de sa cabane, les constellations brillant dans le ciel d'été, Alexandre goûtait une paix et un contentement comme il n'en avait jamais connu auparavant.

Pendant leurs travaux durant le jour et le soir autour du feu, Tom racontait ses expéditions pour le compte de la Standard Oil au Venezuela, en Australie, où il avait fait la connaissance de Harry Oakes, qui avait découvert la Tough Oakes Mine à Kirkland Lake et qui continuait sans relâche ses recherches.

— La façon qu'il est devenu propriétaire de la Tough Oakes montre quelle sorte de gars c'est. Quand il est arrivé à Kirkland Lake, il y a une couple d'années, il s'est vite aperçu que les meilleurs terrains avaient déjà été piquetés. Alors, il se rend à Matheson, au Mining Recorder, pour y étudier les enregistrements et s'aperçoit que cinq concessions viendront à échéance le 11 janvier 1911. Il n'en parle à personne. Quand arrive le 10 janvier, il n'a pas pu ramasser assez d'argent pour payer l'enregistrement. Alors, il va trouver George et Tom Tough et leur offre de devenir partenaires. Savez-vous ce qu'ils ont fait ? À minuit, par un froid de cinquante sous zéro, à la lueur d'une lanterne faite d'un bout de chandelle dans une boîte de conserve, ils ont mesuré et piqueté les cinq terrains. Et ça dans un sol accidenté, recouvert d'arbres, par une nuit noire et dans la neige jusqu'aux couilles. Mais le meilleur, continua Tom, ce n'est pas ça. Il y en avait d'autres aussi qui surveillaient les enregistrements périmés. Comme le jour commence à paraître, ils voient venir Bill Wright, le prospecteur qui détenait les plus beaux *claims* des environs, qui s'en venait avec une équipe. Trop tard. Le piquetage était fait et il était parfaitement légal.

— C'étaient de bons terrains ? demanda Alexandre.

— Ça produit assez bien. On y a trouvé une bonne quantité d'or en surface, facile à extraire. Même si sa moitié rapporte assez bien, Harry continue de vivre dans une misérable cabane sur ses terrains et emploie tout l'argent qu'il en retire pour continuer ses explorations. Il veut à tout prix avoir sa mine d'or à lui tout seul. Il finira par la trouver, croyez-m'en, car le sous-sol de ce pays en est plein et Harry a la tête dure comme le quartz qu'il mine.

⁂

Le dimanche, les travaux cessaient. Tom employait la journée à classer ses échantillons, à pratiquer des analyses sommaires et à étudier les cartes géographiques et les rapports publiés par le Service des mines de l'Ontario. Jim fumait sa pipe au soleil ou réparait le canot. Les femmes allaient à la pêche ou à la cueillette des fruits sauvages. Alexandre aimait pêcher, mais il préférait faire de longues promenades à la découverte de ce pays où la végétation était si différente de celle des forêts d'érables et de merisiers de ses montagnes natales.

C'est ainsi qu'il s'offrit à accompagner les femmes, qui avaient découvert un champ de bleuets près d'un petit lac, source du ruisseau qui coulait près de leur campement. On avait aperçu des ours dans les environs et il est connu que ces omnivores sont friands de bleuets. Malgré que ni Mary ni Sophia n'aient exprimé de crainte et qu'en général les bêtes s'enfuient à l'approche des humains, il se dit que ce serait là un but utile et agréable à sa promenade dominicale.

— Regarde bien les formations rocheuses, lui recommanda Tom. Tu me diras quelle sorte de rochers on y trouve.

Les deux sœurs partirent à l'avant le long du petit ruisseau qui coulait paresseusement, suivant les méandres de son lit, ne se hâtant pas de se jeter dans le grand lac qui l'engloutirait. Alexandre les suivit, la carabine sous le bras. Après presque une heure de marche, ils parvinrent au lac, plutôt un étang, où le ruisseau prenait sa source. Des collines arrondies l'encadraient. Dans les clairières, au pied des épinettes, les petits arbustes ployaient sous le poids de leur moisson bleue et sucrée. Pendant que Mary et Sophia s'employaient à la cueillette, Alexandre escalada la colline la plus élevée et s'assit sur une espèce de promontoire. À ses pieds, comme un morceau de ciel dans un plateau de verdure, la surface parfaitement lisse des eaux. Une famille de canards aux plumes chatoyantes brun et saphir sortit des herbes aquatiques et des nénuphars jaunes, et glissa sans bruit, rayant à peine la surface brillante de minuscules ondes triangulaires. Les petits étaient déjà grands. L'automne arrivait, comme le signalaient les asters mauves au cœur d'or qui couraient dans les clairières comme une fumée légère. Le jeune homme soupira puis, se souvenant des recommandations de Tom, il se mit à examiner les rochers des alentours. D'abord, il ne vit rien de particulier dans ces rochers gris où s'agrippaient les lichens. Puis, il tomba sur un massif qui semblait être d'un beau granit rouge sombre tacheté de blanc. Il ne se rappelait pas en avoir vu jusqu'alors.

Quand, à son retour, il le décrivit à Tom, celui-ci se montra fort intéressé.

— Tiens, ça vaut la peine d'aller voir. D'après ce que tu me dis, ça pourrait être du porphyre. D'ailleurs, les rapports des géologues en mentionnent la présence. L'intéressant, c'est que le porphyre renferme parfois du tellurite et que le tellurite peut être associé à l'or. On ira voir ça demain matin.

Dès que le jour parut, ils s'y rendirent avec leur attirail. Malgré le soleil qui brillait, un vent froid soufflait, présage de l'hiver qui approchait. Ils ne s'en plaignirent pas car jamais ils n'avaient trouvé de pierre si dure à entamer. Jim et Alexandre travaillaient en équipe, l'un tenant le foret et l'autre frappant avec le lourd marteau. Un quart de tour de foret, un coup de marteau. Il fallait beaucoup d'adresse pour frapper le foret avec force, sans déraper, car il était tenu par une main humaine et on aurait risqué de mutiler son coéquipier.

Ils travaillèrent presque toute la journée avant de réussir à percer les trous que Tom leur avait demandé de faire. Quand il les trouva assez profonds, Tom développa les bâtons de dynamite et laissa couler les grains au fond du trou. Il inséra la mèche dans le détonateur, en scellant l'ouverture avec un morceau de savon. Puis, avec un bâton bien aiguisé, il pratiqua un creux dans la poudre et y inséra le détonateur, déroulant la mèche à la surface du sol. Les deux hommes le regardaient faire, fascinés par cette opération délicate avec une substance aussi dangereuse.

— Allez vous mettre à l'abri en arrière du gros rocher là-bas, celui où vous voyez le grand pin.

— Si loin que ça?

— On ne prend pas de chance avec la dynamite. Allez!

Une fois qu'ils y furent rendus, Tom fit craquer une allumette et enflamma la mèche. Il les rejoignit au pas de course. Ils attendirent. Après un moment, voyant qu'il ne se produisait rien, Alexandre se leva pour voir si la mèche s'était éteinte. Tom le tira par le bras.

— Baisse-toi, idiot!

La détonation retentit, étonnante dans le silence impressionnant de la forêt, répercutée à l'infini par l'écho. Les éclats de pierre retombaient comme la grêle tandis que la poussière et l'odeur âcre de la poudre se dissipaient lentement. Au signal de Tom, ils s'approchèrent. Tom se mit à examiner les fragments qui jonchaient le sol.

— Mes amis, je crois qu'on a vraiment quelque chose, dit-il avec révérence. Regardez. Vous voyez ces points verdâtres dans le grain de la pierre? C'est du tellurite, j'en suis sûr.

— Alors, on a découvert de l'or?

— Ça, on le saura ce soir. Apportons des échantillons et je ferai le test des vieux prospecteurs.

Aussitôt le souper pris, Tom raviva le feu, disposa les morceaux de pierre dans le fond du chaudron et les mit à chauffer sous les yeux du groupe intrigué.

— Si le tellurite dans le porphyre contient de l'or, quand on le fait chauffer, il «sue» l'or. Attendons. On verra bien. La première fois que j'ai vu faire ça, c'était en Australie. Harry Oakes était avec nous. Harry et moi, nous étions jeunes et sans expérience, mais les vieux prospecteurs, eux, savaient.

Lorsqu'il les jugea suffisamment chauffés, il prit les fragments un à un avec des pinces et les examina de près. Soudain, il poussa un cri.

— Regardez!

Ils se pressèrent autour. À la surface de la pierre, de minuscules points dorés scintillaient comme les étoiles d'un ciel de novembre.

— Hein, qu'est-ce que vous dites de ça? Peut-être tenons-nous la fortune dans nos mains. Il ne reste plus qu'à voir s'il y en a assez pour faire une mine.

Ils travaillèrent fiévreusement durant toute la semaine à explorer les alentours, à prélever des échantillons. La veine de porphyre se manifestait sur une longueur assez considérable. On s'employa à mesurer et à piqueter trois concessions minières de quarante acres chacune.

— Bon, dit Tom en se frottant les mains, il ne me reste plus qu'à descendre à Porcupine les faire enregistrer et faire analyser mes échantillons pour savoir ce que ça rapporte la tonne.

Pendant qu'il parlait, Alexandre songeait: «C'est fini.

Il faut retourner. Et je ne sais rien de plus au sujet de François-Xavier. »

Tom remarqua son air songeur.

— Ah, c'est vrai, j'oubliais. Ça n'arrange pas ton affaire.

Après discussion, il fut décidé que Jim irait reconduire Tom le plus rapidement possible chez le père Paradis. Alexandre demeurerait au camp avec Mary et Sophia jusqu'à son retour et ils se rendraient alors tous ensemble au terrain de chasse de Jim, visitant en route un campement indien que Jim connaissait. Tom lui laissa la tente ainsi que les vivres et l'équipement dont il n'avait pas besoin pour le retour.

— Tu n'auras qu'à les laisser chez le père Paradis en passant, lui dit-il. Je n'en aurai pas besoin avant le printemps prochain. Pour le moment, une fois les formalités complétées, si le rapport en teneur aurifère est bon, je retourne chez moi pour organiser le financement en vue de commencer l'exploitation le printemps prochain. Maintenant, voici ton salaire. Tu m'as porté chance et tu m'as été un bon compagnon. Si tu veux continuer à travailler avec moi l'an prochain, je serai toujours heureux de t'accueillir.

Alexandre protesta :

— C'est trop, c'est trois fois plus que nous n'avions convenu.

— Tu l'as bien gagné, Alex. Si tu ne m'avais pas signalé la présence de ce rocher, je manquais mon coup. D'ailleurs, si la mine rapporte, je t'enverrai des actions et j'en enverrai aussi à Jim.

Avant le départ, il lui demanda son adresse chez ses parents, à Sainte-Amélie.

— À ce qu'il paraît, je reviendrai assez souvent dans la région. Si jamais j'entends parler de quoi que ce soit qui puisse t'aider dans tes recherches, je te le ferai savoir.

Ils regardèrent le canot s'éloigner sur le lac. Alexandre songea qu'il avait maintenant assez d'argent pour payer son billet de chemin de fer et rembourser la somme avancée par son père. Il serait à temps pour la rentrée au Séminaire. Mais non. Il valait mieux tenter cette ultime chance d'en savoir plus long. Il ne regretta plus d'avoir écrit à ses parents une lettre que Tom se chargerait de mettre à la poste leur expliquant sa décision.

VI

Deux semaines plus tard, Alexandre était installé au camp d'hiver de Jim et de sa famille sur les bords du lac Sassabic. Deux cabanes de bois rond avaient été bâties à flanc de colline. Dans l'une, habitaient Jim, Mary et leurs trois enfants ; dans l'autre, Sophia, son fils Nat, âgé de six ans, et l'aïeule, la vieille Anna, dont personne ne savait l'âge.

On avait visité le campement indien chemin faisant, un groupement de wigwams si bien dissimulés dans une baie profonde qu'un voyageur moins avisé que Jim ne l'aurait jamais découvert. Au fond de l'anse, une douzaine de canots avaient été tirés sur la rive. Alors que l'on était encore à une petite distance du rivage, Jim avait hélé les silhouettes que l'on distinguait entre les habitations. Au son de sa voix, une meute de chiens de traîne, féroces demi-loups, avaient dévalé la pente et bondi sur le rivage, grondant et jappant, prêts à dévorer le téméraire qui y mettrait pied, démontrant la sagesse de Jim de ne pas s'en être trop approché.

Puis, un jeune homme était apparu et avait dispersé la meute à coups de gourdin. On avait tiré le canot à terre et salué un homme d'âge mûr, au teint fortement basané, qui était venu à leur rencontre. Jim avait présenté Alexandre au chef Frank Padaway. Prévenu par Jim, il avait remis au chef un modeste présent de thé et de sucre. Malgré sa bonne volonté, le chef n'avait pu l'aider. « Il n'y a qu'un Blanc qui vit à une demi-journée de canot du poste de la Hudson Bay, mais c'est un homme à cheveux blancs qui s'y trouve depuis de nombreuses années », avait-il dit. Le grand feu n'avait pas atteint cette région. Chaque été, on voyait des prospecteurs, mais à sa connaissance tous étaient repartis.

Jim avait consolé Alexandre de sa déception en lui assurant que l'on contacterait d'autres bandes d'Indiens.

Le mois d'août n'était pas terminé, mais déjà le vent se faisait de plus en plus glacial et le matin le givre étincelait sur l'herbe brunie.

— L'hiver viendra de bonne heure cette année, dit Jim. Il faut se dépêcher de se préparer.

Déjà, les femmes s'employaient à boucaner et à sécher viandes et poissons. Jim, Alexandre et Charlie, le fils aîné de Jim, un garçon costaud d'environ douze ans, se rendirent jusqu'au poste de traite de la Hudson Bay pour y acheter des provisions. Il ne manqua pas d'interroger les gens qu'il y rencontra, mais sans succès. C'était à croire que son frère n'avait jamais visité la région.

Alexandre secondait de son mieux Jim et Charlie, qui avaient huit bouches à nourrir, neuf avec lui. Petit à petit, il apprenait à aimer cette vie rude et l'hospitalité sans détour de cette famille qui l'avait accueilli avec tant de simplicité. De Jim, il apprenait à traquer l'orignal farouche et le chevreuil timide. Quand approcha la fin de novembre, alors que la fourrure des animaux a atteint son épaisseur d'hiver, il apprit à disposer les pièges pour les différentes espèces. Jim connaissait parfaitement son territoire et savait déceler et identifier les pistes aux moindres rognures ou brindilles coupées, aux excréments, à de légers indices qu'un œil moins exercé aurait ignorés. À son école, Alexandre apprenait lentement à déchiffrer le livre de la nature, art aussi difficile que la lecture et l'interprétation des écrits humains. Il s'occupait surtout de l'abattage et du sciage du bois sec en quantité suffisante pour alimenter les poêles des deux habitations, délivrant Jim de cette corvée.

Le soir, alors que les femmes et même l'aïeule s'occupaient à l'apprêtage des peaux et à l'entretien et à la confection des vêtements, Alexandre devenait instituteur. Charlie avait été mis en pension pendant deux ans pour fréquenter l'école de la mission protestante. L'an prochain, ce serait le tour de son frère cadet, Felix. Avec Nat et la petite Jessie, qui n'avait que quatre ans et qui rappelait à Alexandre sa sœur Estelle, ces quatre enfants constituaient son auditoire. L'école n'était pas obligatoire et elle représentait plutôt pour eux une forme de récréation. Le professeur improvisé trouvait une source de grande satisfaction à voir ces quatre paires d'yeux noirs braqués sur lui, attentifs à ne rien perdre de ses paroles.

Lorsque Noël arriva, la famille se prépara à se rendre au poste de la Hudson Bay pour les célébrations. Un missionnaire protestant viendrait de Moose Factory pour les offices religieux et le facteur de la Hudson Bay donnerait un grand festin suivi d'une danse à laquelle assisteraient tous les Indiens et Métis qui traitaient à ce poste. Alexandre s'offrit à demeurer au camp avec l'aïeule et les jeunes enfants afin de permettre aux trois adultes et à Charlie de s'y rendre. Jim l'assura qu'il ne manquerait pas de s'enquérir pour lui auprès de tous les assistants s'ils ne savaient pas quelque chose au sujet de son frère. Les rivières et les lacs constituant les seuls chemins d'accès, il était sûr que si vraiment les deux prospecteurs s'étaient rendus là où ils avaient dit qu'ils se rendraient, quelqu'un les aurait vus.

Il y avait toujours la possibilité (pratique courante chez les prospecteurs) qu'ils aient délibérément brouillé leurs traces pour empêcher les rivaux de les suivre. C'est ce que Jim expliqua à Alexandre à son retour des festivités. Il était plus que probable que c'était là la clé de l'énigme. Même si François-Xavier avait écrit dans sa dernière lettre que lui et son compagnon se dirigeaient vers le nord-ouest, peut-être lui-même ignorait-il le but précis de leur voyage et il se pouvait que Lyle Wellesby, qui était un prospecteur d'expérience, n'ait pas révélé à son compagnon l'endroit exact où il voulait prospecter.

Cependant, le voyage au poste de traite avait eu un résultat imprévu. Jim y avait rencontré un ami d'enfance de Moose Factory, Jos Noustook, qui accompagnait le révérend Nichol dans son voyage. Jos avait remarqué Sophia, qui n'avait pas repoussé ses avances. Il était donc probable qu'au printemps, lorsque son travail de conducteur de chiens pour le révérend prendrait fin, on verrait arriver le prétendant à la main de la douce Sophia. Jim voyait cette idylle d'un bon œil. Sophia avait besoin d'un mari, Nat d'un père et lui d'un associé.

Chacun reprit ses occupations quotidiennes. Les grandes tempêtes hurlaient autour des camps, rendant la corvée du bois de chauffage plus difficile. Il neigeait souvent et si abondamment qu'il avait fallu déblayer autour du garde-manger, sorte de plateforme érigée entre trois grands pins pour tenir la viande et le poisson gelés hors de portée des bêtes et de leurs propres chiens, car les bancs de neige empilés et durcis par le froid s'élevaient si haut qu'ils risquaient de fournir aux voleurs un commode chemin d'accès.

Au début de mars, l'aïeule, qui, enveloppée dans son châle voyant de plaid rouge et jaune, se tenait toute la journée assise sur un petit banc près du poêle, ses yeux noirs bridés disparaissant dans les plis de son visage raviné, se mit à faiblir visiblement. Une nuit, Alexandre, qui couchait sur un paillasson de l'autre côté du poêle, l'entendit geindre. Au matin, il s'aperçut qu'elle ne faisait aucun effort pour se lever. Les yeux clos, elle marmottait et répétait sans cesse les mêmes syllabes. Comme il n'avait jamais pu communiquer avec elle autrement que par signes puisqu'elle ne parlait que le cri, il appela Sophia, qui vint se pencher au-dessus de sa grand-mère.

— Qu'est-ce qu'elle dit ? demanda-t-il.

— Elle dit que le temps est venu, qu'elle veut voir ses petits-enfants.

Il sortit donc en toute hâte avertir Jim et sa famille. Les enfants embrassèrent leur arrière-grand-mère et tous les assistants, à tour de rôle, lui touchèrent la main.

— *E tah pei pe seim…*

— Elle veut voir le soleil, dit Jim.

Les deux hommes la portèrent près de l'unique fenêtre du camp. Elle souleva avec peine ses paupières fripées et fixa un moment l'astre pâle qui déversait une lumière jaune sur la neige étincelante. Puis, elle referma les yeux et parut s'endormir. On la remit sur son lit. Quelques instants plus tard, le souffle léger qui soulevait à peine sa poitrine cessa tout à fait.

— Votre *ko-koom* est partie, dit Jim aux enfants.

⁘

À la fin de mars, les grandes tempêtes de neige cessèrent et le soleil commença à s'attarder dans la coupole bleu pur du ciel éclatant.

Entrant sans bruit avec ses mocassins souples pour déposer du bois près du poêle, Alexandre aperçut, par la fente de la portière mal jointe, Sophia nue qui, debout dans une cuvette d'eau chaude, savonnait son corps ferme et glabre comme une statue de bronze pâle. Les cheveux noirs ruisselants d'eau adhéraient aux épaules rondes et encadraient les seins généreux aux aréoles sombres. De saisissement, il s'arrêta, puis se dit qu'il devrait se retirer. Mais il ne pouvait détacher les yeux de cette gracieuse apparition. Tout en savonnant son corps, Sophia fredonnait une lente et douce mélopée. Puis, posément, elle se rinça à grande eau, élevant les bras comme une naïade s'ébattant dans une fontaine. Elle sortit de la cuvette, épongea son corps ruisselant et s'enveloppa dans une grande couverture.

Craignant d'être surpris, Alexandre se hâta de déposer sans bruit son fardeau. Il sortit, refermant doucement la porte, et prit le sentier qui conduisait à la forêt. Un sentiment de tristesse infinie étreignait son âme. Jamais il ne s'était senti aussi seul. Depuis quelque temps déjà, on entendait les miaulements rauques et passionnés des loups-cerviers en mal d'amour. Dans leurs ouaches dérobées, les mères ourses allaitaient leurs oursons aveugles tandis que, dans les galeries souterraines, les loutres, les mouffettes, les petits suisses et les taupes, toutes les créatures de la forêt, s'agitaient, réveillées par l'instinct qui leur disait que le renouveau était proche, que la saison des amours était venue. Mais lui, personne ne l'attendait, personne ne chantonnait en pensant à son retour.

Deux jours plus tard, le fringant Jos Noustook était là. Grand, élancé, les pommettes saillantes, les yeux noirs et impénétrables comme une nuit sans lune, les dents éclatantes, il était évident qu'il plaisait à Sophia. Comme les événements de la vie, mariages, naissances, décès, se passaient dans la plus grande simplicité, il était évident aussi que l'on n'attendrait pas le révérend pour les épousailles.

Une déclaration devant la famille assemblée, un festin au bifteck d'orignal et Jos remplaça le jeune Nat dans le lit de sa mère, Nat occupant maintenant celui laissé vide par la mort de l'aïeule.

Alexandre, couché sur son paillasson, éprouvait de la difficulté à dormir, d'autant plus qu'il était très conscient de la fête d'amour qui se célébrait de l'autre côté du mince rideau.

Il se dit qu'il était temps de retourner chez les siens.

Lorsqu'il s'en ouvrit à la famille, Jos Noustook offrit spontanément d'aller, dès que les cours d'eau deviendraient navigables, le conduire chez le père Paradis. Alexandre accepta avec reconnaissance.

VII

En remettant le canot à la rivière ce matin-là, Alexandre songea que le soir même il serait chez le père Paradis. Il lui tardait de retrouver cet homme optimiste et bon. Les désappointements de l'hiver, l'insuccès de ses recherches le menaient à penser qu'il avait mal agi en prolongeant son séjour dans ce pays au lieu de retourner comme il se devait, comme il avait promis, au Séminaire. Dans moins de deux mois, ses compagnons, y compris Auguste Drouin, seraient ordonnés prêtres, alors que lui... Il éprouvait le besoin de se confesser, d'obtenir l'absolution, de reprendre le chemin qui le mènerait à ses parents, vers ce que le curé Courtaud, ses professeurs, Dieu lui-même attendaient de lui.

— Hé, hé, la rivière est bien basse, dit soudain Jos Noustook, interrompant sa rêverie.

C'était vrai. Alors qu'avec la crue des eaux printanières les rives auraient dû être pleines à déborder, de chaque côté on voyait le lit de la rivière à découvert comme durant les sécheresses de l'été. Quand ils arrivèrent à un quart de mille du portage, ils aperçurent une tente dressée sur la rive. Un vieil Indien assis sur un tronc d'arbre fumait tranquillement sa pipe.

— C'est le vieux Koagan, dit Jos. Je me demande ce qu'il fait là.

Les deux hommes le saluèrent de la main. Koagan se leva tout droit et s'avança vers eux, levant la main droite comme s'il allait prêter serment.

— Il veut que nous arrêtions. Il a quelque chose à nous dire, dit Jos en tournant la pince du canot vers le bord.

Le vieil Indien s'était rassis. Lorsque les deux hommes arrivèrent, ils s'assirent aussi en silence tandis que le vieillard continuait de fumer sa pipe. Alexandre connaissait assez l'étiquette indienne pour savoir se taire, même si intérieurement il maugréait contre ce retard imprévu.

— La trappe a été bonne? demanda enfin Koagan.

— Pas mal, pas mal, répondit Noustook.

Quelques minutes s'écoulèrent de nouveau en silence. Alexandre se dit qu'ils auraient au moins une bonne demi-heure de retard. À ce temps de l'année, c'était assez pour se faire surprendre par les ténèbres et devoir coucher un soir de plus à la belle étoile.

— Les gens de ta famille, ils ont passé un bon hiver?

— Hin, hin. La vieille Anna est morte, mais son temps était venu.

De nouveau, ils fumèrent en silence.

— Les Blancs ont volé le lac, dit soudain Koagan.

— Quoi? Qu'est-ce qu'il raconte? demanda Alexandre, croyant avoir mal compris.

— Le lac a disparu. Les Blancs l'ont volé. Portage long, très long, continua Koagan.

Alexandre haussa les épaules.

— Mais voyons, c'est absurde, c'est impossible, dit-il en haussant involontairement la voix.

— Si Koagan a dit que le lac n'y est plus, que les Blancs l'ont volé, c'est que c'est vrai, prononça gravement Noustook.

— Pourquoi, grands dieux, les Blancs voleraient-ils un lac ? cria presque Alexandre, qui s'échauffait.

— Blancs très superstitieux, dit Koagan. Ils creusent de grands trous dans la terre et envoient cela dans le Sud.

— Ce n'est pas pareil. C'est qu'il y a du minerai de valeur dans le sol, de l'or, de l'argent.

— Blancs envelopper dans linge blanc la morve de leur nez, mettre dans leurs poches et emporter chez eux au lieu de jeter dans les bois comme Indiens, ajouta triomphalement Koagan.

— Ce n'est pas par superstition, c'est par hygiène. Nous ne vivons plus dans les bois, nous.

— Peut-être les Blancs veulent-ils faire de l'eau magique pour les chapelles catholiques, hasarda Noustook.

— Tu veux dire de l'eau bénite ? D'abord, ce n'est pas magique, c'est symbolique. Et on n'a pas besoin de venir chercher les lacs du Nord pour en faire. Il y a assez d'eau dans le Sud.

— Alors, tu ne crois pas qu'ils ont voulu faire de l'eau symbolique ? Dans ce cas, pourquoi ils ont pris le lac ?

Alexandre se leva.

— Allons voir ce qu'il en est. De toute façon, même si ce qu'il dit est vrai, il faut trouver un moyen d'arriver jusque chez le père Paradis.

Quand ils parvinrent à la chute, ils durent se rendre à l'évidence : tout un côté du mur de granit avait déboulé, ouvrant une large brèche par laquelle les eaux du lac avaient fui. À perte de vue, s'étendait une mer de boue. Çà et là, des creux dans le lit du lac avaient retenu les eaux, formant des étangs peu profonds où de gros poissons agonisaient. D'autres jonchaient les étendues à sec et, à demi enlisés dans la boue, répandaient une odeur épouvantable que la brise leur apportait par intervalles comme un présage de mort. Quelques corbeaux tournoyaient; d'autres, repus, étaient perchés dans les arbres, immobiles, étranges fruits faisant ployer les branches dénudées. Tout au centre, plusieurs ruisseaux coulaient. C'était là tout ce qui restait du grand lac, mais il était impossible de traverser ce désert de boue pour parvenir à ces cours d'eau.

Alexandre n'avait jamais contemplé pareille désolation. Il aurait pu croire à un phénomène naturel, que par l'usure des eaux des fragments de rochers s'étaient détachés, s'il n'avait remarqué au haut de la muraille la trace indéniable du foret qui avait percé les trous pour la dynamite. Il ne pouvait y avoir qu'une explication: quelque prospecteur en était responsable. Qui donc avait pu être assez mal inspiré pour chercher de l'or justement à cet endroit?

— Qu'est-ce qu'on fait, Jos?

— Hin, hin. Comme l'a dit Koagan, le portage va être long. Heureusement que les feuilles ne sont pas encore sorties. Il sera plus facile de se frayer un chemin. Et d'autres doivent être passés avant nous.

Ils suivirent d'abord l'ancien sentier du portage. Puis, ils virent des traces, quelques-unes assez récentes, qui continuaient le long du lit asséché. On distinguait clairement les endroits où ceux qui les avaient précédés avaient tenté de marcher au bord du lac; mais il était trop tôt, la terre n'était pas assez séchée et on enfonçait dans la bourbe et le limon. Force leur fut donc de se frayer un chemin dans les arbustes secs qui leur fouettaient le visage pendant qu'ils s'enfonçaient dans les marécages ou dérapaient sur les pentes glaiseuses. Noustook avait pris le canot. Alexandre, qui portait le reste du bagage, le précédait, déblayant avec la hachette un sentier qui leur permettrait de passer. Ils avançaient très lentement et ce ne fut qu'au quatrième jour qu'ils parvinrent à l'endroit où la rivière se rétrécissait et redevenait navigable.

Quand ils arrivèrent au presbytère du père Paradis, il n'y avait personne. Selon l'habitude du pays, la porte n'avait pas de serrure. Alexandre l'ouvrit et entra. La maison était curieusement vide. La plupart des livres avaient été enlevés des rayons, il ne restait plus de provisions sur les tablettes, seulement un peu de fèves sèches, et, dans un coin, un sac de pommes de terre aux trois quarts vide dont les pousses printanières cherchant la lumière émergeaient comme un buisson étrange, un bouquet d'obscènes serpents verdâtres. Il leur fallut se résigner à partir à pied pour Kelso. À l'intersection d'une route, ils aperçurent Aristide, qui revenait de conduire un voyageur; il leur apprit que le prospecteur mal inspiré qui avait fait sauter la digue naturelle du lac était le père Paradis lui-même et qu'il avait quitté son presbytère pour se réfugier dans son camp de chasse à quatre heures de canot de là.

— Les gens sont très fâchés contre lui, dit Aristide. Y disent qu'y vaut pas mieux que les autres, que c'est rien qu'un chercheur d'or et que, pour en trouver, y a pas hésité à couper la route du nord-ouest. Y veulent lui faire un procès.

Alexandre en ressentit beaucoup de peine. Pas un instant il ne pouvait croire que ce qui était arrivé était autre chose qu'un accident. Il était absurde de penser que le père avait pu, pour un motif intéressé, drainer le lac Frederick House, segment vital du réseau de communication et de transport dans la région.

Avec le fidèle Noustook, il se rendit au camp de chasse du père, qu'il trouva dans un abattement profond. Toute la vitalité, la joie de vivre et l'assurance qui habitaient ce colosse semblaient avoir fui avec les eaux du lac.

— C'est comme ça que s'achève ma vie de missionnaire, dit-il amèrement. Vingt-cinq ans au service des âmes et, pour finir, tu sais à quoi je peux m'attendre ? À être traîné devant les tribunaux comme un criminel de droit commun.

— Les gens savent que vous n'avez pas fait exprès. Ils ne mettront pas leurs menaces à exécution.

— Ah, tu crois ? Moi, pas. Ils sont trop contents, les malheureux, de découvrir mes pieds d'argile, riposta-t-il sombrement.

Petit à petit, il raconta à Alexandre ce qui s'était passé. Comme il le faisait de temps à autre, il était allé pêcher dans le bassin qui s'était creusé au pied de la chute. Mais, ce jour-là, il avait remarqué quelque chose de différent. Un éboulis s'était produit, un angle du rocher s'était détaché, laissant apparaître une veine de métal brillant.

— Si t'avais vu ça, dit-il, ses yeux s'animant pour la première fois, une veine presque aussi large que celle de la Dome, qui descendait tout le long du rocher et se perdait dans l'eau. Quoi faire ? À qui le dire ? Et puis j'ai pensé au bien que cet or pourrait faire. Une église convenable pour les mineurs que cette découverte ne manquerait pas d'attirer. Des collèges, des couvents pour instruire nos enfants. Un hôpital et, d'abord, il y a la femme de Pat O'Neill qui tousse et qui m'a l'air d'avoir la consomption. Je voudrais l'envoyer dans un bon sanatorium avant qu'elle laisse ses six enfants orphelins.

Alors, il s'était procuré de la dynamite et des outils.

— Tu comprends, je l'avais déjà vu faire, mais je l'avais jamais fait moi-même. J'ai placé mes trous au meilleur de ma connaissance.

Quand le coup était parti, la violence de l'explosion l'avait surpris :

— Si j'avais pas été caché derrière un gros cap de roche, j'y laissais ma peau, dit-il, hochant la tête. Ça aurait peut-être été la meilleure solution...

Une fois la poussière retombée, il s'était rendu compte qu'un large pan s'était détaché et que l'eau s'engouffrait avec fracas dans la brèche ainsi ouverte. Il avait réuni quelques échantillons qu'il avait envoyés à l'analyse.

— Tu sais ce que c'était ? Ce que les vieux prospecteurs appellent du *fool's gold*, l'or des idiots, de la pyrite de fer. Et l'idiot, c'était moi.

Dans les jours qui suivirent, les eaux du lac avaient baissé, imperceptiblement d'abord, mais plus tard avec une rapidité qui augmentait sans cesse. On s'était vite rendu compte que quelque chose d'anormal se passait. On avait vu les traces du foret dans le granit ; on s'était rappelé l'achat d'outils et de dynamite fait par le père ; le chef de gare se rappelait le colis envoyé au Assay Office ; on se souvenait qu'il allait parfois pêcher à cet endroit ; bref, on avait vite retrouvé la trace du coupable. Déjà à l'automne, le lac était difficilement navigable. Au printemps, à la fonte des neiges, alors qu'il eût dû être à son plus haut niveau, les voyageurs s'étaient vu couper l'accès au chemin de fer par une mer de boue, ce qui signifie un portage de trois à quatre jours avec canots et bagages. Les esprits s'étaient échauffés. Les journaux s'étaient emparés de l'affaire. On accusait le père de destruction d'eaux navigables.

— Peux-tu croire qu'il y a des esprits assez méchants pour inventer que j'ai piqueté des *claims* à demi submergés et que j'ai voulu délibérément faire baisser les eaux du lac pour leur donner plus de valeur et les rendre plus faciles d'accès ? Ils ne reculent devant aucune basse calomnie. Maintenant, il faut que je me rende à Haileybury discuter de l'affaire avec Sa Grandeur monseigneur Latulippe. Tu me vois prendre le train alors que tout le monde me connaît et me montre du doigt comme l'homme qui, par appât du gain, a drainé le lac Frederick House ?

Alexandre s'employa de son mieux à le consoler, mais quand il voulut parler de son problème personnel, il s'aperçut vite que le père était trop tourmenté par ses propres malheurs pour lui accorder plus qu'une attention superficielle.

— Mais non, tu n'es pas coupable. Tu t'es employé de ton mieux à chercher ton frère. Tu ne l'as pas trouvé. Tu n'as qu'à retourner et à poursuivre ta vie. Tandis que moi, qu'est-ce que je vais devenir ?

Cette absolution trop hâtivement accordée ne satisfit pas Alexandre. Le lendemain, il retourna au presbytère, où il prit congé de Noustook. Il fut généreux avec le nouveau mari de Sophia comme il l'avait été envers Jim et sa famille. En comptant l'argent qui lui restait, il vit qu'il avait à peine de quoi payer son passage jusque chez lui. Il ne pourrait rembourser son père. Il songea aux cousins Tremblay. L'enfant de Georges devait être né maintenant. Et Arthur, s'il avait épousé la fille du patron, était peut-être partenaire dans une entreprise qui pourrait devenir lucrative. Ils seraient contents de l'accueillir. Mais non. À bien y penser, puisqu'on était seulement en mai, il valait mieux se trouver du travail pour deux ou trois mois. Il pourrait quand même visiter les cousins au passage en août et il aurait assez d'argent pour rembourser sa famille.

Quand il en parla à Geoff Harrington, le propriétaire du Geoff's Livery Service, celui-ci proposa de l'embaucher immédiatement. « Je viens d'avoir un contrat de la Miska Gold Mines pour faire le transport léger depuis la gare jusqu'à la mine. J'aurais besoin d'un bon conducteur de chevaux. Tu sais conduire les chevaux ? »

En cet été de 1914, Alexandre se mit à faire la navette entre Kelso et Miska. Il avait trouvé à se loger chez les propriétaires du magasin général, qui faisait également office de maison de pension. Madame Barrigar était de descendance allemande et elle lui servait de la choucroute qu'elle fabriquait elle-même dans un baril qui empestait le hangar attenant à la cuisine. Sa forte taille toujours encerclée d'un tablier d'une blancheur immaculée, un regard bleu rendu déroutant par la taie blanche qui couvrait en partie l'une de ses prunelles, elle menait de main de maître tout l'établissement, y compris son mari Fred, un type filiforme à grand nez, et ses quatre enfants, échelonnés à distance égale entre seize et dix ans, symétriquement divisés quant au sexe, les garçons ayant hérité du visage rond de leur mère et les filles, pour leur malheur, de la silhouette filiforme et du long nez de leur père. Madame avait la langue bien pendue et ne manquait pas d'asticoter Alexandre sur le peu d'empressement qu'il manifestait auprès des jeunes filles. Secrètement, elle aurait voulu qu'il s'occupât de son aînée, Bertha, qui marchait sur ses dix-sept ans.

Il se gardait de répondre. Il avait écrit au père Anselme de lui envoyer ses livres et passait ses soirées à se préparer pour le retour en septembre.

Le matin, il se mettait en route à sept heures pour se rendre au village de Miska, où il prenait les sacs de courrier et les colis destinés au train ; à midi, il était de retour pour décharger et pour soigner ses bêtes. À deux heures et demie arrivait le train. À trois heures, il était en route pour Miska et, à sept heures et demie, il était de retour. Madame lui servait son souper seul dans la cuisine, les autres ayant mangé depuis longtemps. Puis, il montait dans sa chambrette et ouvrait ses livres jusqu'à dix heures, moment où commençait le crépuscule. C'était une existence rangée comme au Séminaire.

Parfois, il y avait des passagers, gens qui venaient visiter des parents ou des amis, employés de la compagnie minière, agents du gouvernement, prospecteurs ou hommes en quête de travail. Si les visiteurs avaient voyagé ou vécu dans le Nouvel-Ontario, Alexandre ne manquait pas de leur demander s'ils avaient connu Lyle Wellesby ou François-Xavier Sellier, mais jusqu'à maintenant il n'avait eu aucune chance. Le plus souvent, il se laissait bercer au rythme régulier de son attelage de percherons dans un paysage qu'il connaissait dans les moindres détails, tentant de se replonger dans l'état d'âme voulu pour reprendre ses études au Séminaire. Il avait déjà prévenu Geoff de le remplacer le 15 août au plus tard lorsque, en entrant dans Miska un matin, il vit venir vers lui le contremaître en charge du chantier de construction de la nouvelle église catholique. Les travaux étaient à peu près terminés et on attendait monseigneur l'évêque au début de septembre pour l'inauguration officielle. Zénon leva la main et lui fit signe d'arrêter.

— Bonjour, monsieur Desruisseaux. Vous avez affaire à moi ?

L'homme ôta sa pipe de sa bouche.

— On me dit que vous êtes quasiment curé. C'est-y vrai ?

— Je ne suis que séminariste, monsieur Desruisseaux. Je ne suis pas ordonné.

— Mais vous êtes instruit ?

— Ça dépend. Je n'ai pas terminé le séminaire...

— Vous savez lire, écrire et compter ?

— Oui, bien sûr.

— Alors vous êtes instruit, déclara tranquillement Zénon Desruisseaux.

— Pourquoi me demandez-vous tout ça ?

— Parce que la maîtresse dans notre école, la fille à Théodore Blais, elle a décidé de se marier et de partir pour l'Ouest avec son mari. Ça fait qu'on a personne pour enseigner l'école en septembre. Alors on a pensé à vous.

— Je regrette, c'est impossible. D'abord, je n'ai pas de diplôme et, même si j'en avais un, je dois retourner au Séminaire en septembre pour finir mes études de prêtrise.

— C'est qu'on a trente-neuf élèves qui pourront pas aller à l'école en septembre.

— Ce serait dommage, mais vous trouverez quelqu'un.

Croyez que je le ferais si je le pouvais, mais c'est impossible. Excusez-moi, je suis pressé.

Il agita les guides pour faire repartir l'attelage, mais Zénon saisit les chevaux à la bride et les força à s'arrêter.

— Monsieur Sellier, est-ce que vous savez ce que c'est que de pas savoir lire et écrire? Moi, je sais compter, je peux lire les chiffres et mesurer. Je l'ai appris en travaillant comme apprenti sur la construction. Mais je sais pas lire ni écrire. C'est pour ça que je suis président de la commission scolaire. Parce que je veux que mes enfants, que tous nos enfants, y sachent lire et écrire. Je veux qu'y soient instruits, affirma-t-il avec énergie.

— Je comprends et croyez bien que, si je pouvais vous aider, je le ferais de grand cœur. Si vous ne trouvez personne, l'Instruction publique va s'occuper de vous.

— Y vont envoyer nos enfants à l'école protestante et anglaise. Vous pouvez pas laisser faire ça, vous qui êtes presque curé.

Alexandre hésitait et Zénon sentit son avantage.

— Allez au moins parler avec monsieur le curé avant de vous décider. Il sait que je devais vous en parler. Il vous attend au presbytère.

— Bon, d'accord. Je reviendrai plus tôt cet après-midi pour avoir le temps d'aller le voir.

Le visage de Zénon s'éclaira.

— Merci ben... Attendez que je dise ça à ma femme. C'est elle qui va être contente.

Il s'éloigna, tout joyeux.

Alexandre rendit visite au curé de Miska, homme humble, fils de fermiers de Saint-Hugues, que l'on voyait toujours en salopette en train de bricoler ou de bêcher dans son jardin.

— Voyez-vous, pour notre école, c'est particulièrement grave, dit-il. Depuis que le Département d'éducation nous a collé son Règlement XVII l'été dernier, si on ne peut ouvrir notre école en septembre, on perdra à jamais le droit d'enseigner le français à nos enfants.

— Comment ça ? demanda Alexandre, surpris.

— D'après l'article IV de leur foutu Règlement, seules les écoles fondées avant 1913 peuvent continuer à enseigner le français. Nous sommes ouverts depuis 1911, donc exempts. Mais si nous ne pouvons rouvrir nos portes, je suis à peu près sûr qu'ils en profiteront pour nous enlever nos droits définitivement.

— C'est idiot ! Il faut protester.

— Je ne vous le fais pas dire. Mais ça ne se fait pas dans un clin d'œil. En attendant, ce qui importe, c'est de survivre et de ne pas perdre des privilèges acquis au prix de tant d'efforts.

— Qu'est-ce qui arriverait si vous refusiez carrément de vous conformer à ce règlement injuste ?

— Alors ils nous priveraient des octrois dus à toutes les écoles et ils enlèveraient à la commission scolaire le droit de percevoir légalement des taxes.

— Ouais. Ils n'y vont pas de main morte.

— Non, mon ami. Mais, croyez-moi, ils ne l'emporteront pas en paradis. Les Canadiens français s'organisent un peu partout dans la province. Il y a l'Association canadienne-française qui mène la lutte. Nous avons des députés en Chambre qui n'ont pas la langue dans leur poche.

Sur le coup de l'agitation, le curé se leva et se mit à marcher de long en large.

— Ce qui fait le plus mal dans tout ceci, continua-t-il, c'est que nous avons été trahis par le clergé catholique de langue anglaise… Enfin, passons. Le Christ a été trahi par l'un des apôtres, n'est-ce pas? Ici, à Miska, le problème c'est que septembre arrive et qu'il faut rouvrir nos portes.

— Vous me voyez perplexe, monsieur le curé. Si je consentais, je ne sais pas si l'inspecteur m'accepterait. Après tout, je ne possède pas de diplôme.

— Bah, je le connais, l'inspecteur McGinty. Ce n'est pas un mauvais bougre. Il sera si heureux que vous parliez l'anglais avec un bon accent qu'il vous signera un certificat temporaire. Il se plaignait un peu de l'accent de Marie-Ange Blais, l'institutrice de l'an dernier, même si elle possédait un certificat. Je comprends que ça retarderait un peu votre ordination, mais sans doute Dieu a-t-il ses desseins.

Alexandre se dit qu'une fois de plus Dieu semblait le désigner. Mais il devait admettre qu'au fond il était heureux de n'avoir pas à retourner immédiatement au Séminaire et qu'il se sentait un peu comme l'accusé en liberté provisoire à qui on annonce que son procès a été renvoyé aux prochaines assises.

VIII

Assis à son pupitre, Alexandre achevait de corriger les concours de Pâques de ses élèves. Par la fenêtre de l'école, il voyait la rue principale, que l'on appelait le Chemin de la Mine, où des flaques d'eau provenant de la neige fondante luisaient au soleil couchant. On était à la dernière semaine d'avril et, même si la neige persistait dans les champs, elle avait fondu sur les routes, découvrant la boue et les ornières.

Deux autres mois et l'année serait finie, cette année qui avait commencé dans l'incertitude totale.

D'abord, il lui avait fallu scruter les programmes d'études émis par le ministère de l'Éducation de l'Ontario et se familiariser avec les manuels, qui différaient largement de ceux du Québec. Ils étaient rédigés en anglais, sauf pour le catéchisme et la lecture française, et étaient d'une orientation tout autre que ceux qu'il avait étudiés à la petite école de Sainte-Amélie-de-la-Vallée. Marie-Ange Blais, qui ne s'était mariée qu'à la fin de septembre, l'avait aidé de son mieux et on avait attendu avec trépidation la visite de l'inspecteur.

Il était arrivé sans avertissement un matin d'octobre,

poussant la porte de la classe et interrompant la leçon de catéchisme d'un retentissant: « *Good morning, children!* » Au signal d'Alexandre, les élèves s'étaient levés et avaient répondu par un impeccable: « *Good morning, Sir!* » qui l'avait immédiatement mis de bonne humeur. Tout l'avant-midi, les différents groupes d'âge avaient défilé devant lui et, Dieu merci, ne s'étaient pas trop mal tirés d'affaire.

À midi, lorsque les écoliers se dispersèrent pour le dîner, laissant les deux hommes seuls, McGinty avait fait une remarque sur le léger accent d'Écosse que l'on décelait dans l'anglais parlé par Alexandre. Celui-ci, sentant que c'était loin de déplaire à McGinty, avait raconté avec enthousiasme les quatre étés passés avec son ami Angus Sparton, les plus beaux de sa jeunesse, avait-il dit. McGinty s'était exclamé qu'il connaissait les Cantons-de-l'Est, que sa mère avait grandi là-bas et qu'il avait même un oncle qui possédait une ferme dans un des villages qu'Alexandre avait visités avec Angus. Bref, ils devinrent les meilleurs amis du monde et McGinty avait signé sans sourciller le certificat temporaire obligatoire.

Le tramway qui ramenait les ouvriers de la mine s'avança en bringuebalant, tirant Alexandre de sa rêverie. Il serait bientôt six heures, moment où il lui fallait rentrer à sa pension. Il rangea ses papiers dans le tiroir, glissa quelques livres dans son sac pour préparer la classe du lendemain, s'habilla et sortit. Par le sentier piétiné par les écoliers, il arriva à la rue de l'église qui formait angle droit avec le Chemin de la Mine rayé comme une équation par les rails du tramway. Ce double trait divisait le village en deux agglomérations distinctes. À gauche, où le terrain s'élevait pour former une colline, se dressaient plusieurs résidences relativement cossues appartenant aux dirigeants de la mine. En descendant la pente, on trouvait les maisons des contremaîtres et ouvriers de langue anglaise. De l'autre côté, groupées autour du clocher de l'église comme des poussins hétéroclites, une foule de demeures d'aspects les plus divers, depuis celles qui, avec leurs galeries et vérandas, rappelaient le village natal du Québec ou de l'est de l'Ontario jusqu'aux simples camps de bois rond et aux cabanes hâtivement recouvertes de papier goudronné noir. Là habitaient les mineurs de langue française, auxquels s'ajoutaient quelques Irlandais et Polonais catholiques.

Alexandre nota au passage que le nom du docteur Morrison figurait toujours sur la petite plaque de cuivre ornant la porte de la maison voisine du magasin général. On attendait d'un jour à l'autre son remplaçant car il se faisait vieux et, quand il parlait de retourner vivre à Toronto, on aurait cru entendre le curé vanter les délices du paradis.

Dès que madame veuve Nadeau, sa logeuse, l'entendit ouvrir la porte, elle se précipita vers lui, suivie comme toujours de sa fille Victorine. Cette grande fille maigre était d'ailleurs la croix que devait porter la bonne dame. Silencieuse, obéissante, accomplissant tout ce que sa mère lui demandait, elle semblait n'avoir grandi que physiquement après l'âge de sept ans. Ses onze frères et sœurs étaient partis tour à tour et Victorine, de croix qu'elle était, s'était muée en bâton de vieillesse.

— Quand j'ai vu que vous retardiez, j'ai eu peur que vous ayez oublié qu'il fallait se rendre au sous-sol de l'église pour sept heures, dit la mère. C'est ce soir l'assemblée pour organiser la fête de la Saint-Jean-Baptiste.

Il n'y avait guère de possibilité qu'Alexandre l'eût oublié car toute la semaine madame veuve Nadeau n'avait parlé de rien d'autre. Quand elle était enfant dans un petit village au sud de Montréal, son père avait amené toute la famille dans la métropole pour voir le défilé de la Saint-Jean-Baptiste. C'était son plus beau souvenir et elle avait décrit maintes fois à Alexandre le beau petit garçon frisé vêtu d'une peau de mouton, tenant à la main une houlette qui se terminait en croix, et l'agneau blanc avec une belle boucle de ruban bleu. Et les chars allégoriques, donc!

— Va vite servir la soupe, Victorine.

Silencieusement, la fille obéit.

Au sous-sol de l'église ce soir-là, il ne manquait que les mineurs obligés de travailler au «chiffre» du soir, et encore ils étaient représentés par leurs femmes. Comme celles qui n'avaient pas d'enfants assez âgés pour garder les plus jeunes avaient amené leurs tout-petits, il ne fut possible d'obtenir qu'un silence relatif.

Zénon Desruisseaux ouvrit l'assemblée en rappelant qu'en cet an de grâce 1915, puisqu'on était en nombre suffisant dans ce village de Miska, on avait décidé de célébrer dignement la fête nationale des Canadiens français en organisant un défilé de la Saint-Jean-Baptiste. Madame veuve Nadeau l'interrompit aussitôt pour lui rappeler qu'elle était un témoin *de visu* des grandes célébrations de Montréal et elle se lança dans une description détaillée que l'on eut grand-peine à endiguer.

Pour le char portant saint Jean-Baptiste et son agneau, pas de problème. On pourrait se procurer l'agneau chez Louis Vanasse, qui gardait quelques moutons dans sa ferme. Mais il fallait aussi au moins un autre char allégorique. Pierre Cantin suggéra d'emprunter des outils et des machines de la compagnie minière et d'illustrer les mineurs au travail et, par là, le développement du Nouvel-Ontario. Plusieurs voix s'élevèrent pour protester. Puisque c'était la fête nationale des Canadiens français, on se devait d'illustrer une scène de l'histoire du Canada. On demanda à Alexandre d'apporter le manuel d'histoire du Canada en usage à l'école, mais il était rédigé en anglais et les illustrations portaient surtout sur des sujets comme Wolfe expirant sous l'*Union Jack* et Lord Simcoe, le poing sur la hanche, contemplant le lac qui porte son nom.

Madame veuve Nadeau, qui décidément prenait la vedette, alla chez elle quérir un manuel scolaire qu'elle avait conservé depuis le temps où ses aînés fréquentaient l'école du village québécois où elle avait vécu avec son mari durant les vingt premières années de son mariage. Rédigé par les frères du Saint-Sauveur, il comportait plusieurs illustrations intéressantes. La première montrait les trois vaisseaux de Jacques Cartier, la *Grande Hermine*, la *Petite Hermine* et l'*Émérillon*. On ne ferait jamais tenir cela sur un char ! Dans la seconde, on voyait Cartier, en pourpoint fourré malgré la chaleur, levant les bras devant la croix qu'il venait de planter à Gaspé, tandis que les Indiens, tous mâles, avec cache-sexe, une plume piquée dans les cheveux, tombaient spontanément à genoux. Trop de personnages ! L'Habitation de Champlain à Québec ? Trop compliqué ! La suivante arracha des ah ! admiratifs. Champlain en chapeau à plume, tenant de la main gauche une croix, indiquait de sa main droite le grand lac Témiscamingue. Près de lui, deux Indiens mâles, avec cache-sexe et plume, se tenaient l'un assis près du feu, l'autre penché au-dessus comme s'il se chauffait les mains.

Inutile d'aller plus loin. C'était là évidemment le choix qui s'imposait. Le lac Témiscamingue, c'était la porte d'entrée du Nouvel-Ontario et, de plus, ça montrerait aux Anglais que les Français y étaient venus longtemps avant eux.

Il ne restait plus qu'à répartir les tâches et à régler le reste du programme. Zénon s'engageait à surveiller la transformation des lourdes voitures de transport en chars allégoriques. Ceux qui pouvaient jouer d'un instrument de musique se réuniraient sous la présidence de madame Kelly, l'organiste, pour répéter des cantiques et des chants patriotiques.

Il fallait aussi distribuer les rôles. Zénon avait un fils de six ans qui était blond mais n'était pas frisé. Qu'importe. Sa mère lui mettrait des papillotes. Louis Vanasse avait à peu près le physique de Champlain tel qu'illustré par les frères du Saint-Sauveur. Il était assez grand, trapu, des sourcils épais et foncés, un nez en bec d'aigle. Il s'enorgueillissait également d'une barbe noire abondante et ceci comportait un avantage important vu la pénurie de postiches. Il y avait là de quoi permettre à Robert Gagnon, le barbier, de tailler et de reproduire la moustache en crocs et la barbiche du sieur Samuel de Champlain. Il était absent, mais sa femme assura qu'il n'hésiterait pas, pour des raisons d'honneur et de patriotisme, à modifier son ornement pileux.

Restaient les deux Indiens. Le village de Miska n'en possédait qu'un en résidence plus ou moins permanente. C'était Bill Nikash, qui habitait une cabane aux abords du village avec sa femme et ses enfants et qui vendait de porte en porte de la viande de chevreuil et d'orignal ainsi que du poisson. C'était là une activité strictement illégale, la loi interdisant la vente de viande d'animaux sauvages, mais comme tout le monde en profitait, personne n'avait intérêt à le dénoncer.

— Il n'est pas catholique, objecta quelqu'un.

Zénon trancha la question.

— Il n'est pas protestant non plus. Je l'ai jamais vu aller ni à l'église anglicane ni à la presbytérienne. C'est là l'important. Seulement, il nous en faudrait un autre.

— Il faudrait peut-être aller en chercher un au poste de la Hudson Bay, suggéra Cantin.

— Non, dit Zénon, ce serait trop risqué. Comment pourrait-on être sûr d'en avoir un qui serait présentable juste pour le 24 de juin?

Madame veuve Nadeau fit remarquer qu'Odilon, le fils du barbier, celui qui travaillait à la mine, avait justement le teint foncé et les cheveux et les yeux noirs. En costume, il ferait un Indien très acceptable. On se sépara à dix heures, satisfait des progrès accomplis.

Une activité fébrile s'installa dès lors au village et les préparatifs allèrent bon train. Zénon se chargea d'expliquer à Bill Nikash qu'on avait besoin de lui.

— Pourquoi moi?

— Parce que t'es un sauvage et qu'il nous faut deux sauvages avec Champlain.

— Je suis pas un sauvage, riposta Bill, indigné. Je suis un Ojibwé.

— Un Ojibwé, c'est un Indien?

— Bien sûr.

— Alors, c'est justement ce qu'il nous faut. Il faudra

que tu mettes tes plumes dans tes cheveux et ta petite jupe courte.

— Hein? Quelles plumes? Quelle jupe? Moi, je m'habille à la Hudson Bay ou dans le catalogue d'Eaton comme tout le monde.

Zénon lui expliqua que c'était un rôle, qu'on représenterait l'arrivée des premiers Français, que cela ferait partie d'une grande fête à Miska. Bill consentit enfin, ne voulant pas s'aliéner la moitié de sa clientèle.

Louis Vanasse prêta sa grange pour l'élaboration des chars allégoriques. On lui cacha pour le moment le sacrifice qu'il aurait à consentir pour représenter fidèlement le sieur Samuel de Champlain.

La femme de Mike Kelly, qui tenait l'harmonium à l'église, réunissait les musiciens pour les répétitions. Alexandre avait trois de leurs enfants comme élèves, mais il avait surtout remarqué l'aîné, Bernard, un garçon d'un sérieux au-dessus de ses dix ans et qui éprouvait une véritable passion pour la musique. À son septième anniversaire, il avait reçu de son oncle maternel, lui-même fameux violoneux de Ville-Marie, un violon qu'il maniait déjà avec une habileté telle qu'on allait parfois le chercher pour jouer aux danses qui se tenaient le samedi soir chez l'un ou l'autre des paroissiens. Alexandre l'avait vu, après la classe, se diriger vers le petit bois sur la colline, son violon sous le bras. C'était une preuve de la confiance qu'il avait su inspirer au jeune garçon que celui-ci ait consenti à lui livrer son secret. Sa mère savait qu'il allait pratiquer la musique dans une cabane qu'il s'était construite dans le bois, à un endroit où une caverne naturelle creusée dans le rocher lui avait rendu la tâche plus facile. Ce qu'il ne lui avait pas dit, c'était que

Pete Lawlor, le fils du contremaître de la mine, venait le rejoindre. Un commun amour de la musique avait fait naître l'amitié entre les deux garçons. Pete avait une clarinette et les deux amis s'enseignaient mutuellement des mélodies. C'est ainsi que Pete lui avait enseigné *Home, sweet home* et *Rule, Britannia*; Bernard avait fredonné *Ma Normandie* et *À la claire fontaine,* qu'ils jouaient joliment en duo.

Tous ces préparatifs ne manquèrent pas d'attirer l'attention de la population anglophone de Miska. On en parlait au magasin général et on en discutait après les offices religieux anglicans ou presbytériens. Jack Lawlor avait, l'année précédente, fondé un chapitre, la Miska Orange Lodge. Il y avait eu quelques réunions et, maintenant que les Canadiens français préparaient une célébration grandiose, il importait de soutenir l'honneur britannique.

— Ce qu'on devrait faire, suggéra Jack, ce serait d'organiser une de ces parades pour le Glorieux 12 de juillet, le deux cent vingt-cinquième anniversaire de la bataille de la Boyne, qui va leur en remontrer à ces papistes.

Et les préparatifs commencèrent également de l'autre côté du Chemin de la Mine.

Comme leurs moyens étaient plus substantiels, ils eurent bientôt un corps d'élite d'une cinquantaine d'hommes portant le képi et la collerette aux couleurs d'Orange. On commanda de Toronto des bannières et des oriflammes splendides. Rien ne fut épargné pour rehausser l'éclat de la fête.

À l'école, Alexandre donnait après la classe des cours intensifs de catéchisme pour les nouveaux communiants, car le curé avait décidé que cette cérémonie coïnciderait avec la Saint-Jean-Baptiste afin de lui donner plus de solennité.

Le parcours du défilé avait été soigneusement établi. On sortait de la grange de Louis Vanasse, on parcourait le demi-mille qui la séparait du village, on descendait le Chemin de la Mine jusque chez le barbier et on prenait la petite rue pour se rendre à l'école, où une estrade serait dressée. Là auraient lieu les discours patriotiques. Puis, on se rendrait à l'église, où il y aurait vêpres, suivies d'un banquet au sous-sol de l'église. La soirée se terminerait officieusement par un petit « bal à l'huile » dans la grange à Vanasse.

Zénon Desruisseaux, qui avait plus de temps libre car il ne travaillait pas régulièrement à la mine, consacra, sans salaire, les trois jours qui précédèrent la fête à ériger l'estrade devant l'école, à construire un arc de triomphe à l'entrée du terrain scolaire et à mettre la dernière main aux chars allégoriques. Il fut généreusement aidé par tous ceux qui disposaient de quelque loisir et même par des mineurs qui rognaient sur leurs heures de sommeil après dix heures de labeur à la mine. Alexandre, avec ses élèves, avait pour mission de couper des branches de cèdre pour la décoration de l'arc et des chars.

Quand le village s'éveilla en ce dimanche de juin, la nature elle-même semblait s'être mise de la partie car le ciel était pur et la journée s'annonçait belle. Dans la maison de Mike Kelly comme dans celle de Zénon Desruisseaux, dans toutes les demeures où il se trouvait des premiers communiants, il n'était pas question de servir de petit-déjeuner. « Tu es sûr que tu n'as rien bu ? Tu ne t'es pas levé pour boire durant la nuit ? » Chacun rappelait le souvenir d'un oncle ou d'un cousin qui avait rompu par mégarde le jeûne eucharistique et qui n'avait pu faire sa communion avec les autres. Enfin, dix heures arriva, l'heure de la messe. On regretta que le curé ait justement choisi ce jour pour donner un long sermon car l'événement unique qui, pour une fois, éclipsait la cérémonie de la première communion, c'était le défilé de la Saint-Jean-Baptiste. En voulant doubler l'éclat de cette fête, le curé n'avait réussi qu'à diminuer la première.

On retourna chez soi pour le dîner, à l'exception des gens venant de loin, qui pique-niquèrent dans la cour de l'école. Dès une heure de l'après-midi, on commençait à circuler des deux côtés du Chemin de la Mine, regardant au loin la route où apparaîtrait le cortège. La population anglophone, ayant rempli elle aussi ses devoirs religieux et pris un bon dîner, était maintenant curieuse de voir la manifestation.

Enfin, à deux heures ponctuellement, quelqu'un cria: « Les voici ! » En tête, marchait Zénon Desruisseaux portant la bannière de la Ligue du Sacré-Cœur. Derrière lui, venaient: le jeune Kelly, resplendissant dans ses atours de premier communiant, jouant du violon; la femme d'Athanase Charlebois et son accordéon; un jeune mineur qui jouait bien de la musique à bouche. Dick Alexston, un Américain qui battait tambour, complétait l'orchestre. Quand ce dernier avait entendu parler que l'on organisait un défilé, il avait offert spontanément ses services car il tenait à se joindre à eux pour célébrer leur 4 de Juillet.

Venait ensuite le chœur de chant. En entrant dans le village, il entonna un cantique que madame Kelly avait reçu tout récemment de Ville-Marie et qui rappelait les graves événements qui se déroulaient en Europe:

« Sauvez, sauvez la France,
Au nom du Sacré-Cœur. »

Suivaient, en bon ordre : les élèves de l'école et le groupe des premiers communiants conduits par Alexandre ; les enfants de Marie au ruban bleu ; les dames de Sainte-Anne, leurs amples poitrines barrées du ruban violet, précédées de madame veuve Nadeau, qui portait la bannière.

Venait ensuite le premier char allégorique, tiré par un attelage de deux chevaux noirs dont le harnais avait été décoré de pompons de laine rouge. La lourde voiture avait été entièrement recouverte de branches de cèdre et décorée de bouquets de roses sauvages, d'iris bleus, de petits-prêcheurs rouges et de marguerites blanches. À l'avant, se tenait Louis Vanasse, sa luxuriante barbe noire émondée en moustache à crocs et barbet, son feutre à large bord piqué de la plume d'autruche qui avait orné le chapeau de noces de sa femme. De sa main gauche il tenait un crucifix et de son index droit indiquait l'immensité du lac Témiscamingue, distant de Miska de quelque soixante-quinze milles à vol d'oiseau. Immédiatement derrière lui, Bill Nikash, le torse nu, un bandeau de cuir piqué d'une plume de corneille ceignant son front, était assis près d'un petit feu dont on apercevait à peine la flamme dans la lumière éclatante de cet après-midi de juin. Près de lui, un petit tas de bois sec dont il se servait pour alimenter consciencieusement le feu. Odilon Gagnon se tenait penché au-dessus du feu, les mains tendues vers la flamme. Par-dessus ses longs caleçons teints en brun par les soins de sa mère, il portait un cache-sexe formé de deux rectangles de cuir retenus par une ceinture. Une large bande de cuir lui barrait le front et retombait sur ses épaules à la façon des chefs indiens. Elle était ornée de plumes noires de corbeau alternant avec des plumes chatoyantes qui frappèrent la ménagère du curé d'une impression de déjà vu, impression qui ne devait s'avérer que trop vraie, hélas! car elle, qui s'enorgueillissait de son poulailler de Rhode Island Reds, eut la douleur, après la cérémonie, de découvrir son coq, honteux, caché dans un coin du poulailler, fuyant les poules qui picoraient son postérieur dénudé et sanguinolent.

Lorsque Odilon avait enlevé sa chemise pour revêtir son costume, on s'était aperçu que, malgré son teint foncé, il avait le torse beaucoup plus pâle que celui de Bill Nikash. Il avait donc fallu lui brunir la peau au cirage pour assurer l'authenticité. Mais maintenant le malheureux, penché au-dessus d'un feu, présentant l'échine au soleil de juin, suait à grosses gouttes et la sueur traçait dans le cirage de longs sillons blancs sur lesquels s'acharnaient les mouches noires. Quand il n'y pouvait plus tenir, il se frottait pour les chasser, pour atténuer la brûlure des piqûres, effaçant les sillons blancs. Mais la sueur, comme une rivière obstruée par la glace au printemps, contournait l'obstacle et creusait de nouveaux chenaux dans le cirage.

— Mets donc pas tant de bois, Bill, susurra-t-il entre ses dents.

— On m'a dit d'entretenir le feu, répondit Bill, imperturbable, en jetant un autre quartier pour raviver la flamme.

Les spectateurs furent assez étonnés de voir ce chef indien qui s'agitait dans une danse étrange, mais on crut que cela faisait partie du scénario. Même, on entendit des commentaires flatteurs sur la façon dont il avait exécuté cette danse indienne.

Sur le côté du char faisant face à la colline où habitaient les anglophones, on avait apposé une grande pancarte portant l'inscription suivante : « *Discovery of Lake Timiskaming by Sieur Samuel de Champlain, 1675. 300th Anniversary.* »

En dernier venait le char principal, tiré par les percherons gris de Geoff's Livery, portant le petit saint Jean-Baptiste. Recouvert comme l'autre de branches de cèdre, il était encore plus fleuri que le premier. Au centre, s'élevait une espèce de trône à haut dossier sur lequel se tenait assis le jeune Daniel Desruisseaux, ses cheveux blonds transformés en masse crépue par les papillotes de sa mère. Sa tunique de peau de mouton laissait libre l'épaule gauche, sa main droite tenait une longue houlette terminée par une croix au lieu du crochet du berger. À ses pieds, un agneau, un ruban bleu au cou, était solidement attaché en position couchée, ses bêlements plaintifs couverts par la musique.

Le cortège passa sous l'arc de triomphe décoré du pavillon papal, du fleurdelisé et du drapeau du Sacré-Cœur, et s'immobilisa dans la cour de l'école. Sur l'estrade se tenaient le curé et le représentant de la Miska Gold Mines. On avait invité le directeur, mais il s'était fait remplacer par son adjoint. On chanta d'abord le *Ô Canada*, puis le curé prit la parole, suivi du directeur adjoint, qui prononça quelques mots en anglais, après quoi on clôtura par le *God Save the King*. Après les vêpres, on descendit au sous-sol de l'église pour le banquet préparé par les dames de la paroisse. À huit heures du soir, le jeune Bernard Kelly, toujours en premier communiant avec le nœud de satin blanc et le brassard à frange dorée, entama le *Reel du pendu* et la sauterie commença. Lorsque l'obscurité vint, deux heures plus tard, la bagosse et le caribou aidant, il y eut bien quelques batailles, parfois entre francophones et anglophones, mais l'enjeu en était toujours les faveurs d'une belle.

La population anglophone de Miska se sentit mise au défi de produire, pour le 12 juillet, une célébration qui dépasserait en éclat et en gaieté la fête du 24 juin.

IX

Avec la fin des classes, Alexandre avait repris son travail pour Geoff's Livery Service. Les affaires de Geoff Harrington prospéraient et, comme le nombre de colis et de passagers augmentait considérablement durant les mois d'été, il avait décidé d'ouvrir une succursale à Miska. Dorénavant, deux voitures feraient la navette entre Miska et la gare.

Quand il avait demandé à Alexandre de s'en occuper, celui-ci avait accepté d'autant plus facilement qu'il pourrait continuer d'habiter Miska et conserver sa chambre chez madame veuve Nadeau plutôt que de retourner vivre chez les Barrigar, où la mère devenait vraiment trop insistante à multiplier les occasions de le mettre en présence de son aînée, Bertha.

Il avait repris ses habitudes de l'été précédent, passant ses soirées à revoir ses livres de théologie, persévérant malgré les difficultés qu'il éprouvait parfois à se plonger dans le monde de l'esprit. Détail inquiétant, il lui arrivait d'avoir à relire trois fois la même phrase pour en découvrir le sens quand quelque joli minois ou une fine cheville de voyageuse qui avait emprunté son véhicule durant la journée s'obstinait à s'interposer entre lui et les mots latins. En fait, même si ses lectures se bornaient à ces textes sérieux, ses rêves se peuplaient parfois de visions érotiques avec des résultats facilement prévisibles qui le laissaient contrit et troublé.

Durant la première semaine de juillet, ce fut le nouveau médecin, le docteur O'Grady, qui descendit du train et fit le voyage avec lui. Il venait délivrer le docteur Morrison, qui se trouverait enfin libre de voler vers les délices de Toronto et de la civilisation. Alexandre le trouva particulièrement sympathique. C'était un homme très grand et mince dont les yeux bleus brillaient d'intelligence et exprimaient cette compassion qui vient aux êtres bons ayant longtemps côtoyé les misères de l'humanité. Il avait été médecin à New Liskeard, où plusieurs des victimes du feu de 1911 avaient été transportées. Quand Alexandre lui parla de son frère et de Lyle Wellesby, il lui dit :

— Laissez-moi me renseigner. Je me souviens d'avoir entendu parler d'un Wellesby qui avait prospecté dans le temps avec Joe Vendredi comme guide. Je vais écrire à un ami à moi qui est ici depuis le début et qui m'a déjà parlé de Joe. Peut-être sait-il où il est rendu.

— Voilà un nom assez surprenant, Joe Vendredi, ne put s'empêcher de dire Alexandre.

— Je crois que c'est une corruption de Van de Dee. Comme beaucoup de nos Métis, il est fils d'un employé d'une compagnie de fourrures, dans son cas de Révillon Frères, un Belge je crois, qui doit être retourné dans son pays. Joe a été élevé dans la tribu de sa mère. Si je peux savoir où il se trouve maintenant, ce serait peut-être une piste.

Maintenant que les grandes vacances étaient commencées, Bernard Kelly avait plus de temps à consacrer à la musique. Une fois terminées les tâches domestiques que lui confiait sa mère — rentrer du bois pour alimenter le poêle de cuisson, aller cueillir des fraises des champs avec ses petites sœurs —, il partait, son violon sous le bras, vers sa cabane dans la forêt, où souvent Pete Lawlor venait le rejoindre. Pete répétait le *Rule, Britannia* en prévision de la fête qui arrivait. Bernard l'accompagnait, le chant plus grave du violon soutenant les notes plus claires de la clarinette.

— On joue bien ensemble, soupira Pete. Est-ce que tu crois au pape?

— Sûr que j'y crois. Pourquoi j'y croirais pas? Maman a son portrait dans le salon. Il a une soutane blanche, une grande chaîne avec une croix et des lunettes. Il s'appelle Benoît XV.

— Alors, tu es un papiste.

— Qu'est-ce que c'est ça, un papiste?

— Je ne sais pas, mais ça doit être quelqu'un qui croit au pape. C'est dommage, soupira-t-il.

— Pourquoi?

— Parce que, si tu n'étais pas papiste, tu pourrais marcher dans la parade avec moi et jouer le *Rule, Britannia* au lieu que je le joue tout seul. C'est bien plus beau les deux ensemble.

— Tu pourrais peut-être demander à ton père?

Pete leva les épaules. Une sorte d'instinct l'avertissait que cette demande n'aurait pas l'heur de plaire à son père.

— C'est un peu embêtant. Si vous avez le portrait du pape dans le salon, vous êtes probablement tous papistes et les papistes ne peuvent pas marcher dans la parade, je crois.

Mélancoliquement, il reprit la mélodie et Bernard le suivit sur son violon.

Alexandre continuait à faire le trajet jusqu'à la gare. Les fermiers avaient commencé la coupe du foin, l'une de leurs principales ressources car les entreprises forestières le leur achèteraient à bon prix pour nourrir les centaines de chevaux qui halaient le bois. Surtout au dernier voyage de la journée, bien que le soleil fût encore haut à l'horizon, la brise fraîchissante se chargeait tantôt des parfums du soir, faits de foin coupé et de roses sauvages, tantôt de l'odeur douce-amère des buissons d'aulnes et de la fermentation des muskegs s'exhalant du sol rébarbatif. Il se laissait bercer au pas lent des chevaux, heureux de n'avoir pas de décision immédiate à prendre, attendant que le docteur O'Grady reçoive une réponse de son ami.

Durant le souper, madame veuve Nadeau le mettait au courant des progrès des Orangistes dans leurs préparatifs pour le Glorieux 12, lui relatait les plus récents commérages ou l'interrogeait sur les passagers de la journée. Puis, il aimait faire une promenade dans les champs fleurant bon avant de s'asseoir devant ses textes latins. Un soir qu'il avait marché jusqu'à l'école et continué vers le bois à l'arrière, il avait tout à coup entendu un faible chant. Il fut frappé de la justesse avec laquelle se mariaient les notes claires avec la mélodie soutenue du violon. « Ils jouent vraiment bien ces deux-là », pensa-t-il.

C'était de plus en plus l'avis de Pete et de Bernard, assis dans leur caverne dont l'entrée était dérobée par un mince rideau de feuillage laissant percer la lumière tamisée du soir.

— J'ai une idée, dit Pete. La procession s'assemble à la ferme des Miller et c'est seulement quand on entre dans le village que je commence à jouer mon solo, *Rule, Britannia.* À ce moment-là, nous ne serons pas loin de chez vous. Tu sors avec ton violon, tu m'emboîtes le pas et tu commences à jouer.

— Et si ton père n'est pas content?

— Quand il va voir comme on joue bien ensemble, pourquoi qu'y serait pas content? La fête va être plus belle.

— Tout de même, j'aurais mieux aimé que tu lui en parles avant.

— Et toi, t'en parlerais à ton père?

— Moi, c'est pas pareil. Il me laisse jouer quand on lui demande. Il faudrait que ce soit ton père qui le lui demande.

Pete secoua la tête.

— Écoute, le plus simple, c'est comme je t'ai dit. Tu arrives, tu marches avec moi, tu commences à jouer. Qu'est-ce que tu veux qu'ils fassent?

⁂

Le soleil, impartial, se leva radieux le matin du 11 juillet, jour de la célébration du Glorieux 12. Comme les Canadiens français avaient remis au dimanche la célébration de la Saint-Jean-Baptiste pour permettre à tout le monde d'y participer, les Orangistes anticipaient d'une journée pour la même raison.

Aussitôt le dîner fini, la mère de Bernard enleva rapidement les couverts et se mit à laver la vaisselle, que la petite sœur essuyait. Mike, son mari, sortit pour aller retrouver les hommes qui s'assemblaient au magasin général.

— Tu viens à la parade, Bernard ?

— Je vous rejoindrai, maman. Le temps de finir de rentrer mon bois et de me laver les mains.

— Bon, c'est ça. Ne retarde pas trop, tu vas en manquer.

Bernard vit avec soulagement sa mère épingler son chapeau et sortir avec ses petites sœurs. Dès qu'elle se fut éloignée, il revêtit le beau costume qu'il avait porté lors des célébrations de la Saint-Jean-Baptiste, prit son violon et se mit à guetter par la vitre de la porte d'entrée. Enfin, il vit venir la grande bannière, dont les deux longues hampes vernies étaient portées par deux hommes en képis, chemises blanches et pantalons noirs à galon orange. Les dames de la Orange Lodge Ladies' Auxiliary suivaient en rangs serrés, très élégantes dans leurs robes d'un blanc immaculé, un large ruban de moire jaune orange en bandoulière, un autre ceignant le grand chapeau blanc de paille fine. Des ah ! admiratifs saluèrent leur passage. Puis, venaient une cinquantaine d'hommes vêtus comme les porte-bannière, aux couleurs d'Orange. Un peu après le corps principal, trois joueurs de fifre et une grosse caisse. Enfin, venait Pete et sa clarinette suivi de son père, le gros Jack Lawlor, monté sur un percheron gris que l'on avait tenté de blanchir à la chaux, poing sur la hanche, chapeau à cocarde, bottes et éperons.

Au moment où le cortège passait proche de la maison des Kelly, le son du fifre cessa, la grosse caisse fit entendre quelques plan ! plan ! et se tut aussi. Bernard sortit en courant et rejoignit Pete. Comme ils l'avaient répété tant de fois, Pete entama seul : *Rule, Britannia*, puis Bernard reprit avec lui : « *Britannia rules the waves!* »

Lorsque Jack entendit le chant du violon, il regarda, surpris. Il fut plus étonné encore de voir le fils de Mike Kelly qui jouait à l'unisson avec son fils. Mais on arrivait devant le magasin général, où se tenait le gros de la foule. Il reprit son attitude fière tout en se promettant d'éclaircir ce mystère une fois la fête terminée.

Mike, sur la galerie du magasin général, était en train d'allumer sa pipe lorsque l'un des spectateurs lui cria :

— Hé, Mike, ton garçon est orangiste maintenant ?

Il leva les yeux et du même coup la pipe lui tomba de la bouche. Là, précédant le représentant de Guillaume d'Orange, son fils, la chair de sa chair, dans son habit de premier communiant, nœud papillon de satin blanc, brassard à frange dorée orné de l'ostensoir, marchait et jouait au violon cette musique sacrilège. Son sang d'Irlandais lui monta au cerveau comme un verre de mauvaise bagosse. Ses souvenirs d'enfance en Irlande s'y mêlèrent comme le caustique qu'y mettent les *bootleggers* malhonnêtes. Il poussa un rugissement étranglé et en deux bonds fut dans la rue.

— *Ye would make an Orangeman out of my son, would ye. I'll kill you, you bloody son-of-a-bitch*!

Il bondit sur Jack, qui, désarçonné par cette attaque imprévue, tomba lourdement de cheval. Un caillou tranchant de la route lui ouvrit l'arcade sourcilière et le sang se mit à couler. Profitant de son avantage, Mike, ivre de rage, faisait pleuvoir les coups de poing et de pied sur le corps trapu de Jack. Celui-ci, étourdi par le choc et aveuglé par le sang, se roula pesamment et parvint à entraîner Mike, qui tomba dans la poussière. Épouvantés, les deux enfants pleuraient, essayant en tirant sur leurs vêtements de séparer les deux corps qui luttaient, étroitement enlacés.

Les marcheurs en uniforme mirent quelque temps à se rendre compte de la signification des cris des spectateurs. Lorsqu'ils se retournèrent et aperçurent leur chef ensanglanté luttant corps à corps avec un assaillant, l'un d'eux lança le cri de ralliement: «*Never surrender!*» Tous rompirent les rangs et se ruèrent à l'assaut. Les dames du Orange Lodge Auxiliary s'éparpillèrent en poussant des cris perçants, puis refluèrent vers le lieu du combat, poussées par l'inquiétude.

Lorsque le gros de la troupe arriva près des combattants, l'un d'eux empoigna Bernard et, pour l'écarter, l'envoya rouler dans la poussière presque aux pieds du groupe rassemblé au magasin général, où les spectateurs, sidérés par ce développement inattendu, bouche bée, tardaient à réagir. L'enfant se releva en pleurant, boitant, le genou écorché. Quelqu'un profita de ce que Tom était parvenu à rouler par-dessus Mike pour décocher à ce dernier un solide coup de botte ferrée à la tête. Le corps de Mike retomba comme un pantin. Il était évanoui.

Louis Vanasse fut le premier à retrouver ses esprits. «Allons-y, les gars, ils vont le tuer!», cria-t-il en se lançant dans la mêlée. Une vingtaine d'hommes suivirent et bientôt le combat devint général.

Alexandre, qui était à l'intérieur en conversation avec Willie Layton, le marchand, lorsque le cortège s'approcha, s'était avancé vers le seuil pour voir passer le défilé juste au moment où Mike attaquait Jack Lawlor. Puis, les événements s'étaient précipités. Il se trouvait à l'arrière du groupe qui suivit Louis Vanasse à l'attaque.

Apercevant Bernard qui pleurait, il courut le chercher pour l'amener hors d'atteinte des combattants. Au même moment, la porte de la résidence du médecin s'ouvrit et le docteur O'Grady sortit en courant, brandissant un *shillelagh*, suivi de Stan Halway, chef des bureaux de la Miska Gold Mines.

— Stan, sonne la cloche d'alarme et n'arrête pas !, cria-t-il.

En deux enjambées, il fut près de cette espèce de maelström d'où s'élevait, avec la poussière, une sourde rumeur faite de cris, de jurons, de coups sourds donnés chair contre chair. Apercevant Alexandre, il lui cria :

— Allez dire au curé de sonner la cloche. Il faut arrêter ces idiots avant qu'ils s'entretuent.

Craignant pour la sécurité de l'enfant qu'il maintenait contre lui alors qu'il continuait à crier : « Papa ! Papa ! », Alexandre aperçut le fils du bedeau.

— Paul, cours dire à monsieur le curé qu'il est arrivé un malheur et que le docteur O'Grady demande qu'on sonne la cloche.

Paul s'éloigna en courant en direction de l'église.

Le tocsin se mit à sonner sous l'impulsion énergique de Stan Halway et, quelques minutes plus tard, la cloche de l'église vint y mêler ses tintements. Ces sons produisirent l'effet d'une douche glacée sur les mineurs conditionnés à réagir aux désastres à la mine et les figèrent dans leurs attitudes guerrières comme avaient été figés les habitants de Pompéi sous les cendres brûlantes du Vésuve. Le docteur O'Grady, comme un prophète antique habité de la colère divine, brandissant son gourdin, pénétra au cœur du groupe et dégagea Jack Lawlor, le visage tuméfié, tandis que Mike gisait inconscient.

— Portez-le à mon bureau, ordonna-t-il d'un ton sans réplique.

Telle était l'autorité de cet homme qu'on lui obéit silencieusement.

— Amenez aussi le petit, dit-il à Alexandre. Quant à toi, Jack, viens aussi. Il vaut mieux faire quelques points de suture à cette entaille.

Le tocsin et la cloche retentissaient toujours.

— Mais non, il faut que j'aille à la mine, dit Lawlor. Il faut tous y aller. Il s'est produit un désastre.

— Le désastre, il est dans vos sales têtes de crétins, cria le docteur au comble de la colère. J'ai fait sonner l'alarme pour épargner vos misérables vies. Idiots! Imbéciles! Vous émigrez de pays lointains et vous apportez dans vos bagages les mêmes querelles qui vous rendaient la vie impossible là-bas. Je vais panser les blessés. Que les autres rentrent chez eux.

Ce disant, il poussait Lawlor devant lui. À son signal, le tocsin cessa de résonner devant les bureaux de la compagnie. Seuls les tintements de la cloche continuèrent à s'égrener sur le village, où la poussière de la mêlée persistait à planer comme une menace. Soudain, une brise aigre du nord s'éleva comme il arrive parfois dans ce pays au cœur des plus beaux jours d'été et de son souffle froid et pur en balaya les derniers vestiges.

Dans la poussière du chemin, parmi les oriflammes déchirées et les débris du combat, gisaient un violon éventré et une clarinette brisée.

X

Alexandre avait accompagné le jeune Bernard chez le médecin, où on découvrit que le garçon n'avait qu'une vilaine écorchure au genou. Son père, étendu sur le divan, reprenait peu à peu ses sens pendant que le docteur suturait l'arcade sourcilière de Lawlor. Mike ne semblait pas souffrir de fracture du crâne. Il en serait quitte pour une ecchymose. Ayant interrogé l'enfant pendant qu'il le pansait, le médecin avait découvert la vérité sur les causes de cet incident, aussi interrompit-il Jack et Mike à la première remarque désobligeante.

— Taisez-vous, tous les deux. Tout ça parce que deux enfants aiment faire de la musique ensemble et marcher dans un défilé! Tout le monde aime marcher dans des défilés, prendre part à la fête. Quoi de plus naturel? Qu'est-ce que ça a à voir avec vos vieilles querelles? Ces enfants sont comme ce pays neuf, vierge, où vous êtes venus soi-disant pour vous faire une nouvelle vie. Mais vous traînez avec vous ces vieilles histoires d'Europe, ces guerres de religion. Vous pouvez être fiers, allez. S'il reste une bribe d'intelligence dans vos têtes obtuses, vous allez vous employer à rétablir la paix dans le village. Je peux compter sur toi, Jack? Mike? Bon, allez... Et toi, dit-il en posant sa main sur l'épaule de Bernard, j'espère que tu continueras à jouer de la musique. Il paraît que ça adoucit les mœurs. Dieu sait que notre pauvre humanité en a besoin.

Il accompagna bientôt du regard Jack qui gravissait la colline tandis que Mike, suivi de son fils clopinant, se dirigeait de l'autre côté du Chemin de la Mine. Il secoua la tête.

— Quand je vois des stupidités pareilles, ça me flanque le cafard. Et Dieu sait si j'en ai vu, en Europe, en Afrique, en Amérique. Venez dans mon étude prendre un whisky. Ça nous remontera.

Il ouvrit une porte et du geste invita Alexandre à y pénétrer. La pièce était spacieuse. Au centre, une peau de lion magnifique. Des rayons chargés de livres couvraient le mur en arrière du vaste pupitre. Sur le mur en face, deux toiles, l'une représentant une femme d'âge mûr, le front altier, le regard grave; l'autre, une toute jeune femme aux traits réguliers dont le cou frêle semblait ployer sous la masse des cheveux sombres. Des fenêtres donnant sur le jardin éclairaient la pièce tandis que la cloison d'en face s'ornait de masques africains en bois sculpté.

Le médecin ouvrit une petite armoire et en tira une bouteille et deux verres dans lesquels il versa une rasade généreuse. Il en tendit un à Alexandre.

— Vous m'aviez bien dit que vous retourniez au Séminaire pour terminer vos études de prêtrise?

— Oui. Comme je vous l'ai expliqué le jour de votre arrivée, seules les circonstances de mes recherches pour retrouver mon frère m'ont empêché jusqu'à maintenant de retourner au Séminaire.

— Moi aussi, j'ai longtemps cru que je me dirigerais vers la prêtrise. Finalement, c'est mon frère aîné qui s'est fait prêtre tandis que j'ai marché sur les traces de mon père en me faisant médecin.

— Qu'est-ce qui vous a fait changer d'idée?

— Oh, une foule de choses. Les croyants diraient que je n'avais pas la vocation. Dieu sait que ce n'est pas la formation qui a fait défaut. Au séminaire, en Irlande, on nous donnait une solide formation en grec, en latin, en gaélique. Trois langues mortes. Et surtout, une formation religieuse. On ne badinait pas avec la religion à St. Brigid's. Mais aussi, je crois que j'étais plus homme d'action que métaphysicien et j'aimais mieux faire quelque chose de concret pour soulager la souffrance que de promettre une récompense future.

— L'un n'exclut pas l'autre, riposta Alexandre.

— Je sais, je sais. Ne vous formalisez pas d'un vieux mécréant comme moi.

— De plus en plus je pense que, quand je serai prêtre, je me dirigerai vers les missions. Il me semble que là il est possible d'allier les deux, c'est-à-dire d'aider au temporel comme au spirituel.

— Moi aussi, je suis en quelque sorte allé en mission, commença lentement le docteur. Après la mort de ma chère Teresa, décédée de tuberculose dans la seconde année de notre mariage sans que je puisse la sauver, j'ai obtenu un poste au service colonial et je suis parti pour l'Afrique. J'y ai laissé ce qu'il me restait d'illusions, ajouta-t-il pensivement. Je ne sais pourquoi je vous parle de tout cela. Je suppose que ce sont les événements de cet après-midi qui ont ramené à la surface des souvenirs que normalement je refoule en me plongeant dans mon travail.

Il sortit sa pipe, la bourra de tabac, fit avec soin et précision tous les gestes du fumeur, l'air distrait, comme absorbé par une vision intérieure.

— Parlez-moi de l'Afrique, pressa Alexandre. Cela m'intéresse au plus haut point.

— L'Afrique. Il y a bien sûr le choc du décor, si différent, la flore et la faune qu'on n'a vues que dans les livres ou les jardins zoologiques. Mais, plus encore, il y a le contact de cultures si différentes, le heurt à des formes de pensée inconnues. Il y a une chose qui ne change pas : le sectarisme, le fanatisme, la haine, le mal ont partout le même aspect, qu'ils se reflètent sur des visages blancs, noirs ou de toutes les teintes intermédiaires. Tenez, cet après-midi, quand j'ai vu ces crétins prêts à s'entretuer pour un malentendu causé par deux enfants innocents qui aiment faire de la musique ensemble, j'ai tout à coup revu mère Sainte-Angèle.

Il reprit une gorgée de whisky et, voyant le regard inquisiteur d'Alexandre, se mit à raconter :

— C'était une maîtresse femme que mère Sainte-Angèle, grande, robuste, l'œil vif, l'air énergique. Elle me rappelait ma défunte mère, que Dieu ait son âme. Elle venait d'un petit village de la province de Québec et me parlait souvent de son pays. C'est pour cette raison que, lorsque j'ai pris la décision, à la fin de mon premier mandat, de ne pas demander de renouvellement, j'ai opté pour le Canada. À l'hôpital où j'étais rattaché, elle était ma plus précieuse collaboratrice, une infirmière vraiment douée. Je l'ai vue, alors que souvent il nous manquait les médicaments les plus essentiels, arracher à la mort des malades qui auraient succombé dans les grands hôpitaux d'Europe.

— Est-ce qu'elle est toujours là-bas ?

— Non. Elle a été rappelée et j'en suis l'instrument.

— Mais pourquoi ?

— Tout a commencé le jour où on nous a amené une petite fille de six ans atteinte de rachitisme, d'anémie, très mal en point. Je ne croyais pas qu'on pourrait la sauver. Mais avec les bons soins de mère Sainte-Angèle, la petite se mit à revivre comme une fleur détachée de sa tige qu'on plonge dans l'eau fraîche. Elle était attachante, cette petite, intelligente, rieuse. Comme elle était toujours dans le sillage de mère Sainte-Angèle, on l'avait surnommée Petit Ange. Je crois que la bonne mère laissait libre cours à ses instincts de maternité refoulés car elle la traitait plutôt comme son enfant que comme sa patiente. Pendant ses heures libres, elle lui faisait la classe et la petite apprenait avec une rapidité étonnante. Pendant presque deux ans, on n'entendit plus parler de sa famille. Elle était devenue l'enfant de la maison et je suppose que mère Sainte-Angèle pensait que cela durerait toujours.

Un jour s'amène le père avec le sorcier du village. Ils habitaient assez loin dans la brousse et avaient fait le voyage pour venir réclamer la petite. Mère Sainte-Angèle refusa tout net de s'en séparer. L'affaire monta au gouverneur, qui ordonna que l'enfant fût remise au père.

— La pauvre religieuse a dû avoir une peine affreuse, s'exclama Alexandre.

— En effet. Cependant, le pire n'était pas arrivé. Trois mois plus tard, on nous ramenait la petite. Et dans quel état ! Malgré que les parents se fussent convertis au catholicisme et que les pères défendissent la clitoridectomie, une fois dans leur village, la crainte du sorcier, la pensée que leur fille ne trouverait pas de mari, les pressions exercées par la tribu, que sais-je encore, bref, on lui avait fait subir l'opération avec un tesson de bouteille ou une vieille lame rouillée, je ne sais trop. C'était un beau gâchis. Avec l'hémorragie et l'infection, la petite était aux portes de la mort.

— Une opération? Quelle opération? balbutia Alexandre.

Le docteur le regarda.

— Ah, oui, j'oubliais. On ne donne pas beaucoup de cours d'anatomie féminine dans les séminaires. C'est une sorte de simulacre de la circoncision chez l'homme. On enlève le clitoris, l'organe de sensation chez la femme, ainsi que les petites lèvres, parfois les grandes. On mutile tout le sexe extérieur.

Alexandre sentit sa gorge se serrer de dégoût et d'horreur.

— Il existe d'autres pratiques peu alléchantes pour lesquelles on peut trouver quelque justification logique. Prenons par exemple l'engraissement forcé, où on met les jeunes filles dans des cages et on les gave de nourriture, exactement comme on engraisse du bétail ou des volailles.

— Il y a une explication logique à cela? articula Alexandre avec ironie.

— Oui. Si elles engraissent, elles sont propres à épouser le roi ou le chef. En fait, cela prouve qu'elles sont saines, qu'elles ne sont pas atteintes de tuberculose, de cancer, de maladies graves. C'est une sorte de moyen de diagnostic. Pour ce qui est de la clitoridectomie, j'y perds mon latin. Absolument aucun avantage.

— Qu'est-il arrivé à la petite?

— Elle est morte deux jours plus tard. Mère Sainte-Angèle n'a jamais quitté son chevet. Quand ce fut fini, elle ne versa pas une larme. Elle reprit son service, mais son visage, si animé auparavant, était maintenant sans aucune expression. On aurait dit qu'il était sculpté dans le marbre. Dans les mois qui suivirent, je commençai à m'apercevoir qu'on mourait beaucoup dans le service de mère Sainte-Angèle, surtout chez les petites filles.

— Vous ne voulez pas dire...

— Non. Je ne crois pas qu'elle les tuait directement. Mettons qu'elle ne les disputait plus à la mort. Un jour, il fallut me rendre à l'évidence. J'avais ordonné de la quinine et des bains froids pour une fillette de dix-huit mois. Je m'aperçus que mère Sainte-Angèle n'avait pas suivi mon ordonnance et que l'enfant était morte. « Pourquoi n'avez-vous pas fait ce que je vous ai demandé ? », ai-je demandé. Elle m'a regardé d'un air absent et répondu : « Elle est heureuse, elle est au paradis. Ils ne peuvent plus l'atteindre. » Je n'avais plus le choix. J'ai dû avertir ses supérieurs de la renvoyer au pays, alléguant un épuisement nerveux pouvant conduire à la maladie mentale.

— Vous avez aussi quitté l'Afrique ?

— Pas immédiatement. Mais, avec les guerres entre tribus et la guerre des Boers où je fus envoyé à titre d'officier médical, j'ai fini par perdre le goût de l'Afrique. C'est alors que j'ai décidé de venir au Canada.

— Vous vous y plaisez ?

— Oui, même si de temps en temps il se produit des événements comme ceux de cet après-midi qui me rappellent à quel point je déteste le fanatisme, les nationalismes exacerbés, les orthodoxies.

— Pourquoi les orthodoxies ?

— Parce qu'elles sont statiques alors que la création tout entière est dynamique. Elles figent les esprits, entravent le progrès, briment les intelligences et donnent lieu à la persécution des semblables.

— Ne croyez-vous pas à la Révélation ?

— Je ne la nie pas. Mais pourquoi ne serait-ce pas un départ plutôt qu'une arrivée, une fenêtre plutôt qu'une prison ? Bon, allons, je vous ai averti de ne pas porter attention aux divagations d'un vieux mécréant comme moi. Un autre whisky ?

— Non, merci. Il se fait tard et madame veuve Nadeau va m'attendre pour discuter des événements de la journée.

— Au fait, je n'ai pas encore reçu de réponse de mon confrère, mais ça ne devrait pas tarder car c'est un correspondant fidèle.

Quelques jours plus tard, alors qu'Alexandre revenait de la gare, le docteur O'Grady lui fit signe d'arrêter et lui remit une lettre. « Gardez-la. Jim Carstairs y donne tous les détails. Apparemment, Joe Vendredi habite Sesekun. Il y est déménagé après la mort de sa femme et trappe sur l'un des terrains de chasse de son ami, Charlie McDougall, au sud du lac Abitibi. »

Le surlendemain, Alexandre était dans le train en route pour Sesekun. Il avait écrit à ses parents pour les mettre au courant de cette ultime démarche :

Chers parents,
Je vais enfin pouvoir m'entretenir avec un homme qui a travaillé plusieurs années pour le compagnon de François-Xavier, et l'un des derniers à l'avoir vu

avant son départ. N'espérez pas trop car, maintenant que je connais bien ce pays, je sais qu'il faudrait un vrai miracle pour qu'il ait échappé au sinistre et que nous n'en ayons pas entendu parler depuis. Mais Dieu dans sa miséricorde a permis des choses plus étonnantes. Dans trois ou quatre semaines, je serai de retour et nous pourrons enfin parler de vive voix. Je vous écrirai de nouveau avant mon départ.

Votre fils affectionné,

Alexandre.

Deuxième partie

XI

L'été où Rose Brent eut seize ans, sa mère s'éteignit dans leur petit cottage de Favisham, dans le Sussex. Cet événement n'était pas imprévu car elle était souffrante depuis plusieurs mois. Depuis son veuvage, survenu alors que Rose n'avait que quelques mois, Catherine Brent gagnait sa subsistance et celle de ses trois enfants en agissant comme sage-femme et infirmière pour la région agricole dont Favisham était le centre, aussi savait-elle mieux que quiconque que ses jours étaient comptés. Avec un sang-froid et un courage admirables, elle avait employé ses dernières forces à préparer l'avenir de sa fille.

James, le fils aîné, ayant été tué à la bataille de Mafeking en Afrique du Sud, il incombait donc à Ronald de s'occuper de sa sœur. Mais celui-ci avait émigré au Canada alors que Rose n'avait que dix ans et on avait rarement de ses nouvelles car il voyageait beaucoup et travaillait souvent dans des régions éloignées et inhabitées de ce vaste pays. Certainement, dès qu'il recevrait sa lettre, il ferait venir sa sœur pour qu'elle habite avec lui mais, en attendant, il fallait trouver à Rose un asile sûr et un moyen de gagner sa vie. Catherine écrivit donc à son cousin, Edward Finlay, qui était majordome dans une grande maison de Londres, puis, confiante qu'Edward saurait s'occuper de Rose, elle vendit son petit cottage au nouvel instituteur de Favisham à condition qu'il ne l'occupe qu'après sa mort (qui ne saurait tarder, déclara-t-elle à l'acheteur ému). Elle disposa du reste de ses biens et donna des instructions très précises à sa fille sur les dispositions à prendre après son décès. Puis, elle s'endormit dans le Seigneur, ponctuellement et sans bruit, comme elle avait vécu.

C'est ainsi que, à la mi-septembre 1912, Rose se retrouva dans un fiacre qui l'emportait dans les rues encombrées de Londres, sous un ciel lourd qui déversait interminablement une pluie fine. Écarquillant les yeux, elle regardait la foule qui se pressait sur les trottoirs en s'abritant sous des parapluies, les voitures de toutes sortes qui fourmillaient dans les rues, surtout les automobiles, que l'on voyait si rarement à Favisham, conduites par des chauffeurs en uniformes impressionnants et où, sur la banquette arrière, se prélassaient des jeunes femmes élégantes et des douairières majestueuses.

Le fiacre s'engagea dans une large avenue bordée de hauts immeubles et déboucha dans un vaste square entouré de maisons imposantes. Il s'arrêta devant la plus cossue.

— C'est ici, Miss. C'est bien l'adresse que vous m'avez donnée, 5, Phillips Square?

Rose regarda l'escalier monumental qui conduisait à une large porte d'entrée sculptée où brillaient les cuivres. Son cœur se serra dans sa poitrine. Une envie folle lui vint de dire au cocher de la ramener à la gare. Mais non.

Le petit cottage avec son minuscule jardinet était déjà occupé par les nouveaux propriétaires. Il ne pouvait y avoir de retour en arrière.

Elle paya le cocher, qui déposa sa malle au pied des marches, gravit les degrés et sonna.

— Monsieur Finlay? demanda-t-elle au valet en livrée qui lui ouvrit.

Étonné, il l'examina un moment comme s'il avait soudain découvert une espèce d'insecte inconnue.

— Ce n'est pas ici qu'on le demande, ma belle. Allez frapper à la porte de service que vous voyez, à gauche, au bas des marches.

Il referma la porte. Rose redescendit le grand escalier et s'engagea dans les marches sombres qui descendaient vers le sous-sol. «Voilà qui commence bien, se dit-elle. Je sens que je ne ferai que des bourdes ici.»

Une fille au visage jaune et anguleux sous sa coiffe blanche lui ouvrit la porte de service et la fit passer dans une pièce attenante à la cuisine.

— Je vais chercher monsieur Finlay. Veuillez vous asseoir et l'attendre.

Quelques minutes plus tard, un homme de haute taille, aux cheveux gris, entra.

— Vous êtes Rose Brent, de Favisham?

— Oui, monsieur.

— Je suis Edward Finlay, le cousin de votre mère. Soyez la bienvenue, Rose.

Pendant qu'il lui posait les questions d'usage sur son voyage, Finlay examinait la jeune fille blonde et mince qui s'était levée à son approche. Il soupira. Mon Dieu, pourquoi fallait-il que la fille de Catherine fût aussi jolie? Cela ne pouvait que lui attirer des ennuis. N'en avait-il pas eu assez, il y a deux ans, quand la deuxième femme de chambre s'était fait engrosser par un ami de *Milord*? Enfin, il fallait faire contre mauvaise fortune bon cœur. Il ne pouvait refuser à sa cousine d'accueillir sa fille après la lettre touchante qu'il avait reçue d'elle il y avait à peine trois semaines. Il l'avait décachetée, surpris de recevoir une lettre de Favisham après tant d'années, et il avait lu avec émotion :

Cher cousin,

J'ai soigné les malades assez longtemps pour savoir que je souffre d'un mal qui ne pardonne pas. Je quitterais cette vie avec moins de regrets n'était ma fille Rose, qui n'a que seize ans. C'est une bonne enfant et qui m'a soignée avec une constance et un dévouement au-dessus de son âge.

Après la mort de James en Afrique, Ronald est parti pour les Amériques, au Canada. J'ai écrit il y a quelques semaines à la dernière adresse qu'il nous avait communiquée mais je n'ai pas encore reçu de réponse. Je crains qu'elle n'arrive trop tard. Aussi, le cas échéant, à qui puis-je m'adresser sinon à vous ?

Je connais assez votre bon cœur pour savoir que vous agréerez ma prière. Rose a travaillé avec Mrs. Smyth pour le Squire Snedley et elle a démontré quelque habileté dans la couture. Peut-être pourriez-vous lui trouver une place comme aide-lingère dans la maison où vous travaillez ou dans une autre bonne maison ? Je partirai tranquille sachant qu'elle sera sous votre garde. Croyez à la reconnaissance de votre cousine affectionnée,

Catherine Brent

Elle était là, cette petite personne, enveloppée dans un grand manteau sombre contre la grisaille de l'automne commençant qui mouillait les vitres et oblitérait presque les silhouettes des passants.

— Quand votre mère est-elle décédée ?

— Lundi de la semaine dernière. Une fois le cottage remis en ordre, j'ai fait comme elle me l'avait demandé. J'ai pris le train pour Londres et un fiacre m'a amenée jusqu'ici.

— Vous avez bien fait, Rose. J'ai parlé à Milady quand elle est rentrée de voyage avant-hier. Comme elle était absente, il m'a été impossible de répondre tout de suite à votre mère. Croyez que je le regrette infiniment. Enfin, Milady consent à vous prendre pour aider Mrs. Tring, la lingère. Votre mère m'avait écrit que vous aviez quelque expérience dans la couture ?

— Oui, monsieur. Depuis deux ans je travaillais trois après-midi par semaine dans la maison du Squire Snedley. Mais ils ont fermé la maison et habitent presque toute l'année en Italie.

— Bien, très bien. Kate, que voici, va vous conduire à votre chambre pour y déposer vos choses et elle vous guidera pour les usages de la maison. Reposez-vous aujourd'hui et demain matin je vous présenterai à Mrs. Tring, qui sera bien contente d'avoir de l'aide vu que ses rhumatismes empirent toujours à l'automne.

Il regarda s'éloigner la gracieuse silhouette qui suivait la maigre Kate dans l'escalier. « J'avais bien besoin de cela, à mon âge, songea-t-il amèrement. Enfin, je ne puis tout de même pas mettre la fille de Catherine à la porte parce qu'elle est jolie. Mais j'y aurai l'œil. »

Le lendemain matin, il la fit demander. Elle entra,

toute menue dans sa livrée grise, le bonnet blanc posé sur ses cheveux blonds qui moussaient tout autour de son fin visage rose. L'effet était charmant. Le majordome hocha la tête.

— Ma chère enfant, commença-t-il, puisque votre mère vous a confiée à moi, vous devez me considérer un peu comme votre père. Si je vous fais des observations qui peuvent paraître sévères, croyez que je n'ai à cœur que votre plus grand bien. Vous me suivez?

— Oui, monsieur. Je suis prête à vous obéir comme j'obéissais à ma mère.

— Bien, très bien. Je vois que vous êtes une bonne enfant. Il est très important dans cette maison d'observer le décorum le plus strict. Gardez toujours les yeux baissés lorsque vous croisez les gens de la maison, maîtres ou domestiques. Soyez réservée, très réservée. Lorsqu'on vous adresse la parole, répondez le plus brièvement possible et retournez à votre lingerie. Ne parlez jamais la première, compris?

— Oui, monsieur.

— Bien, très bien. Pour commencer, je vous demanderais d'adopter une coiffure moins… plus sobre.

— Plus sobre, monsieur?

— Oui. Veuillez lisser vos cheveux le plus possible afin qu'ils soient dissimulés par la coiffe.

— Oui, monsieur.

Rose remonta à la petite chambre sous les toits qu'elle partageait avec Kate et, quand elle redescendit, Finlay l'examina de nouveau. C'était beaucoup mieux, même si quelques fines mèches moussaient sur le front. Il la conduisit à la lingerie et la présenta à Mrs. Tring, courte et carrée, aux mains déformées par le rhumatisme.

— Eh, à peu près temps qu'on me donne de l'aide, dit-elle d'une voix traînante. Avec la besogne qui augmente tous les jours et moi qui ne rajeunis pas…

Finlay connaissait les longues complaintes de Mrs. Tring, aussi s'esquiva-t-il prestement. Rose n'avait pas cette liberté mais, avec le temps, elle apprit à faire abstraction des interminables monologues de la lingère, se contentant de lancer de temps à autre des interjections comme « Vraiment ? », « Vous croyez ? », « Ah ! » et « Euh ! » qui donnaient à Mrs. Tring l'illusion que quelqu'un l'écoutait.

Par contre, ce qui la fascinait dans son travail, c'était le luxe du linge et des vêtements dans cette maison. Elle croyait avoir vu de belles choses chez le Squire Snedley, mais il n'y avait là rien qui approchât ce débordement de fin linon chiffré, de damas, de soieries, de cachemires, de dentelles précieuses. Elle n'oublierait pas de sitôt le matin où Mrs. Tring l'avait envoyée porter des vêtements à la chambre de Lady Arabella. Elle avait frappé à la porte.

— Qui est-ce ?

— Rose, milady. Mrs. Tring m'envoie porter la robe que vous lui aviez demandé de réparer.

— Entrez, Rose.

Elle avait poussé la porte et s'était arrêtée sur le seuil, éblouie, intimidée par cette grande pièce éclairée de hautes fenêtres drapées de velours turquoise qui rappelait les douces teintes du tapis moelleux recouvrant le parquet. Un grand lit à baldaquin occupait le fond de la pièce. Assise à sa table de toilette, où luisaient l'argent et le cristal, Lady Arabella faisait coiffer ses longs cheveux blonds par Daisy, sa camériste.

— Entrez donc, Rose. Posez cela sur le fauteuil. Daisy s'en occupera. Vous êtes nouvelle ici, Rose?

— Oui, milady. Je suis arrivée il y a deux semaines.

— Est-ce vous, la jeune orpheline parente de Finlay?

— Oui, milady.

— Laissez-vous guider par ses conseils et tout ira bien. Vous pouvez disposer, Rose.

Elle en avait gardé l'image d'un visage altier à l'ovale parfait, d'un flot de crêpe de Chine blanc et de dentelles, et de fines mains pâles où les pierres précieuses lançaient des feux.

L'hiver commença, gris et froid. Le matin, il fallait se lever tôt, quitter le lit qu'elle partageait avec Kate, se laver et s'habiller rapidement dans l'humidité glaciale. Pour les repas à l'office, Finlay lui avait assigné une place entre Daisy et Kate. Les hommes étaient de l'autre côté et celui en face d'elle était le valet qui lui avait ouvert la porte, un homme presque aussi vieux que Finlay. Les valets plus jeunes étaient à l'autre extrémité de la table et, sous le regard vigilant de Finlay, Rose n'osait guère lever les yeux. Pour son jour de sortie, elle n'était autorisée à quitter la maison qu'en compagnie de Kate et leur itinéraire était toujours le même. On allait faire une promenade jusqu'à Trafalgar Square, où on regardait passer les beaux équipages. Parfois, on voyait même des membres de la famille royale. Un jour de février où le soleil brillait, elles avaient vu passer la reine mère Alexandra dans une voiture ouverte. Kate lui avait saisi le bras dans un transport de ferveur: « Regarde, Rose, c'est Sa Majesté la reine! N'est-ce pas qu'elle est magnifique? »

Rose eut beau regarder, elle ne voyait, dans la voiture

splendide, qu'une vieille femme en bonnet plissé disparaissant presque sous les coussins.

À la fin de l'après-midi, elles allaient prendre le thé chez une cousine de Kate qui avait épousé un petit boutiquier de Carting Lane puis on rentrait sagement à la maison.

Au début de mars, une nouvelle femme de chambre s'ajouta au personnel de la maison. Emily était une jeune personne délurée, l'œil sombre et vif, les cheveux noirs. Finlay avait vu d'un mauvais œil cette nouvelle addition qui babillait à table et qui adressait la parole sans qu'on l'eût interpellée, mais elle s'était présentée munie d'une haute recommandation d'une amie de Lady Arabella et il avait fallu s'incliner. Le mardi, Emily venait à la lingerie pour aider au repassage vu que Mrs. Tring devenait chaque jour plus impotente.

— Il y a longtemps que tu es ici ? demanda-t-elle à Rose.

— Depuis septembre dernier.

— Ça te plaît ?

— Je suis casée. Et comme, de toute façon, je ne resterai pas longtemps, je suis bien contente d'être ici en attendant.

— Tu vas où, après ?

— Au Canada. Mon frère est là-bas et j'attends bientôt de ses nouvelles. Les lettres mettent du temps à arriver mais, quand je la recevrai, j'irai le rejoindre.

— Bon, mais en attendant tu pourrais t'amuser un peu. Pourquoi est-ce que tu sors toujours avec cette grande nigaude de Kate ?

— Parce que Finlay ne me permet pas de sortir excepté avec elle.

— Hein ? Sans blague. Qu'est-ce qu'il a à voir là-dedans, ce vieux singe ?

Rose se sentit blessée.

— C'est le cousin de ma mère et elle m'a confiée à lui avant de mourir, dit-elle sèchement.

— Écoute, j'ai pas voulu te fâcher. C'est seulement que le personnel ici n'est pas folichon, excepté le nouveau valet de pied, Harry. Pourquoi ne viens-tu pas avec moi dimanche prochain ?

— Je ne sais pas si Finlay voudra.

— On n'a qu'à pas lui demander. Il y a moyen de s'arranger, tu sais.

Le dimanche suivant, par un de ces hasards qui se produisent pour tendre des traquenards aux mieux intentionnés, Kate était enrhumée. Elle déclara qu'elle ne sortirait pas, qu'elle préférait rester au lit avec une bouillotte.

— Tu vois, dit Emily, il faut que tu viennes avec moi puisqu'on ne te permet pas de sortir seule.

— Il faudrait que j'avertisse Finlay…

— Pourquoi, grands dieux ? C'est donc si terrible de venir avec moi plutôt qu'avec Kate ?

Rose se laissa persuader et les jeunes filles sortirent par un doux après-midi d'avril. Elles se dirigèrent vers Trafalgar Square et, alors qu'elles approchaient du monument de Nelson, deux jeunes gens qui semblaient les attendre se détachèrent de la foule des promeneurs et se dirigèrent vers elles. Rose reconnut Harry, le jeune valet de pied, et se douta que c'était là un coup monté par Emily.

— Rose, laisse-moi te présenter mon ami, Albert Speer. Et voici Harry, que tu connais déjà.

Sans plus attendre elle passa familièrement son bras sous celui d'Albert et ils s'éloignèrent en jasant. Rose était affreusement intimidée de se retrouver seule avec Harry. Ils avaient déjà échangé quelques paroles à la maison, mais se retrouver comme cela, à l'extérieur, en tête-à-tête…

— Vous savez, commença-t-il, je suis content qu'Emily nous ait donné la chance de nous rencontrer. Depuis que je suis arrivé que j'en cherche l'occasion. Même qu'une fois je vous ai attendue dans le couloir qui mène à la lingerie. Mais Finlay est arrivé et m'a demandé ce que je faisais là. J'ai bafouillé quelque chose et il m'a dit brusquement : « Allez à votre travail et que je ne vous prenne pas à flâner où vous n'avez pas d'affaire. » Dites donc, c'est votre chien de garde ? J'ai cru qu'il allait me poursuivre à quatre pattes et me mordre les mollets.

L'idée de l'impeccable et digne Finlay poursuivant le jeune homme provoqua un éclat de rire chez la jeune fille. Elle leva les yeux et rencontra un bon regard sans malice.

— Amis ? demanda-t-il.

— Amis, dit Rose en souriant.

Bientôt, ils devisaient comme de vieux copains. Ils rejoignirent Emily et Albert, qui s'étaient arrêtés pour les attendre, et Emily proposa que l'on aille prendre le thé dans Regent Street. L'après-midi passa rapidement et bientôt il fut l'heure de rentrer. Emily et Albert marchaient devant et, lorsqu'ils traversèrent le square, Albert entraîna sa compagne derrière un buisson. On entendit des rires étouffés et des bruits de baisers. Rose sentit le rouge lui monter au visage et hâta le pas. Quand ils furent un peu éloignés, elle s'arrêta.

— Il vaut mieux qu'on ne nous voie pas arriver ensemble, Harry. Nous ne sommes pas loin. Si j'ai de la chance, je ne rencontrerai pas Finlay.

Elle s'éloigna en courant.

— Attendez, on se retrouve dimanche prochain, n'est-ce pas? cria-t-il.

Rose se contenta d'agiter la main. Quand elle sonna à la porte de service, elle eut le soulagement de voir Mrs. Black, la cuisinière, lui ouvrir. Elle monta à la chambrette sous les combles où Kate, les yeux et le nez rouges, le teint plus bilieux que jamais, lui demanda de lui apporter un bouillon chaud de la cuisine car elle ne descendrait pas souper.

Au cours de la semaine, quand il arrivait à Rose, aux repas, de croiser le regard de Harry, elle baissait immédiatement les yeux et se tournait soit vers Kate, soit vers Daisy, espérant que la rougeur de son teint ne se remarquerait pas. Quand Emily vint au repassage, elle la pressa de questions:

— Comment l'as-tu trouvé? Pas mal, hein? C'est un ami d'Albert. Ils se connaissent depuis l'enfance.

— Il est gentil.

— La semaine prochaine, tu sais ce qu'on va faire? On va aller danser, articula-t-elle, en scandant chaque syllabe. Qu'est-ce que tu penses de ça?

— La semaine prochaine, Kate ne sera pas malade. Il faudra que je l'accompagne.

— Pas du tout. Tu sors avec elle. Je vous attends au square et, dès que vous arrivez, je fais un bout de chemin avec vous et je t'invite à venir chez ma sœur prendre le thé.

— Tu as une sœur?

— Mais non, grande sotte. Kate nous quitte pour aller chez sa cousine et nous, nous rejoignons Albert et Harry.

— Je n'oserais jamais, déclara Rose. Je suis sûre que je n'aurai pas la même chance deux fois et que Finlay s'en apercevra.

Quand le dimanche arriva et que Rose se vit acculée à se rendre chez la boutiquière avec Kate, elle ne s'en sentit pas le courage. Aussi, quand Emily, suivant le scénario prévu, la pria de venir avec elle chez sa sœur, elle dit à Kate qu'elle aimerait bien y aller.

— Je ne sais pas si Finlay sera content, dit Kate sentencieusement. Il m'a recommandé de veiller sur toi.

— Oh, une fois n'est pas coutume. Ça la changera, cette enfant, dit Emily.

— À votre guise. Mais si Finlay me demande, je ne dirai pas de mensonges, moi.

— T'en fais pas, rassura Emily alors qu'elles s'éloignaient toutes deux. Elle ne dira rien du tout.

Rose n'en était pas aussi sûre, mais bientôt Emily et elle virent venir les jeunes gens et elle se rendit compte qu'elle était heureuse de revoir Harry. Emily passa joyeusement son bras sous celui d'Albert.

— Alors, on y va?

— Oui, ma cocotte. Allons au *dance-hall*, répondit-il en l'entraînant.

Harry regarda Rose. «Vous permettez?» et il prit sa main et la passa sous son bras. La jeune fille n'osa la retirer et se laissa aller à la fierté de marcher ainsi au bras d'un jeune homme comme d'autres femmes qu'elle avait vues et secrètement enviées.

En arrivant au *dance-hall*, ce fut un éblouissement de

lumières, de musique. Ils s'assirent à une table et Albert commanda des bières pour les quatre, puis il conduisit Emily sur la piste.

Harry se leva.

— On y va aussi ?

— Je ne sais si je saurai, répondit Rose en rougissant.

— Venez, je vous guiderai.

Elle se laissa entraîner dans le tourbillon des danseurs, fermement guidée par la main masculine qui s'appuyait à sa taille.

— Vous êtes légère comme un oiseau, Rose. Vous aimez la danse ?

Elle leva sur lui des yeux brillants de plaisir.

— Oh, oui !

La musique s'arrêta et ils retournèrent à leur table. Quand l'orchestre reprit, Rose reconnut la mélodie si belle qu'elle avait entendue la première fois le soir du grand bal donné par Milady.

— Que c'est beau, dit-elle. Qu'est-ce que c'est ?

— C'est *La veuve joyeuse.* Ça vient de l'opérette qui fait courir tout Londres. Allons-y, dit Albert.

Tandis qu'elle dansait avec Harry, celui-ci lui murmura à l'oreille :

— Comme vous êtes jolie et comme vous portez bien votre prénom.

Ce compliment déclencha une sonnette d'alarme dans la tête de Rose. Elle avait mal agi. Elle ne devait s'attacher à personne ni permettre à Harry de s'attacher à elle. Il importait qu'elle demeurât libre de suivre sa destinée au Canada.

— Rentrons, dit-elle. Je veux être sûre d'être revenue de bonne heure.

Sur le chemin du retour, elle se prit à parler de son frère, du Canada où elle irait bientôt le rejoindre, de la vie nouvelle qui s'ouvrirait devant elle.

— J'aurai de la peine de vous voir partir, petite Rose. C'était agréable de penser que je vous reverrais à notre prochain jour de sortie et même de vous croiser au travail ou de vous voir à l'heure des repas.

— Vous me remplacerez. Londres est plein de jolies filles.

Harry posa sa main sur la sienne.

— Je crois plutôt que j'irai vous rejoindre au Canada un jour.

— Dans la dernière lettre que nous ayons reçue de mon frère avant la mort de ma mère, il disait que le Canada est un pays très grand et que, pour ceux à qui le travail ne fait pas peur, les chances ne manquent pas de s'y tailler une place. Et maintenant, ajouta-t-elle puisqu'ils approchaient du square, quittons-nous ici.

Après avoir agité la cloche, elle vit avec terreur Finlay ouvrir la porte.

— Rose? Mais où donc est Kate?

— Elle est chez sa cousine.

Puis elle songea qu'il valait sans doute mieux avouer, au moins en partie, l'emploi de son après-midi au cas où Finlay interrogerait Kate.

— Je suis allée prendre le thé chez la sœur d'Emily.

— Et où est Emily?

— Sa sœur nous a accompagnées au retour et elle et Emily voulaient se promener un peu avant de rentrer. Comme j'étais un peu fatiguée, j'ai pris congé d'elles.

Finlay fronça le sourcil.

— Je n'aime pas beaucoup que vous vous promeniez avec Emily. J'ai peur que ce ne soit une écervelée, une mauvaise conseillère. Enfin, espérons qu'avec les beaux jours revenus nous ne tarderons pas à recevoir des nouvelles de votre frère.

Rose s'échappa, un peu honteuse de la facilité avec laquelle elle avait menti.

Quelques jours plus tard, les vœux de Finlay furent exaucés. Il arriva en toute hâte à la lingerie, interrompant l'un des interminables monologues de Mrs. Tring.

— Venez avec moi, Rose. La missive que nous attendions est enfin arrivée.

Avec quelle émotion Rose reconnut sur l'enveloppe l'écriture haute et irrégulière de son frère. Les mains tremblantes elle la décacheta et lut :

> *Toronto, le 5 avril 1913.*
> *Ma chère sœur,*
>
> *J'ai reçu tout ensemble les trois lettres : celle de notre chère mère, la tienne et celle de notre cousin Finlay. Quelle ne fut pas ma douleur d'apprendre le décès de notre chère maman et je ne puis encore me faire à l'idée que je ne la reverrai plus jamais. Au moins, j'aurai la consolation d'obéir à sa dernière volonté en te demandant de venir me rejoindre.*
>
> *Si je n'ai pas reçu plus tôt les lettres qui m'étaient adressées, c'est que je travaillais avec un groupe d'arpenteurs en pleine forêt, les mêmes pour qui j'avais travaillé il y a quatre ans alors que nous préparions le prolongement du chemin de fer jusqu'à Cochrane. C'est lorsque je travaillais dans cette*

région que j'ai vu des étendues de sol très fertile et que j'ai pu acheter une ferme de cent quatre-vingts acres. J'ai aussi piqueté une concession minière au lac Musko, mais jusqu'à maintenant cela n'a rien donné.

L'été dernier, j'ai construit sur ma ferme une maison très modeste pour le moment mais que je me propose d'améliorer avec le temps. Tu verras d'ailleurs tout cela quand tu viendras et tu feras aussi connaissance avec ta belle-sœur car, dans trois jours, j'épouserai ma chère Nellie, qui veut bien me suivre dans ces régions lointaines. Je l'ai connue alors que je travaillais à Toronto car elle est la nièce de Mrs. Martindale chez qui je pensionnais. C'est en revenant pour épouser Nellie que j'ai trouvé les lettres qui m'avaient été adressées. Mrs. Martindale a préféré les conserver, sachant que je reviendrais, plutôt que de risquer qu'elles s'égarent puisque je me déplaçais constamment dans mon travail avec les arpenteurs.

J'ai écrit à notre cousin Finlay pour l'enjoindre de se servir de la somme qu'a rapportée la vente du cottage de notre mère pour retenir passage sur le premier bateau en partance pour le Canada. De là, soit d'Halifax ou de Québec, le train t'amènera à North Bay et, par notre nouveau chemin de fer, jusqu'à la gare de Peltrie Siding, d'où on me fera savoir que tu es arrivée.

Je suis sûr que tu te plairas dans notre modeste domaine et que tu causeras de grandes réjouissances parmi mes amis, qui ont des propriétés beaucoup mieux développées que la mienne. Ils y récoltent du foin et du grain en abondance, des choux et des navets géants, mais il y a disette de belles filles à marier et j'espère qu'un jour tu te choisiras un bon mari parmi eux.

Nous t'attendons. Nellie a hâte de te connaître.

Ton frère affectionné,

Ronald Brent.

Lorsque Rose eut fini la lecture de cette lettre, elle demeura un instant écrasée. Tout à coup, la vie dépassait ses rêves et, tant qu'ils ne se réalisent pas, les rêves sont facilement apprivoisables ; soudainement matérialisés, ils se transforment en montures difficilement maîtrisables. Son frère Ronnie, grand propriétaire terrien, peut-être demain propriétaire de mines d'une valeur inestimable. Dans son village natal de Favisham, personne, pas même le Squire Snedley, ne possédait cent quatre-vingts acres !

Finlay, lui, se frottait les mains, tout heureux de son bonheur et encore plus de se voir enfin délivré de sa responsabilité.

— Eh bien, on peut dire qu'il a réussi, ton frère Ronald. Une ferme immense, des concessions minières. Je vais m'occuper dès maintenant de retenir ton passage sur le premier bateau et j'avertirai Milady que tu quitteras son service bientôt.

Ce n'était pas que Finlay manquât d'affection pour Rose. Il l'aimait bien, comme il avait aimé Catherine, sa mère alors qu'ils étaient enfants il y avait de cela plus de quarante ans. Mais quelque trente années passées au service des autres, subordonnant toujours ses désirs personnels aux caprices des maîtres, avaient peu à peu érodé son aptitude au bonheur. Comme d'autres hommes se consacrent à leur carrière, oubliant amis, femme et enfants pour ne s'attacher qu'à ceux qui peuvent leur être utiles, il s'était appliqué à être bon domestique et il était parvenu au faîte : majordome chez les très riches Lord et Lady Teeborough, amis du prince de Galles, maintenant devenu roi. Rose trouverait le bonheur là-bas et, pour lui, tout rentrerait dans l'ordre.

Lorsque la nouvelle se répandit de la chance inouïe qui était dévolue à Rose, toute la maisonnée fut en émoi. On la félicitait, on l'enviait. Seul Harry se montrait triste. Rose se sentit généreuse.

— Je vous écrirai de là-bas et, si vous êtes toujours intéressé au Canada, mon frère pourra probablement faire quelque chose pour vous.

Le pauvre garçon dut se contenter de cette marque de bienveillance car Rose était toute à ses préparatifs de voyage.

Même Milady voulut faire quelque chose. Elle lui fit don de vêtements qu'elle ne portait plus : un costume de fin lainage brun avec chapeau assorti et une blouse de linon blanc, une robe de mousseline blanche semée de petites fleurs bleues. Après quelques retouches, que Mrs. Tring l'aida à faire tout en déplorant de devoir s'habituer à une autre aide-lingère juste au moment où ses rhumatismes empiraient, ces vêtements lui seyèrent parfaitement. Elle se regarda dans la glace, éblouie. Elle y voyait une élégante jeune fille moulée dans sa jaquette de bonne coupe, le petit col de velours ouvrant sur le chemisier en fin linon, tandis que la sobre capeline faisait ressortir l'or de ses cheveux. Ainsi vêtue, elle reprit confiance : elle saurait être à la hauteur de la situation inespérée que la vie lui réservait. Elle ne se laisserait pas abattre par les réflexions méchantes de Mrs. Tring, qui disait que tout ce qui brille n'est pas or et qu'elle en avait vu des gens partir pour les colonies censément pour s'enrichir, que l'on avait vus revenir pour mourir à l'hospice.

XII

À Halifax, Mrs. Peterson et son fils l'installèrent dans le train en partance pour Montréal. L'excellente femme lui remit un panier de victuailles pour le trajet et elle et son fils restèrent sur le quai de la gare, agitant la main, jusqu'à ce que le convoi se mît en marche.

Vraiment, elle vivait un rêve merveilleux. Au départ de Southampton, on lui avait assigné une cabine avec cette dame, une veuve qui venait rejoindre son fils marin en poste à Halifax. Mrs. Peterson, fille, épouse et mère de marins, était une femme énergique, habituée à prendre seule ses décisions pendant que les hommes de la famille voguaient sur l'océan. Elle avait piloté la timide Rose vers la salle à manger et lui avait fait retenir une chaise voisine de la sienne sur le pont. Sous l'égide de cette duègne éminemment respectable, la jeune fille, dans son costume élégant, faisait l'effet de s'être égarée de la première classe. Elle avait le pied marin, adorait la mer, et les officiers du navire ainsi que les messieurs avaient été on ne peut plus galants. Elle avait dansé à perdre haleine et, comble de bonheur, un soir, alors que le second lieutenant, qui se montrait fort assidu, l'avait invitée à danser, l'orchestre avait entamé *La veuve joyeuse*, cette mélodie qu'elle aimait tant, et elle avait tournoyé à son bras dans sa jolie robe de mousseline blanche semée de petites fleurs bleues.

Et tout ceci n'était qu'un avant-goût de ce qui l'attendait là-bas, dans ces domaines immenses dont son frère lui avait parlé. Le train quittait la ville et s'enfonçait dans la forêt. Rose n'y prêta qu'une attention distraite, occupée qu'elle était à s'imaginer la maison de son frère entourée de prairies, de jardins, de vergers, et Ron et Nellie, debout sur le seuil, lui souhaitant la bienvenue.

⁂

Lorsque, trois jours plus tard, à North Bay, elle se trouva installée dans le train qui se dirigeait vers le nord, elle s'efforçait en vain de combattre l'angoisse qui montait sourdement en elle. Depuis son départ de Halifax, elle se voyait emportée à toute vitesse dans ce paysage inhumain et apparemment sans limites où les hauts conifères semblaient s'avancer en rangs serrés pour repousser l'intrus qui oserait vouloir y pénétrer. Encore, dans la vallée du Saint-Laurent, elle avait vu des villages, un fleuve grand comme la mer, des essences d'arbres familiers comme l'orme et le chêne. Mais, maintenant, tout lui semblait étranger. Elle était montée dans le train après des heures d'attente à North Bay, dans la promiscuité de cette gare où se pressaient des gens parlant des langues étrangères, surtout des hommes de rude apparence dont les politesses l'effrayaient comme des menaces. Dans le wagon, il y avait des hommes qui jouaient aux cartes et qui cachaient l'argent de la mise dès que le conducteur entrait. Le siège vis-à-vis était occupé par deux individus coiffés de larges chapeaux noirs qu'ils ne quittaient jamais et qui se passaient de l'un à l'autre une bouteille remplie d'un liquide blanchâtre qui dégageait une odeur écœurante (cette odeur de bagosse qu'elle apprendrait à connaître et qu'elle ne pourrait jamais supporter) et s'enivraient avec un sombre acharnement. Dans les banquettes à l'arrière, une femme qu'elle avait crue obèse mais qui était enceinte, le visage hâve, pauvrement vêtue, morigénait d'une voix traînante une ribambelle d'enfants qui piaillaient et pleuraient ou couraient dans l'allée en criant dans une langue inconnue.

Quand elle était montée à North Bay, le conducteur avait eu pitié de sa jeunesse et, quand il avait su qu'elle voyageait seule, il l'avait conduite dans ce wagon et l'avait fait asseoir avec l'unique femme qui voyageait seule aussi, une Indienne métissée au visage impassible. « Cela empêchera les hommes de venir s'asseoir avec vous et de vous ennuyer », avait-il dit avec bonté. Même si sa voisine de banquette ne desserrait pas les dents et attendait stoïquement la fin du voyage, Rose était reconnaissante de cette présence féminine auprès d'elle. Si seulement elle avait pu se laver ! Trois nuits qu'elle n'avait pas dormi dans un vrai lit, toujours dans cette poussière et cette ferraille, à entendre la plainte lointaine de la locomotive qui s'enfonçait sans relâche dans la forêt sombre. Le ciel était gris. D'énormes rochers gris et noirs, mouillés par la pluie qui tombait depuis North Bay, luisaient sinistrement parmi les arbres comme des bêtes tapies. Les nombreux lacs mêlaient le gris sale du ciel aux teintes sombres de leurs eaux. Enfin, dans l'après-midi, on arriva à une clairière dans les bois sombres et, pour la première fois, sans savoir ce que c'était, elle entrevit les structures caractéristiques des mines, hautes tours carrées avec toit en biseau. Le tout entouré de souches, de boue, de cabanes. Puis, à courts intervalles, les villes de Cobalt, North Cobalt, Haileybury, avec quelques maisons confortables voisinant des cabanes et même des immeubles impressionnants.

Quand la locomotive fila de nouveau vers le nord, elle profita du passage du conducteur pour lui demander à quelle heure on arriverait à Peltrie Siding. Il tira une montre de la poche de son uniforme bleu marine. « Pas avant neuf heures ce soir, Miss. »

Rose le remercia et se dit qu'il vaudrait mieux commencer à se préparer. La Métisse s'écarta sans expression pour la laisser passer et Rose se mit à marcher en titubant dans l'allée. L'un des marmots vint la heurter dans sa course folle et elle serait tombée si elle ne s'était retenue au dossier de la banquette. Enfin, elle atteignit le minuscule placard avec son filet d'eau qui servait de cabinet de toilette et se regarda dans la glace mal étamée où l'humidité et la poussière avaient tracé des arabesques jaunâtres. Elle vit son visage pâle, une trace noire sur la joue où elle avait dû porter sa main salie par la suie du rebord de la fenêtre. Ses vêtements étaient froissés, son chemisier gris de poussière, le rebord de sa jupe maculé de boue. Elle se lava tant bien que mal le visage et les mains, lissa ses cheveux, mordit ses lèvres pâles pour en raviver l'éclat.

Revenue à son siège, elle regarda le paysage qui défilait à la vitre, s'interdisant de penser à autre chose. La pluie avait enfin cessé et, malgré que le ciel au-dessus des têtes acérées des épinettes fût encore lourd, une bande claire et dorée s'élargissait à l'horizon. Cela lui sembla de bon augure, comme si ce voyage terrible depuis Halifax se terminait dans l'apothéose tant attendue.

— *Peltrie Siding! This way out.*

« Ce sont là tous vos bagages ? » demanda le conducteur en indiquant les deux grosses mallettes dans le porte-bagages. Elle fit un signe de tête affirmatif et il s'en empara pour les porter jusqu'à la portière du wagon. Une fois sur le quai, elle s'arrêta un moment, indécise. La forêt était toute proche et la gare consistait en une maison carrée peinte en rouge brique derrière laquelle passait une route. De chaque côté de cette route, d'autres maisons plus modestes. Deux hommes qui flânaient sur le quai l'examinaient avec une insistance gênante. L'air était frais et chargé de l'odeur des sous-bois mouillés. Avec des susurrations aiguës, des moustiques se mirent à bourdonner autour de son visage. Dans la petite gare, elle entendait le crépitement du télégraphe et elle y entra d'un pas décidé. Un homme en bras de chemise, une visière verte encadrant son crâne dégarni, travaillait dans la petite pièce au-delà du comptoir.

— Vous êtes le chef de gare ?

— Ernie Fletcher, pour vous servir, Miss.

— Pourriez-vous faire savoir à Ronald Brent que sa sœur est arrivée ?

— Ah oui, justement, il m'a parlé de vous. Vous arrivez d'Angleterre ?

— Oui, et je voudrais me rendre chez lui au plus tôt.

— Certainement qu'on pourra vous y faire conduire. Mais pas ce soir.

Rose joignit les mains dans un geste de détresse.

— Pas ce soir ? répéta-t-elle d'une voix mal assurée.

— C'est que c'est à cinq milles d'ici et que les chemins sont détrempés car il pleut sans arrêt depuis deux jours. La nuit va bientôt tomber. On risquerait d'embourber la voiture dans l'obscurité. Croyez-moi, demain il fera clair et même, d'après les apparences, il fera beau. Je demanderai alors au fils de Jim Jessup de vous conduire.

De désappointement, les larmes lui jaillirent des yeux et coulèrent le long de sa joue.

— Voyons, Miss Brent, il ne faut pas vous décourager comme cela. Vous allez venir chez moi. Ma femme sera heureuse d'avoir de la si belle visite. Allons, suivez-moi.

Saisissant ses valises, il prit l'escalier au fond de la pièce et ouvrit la porte qui menait à l'étage.

— Maggie, viens voir, je t'amène de la visite. C'est la sœur de Ron Brent qui arrive d'Angleterre.

— Entrez, entrez, dit Maggie, petite personne boulotte aux cheveux blonds tortillés en un nœud maladroit sur le dessus de sa tête. Vous devez être bien fatiguée après un si long voyage.

La lampe posée sur la table recouverte d'un tapis ciré éclairait la pièce, reluisait sur le nickel du poêle. Deux jeunes garçons, penchés sur leurs livres d'écoliers, épelaient laborieusement leurs leçons. Maggie lui indiqua l'un des deux fauteuils de peluche grenat tandis qu'elle s'affairait autour du poêle, ajoutant du bois sec, ranimant la flamme éteinte.

— Voilà, je vais vous faire une bonne tasse de thé et, avec quelque chose à manger, vous vous sentirez mieux, vous verrez. Les garçons coucheront sur des paillasses ce soir et vous prendrez leur chambre. Quand on pense, venir de si loin ! C'est votre frère qui va être heureux. Il en avait parlé à Ernie. En voilà un qui est content d'être dans le Nouvel-Ontario. Rien ne le décourage, celui-là.

Rose laissait couler le flot de paroles, heureuse de ne plus entendre le tintamarre du train, heureuse surtout de se sentir accueillie avec tant de chaleur. Après un repas de pain de ménage, de conserves de fraises et de thé, elle se laissa conduire à la chambre des garçons, où elle sombra presque aussitôt dans le sommeil.

Le lendemain, elle prit congé de ses hôtes et monta dans la voiture conduite par le fils Jessup, un adolescent d'une quinzaine d'années qui avait grandi trop vite. Le chemin, guère plus que de longues ornières qui s'enfonçaient dans la forêt, interdisait toute vitesse. Ayant commencé sa course avant quatre heures du matin, le soleil était déjà haut et aspirait l'humidité des grands bois saturés par la pluie des jours précédents, créant une atmosphère de chaleur et d'humidité quasi tropicales.

On cheminait, cahotant au pas du cheval, depuis plus d'une demi-heure sans que le paysage eût changé. De chaque côté de la route, les grandes épinettes noires montaient la garde.

— Mon frère avait parlé de belles fermes dans la région. Où sont-elles ?

— Plus loin. Tenez, vous voyez où le chemin tourne là-bas ? Juste de l'autre côté, c'est la ferme des Slattery.

Comme l'avait annoncé le jeune Jessup, le tournant du chemin découvrit une clairière vers la droite. Deux camps en bois rond presque identiques s'y dressaient, avec cette différence que le tuyau métallique qui émergeait du toit le plus rapproché annonçait une cuisine, donc une habitation humaine. L'autre, avec sa porte coupée par le milieu, devait abriter les bêtes. À l'arrière, un champ paraissant minuscule se couvrait des pousses drues et vertes de l'avoine. Une voiture près de l'écurie, les brancards disparaissant dans les orties et les choux gras, de vagues instruments aratoires, des tas de billots, des souches, un petit champ de foin émaillé de marguerites et de verges d'or.

— Ce sont de nouveaux arrivants ? demanda Rose.

— Non, Miss. Ils étaient là quand nous sommes arrivés il y a cinq ans.

— Il y a encore loin d'ici à chez mon frère ?

— Nous sommes presque à moitié chemin.

La route tourna de nouveau à angle droit, suivant les lignes de démarcation entre les lots alloués aux colons. Ici, les camps en bois rond se succédaient à intervalles réguliers. Lorsqu'on approcha de la rivière qui coulait tranquillement vers l'Abitibi, Rose aperçut une maison construite en planches peintes en blanc qui avait assez grande allure. Dans le champ qui dévalait la pente jusqu'à la rivière, un troupeau de vaches paissait, présentant un tableau d'une tranquillité bucolique. Dans les prairies qui entouraient la grange, les champs de foin vert argenté alternaient avec le vert éclatant des champs de grain. Pour la première fois depuis son départ de North Bay, Rose sentit l'optimisme renaître dans son cœur. Enfin quelque chose qui cadrait avec les images familières et attendues.

— Quelle belle ferme ! Qui habite là ?

— Les frères Murchison, Miss.

— Et mon frère ?

— La prochaine, près de la rivière. Vous voyez là-bas ?

Rose vit avec déception que la ferme qu'il lui indiquait ressemblait à s'y méprendre aux misérables camps qu'elle avait vus le long de la route. Une clairière hérissée de souches descendait vers la rivière derrière les deux cabanes de bois rond, des tas de billots, un champ d'abattis où se dressaient de curieux bûchers attendant la torche du bourreau, un champ de foin. Près de la forêt, un homme travaillait avec un cheval.

Rose remercia son jeune cocher, descendit de voiture et s'approcha de la porte ouverte du premier camp.

— Il y a quelqu'un ?

Une jeune femme enveloppée d'un grand tablier blanc s'approcha de la porte en essuyant ses mains enfarinées. Elles se regardèrent un moment puis, d'un mouvement commun, demandèrent :

— Est-ce que vous seriez…

Elles se mirent à rire. Nellie lui tendit les deux mains et l'entraîna dans la maison :

— Vous êtes Rose. Comme Ron va être heureux. Et moi donc. Pensez donc, une sœur bien à moi, moi qui n'en ai jamais eu. Je n'ai qu'un frère et il est beaucoup plus âgé que moi.

— Et moi de même. Je n'avais que deux frères.

Rose se sentit tout de suite attirée vers cette jeune femme aux soyeux bandeaux noirs et dont les yeux sombres rayonnaient de tant de franche gaieté et de sincérité évidente. L'ayant fait asseoir, Nellie courut alerter son mari. Celui-ci arriva en hâte et, un moment, Rose demeura sidérée. C'était son frère, cet homme maculé de boue et de fumée, noir comme un charbonnier ? Jamais elle n'avait vu aucun des grands propriétaires terriens autrement qu'en veston de tweed et bottes de cuir, jamais dans cet état. Ils avaient des valets de ferme et se contentaient de donner des ordres.

— Avant d'embrasser ta sœur, va au moins te débarbouiller, dit Nellie en riant. Tu vas l'effrayer, cette petite.

— Tu as raison, mon amour. De plus, je dois t'avouer que je suis intimidé. Je quitte l'Angleterre où je laisse une gamine à longues nattes sur le dos. Et voilà que je retrouve, au beau milieu du Nouvel-Ontario, une *fashionable Miss* qui serait plus à sa place dans les rues de Londres que dans les concessions de Peltrie Siding. Excuse-moi, Rose. Nellie a raison. Il ne faut pas que je te présente mes vilaines pattes pleines de boue.

Il sortit et alla se laver vigoureusement à la pompe. Quand il revint, il la prit par les épaules.

— Je suis content de te revoir, Rose.

— Moi aussi, Ron. Si tu savais comme j'ai attendu ta lettre.

Ils se retrouvaient. Il se rappelait la fillette blonde qui trottinait dans le cottage de sa mère et elle retrouvait le grand frère qui l'avait conduite à l'école pour la première fois. Pendant qu'ils parlaient souvenirs, voyages et gens du pays, Nellie préparait le repas du midi.

Avant de passer à table, Nellie demanda à Ron de transporter les bagages de Rose dans sa chambre.

— Tu vois, Rose, ta venue a forcé Ron à travailler un peu dans la maison. Quand je suis arrivée, c'était tout d'une pièce, mais Ron a préparé une chambre en prévision de ta venue. Sans cela, Dieu sait quand il aurait pris le temps d'améliorer la maison.

Une cloison de planches fraîchement sciées divisait la cabane en deux et séparait la partie arrière en deux pièces exiguës. Nellie souleva le rideau de gros coton bleu qui servait de porte et Ron déposa les valises de Rose dans la petite chambre où tenaient avec peine un lit à couvre-pieds blanc, une chaise à siège de rotin et une commode avec bassin et pot à eau.

— Si tu étais arrivée avant que j'épouse Nellie, tu aurais trouvé mon mobilier plutôt rudimentaire. C'est elle qui a apporté toutes ces choses de Toronto. Mon terrier de célibataire n'était ni si propre ni si beau.

Pendant que Nellie les servait, Ron expliquait avec fierté comment il s'était porté acquéreur d'un lot de cent quatre-vingts acres près de la rivière et qu'il se proposait de défricher à raison de dix acres par année.

— Tu as vu la ferme des Murchison en passant ? Dans quelques années, j'en aurai une aussi belle.

— Tu es seul pour faire tout le travail ? À Favisham, Squire Snedley, les Hambrough, ils avaient des gens pour les aider dans les travaux.

Ron se mit à rire.

— Rose, souviens-toi bien de ceci. L'Ontario, ce n'est pas le Sussex. Ici, c'est une tout autre vie. Chacun y est libre de façonner son destin à volonté. Tu crois que dans le Sussex j'aurais pu avoir une ferme comme celle-ci ? Il aurait fallu que je sois riche.

— Tu y parviendras tout seul ?

— Je ne suis pas seul. J'ai Nellie avec moi, dit-il, attrapant prestement sa femme au passage et la serrant tendrement.

Elle se dégagea en riant et Ron continua :

— Cela peut te paraître une tâche énorme, mais il suffit de persévérer. Le sol est magnifique, une belle argile brun chocolat extraordinairement fertile. Mon bien est près de la rivière, donc bien drainé. Sandy Murray, l'ingénieur pour qui je travaillais, m'avait mis en garde contre les terrains trop plats, qui risquent d'être à moitié *muskeg*.

— *Muskeg*?

— C'est un mot indien qu'on emploie ici pour désigner une sorte de marais où il ne pousse que des broussailles et des épinettes rabougries. Mais ma propriété est toute de belle argile, pâle parfois, mais plus souvent brun foncé. Même si le climat est froid et qu'on ne peut guère ensemencer avant le 15 juin, le soleil y brille de dix-huit à dix-neuf heures par jour l'été et tout pousse très vite, plus vite que dans le Sussex, de sorte qu'on peut récolter quand même au mois d'août. Tu verras quand on ira à l'exposition agricole de Cochrane. Il y aura là des légumes plus beaux que ceux que tu peux avoir vus en Angleterre.

— Je te montrerai mon potager, Rose. Deux semaines à peine et déjà les radis et la laitue sont hauts comme ça, dit Nellie en écartant le pouce et l'index.

— Et ce n'est pas tout, continua Ron en s'animant. Non seulement le bois qui pousse sur ma terre m'appartient, mais aussi les droits miniers. Dans ce pays, on ne sait jamais ce que ça peut rapporter. Je connais un Suédois qui avait un lot. Ils ont découvert une mine près de là et il a vendu sa terre à haut prix. Il est riche maintenant.

— C'est quand même à peine croyable que tu fasses tout ce travail seul.

— Tu as la tête encore toute farcie de ces vieilles idées d'Europe. J'en ai vu, des fils de famille qui arrivaient ici avec de l'argent et qui embauchaient des valets et des servantes, croyant prospérer et vivre en *gentlemen* pendant que la domesticité ferait tout le travail. La plupart ont été vite réduits à la mendicité et ont dû retourner en Angleterre vivre aux crochets de leur famille. Cela ne veut pas dire, continua-t-il, que je n'embaucherai pas quelquefois, pour avancer le travail. La saison de la culture est courte ici et, une fois les récoltes faites, il y a moyen d'aller se gagner de l'argent afin de pouvoir agrandir le terrain défriché et avoir plus de terre à ensemencer. Le foin et l'avoine se vendent bien pour nourrir les chevaux employés dans la construction de routes, de chemins de fer, dans les chantiers forestiers. Sans compter que les hommes aussi peuvent y trouver du travail.

Le soir, dans son lit blanc où Nellie l'avait bordée et s'était assurée que le coton à fromage qui servait de moustiquaire était bien en place, Rose réfléchissait à toutes ces choses que Ron lui avait expliquées avec tant d'enthousiasme. «Comme il a l'air heureux», pensa-t-elle. Comme une affirmation de ses pensées, elle entendit à travers la mince cloison des bruits de baisers, des soupirs et des plaintes amoureuses. Elle en ressentit de la gêne mais en même temps une sorte d'exaltation. L'air était doux et fleurait bon le foin et le bois tout proche. Elle était dans un pays neuf où tout était possible. Le dialogue des ouaouarons se poursuivait au bord de la rivière. Elle s'endormit rassérénée.

Le dimanche suivant devait rester dans ses souvenirs comme une fleur parfaite que l'on presse dans un livre pour tenter de retenir l'instant de bonheur dont elle fut témoin. Ils s'étaient endimanchés tous les trois pour se rendre à l'office religieux. Nellie avait revêtu une jolie robe jaune de son trousseau. Avec son chapeau à aigrette posé sur ses cheveux de soie noire, elle avait l'air d'un joli papillon prêt à s'envoler. Rose, par contre, était toute blonde dans sa robe blanche à fleurettes bleues. Ron, qui faisait avancer le cheval en le tenant par la bride pour les faire monter dans la voiture, s'arrêta à les regarder :

— Se peut-il qu'il y ait un homme plus comblé que moi ? Je vais rendre tous les paroissiens fous de jalousie et le révérend va avoir fort à faire pour les garder attentifs aux choses célestes quand il y a de si jolis spectacles terrestres à regarder !

Ils partirent tous trois sous le soleil éclatant. Quand ils atteignirent la ferme des Murchison, ils virent que la voiture était devant la porte, attendant que la famille y monte.

— T'ai-je dit, Rose, que l'aîné des Murchison est veuf? Sa femme est décédée il y a trois ans, le laissant avec un fils de six ans. Après sa mort, il a fait venir son frère Hugh avec sa femme et leurs deux enfants pour qu'ils vivent avec lui. C'est un vrai bon fermier, Cliff Murchison, et qui a de quoi sous les pieds.

— Et pas laid avec ça, renchérit Nellie. Même s'il a au moins trente-cinq ans, il est bien conservé.

Quand on eut tourné le coin de la terre des Murchison, la route s'étala droite, se perdant dans le lointain entre les épinettes, les mélèzes et les hautes futaies de trembles. Les buissons de roses sauvages, les éclatants minois des pissenlits, les fleurettes blanches des fraises sauvages s'épanouissaient le long de la route et dans les clairières. D'autres voitures cheminaient à l'avant, se dirigeant vers la petite église anglicane de Peltrie Siding.

Après l'office, Ron présenta sa sœur au révérend Smith, qui serrait la main de ses paroissiens à la sortie de la petite église, puis il se dirigea vers un homme de haute taille, aux épaules massives, qui semblait les attendre. Dès qu'ils approchèrent, il se découvrit pour les saluer.

— Rose, Cliff Murchison. Cliff, ma petite sœur qui vient d'arriver d'Angleterre.

Rose leva les yeux et rencontra le regard direct d'un homme habitué au commandement. Il avait le teint bronzé de ceux qui vivent au grand air et des sourcils épais qui lui auraient donné un air dur sans le sourire qui éclairait son visage.

— Soyez la bienvenue à Peltrie Siding, Miss. Depuis le temps que Ron nous parle de sa petite sœur Rose, dit-il en appuyant sur le mot petite...

— Eh, qu'est-ce que tu veux, mon vieux, les petites filles grandissent.

Puis, Cliff salua Nellie et lui demanda si elle se plaisait toujours à Peltrie Siding.

— C'est absolument merveilleux, dit Nellie avec élan.

— Il est bon d'avoir comme vous autant d'enthousiasme à l'arrivée. Espérons qu'il vous en restera encore un peu après votre premier hiver. Mais voilà. Je voulais vous inviter à venir dîner avec nous. J'ai aussi invité des voisins à venir nous retrouver dans la soirée. Ainsi, vous pourrez faire connaissance.

En approchant de la demeure des Murchison, Rose avait remarqué avec plaisir les platebandes de chaque côté de la porte d'entrée, où déjà les pensées et les roses déployaient leurs toilettes somptueuses, tandis que les tiges des passeroses altières, entourées de la rude dentelle de leurs feuilles rugueuses, lui rappelèrent soudain, avec un pincement de cœur, le jardinet de sa mère, là-bas, dans le Sussex. Quand elle entra dans la maison, elle fut éblouie par le mobilier en acajou massif, le tapis de Turquie rouge à ramages, les lampes à abat-jour et le haut harmonium à glace qui remplissait tout un coin de la grande pièce. Voyant que Rose l'admirait, Cliff lui demanda si elle pouvait en jouer. Elle fit signe que non.

— Ma défunte femme en jouait. Maintenant, on ne l'entend plus guère, mais la femme du révérend en joue quelquefois ainsi que Stanley Gillies, notre instituteur. Alors, vous aurez l'occasion de l'entendre un peu plus tard.

Ils furent reçus aimablement par Henrietta, la belle-sœur de Cliff, une femme grande, le visage osseux, l'air énergique, qui rappelait plus le maître de céans que son mari Hugh, pâle copie de Cliff, comme un négatif que l'on eût rapetissé au lieu de l'agrandir. Sans doute avait-il cherché dans son épouse le leadership ferme qu'il était habitué de trouver chez son frère aîné. Deux fillettes, de dix et douze ans, complétaient la famille.

— Où est Ralph ? demanda Cliff.

— À la pêche, répondit l'une des fillettes.

— Oh, ce fils que j'ai là. Toujours à la pêche.

Avant que l'on passe à table, un jeune garçon aux cheveux roux entra.

— Alors, ça mordait ?

— Non, répondit-il gravement.

— Viens que je te présente aux visiteurs.

Le jeune garçon leva sur eux ses grands yeux bruns et salua silencieusement sans sourire.

— Comme tous les pêcheurs, Ralph est laconique, dit Cliff. Et maintenant, à table.

Le repas, servi par Mary, fille d'un fermier voisin

qu'employait Henrietta, fut fort animé. Ronald raconta, pour le bénéfice de sa sœur et de sa femme, comment Cliff et son frère l'avaient aidé à bâtir sa maison l'année précédente. D'abord, Henrietta et Mary étaient venues tôt le matin préparer d'immenses marmites de mangeaille. Ron s'était procuré un gros baril de bière et de bon matin Cliff et Hugh étaient arrivés ainsi qu'une dizaine de fermiers et d'engagés des environs. On avait travaillé ferme et, à dix heures du soir, alors que tombait le crépuscule, la maison était montée. « Qui l'aurait cru ? Un seul jour et ce soir-là j'ai pu dormir sous mon toit. Tu vois, Rose, comment on fait les choses dans ce pays. »

— Bah, il faut tous s'entraider, dit Cliff. Moi-même, quand je suis arrivé en 1906, j'ai eu l'aide de mes compagnons de travail sur le chemin de fer pour monter mon premier abri, et ce, dans des conditions moins qu'agréables. Il avait plu beaucoup dans les dernières semaines et l'équipe de construction était embourbée à quelques milles d'ici. Au fait, dit-il en riant, c'était comme les histoires du vieux Fred Conway, qui commençaient toutes par ces mots : « En 18.., alors que nous étions dans la boue jusqu'aux genoux... » En 1906 donc, les travaux avaient dû cesser en attendant le beau temps. Hugh et moi avions repéré ces deux beaux lots le long de la rivière et nous les avons achetés. Vu qu'elle était en congé forcé, toute l'équipe est venue nous aider à monter une maison comme nous l'avons fait pour Ron l'an dernier.

— Cliff et Hugh sont des menuisiers hors pair, expliqua Ron. Ce sont eux qui ont construit tous les ponts à chevalets que tu as traversés en train.

— Pas tous, mais plusieurs, rectifia Cliff.

Puis on parla du récent voyage d'Henrietta à Toronto,

où, à titre de présidente du chapitre local du Women's Institute, elle s'était jointe à une délégation de quelque trois cents femmes qui avaient été réclamer du premier ministre conservateur de l'Ontario, J.P. Whitney, le droit de vote pour les femmes et diverses réformes sociales.

Henrietta se tourna vers Rose :

— Vous qui arrivez de Londres, vous devez être au courant de l'action des suffragettes de cette ville ?

— Un peu, répondit Rose. Je me souviens que monsieur Finlay avait déploré le fait que le premier ministre Asquith et les ministres Lloyd George et Winston Churchill aient reçu des menaces de mort de la part des suffragettes.

— J'ai eu moi-même envie d'en adresser à monsieur Whitney, assura Henrietta en riant. Vous savez ce qu'il nous a répondu, cet arrogant personnage à la moustache cirée ? Il a dit : « Mesdames, les célibataires et les veuves qui sont propriétaires sont admises à voter aux élections municipales car elles représentent la propriété. Comme telle n'est pas la base du suffrage parlementaire, il ne peut donc être question de vote pour les femmes. » Et pan ! La discussion était close.

Cliff protesta.

— Voyons, sois juste, Henrietta. Il a quand même fait beaucoup avec son allocation aux épouses abandonnées.

— Et avec ses lois sur le travail des enfants, ajouta Hugh.

— En effet, renchérit Cliff. Hugh sait de quoi il parle. Après la mort de notre père, mon frère, qui avait neuf ans, et moi, qui en avais onze, avons dû travailler dans une usine de meubles à raison d'un dollar par semaine pour six journées de douze heures chacune. Maintenant, on ne peut embaucher d'enfants de moins de quatorze ans et la journée est limitée à dix heures de travail.

— J'ai lu dans le journal, dit Ron, qu'à la session d'automne Whitney va présenter un projet de loi pour payer une compensation à ceux qui sont victimes d'accidents au travail, et ce, même si c'est de leur faute.

Cliff hocha la tête.

— Eh oui, ce n'est plus comme autrefois. Et maintenant, ajouta-t-il en se levant de table, je vous invite à une courte visite de mon domaine.

Avec une fierté évidente, il leur montra le potager, où s'alignaient en rangs symétriques les pousses vigoureuses de légumes de toutes sortes. Se penchant, il ramassa une poignée de terre et la laissa couler entre ses doigts. « Regardez-moi ça, la belle argile brun chocolat du Nouvel-Ontario. » Puis il leur montra un grand champ de pommes de terre, des champs d'avoine et de mil, enfin la grange à grandes tasseries vides attendant la récolte et l'étable où, à la fin de l'après-midi, on fit entrer les vaches pour les traire. Rose s'amusait de voir le bon lait crémeux gicler dans les seaux sous les doigts des deux frères et de Martin, leur employé.

Après le souper, les voitures commencèrent à arriver, amenant tous les gens que Rose avait vus à l'église le matin. L'instituteur s'installa à l'harmonium et attaqua un air entraînant. Cliff vint réclamer la première danse, les quadrilles se formèrent. Un homme à cheveux gris s'était mis des bâtonnets entre les doigts avec lesquels il marquait le rythme très habilement comme un Andalou avec des castagnettes. Un autre donnait les commandements pour faire évoluer les danseurs dans une chorégraphie compliquée.

Rose se laissait entraîner par les bras énergiques des danseurs, tournoyant à perdre haleine. Le cercle se formait et se défaisait, elle passait d'un bras à l'autre. Aussitôt que s'achevait un quadrille, un autre se reformait. Après le premier avec Cliff, Rose ne l'avait plus revu car, dès que s'achevait une danse, un autre danseur se tenait prêt à la happer. Il y avait plus d'hommes que de femmes et Cliff, bon hôte, ne voulait pas monopoliser la belle de la soirée. Malgré que les mouvements endiablés de la danse ne fussent point propices à la conversation, les danseurs réussissaient à lui glisser à l'oreille quelques compliments. «J'espère que vous êtes arrivée pour demeurer parmi nous», disait l'un. «Ravissante»... «Charmante»... «Qui aurait cru qu'une rose d'Angleterre viendrait s'épanouir dans ce fichu pays?»

Vers la fin de la soirée, Cliff surgit tout à coup et, écartant d'autorité les partenaires qui attendaient leur tour, enleva Rose pour le dernier quadrille, après quoi il l'attira dans un angle de la pièce.

— Bien que nous soyons loin de Londres, je voudrais vous prouver que nous ne sommes tout de même pas complètement arriérés. Samedi prochain, au Orange Hall, il y aura une séance de lanterne magique. Me permettez-vous de vous y conduire?

— Je ne sais pas si mon frère ...

— Nous amènerons aussi votre frère et Nellie, naturellement. Je lui en parlerai.

Ron, consulté, acquiesça aussitôt et on se mit d'accord pour le samedi suivant. Dès qu'ils furent sur le chemin du retour, Ron se tourna vers sa sœur.

— Eh bien, on peut dire que Cliff est mordu. Je ne l'ai jamais vu faire tant de frais pour une dame. J'y avais pensé quelquefois quand j'ai su que tu venais, mais je n'aurais jamais espéré des résultats aussi prompts. J'en suis heureux. C'est un bon gars, Cliff, et c'est le plus beau parti du coin. Il a un beau bien sous les pieds.

Rose se contenta de sourire. Durant la semaine, elle pensait avec bonheur à cette soirée qu'elle passerait aux côtés de Cliff. À ceci, venait s'ajouter le climat trouble qui régnait dans la maison. Quoique les amours de Ron et de Nellie fussent tout à fait légitimes, elles ne cessaient de surprendre Rose et de lui causer un certain malaise. On était loin de la digne affection entre époux, de cette espèce de menuet rituel qu'elle avait jusqu'alors vu entre gens mariés. Ce n'était pas qu'ils fussent indiscrets ou osés dans leur comportement, mais de voir, dans leurs yeux, dans leur façon de parler, dans leurs gestes et leurs visages, se refléter la passion la gênait et la stimulait tout à la fois, éveillant en elle une vague envie et une certaine réprobation. Comment un garçon si bien élevé par sa digne mère pouvait-il se laisser aller à une telle passion, louable certes, mais quand même démesurée? Dieu merci, sa mère n'était pas témoin de pareils débordements! Quand le mince rideau qui fermait l'entrée de leur chambre retombait, Rose se bouchait les oreilles avec son oreiller pour ne pas entendre les murmures, les longs silences éloquents, les soupirs, les bruits de baisers, toute cette symphonie amoureuse qui se mêlait à la brise douce de cette brève nuit d'été. Et se sentant de trop malgré la gentillesse de Nellie et l'affection de Ron, elle pensait avec plaisir aux attentions de Cliff, à sa jolie maison, à la ferme qui ressemblait aux paysages de la verdoyante Angleterre. Elle essaya de s'imaginer partageant le lit conjugal avec Cliff. Allait-elle connaître l'ivresse que semblaient partager Nellie et Ron ? Dans le noir, la rougeur lui monta aux joues et elle se hâta de chasser cette pensée malséante.

Le samedi suivant, Cliff arriva tôt dans son beau buggy verni tiré par un cheval bai. D'habitude, les hommes s'installaient à l'avant et les femmes à l'arrière, mais Ron souleva allégrement sa chère Nellie et s'installa près d'elle sur la banquette arrière, ne laissant d'autre possibilité à Rose que d'accepter l'appui de la main de Cliff et de monter près de lui à l'avant. En cours de route, il se borna à des remarques banales sur la température, les récoltes. Une fois qu'ils furent installés sur les bancs rustiques du Orange Hall, la séance débuta. Les images se succédaient dans le noir. D'abord, une jeune fille idéalement belle était assise sous un pommier en fleur. Bientôt, un jeune homme la rejoignait, lui baisait passionnément les mains et s'éloignait pour aller chercher fortune. Elle agitait un mouchoir en signe d'adieu tandis que son fichu flottait mollement dans la brise. Quand il revenait, chargé de pièces d'or, il ne trouvait plus sous le pommier toujours en fleur qu'une croix marquant une tombe sur laquelle il s'agenouillait en pleurant, jetant loin de lui cet or désormais inutile. Quand la lumière revint au bruit des gens qui se mouchaient, Cliff se pencha vers Rose et lui murmura à l'oreille : « La vie est brève, Miss. Il faut cueillir le bonheur quand il passe. »

Sur le chemin du retour, il fut d'abord si silencieux qu'elle se demanda avec angoisse si elle n'avait pas fait quelque chose pour l'éloigner. Les quelques remarques qu'elle risqua reçurent une réponse courtoise mais distraite et de nouveau le silence retomba entre eux. Puis il se mit à parler d'une voix basse et lente :

— Rose, vous êtes jeune et je suis vieux. J'ai trente-huit ans et vous, même pas dix-huit je crois. Depuis le décès de ma femme il y a trois ans, je n'ai jamais cherché à me remarier. Mon frère, avec qui j'ai toujours voyagé et travaillé, vit avec moi et Henrietta élève mon fils comme s'il était sien. J'ai beaucoup aimé Frances, ma femme, et je ne croyais jamais pouvoir en aimer une autre.

Il se tut de nouveau et Rose, la gorge serrée, demeura silencieuse.

— Je ne sais pas parler aux femmes et je ne vous chanterai pas de romance. Je vous sais assez intelligente pour pouvoir vous parler franchement. En plus de la différence d'âge, il y a ce pays où j'ai décidé de faire ma vie. Malgré que je sois en mesure de vous offrir un confort relatif, ne vous méprenez pas, Rose. Ce pays est sans pitié et peut nous frapper tous, tant que nous sommes, sans que je puisse vous protéger. Je ne vous demande pas de réponse tout de suite, Rose, ajouta-t-il comme elle allait parler, je veux simplement que vous pensiez à moi comme à un mari possible et que vous vous demandiez sincèrement si vous pourriez m'aimer, si vous pouvez vous habituer à cette idée. J'espère que nous aurons l'occasion de nous revoir souvent durant cet été et, à l'automne, alors que le beau temps qui rend tout plus attrayant aura fui, nous en reparlerons. Vous voulez bien ?

Rose leva les yeux et rencontra son regard grave. Elle fit signe que oui. Il prit sa main dans la sienne et y posa ses lèvres.

Durant les mois de juillet et d'août, on se rendit à

quatre dans toutes les fêtes des environs. L'assiduité de Cliff auprès de Rose écarta les autres prétendants, qui ne se considéraient pas de taille à lutter. Ron jubilait et Rose elle-même se sentait flattée de ce succès qui lui attirait le respect de tout Peltrie Siding.

Puis, un matin où elle s'affairait avec sa belle-sœur à faire cuire de minces tranches de lard pour le petit-déjeuner, Nellie eut soudain un étourdissement et dut aller s'étendre sur son lit. Rose s'affola et courut à l'écurie chercher Ron, qui soignait le cheval. Il se hâta au chevet de sa femme et lui prit les mains :

— Nellie, qu'y a-t-il ? Tu es malade ?

Nellie passa ses bras autour du cou de son mari. Il s'assit et, entourant sa taille de ses bras, appuya sa tête sur son épaule comme une enfant qu'on câline.

— Mais non, dit-elle, c'est simplement la confirmation de ce que nous soupçonnions déjà. Je crois qu'on peut le dire à Rose. Ça me paraît assez certain.

— Qu'est-ce qui est certain ?

— Que je suis enceinte. N'est-ce pas merveilleux ?

Rose en reçut un coup au cœur.

— Tu es sûre, Nellie ? Comment peux-tu savoir ?

— J'en suis au deuxième mois sans règles et ce matin j'ai la nausée. Ça me paraît assez sûr.

Rose sentit son visage qui brûlait. Avoir prononcé des paroles si crues, tout haut, devant un homme, même si cet homme était son frère ! Et puis, elle ignorait totalement que… cette chose-là cessait quand on attendait un enfant. En Angleterre, les naissances arrivaient discrètement. On venait chercher sa mère, qui partait pour des heures, et, quand elle revenait, elle disait simplement : « Mrs. Black a un fils » ou « Les Simmons ont une fille ».

Mais sur le procédé par lequel on en venait là, jamais un mot.

— Qu'est-ce que tu as, t'as l'air tout drôle ? demanda Nellie, toujours blottie dans les bras de son mari.

— Rien, surprise, voilà tout. Je suis contente pour vous deux et j'espère que tout ira bien.

— Pourquoi ça n'irait pas ? Il y a des tas de bébés qui naissent chaque jour. Comment va-t-on l'appeler, Ron ?

Ils se mirent à discuter des mérites relatifs de nommer cet enfant d'après les grands-parents maternels ou paternels, échangeant des réflexions du genre : « Je sais qu'il aura tes beaux yeux bleus », « J'espère qu'elle aura ton petit nez retroussé ». Rose de nouveau se sentit comme une intruse.

Durant la dernière semaine d'août se tenait l'exposition agricole de Cochrane. Cliff y exposait du grain et des bestiaux, Henrietta des légumes de son potager et des pâtisseries. On se rendit en train et Rose fut fort étonnée de voir la largeur des rues de cette ville, les beaux édifices, surtout le magnifique hôtel King George, où Cliff les invita à dîner. Sur des nappes d'une blancheur éblouissante, des garçons bien stylés leur servirent des plats de poisson local qui n'auraient pas déparé la table de Lady Arabella elle-même. Le repas terminé, Cliff s'excusa, disant qu'il devait aller relayer son frère qui s'occupait des bestiaux. Accompagnées de Ron, les dames se dirigèrent vers la salle d'exposition, marchant lentement le long des tables chargées de travaux à l'aiguille, de conserves, de pâtisseries et de produits agricoles. Il y avait là des choux énormes, des navets démesurés, des carottes d'un bel orange, des choux-fleurs éclatants, des gerbes d'avoine d'un or pâle frémissant dont les épis contrastaient avec les blés cuivrés et lourds.

— Regardez donc le beau céleri ! s'exclama Rose. Je ne savais pas qu'on pouvait en récolter dans cette région.

— Oui, c'est extraordinaire, renchérit Nellie, passant une langue gourmande sur ses lèvres roses. Comme il a l'air tendre et juteux. Moi qui n'en ai pas goûté depuis l'année dernière, à Toronto. Regarde, Ron. Tu en as déjà vu par ici ?

— Permettez-moi, belles dames, de vous l'offrir avec mon cœur, articula une voix juste derrière Rose.

Surprise, elle se retourna et se trouva presque nez à nez avec un homme juste un peu plus grand qu'elle, aux cheveux noirs bouclés et dont les yeux bleus, l'espace d'un éclair, semblèrent la transpercer jusqu'au cœur. Il s'inclina très bas en un geste de preux chevalier saluant trois dames de la cour :

— Belles princesses, veuillez agréer les dons de votre humble serviteur.

Interloquées, les femmes se taisaient. L'homme se redressa et lança une bourrade à Ron.

— Alors, qu'est-ce que t'attends pour me présenter ? Tu n'as quand même pas la prétention de garder ces beautés pour toi tout seul ?

Ron s'exécuta.

— Je vous présente Doug Stewart. Ma femme Nellie, ma sœur Rose et Mrs. Hugh Murchison.

— Vous me voyez enchanté de faire votre connaissance, belles dames, qui en plus d'êtres ravissantes avez le bon goût de distinguer parmi toutes ces richesses dont la marâtre nature nous fait don, quand elle ne nous envoie pas la gelée, la grêle, le vent ou le déluge. Vous avez sans hésitation, dis-je, distingué ma pauvre offrande, ces pieds de céleri qui seront si heureux d'être croqués par de si jolies personnes.

Elles se mirent à rire et se tournèrent vers Ron, cherchant une explication à cet extravagant personnage.

— Ne vous en faites pas, dit Ron, Doug veut que personne n'ignore qu'il a fait du théâtre à Montréal. Aussi il ne manque jamais de faire son numéro devant les nouveaux arrivants. Que ça ne vous monte pas à la tête, car je l'ai entendu parler en termes aussi flatteurs à la veuve Bailey, qui, elle, ma foi, n'était pas emballante à regarder.

— D'accord, mon ami, mais sache que même les femmes laides ont parfois des qualités inestimables ou des avantages pratiques, comme c'est le cas de Mollie Bailey.

— Et quels étaient ces avantages pratiques ? demanda Henrietta, curieuse.

— Elle distillait, dans sa chapelle funéraire, un élixir qui, s'il ne se comparait pas à ceux qu'on peut trouver dans les grandes villes, pouvait quand même servir de népenthès aux pauvres habitants de ces régions sauvages.

— Il veut dire que la vieille vendait de la bagosse, interjecta Ron.

— Mais la chapelle funéraire, qu'est-ce qu'elle venait faire dans tout ça ?

— Ah, belle dame, c'était là le nœud du problème. Feue Bailey possédait de son vivant un alambic de bel acabit que les gardiens de la paix et de la moralité cherchaient en vain à découvrir. Un jour, ils s'amènent en force pour fouiller l'endroit. Ils sont reçus par une veuve éplorée, drapée de crêpe noir, qui du pas de la porte leur indique en sanglotant la table de cuisine, où ledit Bailey est étendu, entouré de cierges allumés. Les constables se retirent par respect pour le mort. Le lendemain, un voisin lui fabrique une tombe et la dame déclare qu'elle ne peut se séparer d'un homme qu'elle a tant aimé et le fait enterrer dans son jardin. De plus, elle retient les services d'un menuisier pour construire, sur le lieu de la sépulture, une chapelle funéraire ornée d'une belle couronne sous verre qu'elle a commandée chez Eaton. Peu de temps après, les constables se présentent de nouveau chez elle et lui demandent si elle sait où son mari cachait son alambic. Elle répond avec indignation qu'il est indécent de salir la réputation des trépassés et qu'ils peuvent perquisitionner tant qu'ils voudront. Ce qu'ils font, sans rien trouver. L'affaire est donc classée, mais la veuve inconsolable continue, malgré son veuvage, de prospérer. Les connaisseurs soutiennent que le nouveau cru de la chapelle funéraire est supérieur à l'ancien.

— Vous ne voulez quand même pas dire que cette dame fabrique de l'alcool sur la tombe de son mari, s'exclama Rose, scandalisée.

— Loin de moi cette idée, Miss. Chose certaine, le défunt Bailey ne s'en plaint pas. Il y a même de mauvaises langues pour prétendre l'avoir vu bien-portant et que le mausolée renfermerait l'alambic plutôt que la dépouille mortelle.

Il racontait avec la faconde de l'acteur-né et ses interlocuteurs riaient aux éclats.

— Sacré Doug, toujours le même, dit Ron. Alors, te voilà fermier ?

— Eh oui, à Sesekun, en attendant d'aller exercer ce métier dans un pays où le climat est meilleur.

Doug prit congé d'eux avec un salut théâtral et Rose le regarda s'éloigner. Elle remarqua qu'il boitait un peu, mais qu'il le dissimulait presque par une démarche désinvolte.

Cliff les reçut à la grande tente où se trouvaient les bestiaux. Il leur fit admirer sa vache qui avait obtenu le premier prix. À la fin de l'après-midi, Henrietta récupéra les enfants et c'est un groupe fort gai qui se dirigea vers la gare. Les hommes s'employèrent à faire monter les animaux dans les wagons à bestiaux sur la voie d'évitement. Quand le train fut placé, ils montèrent à bord. Avant qu'il démarre, ils virent venir Doug Stewart, portant trois bouquets de céleri. Il s'était procuré, on ne sait comment, du papier blanc avec lequel il avait confectionné une collerette plissée autour des feuilles vertes.

— Voilà, je les ai habillés pour qu'ils soient plus présentables, dit-il en les distribuant à la ronde. Ah, je voudrais que mon cœur connût un sort aussi heureux et fût consommé avec amour…

— Tant d'éloquence pour un pied de céleri, coupa la pratique Henrietta. Il est quand même très beau. Comment faites-vous pour en récolter ?

— J'ai dû le veiller comme un enfant, madame, un enfant sans cesse menacé par la gelée, la sécheresse, les prédateurs.

— Au fait, est-ce que tu viens à la fête à l'Orange Lodge ce soir ? demanda Ron.

— Je n'y manquerais pas pour tout l'or de Porcupine. C'est tellement plus intéressant qu'à Sesekun.

— C'est là un nom étrange, dit Nellie.

— C'est indien, comme Nushka et Sesekinika, répondit son mari. Tu sais ce que ça veut dire, Doug ?

— C'est un mot cri qui signifie « tempête de grêle ». J'aurais dû me douter qu'il me tomberait des choses sur la tête avec un nom pareil. Mais je me suis laissé tenter par le sol fertile, par les prairies naturelles verdoyantes, par la rivière qui coule paisiblement.

— Ça doit être joli chez vous, dit Rose.

— À vous d'en juger, Miss. Tenez, je vous invite tous à venir chez moi dimanche prochain. Descendez par le train du matin et vous pourrez retourner par celui du soir.

Se tournant vers Henrietta, il ajouta : « Je vous révélerai à vous seule le secret de la culture du céleri », car il sentait qu'elle serait une alliée précieuse.

Tout le long du parcours, alors que la conversation devint générale, Rose regardait le paysage d'un œil absent, plongée dans une vague rêverie. Elle se contentait de répondre quand on lui adressait la parole. À plusieurs reprises, elle surprit le regard hardi de Doug qui la fixait et se demanda pourquoi elle se troublait.

À Peltrie Siding, on se dirigea vers l'Orange Hall, où les gens s'assemblaient. Les dames de la paroisse avaient préparé un souper et, dès le repas terminé, on enleva les tables pour faire place à la danse. Cliff, qui avait accompagné Rose au souper, réclama la première danse. D'autres partenaires se succédèrent, mais Doug ne venait pas l'inviter. Elle avait été si sûre qu'elle l'intéressait qu'elle en éprouva une grande déception et se mit à le chercher des yeux. Elle le découvrit dans un angle de la salle, conversant avec un groupe d'hommes. L'instituteur, qui jusque-là avait fait les frais de la musique, s'interrompit pour se reposer. Une voix d'homme cria : « Doug, chante-nous quelque chose ! » D'autres voix demandèrent : « As-tu apporté ton accordéon, Doug ? »

— Non, je n'ai pas mon accordéon. Je n'apporte pas d'instrument de musique à une exposition agricole.

— Chante quand même, cria une voix.

Il finit par céder et monta sur la scène. Sans accompagnement, sa voix s'éleva juste et puissante, une voix de baryton chaude et musicale. Il chantait une ballade racontant les malheurs de la princesse indienne Aile Rouge, qui attendait vainement son amant au bord de la rivière, dans les soupirs du vent et les pleurs de la cascade. Quand la voix se tut, les applaudissements retentirent et on cria: « Encore! Encore! »

Cette fois, il chanta un extrait fort amusant d'une opérette de Gilbert et Sullivan sur la marche à suivre pour devenir amiral de la marine royale. Les applaudissements fusèrent de nouveau et on réclama encore d'autres chansons. Il céda de bonne grâce, mais en les avertissant que ce serait la dernière. Il entonna cette fois un *negro-spiritual*, une tendre mélopée. La voix était douce et caressante, chargée de passion contenue:

« Chloé, depuis que je t'ai vue
Mon âme s'attache à tes pas.
Chloé, je t'aime
Il me faut te suivre,
Je dois me rendre où tu es... »

Rose vit son regard qui pesait sur elle. Elle ferma les yeux. Les phrases musicales s'insinuaient en elle, émouvantes comme une caresse, et, quand elles cessèrent, elle en ressentit comme une privation.

La danse reprit. Rose écoutait d'une oreille distraite les boniments des danseurs comme un oisif qui feuillette un journal en attendant qu'un événement marquant se produise. La musique s'arrêta, les couples se défirent. Cliff se dirigeait vers elle lorsqu'elle vit venir Doug. Il lui sourit et, sans dire un mot, lui tendit la main. Comme une somnambule, elle la prit et passa devant Cliff sans le voir. La musique reprit et elle sentit le bras de Doug qui lui enveloppait la taille et la serrait contre lui.

— C'est pour vous, Rose, que j'ai chanté ce *spiritual*. Vous l'avez compris? lui murmura-t-il à l'oreille. Lorsque je vous ai vue cet après-midi, j'ai été ébloui. Vous m'avez volé mon cœur et mon âme, comme dit la chanson. Vous êtes la plus jolie fleur que j'aie jamais vue. Je vous cueillerai, Rose, et un jour je vous donnerai le décor qui sied à votre beauté et à votre grâce.

Rose se laissait guider par son bras et bercer par ses belles paroles, qui tombaient dans son cœur comme une rosée longtemps attendue. Trop tôt, la musique cessa. Ron vint les rejoindre et dit à sa sœur qu'il fallait rentrer. Doug les raccompagna jusqu'à la porte et réitéra son invitation pour le dimanche suivant.

— Vous avez donné votre parole, dit-il à Henrietta, vous avez promis de venir chez moi surprendre le secret des céleris tendres et blanchis à point. Alors, il faut vous hâter car la mauvaise saison est hélas sur le point de fondre sur nous.

Nellie, qui l'avait trouvé amusant, avoua qu'elle aimerait bien visiter Sesekun et il fut entendu qu'il les attendrait à la gare avec la voiture.

Toute la semaine, Rose vécut dans une euphorie qu'elle ne cherchait pas à s'expliquer. Les tendres intimités de Ron et Nellie augmentaient son trouble. Elle sentait toujours autour de sa taille le bras possessif de

Doug; elle entendait à son oreille la voix bien modulée qui murmurait: « Je vous cueillerai, Rose. » Ses rêves se peuplaient d'ombres caressantes aux yeux câlins et aux cheveux noirs drus et bouclés. Le visage s'inclinait vers le sien, les lèvres s'approchaient des siennes et elle défaillait d'extase. Son rêve s'arrêtait là, sa chaste ardeur de jeune fille ne lui permettant pas d'imaginer ou de désirer rien au-delà. Elle attendait, comme on le lui avait enseigné, que son mari l'initie aux mystères amoureux et elle se dit que Doug saurait, lui, trouver les mots et les gestes qu'il fallait et que la femme qui l'épouserait goûterait le même bonheur que Nellie avec son frère.

La perspective de ce pique-nique enchantait Nellie et toute la semaine elle souhaita qu'il fasse beau le dimanche suivant. Ron était heureux de la voir si contente. Septembre arrivait, les nuits devenaient plus fraîches mais, fait exceptionnel, il n'y avait pas encore de ces gelées blanches qui commencent l'œuvre de l'hiver en noircissant les tendres plantes du potager. Il y eut deux jours de pluie froide et triste au milieu de la semaine, mais le ciel s'éclaircit peu à peu et le dimanche s'annonça radieux. Nellie jubilait et Rose aussi intérieurement, car maintenant que c'était décidé et qu'il n'y avait plus de danger qu'on renonçât, elle affectait un détachement qu'elle était loin de ressentir. Comme le temps était frais, elle revêtit le joli costume brun, don de Lady Arabella, et ils partirent tous trois pour se rendre chez les Murchison cueillir Henrietta au passage. L'engagé s'était blessé dans une chute et les deux frères avaient décidé de rester pour s'occuper des bêtes. Ron, tout à sa joie de voir Nellie heureuse, était loin de se douter des sentiments qui animaient sa sœur.

À la gare de Sesekun, Doug les attendait avec la

grande voiture dont il se servait pour transporter ses légumes au marché. Il avait ajouté à l'arrière de l'unique banquette un siège de fortune, et on se mit gaiement en route par des chemins remplis d'ornières délayées par la pluie des jours précédents, avec les inévitables rondins transversaux dans les endroits marécageux.

— Ma ferme n'est guère plus qu'à un mille et demi à vol d'oiseau mais, comme les routes doivent suivre les limites des lots, ça donne trois milles et plus par la route, dit Doug.

Quand le chemin tourna à angle droit pour la deuxième fois, on aperçut une maison de ferme peinte à la chaux, avec des dépendances, écurie, laiterie et poulailler.

— Ce sont toujours les Duncan qui habitent là? demanda Ron.

— Non. Ils ont vendu à des Canadiens français du nom de Marchessault et sont retournés près de Brantford. Il commence à y en avoir passablement dans les environs, des Canadiens français. Le magasin général a été acheté par un nommé Wilfrid Lamontagne. Il est question qu'ils se bâtissent une nouvelle chapelle catholique l'an prochain.

Comme on arrivait au haut de la colline, on vit une petite rivière qui coulait lentement au pied et, sur la berge opposée, une maisonnette blanche qui rappelait vaguement à Rose le cottage de sa mère.

Doug arrêta le cheval.

— Voilà mon humble demeure, belles dames. Et si elle évoque quelque chose pour vous, Miss Rose, c'est à votre frère que vous le devez.

— C'est vrai, dit Ron. J'avais oublié.

— Comme c'est étrange, dit Henrietta. De loin, on

dirait un cottage anglais. Et comme c'est joli, ces dahlias rouges et jaunes.

— C'est toi qui l'as peint ainsi ? s'enquit Nellie auprès de son mari.

— Oui, c'est lui, répondit Doug. Je travaillais à la construction du chemin de fer quand j'ai acheté ce lot et commencé à me bâtir une maison. J'ai eu l'aide de mes camarades et, quand il ne restait plus qu'à chauler, Ron, qui voyageait avec les arpenteurs, est venu m'aider. Quand nous avons eu fini, il m'a dit : « Il lui manque quelque chose à ton camp pour avoir l'air d'une vraie maison. » Et il a peint les portes et les cadres de fenêtres en brun et créé un effet de sangles comme si c'était un cottage de stuc du Sussex.

Ron offrit de s'occuper du cheval pendant que Doug accompagnerait les dames pour leur faire les honneurs du logis. Elles pénétrèrent dans une pièce unique éclairée par deux fenêtres à l'avant. Un poêle de fonte à deux ponts servait de cuisinière tandis que la « truie », fabriquée d'un baril métallique, aidait au chauffage l'hiver. Une table de bois recouverte d'une toile cirée, des chaises de confection domestique et une plateforme dans un coin, recouverte d'un paillasson, complétaient le sommaire mobilier.

— Comme vous voyez, ce n'est pas un palais, c'est un ménage de célibataire.

Il se mit à préparer le thé tandis qu'Henrietta déballait le goûter. Rose avait remarqué l'accordéon rangé sur une tablette près du lit et l'indiqua à Doug.

— Vous en jouez, n'est-ce pas ? C'est ce qu'on vous réclamait à l'Orange Hall l'autre soir. J'aimerais bien vous entendre.

— Vos désirs sont des ordres, Miss.

— Après le dîner, trancha Henrietta. Laisse-le manger d'abord, puis il nous fera la sérénade.

Le repas terminé, Doug prit l'accordéon et se mit à jouer, d'abord des mélodies du folklore anglais et écossais, puis une valse entraînante.

— Oh, que c'est joli, s'exclama Nellie. Qu'est-ce que c'est ?

— *La veuve joyeuse*, répondit Doug.

Ron se leva et s'inclina avec une politesse exagérée devant Nellie. En riant, elle se leva et, étroitement enlacés, ils se mirent à tournoyer malgré l'espace restreint.

En entendant les premières notes de cette mélodie qu'elle aimait tant, Rose avait fermé les yeux de ravissement. Elle les rouvrit et rencontra le regard de Doug. Après les derniers accords, il déposa l'instrument :

— Allons visiter un peu mon domaine avant que le soleil baisse.

Ils sortirent dans l'air d'automne, clair et pur comme l'eau de source. Pas un souffle n'agitait les feuilles du grand tremble au coin du chemin. Les grillons s'en donnaient à cœur joie dans la douce chaleur du soleil, répit inespéré avant que s'abatte le terrible hiver. Doug ouvrait la marche avec Rose et Henrietta, suivi de Ron et de Nellie se tenant par la main. On s'arrêta brièvement à l'étable, où était aménagé un coin de poulailler. Deux douzaines de poules y caquetaient. Il y avait de l'espace pour loger quelques vaches plus tard. Puis, on s'exclama devant le potager, où de très gros choux prenaient de l'embonpoint parmi les carrés de carottes, de navets, de choux-fleurs, de haricots et de petits pois.

— Comme c'est grand ! s'exclama Henrietta. C'est

pour vous seul? Ah, voilà le fameux céleri, je suppose, ajouta-t-elle en indiquant des petits cônes de brindilles sèches et de terreau d'où émergeait le feuillage découpé vert émeraude.

Doug expliqua brièvement à Henrietta le secret du blanchissage du céleri.

— Vous réussissez bien. Il était vraiment délicieux, ce céleri.

— Très tendre, reprirent en chœur Ron et Nellie.

— C'est ce que pensent les dames d'Iroquois Falls, qui ne jurent que par les légumes de Douglas Stewart.

— Alors, tu vends tes légumes?

— Eh oui. Chaque mardi, jeudi et samedi, je me promène par les rues d'Iroquois Falls et les jolies dames achètent les produits de mon labeur et les œufs de mes poules. Mais venez que je vous montre la plus belle partie de ma propriété.

Ils le suivirent à travers champs vers une colline ronde qui s'élevait comme une protubérance verte.

— Vous voyez là ce qui m'a fait choisir ce lot en particulier. Quand je suis arrivé, c'était une prairie naturelle et cette colline était couverte de roses sauvages. Il paraît que c'est un ancien cimetière indien. Je ne sais si c'est vrai, mais ce que je peux vous dire c'est que c'est fameux pour la pomme de terre, dit-il en indiquant les rangs fournis où le feuillage vigoureux et haut donnait une indication des délicieux tubercules cachés sous terre.

— Comment s'appelle la rivière?

— Bazil's Creek, Miss. C'est la limite des terrains de chasse de Bazil McDougall, le chef indien. Quand on demande à Bazil où il a pris son nom, il répond qu'il est un Écossais amélioré.

— Pourquoi les eaux des rivières sont-elles toujours si sombres ? demanda Rose.

— Parce qu'elles véhiculent la bonne argile noire de ces régions. Mais ce n'est pas toujours comme cela. Tenez, quand je suis monté en 1906 en canot avec un groupe d'agents du gouvernement, une fois dépassée la tête du lac Témiscamingue, nous sommes arrivés à un autre lac, profond, froid, alimenté de sources. D'un côté de cette étendue d'eau si immobile que l'on croirait que le temps s'est arrêté, une rivière coule vers le sud, qui s'appelle la rivière Blanche. De l'autre côté, vers le nord, un autre cours d'eau s'en va vers la baie d'Hudson et, comme il chemine à travers l'argile, il devient très sombre. C'est la rivière Noire, dont Bazil's Creek est un affluent. Elle coule vers le nord, se jette dans l'Abitibi et l'Abitibi se déverse dans la baie James. Je me suis rendu jusque-là.

— Vous avez beaucoup voyagé ?

— Ah, Miss, si vous saviez ! Je suis né à bord d'un voilier où mon père était capitaine et depuis j'erre sur cette terre.

— Dis donc, il y a toujours autant de poisson dans la rivière ?

— Oui. Quelqu'un aimerait pêcher ?

On trouva l'idée excellente. Doug s'en fut à la maison chercher ce qu'il fallait et bientôt chacun fut équipé d'une canne à pêche faite d'une branche de saule, de ficelle et d'un hameçon. Une fois Ron, Nellie et Henrietta bien installés le long de la rivière, Doug prit le bras de Rose : « Venez, je vais vous montrer un endroit où il y a beaucoup de poisson. C'est mon secret. »

Il la conduisit vers un bosquet de grands aulnes où

les troncs avaient poussé avec régularité pour former un cercle quasi parfait. On se serait cru dans un temple de verdure. Doug posa les cannes par terre et saisit les deux mains de Rose, tentant de l'attirer vers lui. Un trouble indescriptible l'envahit et elle sentit ses genoux défaillir. Elle se dégagea doucement et alla s'asseoir sur un tronc d'arbre de l'autre côté du taillis. Il la suivit et s'assit près d'elle.

— Rose, depuis que je vous ai vue, je ne pense qu'à vous. Je voulais vous voir chez moi afin que vous sachiez ce que j'avais à vous offrir. Mais j'ai plus, car j'ai un rêve que je vais réaliser. Si jamais vous vouliez le partager, je suis sûr que j'aurais la force de le réaliser d'autant plus vite.

— Quel rêve?

Il lui prit de nouveau les mains et cette fois elle ne les retira pas.

— Je vous ai dit que je suis né à bord d'un voilier. J'ai été marin depuis l'âge de quinze ans, j'ai vu beaucoup de pays, mais le plus beau de tous, c'est la Californie. Il y a là des vallées fertiles où on peut obtenir plus d'une récolte par année. Le climat y est splendide, les arbres ploient sous les fruits et les fleurs, les oiseaux y nichent en grand nombre.

— Vous n'avez pas été tenté d'y rester?

— J'étais marin et, durant le voyage de retour, j'ai eu un accident à bord et on m'a laissé en Angleterre. Quand j'ai été remis, je suis venu au Canada pour y travailler. Dès que j'aurai assez d'argent, je m'en vais là-bas m'acheter un lopin de terre bien à moi. Comme je vous verrais, belle princesse blonde, dans ce pays de soleil!

Il parlait avec ferveur, pris par sa vision d'une terre

enchanteresse. Il fut éloquent et convaincant. On travaillerait, on économiserait, puis on compléterait la somme nécessaire en vendant la ferme, qui prenait de la valeur chaque année.

— Quand je vous ai vue à l'exposition avec un rayon de soleil dans vos cheveux dorés, j'y ai senti comme un présage, un gage que mon rêve se réaliserait si seulement vous acceptiez de le partager. Vous voulez bien, Rose?

Son visage s'était rapproché du sien et lui cachait le ciel. Elle ne voyait que ses yeux bleus, que la pupille dilatée faisait paraître presque noirs.

— Vous voulez bien, Rose?

— Mais enfin, dit-elle faiblement, nous nous connaissons depuis seulement huit jours...

La bouche de Doug lui coupa la parole, ses bras l'entourèrent, elle se sentit fondre comme le frimas au soleil. À ce moment, la voix d'Henrietta retentit: « Doug, j'en ai un gros! Doug, où êtes-vous? »

Tenant toujours Rose pressée sur sa poitrine, il lui cria:

— Félicitations! Continuez, Henrietta, mais ne faites pas trop de bruit. Nous sommes en train de taquiner une carpe monstre qui se cache dans un trou ici. Ça fait deux fois qu'elle se montre.

Rose se mit à rire.

— Voilà un gros mensonge que vous lui racontez.

— Mensonge qui va nous procurer un peu de temps. Rose, le temps presse, il est si difficile de vous voir et j'ai peur que quelqu'un d'autre vous vole. Rose, voulez-vous m'épouser?

— Je... je ne sais pas. Je ne peux pas répondre comme cela, tout de suite. Il faut que j'en parle à mon frère, il remplace ma mère à présent.

— Vous lui en parlerez après. C'est votre réponse à vous que je veux entendre. Est-ce que je vous déplais?

— Non, bien sûr.

— Alors, vous pourriez m'aimer? demanda-t-il en lui prenant le menton dans sa main pour la forcer à le regarder. Dès que je vous ai vue, si jolie, si blonde, je me suis dit: « Doug, voilà la femme pour toi. » Dites que vous m'épouserez, Rose.

Son bras se resserrait autour d'elle. Elle se sentait emportée vers son destin comme une brindille dans le courant. La voix chaude continuait, pressante:

— Dites oui, Rose.

Il l'éloigna de lui, la tenant par les épaules, à bout de bras.

— Regardez-moi dans les yeux, Rose. Regardez-moi dans les yeux et dites: « Oui, Doug. »

— Oui... Doug.

— Mieux que ça. Plus fort, avec assurance: « Oui, Doug! »

— Oui, Doug!

Il eut ce merveilleux sourire espiègle qu'elle aimait. Lentement, il l'attira à lui et cette fois elle s'abandonna à son baiser.

— Doug! j'en ai eu un deuxième, cria Henrietta.

Des bruits de pas s'approchaient. Il lança la ligne à l'eau et mit la canne à pêche dans les mains de Rose, tandis qu'il allait au-devant d'Henrietta, qui venait toute fière lui montrer sa capture. Rose entendit qu'il la complimentait tout en la reconduisant à l'endroit qu'elle avait quitté. Il adressa quelques mots à Ron et Nellie, qui pêchaient plus loin, puis il revint à elle. Elle s'était levée pour s'approcher de la berge et, avant qu'elle pût se tourner, elle sentit ses bras autour de sa taille et deux mains chaudes qui montaient vers sa poitrine. Elle eut un sursaut, scandalisée, et voulut se dégager, mais il l'attira de nouveau et de nouveau elle céda à son baiser lent et profond.

— Doug ! Rose ! il se fait tard. Je crois qu'il faut partir, sinon on ratera le train.

— Celle-là, grommela Doug, elle ne fiche donc jamais la paix aux gens ? Écoutez, Rose. Je viens chez vous dimanche prochain. Je parlerai à Ron. Vous pourrez lui parler cette semaine si vous voulez. Dimanche, nous fixerons la date du mariage.

Sur le chemin du retour, Rose fut tellement silencieuse que son frère en fit la remarque.

— Je crois que le soleil m'a un peu fatiguée, voilà tout, lui dit-elle.

Ce soir-là, elle mit beaucoup de temps à s'endormir. Elle était consciente à la fois de son exaltation et d'une crainte latente, presque d'une déception. Le moment rêvé était arrivé. Elle avait donné sa parole, elle serait Mrs. Douglas Stewart, une femme mariée. C'était là sa destinée. Pourquoi avait-elle accepté si vite ? Maintenant qu'il n'était plus là pour l'écraser de sa présence, de sa volonté, elle voyait plus clairement ce qu'il y avait de déraisonnable dans une telle hâte et l'étonnement de son frère quand il serait mis devant le fait accompli. Délibérément, pour se rassurer, elle repassa ses souvenirs. Elle vit Doug et ses yeux câlins, elle entendit la superbe voix de baryton qui chantait avec passion : « Depuis que je t'ai vue, mon âme s'attache à tes pas... », elle se sentit de nouveau serrée sur sa poitrine. Non, elle n'avait rien à craindre. Il l'aimait. Apaisée, elle s'endormit.

La semaine achevait et elle n'avait toujours pas parlé à Ron. « Allons, se dit-elle, un peu de courage. Il sera ici après-demain. » Une fois la vaisselle rangée après le repas du soir, elle raconta à son frère ce qui était arrivé.

— Rose, tu as tort. Il ne faut pas que tu tiennes pour sacrée cette parole qu'il t'a arrachée. Je sais combien il peut être persuasif. Aussi je voudrais que tu réfléchisses avant de prendre une décision aussi grave.

— Tu t'objectes?

— Ce n'est pas que c'est un mauvais garçon. Mais j'espérais que Cliff et toi... Voilà quelqu'un qui t'aurait fait un bon mari. Est-ce qu'il ne t'a pas fait voir quelque chose?

— Oui, en effet.

— Pense à la belle ferme qu'il possède. Tu serais maîtresse de sa maison, renchérit Nellie.

— Et toi, riposta Rose, tu as épousé Ron par intérêt, je suppose?

— Il n'y a pas que ça, reprit Ron patiemment. Cliff est un homme honorable, honnête. Peut-être pas aussi charmant que Doug, mais bon et fiable, et qui a rendu sa première femme heureuse, je crois. Doug, je ne sais pas. Des gens qui le connaissent m'ont raconté qu'il avait dû quitter Montréal assez précipitamment en 1906, non seulement à cause de mauvaises dettes mais aussi parce qu'il aurait séduit la femme de son patron.

— Ce ne sont peut-être que des racontars. Est-ce qu'ils avaient des preuves?

— Et puis, et là j'ai été témoin, il aime un peu trop l'alcool et il est parfois joueur.

— Mais tu as vu sa ferme. Tu as idée de la somme de travail que ça lui a demandé?

Ron eut un geste las.

— Je sais. Il est travailleur, courageux, horticulteur hors pair, il chante admirablement et il joue de l'accordéon. Malgré tout ça, si j'étais à ta place, j'épouserais Cliff. Évidemment, je ne suis pas une femme et je n'ai jamais trop compris comment elles raisonnent. À vrai dire, je n'ai jamais compris pourquoi Nellie m'avait choisi et je ne suis pas pour m'en plaindre, ajouta-t-il en attirant la tête de sa femme sur son épaule.

— Uniquement pour tes beaux yeux bleus sous tes sourcils épais et blonds, dit Nellie en riant.

— Tu vois, c'est ça, la logique féminine. Heureusement pour moi, elle n'a pas vu mes défauts. Quand même, Rose, ne précipite rien. Prends le temps d'y voir clair.

Le dimanche suivant, elle guettait son arrivée. Elle avait hâte d'entendre sa voix, de subir de nouveau l'effet de sa présence. Quand elle entendit des roues crisser sur le gravier, elle courut à la fenêtre, à temps pour le voir descendre de la voiture conduite par le fils Jessup.

— Ah, le voici.

— Bon, bon, dit Nellie, je vous laisse et je vais retrouver Ron à l'étable, où il est en train de soigner le cheval et les poules.

Elle se mit un châle sur la tête et sortit, saluant Doug au passage. Dès qu'il entra dans la maison, il lui tendit les bras.

— Rose, Rose, que cette semaine m'a paru longue.

De nouveau, elle se laissa bercer et caresser.

— J'ai travaillé dur, tu sais. C'est la saison des récoltes et il me faut mettre à l'abri tous les légumes du potager avant que débutent les fortes gelées. Mais, à penser que je t'aurais près de moi bientôt, je ne sentais plus ma fatigue. Et puis, en faisant ma tournée à Iroquois Falls, j'ai acheté des meubles. Tu verras que la maison sera plus confortable et accueillante.

Quand Ron et Nellie revinrent, on se mit à discuter de la date du mariage.

— Il me semble que vous devriez attendre au moins au printemps prochain, dit Ron. Rose vient d'avoir ses dix-sept ans et elle est au pays depuis seulement trois mois.

— Non, dit Doug. Puisque j'ai été assez chanceux pour être choisi, je n'ai pas envie de tenter la chance. J'ai déjà parlé au révérend. Il a accepté pour lundi, lundi en huit.

⁂

Doug avait eu gain de cause. Le mariage aurait lieu dans huit jours. La semaine se passa en préparatifs. Rose décida qu'elle revêtirait la robe de mousseline blanche à fleurs bleues. Nellie lui prêta un chapeau de *leghorn* blanc qu'elle avait dans son trousseau. Le lundi matin, le ciel était gris et maussade, le vent aigre et une pluie fine et froide tombait par intervalles. Elle songea que la pluie accompagnait toujours les événements importants de sa vie, qui depuis quelque temps s'étaient précipités, lui donnant la sensation qu'elle vivait une séance de lanterne magique.

Elle frissonnait sous sa cape de laine et, malgré le ronronnement du poêle de fonte à l'arrière de l'église, elle continua à avoir froid durant la cérémonie.

Inexplicablement, les larmes lui montèrent aux yeux à plusieurs reprises.

Puis, ce fut le banquet à l'Orange Hall, Doug chantant: «*I love you truly*», mais buvant beaucoup. Cliff avait l'air triste. Le moment vint de se diriger vers la gare et de prendre le train pour Sesekun. Un groupe de personnes, connaissances de Doug qui étaient venues de Sesekun, prirent le train avec eux. Doug les lui avait présentées, mais les visages passaient devant elle comme un manège. Dans le train, Doug continuait à boire avec ses amis. Ils formaient un groupe bruyant et hilare. Les femmes essayaient de lui adresser la parole, elle leur répondait distraitement. À la descente du train, elle dut subir les taquineries grivoises de ces hommes déjà ivres. Enfin, le cheval fut attelé à la voiture et elle et Doug se mirent en route pour leur demeure. Juste avant de partir, l'un des hommes glissa une bouteille à demi pleine dans les mains de Doug.

— Prends ça, dit-il avec un clin d'œil égrillard. Tu vas en avoir besoin.

La voiture s'ébranla dans l'obscurité grandissante. Doug chantonnait d'une voix éraillée et s'interrompait de temps à autre pour boire une autre gorgée à même la bouteille.

— Je t'en prie, n'en prends plus. Je n'aime pas te voir ivre.

— Ivre, moi, j'suis pas ivre. Faut célébrer ça, voyons. En veux-tu?

Elle refusa avec indignation et se réfugia à l'autre extrémité de la banquette, aussi loin que possible de cet étranger inquiétant. Quand la voiture s'arrêta devant la maison, il lui dit:

— Entre et mets-toi à l'aise. La porte n'est pas barrée. On ne barre jamais les portes ici, ce n'est pas comme en Angleterre. Je dételle le cheval et je te rejoins.

Elle pénétra dans la maison. La lune s'était fait jour à travers les nuages et elle distingua les deux fauteuils qui s'étaient ajoutés au mobilier et le lit conjugal en laiton qui avait remplacé le paillasson. Songeant qu'elle devrait se déshabiller quand il reviendrait, elle se hâta de revêtir sa robe de nuit et se blottit dans le lit. Doug entra, tenant à la main un fanal allumé qu'il souleva pour éclairer la pièce.

— Comment? Déjà au lit, Rosie? Ma femme, ma petite femme, attends, je viens.

Il posa le fanal sur une chaise près du lit et se déshabilla entièrement, laissant choir ses vêtements par terre. Rose, rigide, ferma les yeux, serrant le bord de la couverture sous son menton. Il se laissa lourdement tomber sur le bord du lit.

— Rose, ma petite femme, un petit baiser, ma Rosie chérie.

Son haleine empestait l'alcool. Elle voulut le repousser, mais il lui saisit les mains et écrasa sa bouche sur la sienne. Quand il s'écarta, elle cria:

— Doug, pas comme cela, je t'en supplie. Viens te coucher près de moi. Parle-moi.

— Ma femme, ma petite femme. Depuis le temps que j'attends ce moment.

Il saisit la couverture et la lui arracha. Elle voulut la reprendre, mais il la jeta par terre. D'un geste, il releva la robe de nuit, exposant son corps nu. Elle voulut se jeter en bas du lit, mais lui, excité parce qu'elle lui résistait, le prenait comme un jeu. De son avant-bras, il la maintenait sur le lit tandis qu'il lui pétrissait les seins, le ventre et la mousse dorée qui faisait triangle. Alors, Rose éclata en sanglots, mais il ne s'en aperçut même pas. Il se coucha sur elle, écartant sans ménagement ses jambes, et, tandis qu'elle pleurait, désespérée, elle sentit une douleur brutale puis, après un temps qui lui parut interminable, une brûlure. Il se souleva et un liquide chaud et gluant lui gicla sur le ventre. Un bruit mi-râle mi-plainte s'échappait de sa bouche. Puis il se laissa glisser sur le côté du lit, s'allongea et bientôt se mit à ronfler.

Rose, pétrifiée, demeura longtemps immobile, craignant que le moindre mouvement le réveille. Le froid la gagnait. L'homme continuait à ronfler bruyamment. Alors, elle se glissa du lit, essuya son corps mouillé, étendit une serviette sur le drap maculé de sang, refit le lit de son mieux, étendit la couverture pour le couvrir et éteignit le fanal. Assise dans le noir, elle songea avec amertume qu'elle était maintenant une femme mariée et qu'elle avait vécu sa nuit de noces. Comment Nellie pouvait-elle être heureuse? Il est vrai que Ron ne buvait jamais à l'excès et que Doug était très différent quand il ne buvait pas. Ce n'était vraiment pas la même personne. Comment un homme séduisant, gentil, amusant pouvait-il se transformer soudain en une espèce de brute nauséabonde et dégoûtante? Elle essuya les larmes qui coulaient sans arrêt sur ses joues. Il avait tout gâché. Elle ne pourrait jamais vivre sous son toit. Demain, elle retournerait chez son frère. Si elle demeurait sous le toit de son mari, lui faudrait-il tous les soirs subir de pareils assauts? Non, vraiment, demain elle partirait.

Malgré la volonté de Rose de demeurer éveillée dans le fauteuil toute la nuit, sa jeunesse eut bientôt raison de sa détermination et elle s'endormit profondément. Elle fut réveillée par le froid, un froid sibérien qui lui glaçait les membres. Il dormait toujours, couché au bord du lit. Peut-être ne s'éveillerait-il qu'au matin? Elle aurait le temps de se lever et de s'habiller puisqu'elle avait l'habitude de se lever tôt. Elle se glissa dans le lit avec précaution et sombra bientôt dans le sommeil.

Quand elle s'éveilla, un jour gris coulait par la fenêtre. Il était assis sur la chaise près du lit, celle-là même où il avait déposé le fanal, et il tenait à la main une tasse de thé d'où montait une légère vapeur. Il lui souriait d'un air câlin.

— Comme tu es belle, princesse, quand tu dors.

Un moment, elle se laissa prendre à ce sourire aimé, puis le souvenir des événements de la nuit remontèrent à la surface.

— Va-t'en, ne me touche pas! cria-t-elle en éclatant en sanglots.

Il avait posé la tasse sur le plancher, éberlué.

— Voyons, princesse, qu'est-ce que tu as?

— Comment oses-tu me le demander, après ce que tu as fait? hoqueta-t-elle.

— Ah, voyons, princesse. Il ne faut pas m'en vouloir. Je crois que j'étais un peu réchauffé hier soir, mais nous sommes mariés, pas vrai? Il est naturel qu'une jeune femme soit un peu timide au début, mais il n'y a pas de quoi fouetter un chat. Tous les gens mariés font ça.

Il essuya ses larmes et, lui soulevant les épaules, lui fit boire des gorgées de thé chaud comme à une enfant. Elle finit par s'apaiser.

— Tu dois avoir faim. J'ai déjà déjeuné et j'ai travaillé un bon bout de temps dans le jardin. Voici du pain et des œufs de nos poules. Prépare-toi un bon petit-déjeuner et commence à te familiariser avec ton domaine. Tu m'excuseras, il faut que je retourne travailler. Il a fait froid hier soir. J'ai déjà vu quelques dégâts causés par la gelée. Il faut que je me hâte d'entreposer tout ça. Quand je pense aux patates qui ne sont pas récoltées! Pourvu que la neige prenne pas trop vite.

D'un geste qui lui était devenu familier, il prit le menton de Rose dans sa main:

— Dis que tu me pardonnes, Rosie. Je t'aime, tu sais. Alors, c'est promis, on ne pleure plus?

Elle fit signe que non. Il l'embrassa sur le front et sortit. Elle se fit cuire des œufs, essuya un coin du poêle de fonte et mit son pain à griller. Après le repas, elle s'habilla et sortit. Elle l'aperçut dans le potager qui coupait des choux et les entassait dans une brouette pour les porter à l'étable, où il avait aménagé un coin d'entreposage. Tout le jour, ils travaillèrent à cueillir les légumes et à les débarrasser, lorsqu'il s'agissait de racines, de la gangue d'argile qui y adhérait comme à leurs souliers, qu'ils pouvaient à peine arracher de cette boue collante agglutinée en masse compacte comme du mastic dont on n'arrive pas à se défaire. Rose connaissait maintenant l'utilité de la lame d'acier fixée près du seuil de toutes les maisons: c'était pour débarrasser les chaussures de l'argile plastique et collante qui y adhérait.

Tout le jour, ils peinèrent sous la pluie fine et glacée avec seulement un bref répit pour le repas du midi.

— Dommage qu'on ne puisse pas faire la récolte quand le soleil brille et que c'est sec, dit Doug.

— Il ne vaudrait pas mieux attendre, alors?

— On ne peut pas courir le risque. J'ai peur que cette

pluie finisse par tourner en neige et qu'après la terre gèle pour de bon. On en est déjà à la troisième semaine de septembre.

— L'hiver, déjà?

— Eh oui. Tu as entendu le dicton: neuf mois d'hiver, trois mois de mauvais temps. Attends qu'on se retrouve tous les deux en Californie! Enfin, c'est un moindre mal. Je n'ai pas à conserver ma récolte tout l'hiver, moi, car je vendrai tout dans les semaines qui viennent.

Vers le milieu de l'après-midi, il lui dit de retourner à la maison.

— Je ne veux pas que tu te fatigues trop. Va préparer le souper, ramasser les œufs, nourrir les poules.

Il s'était redressé avec peine. Avec la fatigue, sa claudication devenait plus apparente.

— Mais toi?

— Moi, j'ai l'habitude. Je vais continuer tant que j'y verrai clair.

Quand il rentra, il marchait pesamment, traînant sa jambe infirme. Il se lava et s'assit à table pour le souper. Avec la venue de la nuit, Rose avait senti l'angoisse la reprendre. La gorge serrée, elle mangeait peu. Il s'en aperçut et lui dit avec son sourire des beaux jours: «Je savais que tu t'étais trop fatiguée pour la première journée.» Après le repas, il sortit pour aller soigner le cheval tandis qu'elle lavait la vaisselle. Elle l'entendit revenir et demeura le dos tourné, rigide, s'affairant à ranger les plats. Il s'approcha d'elle et lui entoura la taille de ses bras.

— Bonsoir, ma Rosie. Je vais me coucher tout de suite car il faut me lever de bonne heure demain matin.

Il la tourna vers lui et lui prit le menton:

— Ce n'est pas facile la vie d'une femme de fermier dans ce pays. Mais je te promets que dans un an ou deux nous partirons vers le soleil, vers la Californie.

Il déposa un léger baiser sur ses lèvres et se dirigea vers le lit. Quelques minutes plus tard, il dormait déjà. Rose se laissa tomber dans le fauteuil. N'eût été le drap maculé, elle eût pu croire que l'épisode de la veille n'avait été qu'un cauchemar. Comment réconcilier ces deux images, l'homme gai, affectueux qu'elle avait connu avant le mariage et même durant la journée qui venait de s'écouler, et la brute insensible et détestable qu'elle avait subie hier soir ? Elle ressentit soudain toute l'étendue de sa lassitude et, se déshabillant rapidement, se glissa dans le lit avec d'infinies précautions. Il ne se réveilla pas.

Le lendemain, il était de nouveau assis sur la chaise près du lit, une tasse de thé fumante à la main, lorsqu'elle s'éveilla.

— Je n'ai pas voulu partir sans te dire au revoir, dit-il en lui tendant la tasse.

— Quelle heure est-il ? Il fait encore nuit.

— Cinq heures du matin. Ça prend trois heures pour se rendre à Iroquois Falls, surtout que les routes ne sont pas très bonnes à ce temps-ci de l'année, et je commence ma tournée à huit heures. Ne t'inquiète pas, je ne serai pas de retour beaucoup avant la nuit. Bois ton thé et rendors-toi. Je ne veux pas que ma belle Rose se fane avant le temps.

Comme une écolière en vacances, elle joua tout le jour à la châtelaine qui visite ses terres. En lançant du grain aux poules qui se pressaient à ses pieds, elle leur expliquait que la fille de ferme avait eu un accident et qu'elle devait s'occuper elle-même de cette besogne. « Et comme les valets de ferme travaillent dans un autre pré, il vaut mieux que j'aille continuer la cueillette des légumes puisque le temps presse», dit-elle à haute voix.

Elle achevait la préparation du souper quand elle aperçut, dans le crépuscule, la voiture qui montait le raidillon. Doug entra en souriant, cachant quelque chose sous sa vareuse.

— Voici, je t'ai apporté un cadeau. C'est une de mes clientes qui me l'a donné.

Elle s'approcha et il découvrit un chaton gris si jeune qu'il avait encore les yeux bleus des tout jeunes chats.

— Oh! qu'il est beau, s'exclama Rose.

Elle le déposa sur son épaule, lissant son poil soyeux et laissant le petit corps frétillant se blottir au creux de son cou.

— Ce n'est pas tout. Regarde.

Il vida sa bourse et les pièces de monnaie roulèrent sur la table avec les billets de banque.

— Ça, c'est ce que j'ai vendu aujourd'hui, mais ce n'est rien à comparer avec ce que je vendrai samedi. J'ai pris des commandes. Ces dames préparent leurs conserves pour l'hiver et voici ce qu'elles m'ont commandé.

Il tira une feuille de papier et, prenant une pose théâtrale, se mit à déclamer:

— Mrs. Teising, elle est allemande, quatre douzaines de choux pour sa choucroute, trois paquets d'oignons et un pied de mon rarissime et délicieux céleri. Mrs. Gagnon, six douzaines de betteraves. Elle est canadienne-française et mange des betteraves dans le vinaigre avec son ragoût de pattes de cochon, un pied de céleri, six paquets d'oignons et un petit sac de tomates vertes pour son ketchup, deux poches de patates. Mrs. Sandy Mackenzie, deux poches de patates, une de carottes, pas de céleri, seulement une demi-douzaine de choux. Elle est écossaise et n'achète que ce qui coûte le moins cher et se conserve le mieux.

Rose riait de bon cœur tout en flattant le petit chat qui s'obstinait à chercher, de son museau froid et mouillé, une tétine dans ce creux chaud et accueillant.

— Il y en a d'autres. Pratiquement toute ma récolte est vendue et ce qui restera je peux le passer à Wilfrid Lamontagne, qui vient d'obtenir le contrat pour ravitailler les camps de l'Abitibi Paper sur la Driftwood. Peux-tu imaginer la somme que ça nous fera ? Vois-tu la Californie qui se rapproche peu à peu ? J'ai faim. Passons à table.

Après le souper, il prit son accordéon et se mit à jouer des airs de folklore qu'elle n'avait pas entendus depuis son enfance. Rose était ravie et, quand ce fut l'heure du repos, elle se déshabilla rapidement et discrètement et se glissa sous les couvertures. Doug vint s'étendre près d'elle et resta un moment allongé, les yeux au plafond.

— Demain, il faudra entreprendre les patates pour de bon et essayer de les finir avant samedi. Je sens que nous n'aurons pas une deuxième chance. C'est beaucoup de travail, tu sais, et du travail dur.

— Je sais. Je t'aiderai.

Il se tourna vers elle et regarda le jeune visage nimbé de cheveux blonds :

— Je suis chanceux d'avoir une femme comme toi. Je ne te mérite pas.

Il hésita un moment, puis il reprit le visage de comédien qu'il adoptait volontiers pour faire rire.

— Bonsoir, douce princesse, déclama-t-il, que des nuées d'anges vous conduisent au repos !

Il souffla la lampe, se recoucha et s'endormit.

Le lendemain très tôt, ils s'attelèrent à la besogne. Il fallait saisir les tiges charnues et rugueuses, les arracher du sol et fouiller la boue avec la pioche pour découvrir les tubercules blancs au bout de leurs attaches ténues. Rose les ramassait dans des paniers qu'elle allait déverser sur l'herbe. Doug avait attelé le cheval pour aller quérir des barils d'eau à la rivière. Il fallait laver les légumes pour les débarrasser de la glaise et les essuyer avec des chiffons avant de les mettre dans des sacs de jute. Vers la fin de l'après-midi, la pluie se mit à tomber, bientôt mêlée de neige. Pendant deux jours, ils travaillèrent sous les averses et les rafales de neige, les mains rouges et gercées. Durant la soirée du vendredi, à la lueur du fanal, ils chargèrent la voiture de tous les légumes nécessaires pour remplir les commandes du lendemain. Il était presque minuit quand tout fut terminé et ils se couchèrent en silence, abrutis de fatigue.

Doug était parti depuis longtemps lorsque Rose s'éveilla. Elle se sentit un peu coupable de sa paresse et se hâta de s'habiller et de boire un thé en vitesse afin de se rendre au champ de pommes de terre, où il restait deux rangs qu'ils n'avaient pu finir. La pluie mêlée de neige tombait toujours et, au bout de quelques heures, elle dut s'avouer vaincue. Le vent était devenu glacial, la neige poudrait et le froid raidissait le sol de sorte que la pioche l'entamait difficilement. Elle se réfugia dans l'étable pour préparer les patates qu'elle était parvenue à arracher du sol glacé. Quand elle revint à la maison, elle s'aperçut qu'elle avait oublié d'alimenter le feu avant de sortir et qu'il y régnait un froid mortel.

Une fois le souper préparé, elle s'assit près du poêle,

jouant avec le petit chat, attendant le retour de Doug. À huit heures, elle commença à s'inquiéter. Que pouvait-il lui être arrivé ? Elle alla se coller le front à la fenêtre, mais la nuit était noire et tout ce que l'on pouvait voir c'étaient les gros flocons blancs qui se pressaient et tombaient interminablement devant la fenêtre éclairée. Comment pourrait-il retrouver son chemin dans la tempête ? Des images lugubres se succédaient dans sa tête : la voiture renversée dans le fossé, Doug blessé, gisant dans la neige. Onze heures sonnèrent à la pendule, puis minuit. Elle ajouta du bois dans le poêle de fonte et se rendit compte qu'elle tombait de sommeil et de froid. Mieux valait se coucher puisque, de toute façon, il n'y avait rien à faire avant le lendemain.

Il lui semblait qu'elle venait à peine de s'endormir lorsqu'elle fut réveillée par le bruit de quelqu'un qui frappait ses pieds sur le sol pour en faire tomber la neige. La porte s'ouvrit et Doug entra, chantonnant à mi-voix. Il marchait d'un pas incertain et elle le crut blessé. Elle allait s'enquérir lorsqu'elle se rendit compte qu'il était ivre. Alors, elle se fit toute petite et cacha son visage dans l'oreiller, feignant de dormir. Il se glissa dans le lit et la saisit à pleines mains, tout en chantonnant : « *Rosie, Rosie, my little wifie…* » Elle tenta de le repousser. « Dors, tu dois être fatigué. » Il continuait de la pétrir de ses mains rudes et maladroites, et bientôt il se glissa sur elle, comme une limace sur un fruit. Elle sentit son souffle empestant la bagosse et, rigide, attendit que ce fût fini. Quand il retomba de côté, elle ne remua pas avant d'entendre le souffle régulier qui annonce le sommeil. Alors, elle alluma la lampe, lava son corps maculé et changea de robe de nuit. Elle le couvrit pour qu'il ne prenne pas froid et remit du bois dans le feu pour la nuit. Elle allait se recoucher lorsqu'elle aperçut ses vêtements épars sur le plancher. En les ramassant, elle pensa à l'argent qu'il avait dû percevoir et fouilla pour trouver sa bourse. Elle était vide. Elle eut beau chercher dans ses vêtements, elle ne trouva pas la moindre piécette.

Ce fut elle qui s'éveilla la première. Dans le froid, elle ralluma le feu et prépara le petit-déjeuner. Bientôt, il se leva silencieusement et vint s'asseoir à table.

— Tu as fait une bonne journée hier ? Les clients t'ont pris toutes les commandes ?

— Oui, j'ai tout vendu.

— Comment se fait-il que tu sois rentré si tard ? J'étais très inquiète.

— J'ai rencontré des gars que je n'avais pas vus depuis longtemps. Nous nous sommes un peu amusés.

— Et l'argent de la vente ?

Il leva la tête et, en rencontrant son regard, comprit qu'elle savait. Comme un enfant pris en faute, il baissa la tête :

— Je l'ai perdu, dit-il à voix basse.

— Perdu ? Perdu où ? Il faut le chercher.

Il fit signe que non.

— C'est inutile. J'ai rencontré des amis. Nous sommes allés au Blind Pig. J'ai pris un coup. Ils ont organisé une partie. J'ai joué, j'ai perdu.

— Tu as perdu aux cartes tout l'argent de la récolte ? dit-elle d'une voix blanche.

Cette accusation le piqua au vif.

— Voilà bien les femmes. Pas besoin d'en faire un drame. La récolte, je l'ai vendue tout l'été. Ah, et puis, fiche-moi la paix.

Les larmes montèrent aux yeux de Rose et coulèrent sur ses joues. Elle se détourna vers la fenêtre, vers ce paysage d'où la neige et le ciel gris avaient drainé toute couleur. L'étable était un cube gris fer; les arbres où s'accrochaient les dernières feuilles, les conifères étaient noirs; le pont gris enjambait la rivière, muée en sombre serpent dont les anneaux enserraient la lagune de terre où se dressait la maison. L'hiver avait repris son empire sur ce pays austère au paysage monochrome. Elle entendait Doug derrière elle qui disait: «Voyons, ne pleure pas. Je gagnerai d'autre argent. Nous partirons pour la Californie, je te le promets. Tu verras comme tu seras heureuse au soleil, parmi les fleurs...»

La neige recommença à tomber, lentement d'abord, puis en flocons de plus en plus pressés. Les paroles que lui avait dites Cliff lui revinrent à la mémoire: «Quand nous aura fui le beau temps qui rend tout plus attrayant...» Il était fini, le beau temps. La vraie vie commençait.

XIII

Deux semaines plus tard, Rose eut la joie de voir arriver Ron et Nellie, qui venaient passer le dimanche avec eux. Elle les reconnut de loin quand elle aperçut la carriole qui descendait le versant du pont. La grossesse devenait apparente, mais Nellie était toujours rieuse. Ron était venu pour une raison particulière. À Cochrane, il avait rencontré Sandy Murray, pour qui il avait travaillé lors de la construction du chemin de fer, et celui-ci lui avait offert du travail semblable car il avait obtenu un contrat de l'Abitibi Paper et cherchait des gens d'expérience pour diriger une équipe. Les salaires seraient bons.

— Voilà ce que j'ai pensé, dit Ron. Tu fermes la maison pour l'hiver et Rose vient habiter avec Nellie à Peltrie Siding. Je ne veux pas laisser ma femme seule et elle refuse de retourner à Toronto chez sa mère.

— Je veux demeurer près de toi, dit Nellie.

— Vous voyez comme elle est peu raisonnable. Qu'est-ce que tu en dis, Rose?

— Oh, moi, j'aimerais bien habiter avec Nellie. Tout dépend de Doug.

Depuis qu'il avait gaspillé l'argent de la récolte, Doug cherchait une occasion de se racheter. Chaque hiver, il allait travailler dans les chantiers forestiers ou à une construction quelconque. Cette année, il hésitait à laisser Rose seule dans ce pays tout nouveau pour elle, mais voilà que la proposition de Ron apportait une solution à ses problèmes.

— C'est une excellente idée. Quand faut-il partir?

— Aussitôt que possible, m'a dit Sandy. C'est une ligne secondaire que l'Abitibi Pulp and Paper voudrait mettre en service au plus tôt.

Il fut donc décidé que l'on tâcherait de tout mettre en ordre pour partir avant la fin de semaine.

Le lendemain, Doug chargea autant qu'il le put des légumes qui restaient et partit tôt pour Iroquois Falls tandis que Rose refaisait les bagages qu'elle avait défaits quelques semaines auparavant. Il revint d'assez bonne heure et sobre.

— Mercredi, je fais mon dernier parcours. Je vendrai le reste des œufs et les poules, qu'il faudra préparer et geler.

— Que ferons-nous du cheval?

— J'irai demander au voisin s'il veut nous le garder.

Le jour suivant, elle accompagna Doug à l'étable. Il allait au poulailler, où elle entendait les caquètements désespérés des poules, puis il revenait avec une volaille décapitée, encore frémissante, dégoulinante de sang, qu'elle devait débarrasser de ses plumes et de ses tripes. Vers midi, ils avaient fini et, après le repas, où Rose ne mangea guère, Doug alla atteler le cheval pour se rendre chez les Marchessault.

— Viens avec moi. Autant faire connaissance avec tes voisins.

Elle songea qu'en effet une promenade au grand air lui ferait du bien. Il faisait un froid sec et le soleil brillait au zénith de l'arc de plus en plus faible qu'il décrivait dans le firmament, ne s'élevant guère au-dessus des grands arbres, déversant une lumière jaune et sans chaleur qui contrastait avec le bleu intense des ombres projetées par les moindres aspérités de la nappe de neige, par les plantes gelées qui émergeaient de la couche de neige encore mince, par la clôture, par les arbres, sous un ciel d'un bleu cru, paysage en couleurs primaires comme dessiné par un enfant. Elle détourna les yeux de la souche ensanglantée où Doug avait tué les volailles et ils descendirent la côte, les patins du traîneau exhalant une longue plainte sur la neige.

L'air était calme et la fumée s'élevait toute droite de la cheminée des Marchessault. Doug arrêta le cheval devant la porte et s'en fut frapper. Une jeune femme lui ouvrit et leur fit de grands signes d'entrer tout en leur souhaitant une bienvenue volubile dans une langue étrangère. Quand Doug s'enquit de son mari, elle lui fit comprendre par signes qu'il était à la grange et il s'y dirigea après avoir fait descendre Rose et l'avoir fait entrer. Elle demeura donc seule avec cette femme, qui parlait une langue qu'elle ne comprenait pas. Elles se regardèrent un moment. Rose vit qu'elle était grande, les hanches et la poitrine généreuses, le teint coloré. Un garçonnet d'environ six ans, assis près de la table, contemplait la nouvelle arrivée avec des yeux solennels tandis qu'un autre, agrippé à une chaise pour maintenir l'équilibre sur ses jambes encore incertaines, la regardait à travers les barreaux du dossier.

Avec un flot de paroles aimables que Rose ne devinait

qu'à l'expression, Alma Marchessault la débarrassa de son manteau et la fit asseoir. Puis, allumant un fanal et ouvrant une trappe au centre du plancher, elle descendit dans la cave par une sorte d'échelle.

Rose promenait les yeux sur les murs de cette maison en tous points semblable à toutes celles qu'elle avait vues depuis son arrivée au pays. Au mur, son attention fut attirée par deux images étranges représentant, en couleurs crues, une dame en bleu et un homme en rouge, tous deux nimbés d'une auréole jaune, ayant sur la poitrine le cœur bien en évidence. Celui de la dame était transpercé d'un glaive avec de grosses gouttes de sang qui s'échappaient de la plaie ; celui de l'homme était couronné de flammes jaunes et orange et surmonté d'une croix. Rose frissonna, pensant à la boucherie de la matinée, mais un mouvement détourna son attention. Le bébé se traînait à quatre pattes vers le trou béant de la cave. D'un geste preste, elle le cueillit au passage et l'enfant se mit à hurler d'indignation, ce qui amena un nouveau flot de paroles de la maîtresse de maison, qui remontait une bouteille à la main. Comme deux mimes sur scène, les deux femmes s'attendrirent sur l'enfant, qui voulait tout explorer. La mère le mit dans son berceau, puis elle versa à Rose un petit verre d'un vin trouble et sucré. Comme l'enfant pleurait toujours, elle le prit, dégrafa son corsage et lui offrit un sein gonflé qu'il téta goulûment. À ce moment, les deux hommes entrèrent. Eugène Marchessault, plus court que sa femme, avait des yeux gris et ronds dans un visage couleur de brique couronné par une masse de boucles châtaines, le front têtu, le corps musclé. Il versa à Doug un verre de vin que celui-ci vida avec des claquements de langue appréciatifs.

— C'est du vin de pissenlit qu'ils fabriquent eux-mêmes, dit-il à Rose en anglais. Pas mal du tout.

Eugène discutait avec sa femme et, d'après sa réaction, elle semblait être d'accord. Dans un anglais haletant, il fit comprendre à Doug que oui, ils seraient contents de garder et nourrir son cheval durant l'hiver. On prit congé avec force poignées de main. Dès qu'ils furent sortis, Doug expliqua à Rose qu'Alma resterait seule durant l'hiver puisque Eugène partait pour les chantiers de l'Abitibi Paper avec son attelage et qu'elle était contente d'avoir un cheval pour se rendre au village et y faire les courses.

— D'ailleurs, je lui ai dit de prendre du foin dans ma tasserie, alors il était content.

— Tu as vu ces étranges portraits sur le mur?

Doug se mit à rire.

— Ce sont des images religieuses papistes. Les Canadiens français sont des catholiques très dévots.

⁂

À mesure que sa grossesse avançait, Nellie perdait peu à peu son sourire. Pâle, les yeux bistrés, elle se déplaçait avec peine sur ses jambes enflées. Rose la regardait avec inquiétude et, pour l'encourager, lui redisait cette phrase qu'elle lui avait dite souvent auparavant: « Les hommes doivent être à la veille de revenir. Peut-être seront-ils là demain. »

Février achevait. Doug et Ron étaient venus passer le jour de Noël avec leurs femmes. Quand Nellie avait vu Ron se découper dans la porte, elle s'était jetée dans les bras de son mari comme un oiseau blessé. Il l'avait bercée, cajolée et sous ses caresses elle avait repris vie. Durant la nuit, les chuchotements, les bruits de baisers, les rires étouffés qui venaient de la chambre de son frère avaient fait rougir Rose et excité Doug, qui s'était servi, durant la soirée, de larges rasades au flacon qu'il avait apporté. Il lui avait fait l'amour presque tendrement et lui avait soufflé à l'oreille: «Quand nous serons en Californie, nous aussi nous aurons un enfant.»

Le lendemain, ils étaient tous conviés chez les Murchison pour le dîner de Noël. Avec l'instituteur à l'harmonium, Doug avait chanté tous les *carols* traditionnels de sa belle voix de baryton, chants que tous les assistants avaient repris en chœur. Cliff était réservé, correct et n'avait rien laissé paraître de son désappointement à la suite du mariage de Rose. Chaque semaine depuis le départ des deux hommes, les Murchison n'avaient jamais manqué de venir s'enquérir, avant de faire le voyage à Peltrie Siding, si les deux jeunes femmes n'avaient besoin de rien. Cette belle soirée avait constitué le seul point lumineux de ce sombre hiver. Doug et Ron avaient dû regagner leur travail le lendemain tout en promettant d'être de retour à la fin de février.

Avec Nellie de plus en plus impotente, Rose devait assumer toute la besogne. Elle se levait tôt, ranimait le feu, puis faisait chauffer l'eau pour dégeler la pompe afin de tirer du puits la provision d'eau nécessaire pour la journée. Bien emmitouflée, elle poussait la porte, contre laquelle le vent avait entassé la neige, et sortait dans la nuit claire s'il faisait beau, ou dans un univers de neige lorsque les flocons serrés se précipitaient pour tout engloutir.

Quand le vent s'élevait, c'était à couper le souffle et

chaque respiration devenait une longue brûlure. Rose avait parfois l'impression que la mort s'était installée à demeure, guettant la maison, guettant la moindre faiblesse pour vous sauter dessus comme une bête affamée. Tant de dangers vous menaçaient : si on ne parvenait pas à arracher le bois glacé de la neige pour alimenter le feu ; si on n'avait pas assez de provisions lorsque la tempête s'abattait et rendait tout déplacement impossible durant deux ou trois jours ; si on s'égarait dans la neige tourbillonnante où il fallait marcher comme un aveugle entre la maison et l'étable pour nourrir les bêtes ; si par malheur on renversait la lampe ou qu'une étincelle mettait le feu au toit de l'habitation et qu'il fallait fuir dans le froid ; alors on sentait bientôt l'enlacement glacé de la mort et l'engourdissement qui vous tirait vers l'abîme.

Après le départ de leurs maris, les deux jeunes femmes avaient tiré un lit tout près du poêle et y couchaient car dès qu'on s'en éloignait on sentait la morsure du froid.

Cette nuit-là, Rose fut brusquement tirée du sommeil par la nette sensation qu'il se passait quelque chose d'insolite.

Elle entendit la respiration irrégulière et difficile de Nellie et, quand elle étendit le bras pour la toucher, elle s'aperçut que d'étranges soubresauts secouaient son corps gonflé. Prise d'une soudaine panique, elle bondit hors du lit et alluma la lampe d'une main tremblante. Nellie, la figure exsangue, les yeux clos dans leurs orbites creuses, le front moite, gisait, tordue périodiquement par des spasmes qui l'arc-boutaient puis la laissaient retomber comme un pantin désarticulé.

— Nellie, Nellie, m'entends-tu ?

Seul un faible gémissement lui répondit. Affolée, Rose

tournait en rond. Machinalement, elle remit du bois dans le feu et régla les clés du tuyau. « Il faut que j'aille chercher de l'aide, pensa-t-elle. Il faut que je me rende chez les Murchison. » Elle revint au chevet de Nellie et lissa les cheveux noirs sur le front où la sueur perlait. « Nellie, n'aie pas peur. Je vais chercher les Murchison. Je reviens tout de suite. »

Rapidement, elle s'enveloppa dans son manteau, mit les mitaines en peau de lièvre que Doug lui avait apportées à Noël, se couvrit la tête d'un grand châle de laine, alluma le fanal et sortit. Le froid était vif, le ciel avec ses myriades d'étoiles semblait tout proche. Au nord, une aurore boréale balançait solennellement sa somptueuse draperie de jade et d'argent. Aucun souffle n'altérait la qualité du silence, qui parut à son imagination surexcitée comme le silence de la tombe. Puis, tout à coup, un loup hurla à la lisière du bois et des hurlements lointains se firent entendre comme un écho. Terrifiée, Rose courut à l'étable et en fit sortir le cheval, qu'elle se hâta d'atteler au traîneau. Comme elle n'arrivait pas à boucler la sangle aux brancards, elle ôta sa mitaine. Instantanément, les doigts lui restèrent collés au métal sans qu'elle puisse les en détacher autrement qu'en arrachant l'épiderme. Elle parvint à remettre sa mitaine et à finir d'atteler le cheval. En passant devant la maison, elle entra en hâte et courut au lit où gisait Nellie. Il n'y avait aucun changement. Caressant son front, elle lui répéta à l'oreille : « Je reviens tout de suite. Ne t'inquiète pas. »

Au-dehors, elle s'aperçut vite que le vent de la veille avait oblitéré toute trace de la route mais, voyant que le cheval semblait se diriger sans hésitation, elle se laissa conduire jusqu'à ce qu'elle vît les champs lisses et blancs avec, au fond, les bâtiments noirs de la ferme des Murchison. Elle arrêta la voiture devant la porte et se mit à frapper à coups redoublés. Une lampe s'alluma et bientôt la porte s'ouvrit. Cliff éleva la lampe pour éclairer la voyageuse. « Rose ! À cette heure ! Au nom du ciel, qu'est-ce qui se passe ? »

Sans attendre la réponse, il la prit par le bras et l'entraîna à l'intérieur, fermant la porte contre le froid qui envahissait la pièce comme une nuée. Hoquetant, par phrases hachées, Rose le mit au courant. Maintenant qu'elle n'était plus seule, sa maîtrise l'abandonnait et les larmes coulaient sur ses joues. Cliff ne perdit pas un instant. Il alla réveiller son frère et sa belle-sœur et Rose les entendit dialoguer à voix basse. Il revint bientôt. « Je vais vous ramener chez vous avec Henrietta tandis que mon frère descendra à la gare afin qu'Ernie télégraphie au docteur. Comme cela, il pourra monter par le train du matin. »

Quand ils arrivèrent au chevet de Nellie, elle ouvrit des yeux vagues, mais retomba presque aussitôt dans sa torpeur. Au moins, les secousses qui l'avaient agitée plus tôt semblaient s'être apaisées. Henrietta secoua la tête.

— Je n'aime pas ça du tout. J'espère qu'Ernie pourra contacter le docteur sans tarder.

Cliff alimentait le poêle et s'occupait des bêtes, tandis qu'Henrietta préparait le petit-déjeuner, qu'elle obligea Rose à partager.

— Voyons, il faut que tu manges. Il faut refaire tes forces.

Et l'attente commença. Ils parlaient peu, guettant les moindres mouvements de la malade, espérant toujours entendre le bruit du traîneau qui ramènerait le médecin. Vers dix heures, les convulsions reprirent. Henrietta baignait le visage de Nellie tandis que Rose lui tenait les mains pour l'empêcher de se blesser. Enfin, Cliff, qui guettait par la fenêtre, s'exclama : « Je les vois. Dieu merci, ils sont deux ! » Il s'habilla en hâte et alla s'occuper du cheval, tandis que Hugh entrait avec le médecin. Le docteur Webber se débarrassa de son manteau et de son bonnet de lynx et, s'approchant du lit, prit le pouls de la malade tout en posant à Rose des questions très précises.

— Il nous faut la conduire à l'hôpital, dit-il. Je crains l'éclampsie et il ne peut être question de l'accoucher ici. Il faudrait aller avertir Ernie pour qu'il appelle un train d'urgence pendant que nous préparerons la patiente et la transporterons à la gare. Et qu'on avertisse son mari.

Pendant que le télégraphe crépitait de Cochrane à North Bay et sur les lignes d'Iroquois Falls, jusqu'au chantier où travaillaient Ron et Doug, Cliff avait rempli de foin la caisse du traîneau, où on coucha la patiente, enveloppée de couvertures avec des pierres chaudes aux pieds, et le long et lent voyage commença.

— Venez chez nous, dit Henrietta lorsqu'ils furent partis.

Rose fit signe que non.

— Je vous remercie, mais il faut que je sois là quand Ron reviendra.

Dans l'après-midi, Cliff revint. Tout s'était bien passé. On n'avait pas eu à attendre trop longtemps avant qu'arrive la locomotive tirant le fourgon à bagages dans lequel on avait dressé un lit. La circulation ferroviaire avait été arrêtée le temps d'envoyer la malade à l'hôpital de Cochrane. L'Abitibi Pulp and Paper s'occupait d'avertir Ron et Doug, qui reviendraient par le premier train.

Le lendemain, Doug arriva disant que Ron avait filé tout droit sur Cochrane. Pendant deux jours, on resta sans nouvelles et ce ne fut que le troisième jour que Ron revint. Il entra dans la maison et Rose poussa un cri en le voyant. Le teint gris, les yeux hagards, il se laissa tomber sans rien dire sur un banc près du poêle, comme un voyageur épuisé qui vient de terminer un long parcours.

— Au nom du ciel, qu'est-il arrivé? demanda Rose. Comment va-t-elle?

Ron, les yeux fixes, hochait la tête.

— Tu ne veux pas dire…

— Elle est morte, dit-il d'une voix morne. Elles sont mortes toutes les deux, Nellie et… ma petite fille.

Sa voix se brisa et il cacha son visage entre ses mains.

Rose se laissa choir sur une chaise. Nellie, morte? Comment pouvait-on mourir à dix-neuf ans? Surtout quand on était gaie et forte comme Nellie.

Après un long silence, Doug demanda:

— Quand les ramènes-tu ici pour l'enterrement?

— Jamais. Ce pays maudit a eu sa vie, il n'aura pas son corps. Je pars pour Toronto demain. Elles seront inhumées toutes les deux dans le lot de la famille de Nellie.

Rose ne pouvait articuler un mot. Une angoisse sourde comprimait sa poitrine, interdisant le passage des larmes libératrices. Comment croire qu'elle ne verrait plus Nellie, qu'elle ne l'entendrait plus rire et chanter. Encore la semaine dernière, elle lui avait dit en montrant la jolie robe jaune pendue à un cintre: «Comme il fera bon retrouver ma taille et remettre cette robe l'été prochain ! » Puis elle se rappela qu'un jour, quand elle était enfant, sa mère avait été appelée au chevet d'une malade. Elle était revenue en disant à une voisine que cette pauvre Mrs. Stanhope était morte et son bébé aussi. Elle avait ajouté : « Elle n'avait jamais eu une forte santé, la pauvre. Je craignais que cela lui arrive. »

— Quand reviendras-tu ? demanda Doug.

— Je n'ai pas l'intention de revenir. Je vais demander à Cliff de faire encan de tout ce que je possède et je vais mettre ma terre en vente.

Rose éclata en sanglots.

— Voyons, dit Doug, il ne faut pas prendre de décisions précipitées.

— Ce n'est pas une décision précipitée. J'ai eu tout le temps de réfléchir tandis que j'attendais là-bas, à l'hôpital. Le médecin m'avait averti qu'il ne conservait guère d'espoir.

Il se leva et marcha de long en large comme une bête en cage qui cherche une issue.

— C'est ma faute. J'aurais dû voir ce qui se passait à Noël. J'aurais dû la forcer à aller chez sa mère, à Toronto.

Il se tut un moment, puis il se mit à parler très bas :

— Elle n'a jamais repris connaissance. Je n'ai pas pu lui parler. Elle n'a même pas su que j'étais là. Tu comprends ? cria-t-il à sa sœur qui sanglotait. Elle n'a jamais su que j'étais là !

Il enfonça son bonnet sur sa tête et sortit dans la pénombre glacée de ce soir de mars.

— Suis-le, Doug. J'ai peur pour lui, supplia Rose atterrée.

Les Murchison arrivèrent à la fin de l'après-midi. Tout

au long de cette soirée lugubre, Ron empila des choses et des vêtements dans une malle.

— Tiens, garde ses robes, Rose. Vous êtes à peu près de la même taille. Le reste, je le rapporterai à sa mère. Et ceci, ajouta-t-il en montrant de jolis mouchoirs brodés, c'est pour toi, Henrietta. Garde-les en souvenir d'elle. Elle t'aimait bien.

Le lendemain, lorsque le cheval fut attelé et que l'heure du départ arriva, il semblait à Rose qu'elle devenait orpheline une deuxième fois.

— Pourquoi ne reviendrais-tu pas? supplia-t-elle, se cramponnant à son frère. Pourquoi m'abandonnes-tu?

— Je ne t'abandonne pas, petite sœur. Tu n'es plus seule dans la vie. Tu es chanceuse. Mais moi, tu me vois seul dans cette maison? Si je voulais gagner de l'argent, me défricher une belle terre, c'était pour elle. Maintenant, à quoi ça sert?

Elle regarda s'éloigner le traîneau jusqu'à ce qu'il eût disparu au tournant du chemin. Perdue, elle était perdue dans ce désert glacé. Elle frissonna et machinalement refit le geste qu'il fallait sans cesse répéter: elle ouvrit la porte du poêle et remit du bois dans le feu. On n'avait pas ici le loisir de rêver, encore moins celui de pleurer.

XIV

Au mois d'avril, les poussins que Doug avait commandés du sud de l'Ontario arrivèrent dans leur grande boîte de carton percée de trous. Malgré toutes les précautions d'emballage, plusieurs étaient morts, d'autres mourants, piétinés sans pitié par leurs compagnons. La boîte fut installée dans un coin de la maison jusqu'à ce que la taille des survivants permît de les transférer à l'écurie, où ils remplaceraient les volailles de l'année précédente. Doug avait récupéré son cheval du voisin et Alma Marchessault avait, par la même occasion, envoyé à Rose une tarte au sucre.

— Tu la remercieras pour moi. Comme c'est gentil de sa part et comme c'est dommage qu'on ne puisse pas se parler.

— Bah, donne-lui le temps. Elle finira par apprendre l'anglais.

Durant la dernière semaine du mois, l'air s'adoucit. Le soleil éblouissant tissait une dentelle de glace au-dessus de tous les creux de la neige qui retenaient et réfléchissaient ses rayons. L'eau tombait goutte à goutte de la frange de glaçons qui ourlait le rebord des toits et les ruisselets que formaient la neige fondante couraient allégrement dans les sentiers. Bientôt, l'eau de la rivière tacherait sa gangue de glace et de neige, déborderait par-dessus tandis que le courant la minerait par en dessous. L'eau jaune atteindrait le pont avant qu'un bruit d'artillerie annonce que la glace se rompait en larges blocs qui seraient bientôt emportés par le courant. Puis, brusquement, dans un dernier sursaut, le vent tournerait au nord, changeant les prairies inondées en vastes patinoires pour la plus grande joie des enfants, et il faudrait attendre que la première pluie de mai lave cette neige qui s'agrippait au sol comme une bête à sa proie.

Dès que les couches froides adossées au mur sud de l'étable et protégées contre le vent par des enclos de bois furent en état d'être travaillées, il fallut préparer les semis qui seraient plus tard transplantés dans le potager. Doug attelait le cheval pour se rendre au village chercher les provisions et le courrier que Rose attendait anxieusement. Ron n'avait pas écrit depuis son départ.

Le début de juin fut froid. Doug maugréait, pestant contre ce climat qui l'empêchait de transplanter ses semis. « Quand nous serons en Californie, nous n'aurons plus ces désagréments », répétait-il. Rose ne faisait aucun commentaire, mais elle se disait que ce n'était pas avec leurs maigres économies, entamées quand Doug « rencontrait des amis », qu'ils auraient jamais de quoi voyager si loin. Non. Sa vie serait circonscrite par ce rude paysage comme sa maison était enserrée par les sombres méandres de la Charlie's Creek. En août, le *Toronto Weekly Star* leur apporta les premiers échos de la guerre qui s'annonçait en Europe. Puis, le 27 août, ce fut la manchette : « *War Declared* ».

Peu de temps après, on reçut enfin une lettre de Ron.

> *Pardonnez-moi de ne pas vous avoir donné de nouvelles plus tôt, écrivait-il, mais je n'avais guère le cœur à quoi que ce soit. À l'annonce de la déclaration de guerre, je suis allé m'enrôler dans une compagnie de volontaires et j'attends impatiemment le départ pour l'Angleterre. Quand je passerai à Londres, je ne manquerai pas d'aller saluer notre cousin Finlay et je lui donnerai de vos nouvelles. Quand la guerre sera finie — et elle ne saurait durer longtemps —, je ne sais pas si je reviendrai au Canada. En ce moment, je suis incapable de voir très loin. Je t'embrasse, petite sœur, et souhaite à Doug de bonnes récoltes et beaucoup de chance.*

À la fin de septembre, lorsque la neige recommença à tomber, Doug se prépara de nouveau à partir vers les chantiers de l'Abitibi et il offrit à Rose de lui trouver une pension chez des gens de Sesekun si elle ne voulait pas rester seule. Rose regarda ses mains gercées et rudes et déclara qu'elle était parfaitement capable de rester seule à la maison et de s'occuper du cheval et des volailles. Maintenant, elle savait à quoi s'attendre et l'hiver ne lui faisait plus peur. D'ailleurs, elle ne serait pas complètement isolée puisque sa voisine, Alma Marchessault, resterait seule avec ses deux enfants, et enceinte en plus. Avant son départ, Doug revint un midi du village avec un mignon petit chien.

— Tiens, je t'apporte un gardien pour l'hiver. Il n'est pas gros mais il grandira.

Rose battit des mains. Doug la regarda s'amuser comme une enfant avec ce petit animal et hocha la tête.

— Tu sais, Rose, un jour tu n'auras plus à vivre cette vie rude. Je te revaudrai ça.

Durant cet hiver, elle vit régulièrement sa voisine, Alma Marchessault. Lorsqu'elle attelait Prince pour se rendre au village chercher son courrier, elle ne manquait pas d'apporter celui des Marchessault. Alma lui préparait une tasse de thé et elles conversaient par signes. Alma commençait à apprendre quelques mots d'anglais, que Rose s'amusait à lui enseigner, mais bientôt elle avait un geste d'impuissance et retombait dans un français volubile que Rose accueillait en riant. Elle regardait avec inquiétude la taille d'Alma qui se gonflait, mais il semblait que, contrairement à Nellie, elle n'en fût pas incommodée. Le bébé était attendu à la fin de février et il était convenu que, lorsque le temps arriverait, on irait chercher madame Séguin, la sage-femme du village.

Après le dégel de janvier, le vent du nord s'éleva de nouveau, le ciel se couvrit d'un gris uniforme qui effaçait l'horizon et une fine neige se mit à tomber. Il n'était que quatre heures de l'après-midi, mais Rose se hâta d'aller soigner le cheval et de nourrir les poules car on sentait la tempête s'élever. Elle revint à la maison et s'assura que la provision de bois était suffisante pour passer la nuit. Elle venait de poser la bouilloire sur le feu lorsqu'on frappa à la porte. D'abord, elle crut que, ayant été mal fermée, la porte de la remise battait au vent. Mais les coups retentirent de nouveau. De toute évidence, quelqu'un était là. Cette présence insolite dans une pareille solitude la glaça de terreur. Qui pouvait être là, à cette heure?

Les coups retentirent de nouveau et elle crut entendre une voix d'enfant qui appelait. Elle ouvrit la porte. Blanc de neige et de frimas, un garçonnet se tenait sur le seuil. C'était Albert, l'aîné des Marchessault.

— Mon Dieu! c'est toi, Albert. Qu'est-ce qui se passe?

L'enfant répondit par une tirade en français où revenait le seul mot que Rose pût comprendre: «Maman». Il lui faisait signe de le suivre. Tout de suite, Rose pensa à Nellie. Quelque chose était arrivé à Alma. Où trouverait-on de l'aide à cette heure et par cette tempête qui commençait? Rapidement, elle s'habilla et sortit avec l'enfant. La neige les fouetta en pleine figure. Il valait mieux prendre le cheval, sinon ils risquaient de s'égarer dans la poudrerie. Les chevaux ont un instinct qui les maintient dans les sentiers battus. À la lueur du fanal, elle et l'enfant réussirent à atteler Prince et à le diriger vers le chemin. Parfois, une accalmie se produisait et on distinguait alors vaguement la clôture en bordure, puis le vent reprenait avec furie, effaçant tout dans un tourbillon de flocons glacés et cinglants. En approchant de la ferme des Marchessault, l'une de ces accalmies laissa entrevoir la fenêtre éclairée. Rose dirigea le cheval vers cette lumière, entre les deux trembles qui marquaient l'entrée de la cour. Toujours aidée d'Albert, elle détela le cheval et alla l'abriter à l'écurie, puis elle revint à la maison. Elle trouva Alma revêtue d'une longue robe de nuit, allant et venant, s'affairant aux préparatifs, s'interrompant seulement lorsqu'une contraction la pliait de douleur. La voir ainsi circuler dans la pièce, l'air énergique comme toujours, rassura Rose. Au moins, elle n'était pas inconsciente comme Nellie.

— *Get Mrs. Séguin?* demanda Rose en expliquant par signes qu'elle irait la chercher.

— *No time, no time*, répéta Alma. *Come!*

Rose comprit que l'enfant arrivait et qu'Alma comptait sur elle pour l'aider et la panique la reprit.

— Mais je ne connais absolument rien à tout cela, protesta-t-elle. Je ne saurais quoi faire.

« Ah, si seulement maman était ici », songea-t-elle.

Alma ne porta absolument aucune attention à ses paroles, qu'elle ne comprenait d'ailleurs pas. Elle se pencha pour lisser les couvertures du lit et un flot de liquide gicla sur le plancher. Terrifiée, Rose crut d'abord à une hémorragie. Mais non, c'était un liquide clair comme de l'eau. Elle aperçut soudain Albert, qui, figé, fixait sa mère de ses grands yeux, et ceci lui parut le comble de l'indécence. Elle prit le garçonnet par la main et le conduisit à sa couchette à l'autre bout de l'unique pièce, près du berceau de son petit frère. Puis, elle tira les rideaux en sacs de sucre blanchis qui formaient alcôve autour du lit des parents. Alma grogna de satisfaction et s'étendit sur le lit. Pendant plus d'une heure, avec un mélange d'horreur et de fascination, Rose regarda cette femme guère plus âgée qu'elle qui refaisait les gestes millénaires de la femelle mettant bas. Une longue contraction lui arracha un cri prolongé et une petite tête noire, velue, apparut.

— *You, pull*, dit Alma, pantelante.

Rose, saisie, n'osait obéir, mais, sur le geste impérieux d'Alma, elle se mit à soutenir la petite tête. Une autre contraction dégagea les épaules. Elle n'osait exercer de traction de crainte de blesser la mère ou l'enfant, mais comme les choses suivaient leur cours inexorable, bientôt, petit à petit, l'enfant tout entier lui glissa dans les mains. C'était une petite fille, toujours reliée à sa mère par un cordon sanguinolent qui battait comme un cœur. Alma tendit les bras. Elle se saisit de l'enfant par les pieds et, en lui tapant dans le dos, la força à prendre son premier souffle. Un cri d'enfant nouveau-né retentit dans la pièce. Avec un sourire de satisfaction, elle coucha le bébé sur sa poitrine et d'un geste indiqua à Rose le fil et les ciseaux qu'elle avait disposés sur la commode. Elle attacha elle-même le cordon à deux endroits et, d'un geste sec, le coupa entre les deux. L'enfant était maintenant un être autonome ; un autre humain avait pris sa place dans la chaîne ininterrompue et marchait vers son destin.

Plus tard, lorsque le bébé fut lavé et enveloppé, Alma et Rose prirent une tasse de thé, regardant dormir ce petit être blotti contre sa mère, qui lui souriait avec tendresse et fierté. Rose éprouva soudain un sentiment d'envie qui l'étonna, une amère conscience de sa condition de femme stérile, un immense besoin de serrer dans ses bras un petit être qui fût la chair de sa chair. Elle toucha le poing minuscule, qui s'ouvrit et se referma sur son doigt comme on serre la main d'une amie. Émerveillées, les deux femmes se sourirent. Malgré la barrière des langues différentes, elles se rejoignaient.

XV

Quand Rose s'éveilla dans la maison des Marchessault, elle promena autour d'elle un regard désorienté. Pourquoi était-elle couchée, enveloppée de couvertures de laine, sur une pile de catalognes pliées en guise de matelas, près d'un poêle presque éteint ? Puis, le souvenir des événements de la veille lui revint. Alma ! Elle s'était endormie profondément et qui sait ce qui avait pu lui arriver. Elle se hâta de s'approcher de l'alcôve et écarta les rideaux. Alma, à demi soulevée, appuyée sur un coude, lui sourit et écarta la couverture. Rose vit le bébé, qui tétait avec application un gros sein rose et dodu, les yeux fermés, une expression de béatitude sur son petit visage. Rassurée, elle prépara le petit-déjeuner, fit manger Albert et le petit Germain, puis elle fit comprendre à Alma par gestes et mots élémentaires qu'elle irait chez elle soigner les bêtes et qu'elle reviendrait.

Quel ne fut pas son étonnement, à son retour, de voir s'ouvrir la porte de la maison et de voir Alma, tout habillée pour sortir, tenant dans ses bras le bébé emmitouflé et suivie des deux petits garçons, également prêts pour le voyage, s'approcher de la voiture alors qu'elle s'apprêtait à dételer le cheval.

— Alma, qu'est-ce que vous faites là ? Où voulez-vous aller ? Il faut vous recoucher tout de suite.

Alma répondit par une longue tirade en français dont Rose ne comprit rien, excepté un mot qu'Alma répétait avec insistance en scandant les syllabes : « bap-ti-ser », tout en faisant mine de verser de l'eau sur la tête du bébé.

— Ah, je comprends. Vous voulez faire baptiser le bébé. Mais pas aujourd'hui, sûrement. Dans l'église anglicane, on fait cela vers deux ans.

Alma n'écoutait pas. Résolument, elle s'installa dans le traîneau avec ses enfants et force fut à Rose de diriger la voiture vers le village. Elle entra au magasin Lamontagne, car le marchand parlait un excellent anglais. Quand elle lui eut expliqué le problème, il s'exclama :

— Christi, je comprends qu'il faut faire baptiser les enfants aussitôt qu'ils viennent au monde, mais toute seule, comme ça, elle aurait pu attendre un peu.

— Pourquoi si tôt ? Je ne comprends pas.

— Parce que si un enfant venait à mourir sans être baptisé, y pourrait pas entrer au ciel.

— Ah non ? Où irait-il ?

— Dans les…

Il chercha le mot anglais pour « limbes » et comme il ne le trouva pas, Rose ne sut jamais où allaient les bébés catholiques non baptisés.

Après un long conciliabule avec Alma, Wilfrid expliqua à Rose que sa femme s'occuperait d'Alma et des deux garçons pendant que Thérèse, sa fille aînée qui servirait de porteuse, Rose et lui se rendraient chez le curé avec le bébé, puisque Alma désirait qu'elle fût marraine de l'enfant alors que lui remplacerait un oncle d'Alma, veuf, qu'elle avait désigné comme parrain. De plus, elle voulait que la petite s'appelle Rose et porte aussi le nom de Philomène, comme la mère d'Alma.

Le curé ne l'entendit pas de cette façon. Avec l'aide de Wilfrid, car le peu d'anglais qu'il possédait était prononcé avec un accent si invraisemblable que les paroissiens irlandais n'y comprenaient goutte, il établit que Rose était anglicane, donc absolument pas qualifiée pour être marraine. Il fallut retourner chercher Alma.

— Comprenez, madame Marchessault, qu'un parrain et une marraine doivent se charger de l'éducation religieuse de l'enfant si les parents se trouvent dans l'incapacité de le faire ou viennent à mourir. On ne peut confier ce soin à une hérétique.

— Elle n'est pas hérétique, comme vous dites, elle est anglaise. Et ce qu'elle a fait pour moi, une sœur n'aurait pas fait mieux, dit Alma, butée.

— Inutile d'en discuter, c'est interdit. À moins que madame Stewart veuille se convertir au catholicisme.

Quand on transmit cette exigence à Rose, elle répondit qu'elle ne pouvait certes pas abandonner la religion que sa mère lui avait apprise, même si elle aimerait bien être la marraine de la petite. Cependant, comme elle ne pouvait guère aller souvent à l'église anglicane, elle était prête à accueillir le curé lorsqu'il ferait sa visite paroissiale afin qu'il vienne prier avec elle.

— Jamais, riposta le curé. Je ne prie pas avec les hérétiques.

Il fallut donc que Thérèse agisse comme marraine, remplaçant une sœur d'Alma. Le nom aussi présenta quelque difficulté. « Rose ? dit le curé. C'est vrai qu'il y eut sainte Rose de Lima. » La petite fut donc baptisée Marie-Philomène-Rose-de-Lima, prénoms qui plus tard ne devaient pas lui rendre facile la tâche de remplir les formulaires officiels et d'état civil.

En sortant de l'église, Wilfrid exhala un soupir : « C'est quand même un drôle de curé qu'on a là. » C'était en effet assez incongru de voir l'abbé Antoine d'Argent, curé de Sesekun.

Cet abbé avait quitté sa France natale en 1903 pour fuir les lois anticléricales d'alors. Il avait été d'abord professeur de latin dans un séminaire près de Montréal pendant plus de dix ans. Puis un jour il s'était dit qu'il s'était fait prêtre pour sauver les âmes et non pour enseigner le datif et l'ablatif et il avait demandé qu'on l'envoie dans une paroisse de mission. Quand il avait appris que justement monseigneur Latulippe demandait des prêtres pour les nouvelles paroisses du Nouvel-Ontario, il avait aussitôt posé sa candidature. Désigné pour Sesekun, il avait vu dans ce nom barbare l'assurance d'un champ d'action qui fût vraiment missionnaire. Il sentit aussitôt comme une douce rosée qui inondait son âme affligée de sécheresse spirituelle et partit avec la ferme conviction que dans ce lieu perdu Dieu l'attendait.

Le père Mercier, qui avait charge des familles catholiques établies le long du Temiskaming and Northern Ontario Railway, depuis Ramore jusqu'à Cochrane, était venu le rencontrer à Sesekun au mois d'août et l'introduire à son nouveau ministère. L'abbé d'Argent avait regardé la rude cabane de planches qui servait à la fois de chapelle et d'école, reliée aux autres maisons du village par un sentier, boueux ou poussiéreux selon le temps, qui serpentait parmi les souches, et il avait goûté les joies de l'abnégation et du dénuement total. Mais quand il avait vu la chambre avec bureau attenant qui était réservée au curé dans la maison de Wilfrid Lamontagne, le marchand général, il avait trouvé que c'était là trop de confort et avait immédiatement décidé de se trouver un presbytère qui fût plus à la mesure de sa vocation missionnaire. Il avait découvert, non loin de la chapelle, un ancien camp de trappeur inhabité et avait déclaré qu'il en ferait son presbytère. Wilfrid avait été sidéré.

— Voyons, monsieur le curé, vous n'êtes pas bien chez nous? Ce *shack*, c'est pas restable dedans.

— J'y serai très bien. Ne vous inquiétez pas, mon brave. Après tout, le Christ n'avait pas une pierre où reposer sa tête.

— Oui, mais le Christ, lui, y vivait en Palestine. Il paraît qu'y fait chaud là-bas. Pas ici. Vous allez geler là-dedans.

Comme il n'y avait pas eu moyen de le faire changer d'idée, on avait organisé une grande corvée dans la paroisse pour nettoyer l'intérieur de la cabane, bousiller les joints, calfeutrer les fenêtres. Les paroissiens avaient coutume de payer leur dîme avec des produits de la terre lorsque l'argent était rare, aussi vit-on bientôt des cordes de bois s'accumuler dans la remise du nouveau presbytère, tandis que les dames donnaient des conserves, du pain de ménage, de la viande lorsqu'on faisait boucherie.

— Vous pourrez jamais garder de ménagère là-dedans, avait dit Wilfrid.

— Je n'en ai pas besoin. Je peux fort bien me débrouiller seul.

— Laissez-moi au moins vous envoyer Thérèse, ma plus vieille, une fois par jour, pour faire le ménage et vous préparer à dîner.

Mais là aussi il était demeuré intransigeant. Pendant que l'on aménageait le presbytère, il s'était produit un incident qui avait renforcé le jugement porté par Mastaï Lallier un soir où les gens, rassemblés au magasin général, discutaient de leur nouveau curé :

— Tant qu'à moi, j'cré que c'est un ben bon gars, mais c'est un Français. Y pense pas tout à fait comme nous autres, lui.

C'était arrivé alors qu'on avait commencé à construire une remise attenante au camp-presbytère pour y ranger le bois de chauffage. Dans un coin, Mastaï Lallier, menuisier de son métier, s'affairait à construire une sorte de placard qui avait intrigué le curé.

— Que faites-vous là, mon brave ?

— Une bécosse, monsieur le curé.

— Comment vous dites ? Qu'est-ce que c'est, une « bécosse » ?

Mastaï se gratta la tête. Comment expliquer à un curé, français par-dessus le marché, en employant des mots polis ?

— C'est une place pour faire ses besoins, finit-il par dire.

— Ah ! vous voulez dire une latrine. Il ne faut pas la mettre là. Ce n'est pas hygiénique.

— Et où voulez-vous qu'on la mette, monsieur le curé ?

— Plus loin, voyons. Ce n'est pas l'espace qui manque dans ce pays. Venez, suivez-moi.

Ils sortirent tous deux et le curé, s'enfonçant dans la

forêt, indiqua un endroit à une bonne soixantaine de pieds du presbytère.

— C'est ben trop loin, balbutia Mastaï. Vous n'y pensez pas, l'hiver...

— Je le connais, votre hiver canadien. Voilà plus de dix ans que j'enseigne au Séminaire Saint-Anicet. Allez, allez, posez-moi ça là.

Le premier dimanche, il avait eu la satisfaction de voir la paroisse au complet réunie dans la chapelle, et même des gens qui étaient venus par le petit train ou qui avaient fait des milles en voiture. Il se réjouit d'avoir si bien préparé son sermon. Il débuta par un long texte latin et continua pendant près d'une heure une dissertation qui aurait été plus appropriée pour les étudiants en théologie de Saint-Anicet que pour les rudes ressortissants de Sesekun, entassés dans la chaleur d'un matin d'août exceptionnel et maintenus dans une immobilité forcée à laquelle ils n'étaient guère habitués. Aussi, malgré les coups de coude subreptices, on entendait des ronflements s'élever de temps en temps dans la petite chapelle.

Lorsque octobre ramena le froid et la neige, il voulut apprendre à se servir de raquettes pour visiter ses ouailles, ce qu'il fit avec une humilité et un acharnement caractéristiques. Les mamans interdisaient aux gamins de rire lorsqu'ils le voyaient passer, son frêle corps flottant dans une grande pelisse noire, une tuque enfoncée sur sa tête osseuse de sorte que l'on ne voyait que son nez bleu de froid et mince comme un bec. Les jours de beau temps, il arpentait consciencieusement le sentier qui reliait le presbytère à l'école et au magasin de Wilfrid Lamontagne, tout en récitant son bréviaire, ses jambes d'échassier chaussées de grandes raquettes, comme un oiseau maladroit qui arpentait la neige, butant et tombant mais se relevant impassible. Il finit par maîtriser l'art de la raquette.

Lorsque les paroissiens se rendaient au presbytère, ils évitaient d'enlever leur manteau car il y régnait un froid mortel. Malgré que l'on eût entassé dans la remise une provision suffisante de bois de chauffage, il semblait que lorsqu'il se mettait à la rédaction de ses longs sermons ou qu'il se perdait dans l'extase de la prière et de la méditation il oubliât d'alimenter le feu, qui s'éteignait peu à peu. Quand il le rallumait, il fallait beaucoup de temps pour dissiper le froid sibérien qui s'installait dès que l'on relâchait la vigilance.

Des histoires invraisemblables couraient sur ses habitudes alimentaires. Madame Séguin, qui s'était rendue chez lui un matin pour payer une messe, racontait qu'elle l'avait trouvé mangeant une pomme de terre froide pour petit-déjeuner. « Vous n'avez donc pas de lard salé, de pain, de beurre, de thé, monsieur le curé ? Je cours vous en chercher. » « Laissez, laissez, ma bonne. Ne vous dérangez pas. J'en ai probablement quelque part, mais ceci suffit à me sustenter. »

— Eh bien, il n'est pas comme le père Mercier, s'était exclamée Amanda Lamontagne en entendant ce récit. Quand il avait fini sa messe, il lui fallait sa poêlée d'œufs avec des oreilles de christ, des toasts, une demi-tarte au sucre et trois ou quatre tasses de thé bouillant pour finir. Et encore, il aimait avoir de ma tête en fromage sur ses toasts.

— Vous voulez savoir mon idée, Amanda ? répliqua madame Séguin. Des privations pareilles, c'est pas humain.

Je pense que c'est un saint. Ça m'étonnerait pas qu'y fasse des miracles, remarquez bien ce que je vous dis.

⁂

Pour Pâques, les maris revinrent des chantiers. Les jours allongeaient visiblement, le soleil était plus brillant, l'air sentait le printemps. Près de chaque maison, des volutes s'élevaient des cabanes, où on fumait les jambons.

Le matin de Pâques, avant le lever du soleil, Mastaï Lallier et Roland Auger faillirent périr en allant recueillir de l'eau de Pâques. Ils avaient marché le long du ruisseau à Bellehumeur, le seul des environs à couler vers le soleil levant. À la première lueur de l'aurore, avant que l'astre apparaisse, ils avaient voulu remplir leur bocal à confitures dans l'eau courante. Mais la neige sur les bords, minée par les flots sortis de leur lit, s'était écroulée et ils avaient pataugé dans un mélange glacial d'eau et de neige détrempée, dangereux comme des sables mouvants. Par miracle, ils avaient réussi à se dépêtrer et à ramper au bord en s'aidant de branches de saules qui croissaient en bordure, tenant triomphalement à la main leur bocal rempli d'eau de Pâques, avant que le soleil apparaisse. Comme le camp du vieux Trefflé Bellehumeur n'était qu'à un quart de mille de là, ils avaient pu s'y réfugier avant de geler à mort et en avaient été quittes pour la peur et un mauvais rhume, miracle qu'ils attribuaient à la gorgée d'eau de Pâques qu'ils avaient avalée une fois enveloppés dans des couvertures près du poêle chauffé à blanc du vieux Trefflé. Après tout, est-ce que l'an dernier la femme d'Albert Gagnon n'avait pas été guérie de sa pleurésie en prenant de l'eau de Pâques ?

Avec le printemps, les cours d'eau recommencèrent à couler, la scierie se remit en marche et fit de nouveau entendre sa plainte aiguë.

Pour Rose, maintenant que Doug était revenu, les travaux de la saison avaient repris, les semis dans les couches chaudes, puis froides, les poulets à élever. Les journaux apportaient des nouvelles de la guerre. Finlay avait écrit pour dire que Harry et un autre domestique avaient été appelés sous les drapeaux et qu'il ne restait plus que le portier, qui avait passé l'âge de combattre, et lui-même de personnel masculin au 5, Phillips Square.

En feuilletant le journal hebdomadaire en provenance de Toronto, Rose aperçut la photographie d'un jeune orphelin de guerre pour lequel on demandait des parents adoptifs. Il avait les cheveux pâles, de grands yeux qui semblaient la fixer, une mine trop sérieuse pour un enfant de cet âge. Rose en ressentit un choc au cœur, comme lorsqu'on rencontre les yeux d'une personne inconnue et qu'il s'établit un courant de sympathie inexplicable. Elle resta longtemps à fixer cette image. Toute la journée, l'idée de cet enfant qui cherchait un foyer lui trotta dans la tête. Elle ne put s'empêcher, à plusieurs reprises, de reprendre le journal pour contempler le visage, où, malgré la mauvaise qualité de la reproduction, le regard restait étonnamment expressif.

Quand, après souper, Doug prit le journal pour le lire, Rose lui indiqua la photographie de l'enfant.

— Regarde, c'est un orphelin de guerre pour lequel on cherche un foyer. Tu ne crois pas qu'on pourrait le prendre? Il a déjà quatre ans. Il pourrait bientôt t'aider.

Doug haussa les épaules.

— Voyons, qu'est-ce que tu vas chercher là ? Si j'avais voulu des enfants, nous en aurions.

Remettant le journal sur la table, il sortit pour jeter un dernier coup d'œil aux semis.

Toute la nuit, Rose rêva à cet enfant. Il lui tendait les bras, il l'appelait. Elle luttait pour le rejoindre et quand enfin elle serrait dans ses bras le petit corps trop frêle, il s'échappait sans qu'elle pût le retenir. Elle l'apercevait plus loin, elle entendait son appel déchirant, de nouveau elle tentait de le sauver.

Elle y songea tout le jour suivant. De plus en plus, elle était persuadée que cet enfant lui était destiné. Aussi, elle rangea soigneusement le journal et, au retour de Doug, revint à la charge.

— Tu ne crois pas que ce serait un devoir pour nous de faire un effort pour la guerre ?

Il ne comprit pas tout d'abord où elle voulait en venir. Il se sentit visé et crut qu'elle lui reprochait sa claudication.

— Quoi, tu voudrais que j'aille m'enrôler comme ton frère Ron ?

— Il n'est pas question de cela. Tu es agriculteur, donc utile au pays. Ce que je voulais dire, c'est qu'on pourrait adopter cet enfant dont je te parlais hier. Il va y avoir beaucoup d'orphelins de guerre qui vont se chercher des foyers. Il me semble qu'on pourrait en prendre un.

— Jamais. Je n'ai pas voulu avoir d'enfant pour que nous soyons libres de partir pour la Californie. Je ne vais pas m'embarrasser d'un enfant à élever alors que c'est déjà si difficile de se ramasser de quoi partir.

Le poids douloureux qui écrasait la poitrine de Rose depuis un moment lui monta à la gorge. Elle prit le journal et serra la photographie de l'enfant sur son cœur.

— Doug, cet enfant je le veux, il me le faut. Je ne t'ai jamais rien demandé, mais je veux cet enfant. Je t'en prie, laisse-moi leur écrire.

Elle vit une colère folle s'allumer dans ses yeux. Il lui arracha le journal des mains et, soulevant le rond du poêle, le jeta dans les flammes.

— Quand j'en voudrai, des enfants, j'en ferai, cria-t-il. Tu crois peut-être que j'en suis pas capable?

Elle regarda avec horreur le journal qui se consumait, l'image de l'enfant qui se tordait puis disparaissait tout à fait. Une douleur insupportable l'étreignit comme un deuil. Se balançant sur sa chaise, elle se mit à pleurer avec abandon, sans cacher son visage, sans essuyer les larmes qui ruisselaient sur ses joues. Vaguement, elle entendait Doug qui, tout en lui tapotant les épaules, lui parlait de soleil et de fruits, des vallées merveilleuses de la Californie où ils auraient des enfants, où il ne ferait jamais froid. Rien ne pouvait endiguer le flot de ses larmes. Il finit par se lasser et sortit. Elle entendit la voiture qui descendait la colline et résonnait comme un tambour en traversant le pont de bois. Longtemps elle pleura. Tout ce qu'elle avait refoulé jusque-là ressurgissait. Sa vie qui ressemblait si peu à ses rêves. Ce dur pays qui lui avait arraché Ron et Nellie et qui, peu à peu, l'éloignait de tous ceux qui parlaient sa langue. Son ventre et ses bras vides. L'Angleterre qu'elle ne reverrait plus. Surtout, elle pleurait son impuissance à y changer quoi que ce soit.

Elle finit par se coucher et lorsque, tard dans la nuit, elle fut réveillée par le bruit d'une voiture, puis par un pas traînant, elle sut que Doug rentrait. Elle ne desserra pas les dents lorsqu'il monta sur elle, la tripotant, balayant son visage d'un souffle qui empestait la bagosse, tandis qu'il lui promettait de la rendre heureuse et autres balivernes. Stoïque, elle attendit qu'il eût fini, puis elle refit les gestes qu'elle faisait chaque fois, changea de robe de nuit, retapa le lit, replaça les couvertures et reprit sa place près de l'homme qui dormait déjà.

XVI

Même si les paroissiens de Sesekun regrettaient parfois le prédécesseur du curé d'Argent, le père Mercier qui parlait comme eux, qui mangeait avec appétit, qui savait les gronder dans des mots qu'ils comprenaient et évoquer le bon Dieu et le diable avec des images familières, ils ne mettaient pas en doute la sainteté de leur curé. On en avait eu la preuve au printemps alors qu'Eddie Ranger était venu l'avertir qu'un homme avait été écrasé par un arbre en forêt, mais que le courant tumultueux de la petite rivière, gonflé par la fonte des neiges, ne permettait pas d'aller le prendre pour le conduire à l'hôpital avant que l'on réussisse à construire un pont flottant pour le transporter.

— J'y vais immédiatement, avait répondu l'abbé d'Argent sans hésiter.

— Mais non, monsieur le curé, attendez qu'on puisse l'amener de ce côté-ci.

— Vous avez bien traversé, vous, rétorqua le curé.

— Ah, moi, j'ai marché sur le *boom*.

— Alors moi aussi je marcherai sur le *boom*, comme vous dites. Il pourrait mourir sans sacrements.

Sans plus discuter avec Eddie, le curé s'était rendu à la chapelle chercher les Saintes Espèces et était monté dans le traîneau. On avait pris la route vers le sud, puis tourné dans un sentier de forêt. Bientôt, le cheval se mit à trouer la surface ramollie, enfonçant jusqu'au ventre dans la neige.

— Je pense qu'y va falloir continuer à pied, monsieur le curé, dit Eddie. On va rien que morfondre le cheval.

Le curé avait chaussé ses raquettes et on avait marché dans la neige molle et collante pendant plus d'une heure. Quand ils parvinrent à la rivière, plusieurs hommes s'affairaient à la lueur de fanaux.

On avait attaché bout à bout, avec des chaînes, des billots pour former un barrage sur le cours d'eau, un *boom* comme disaient les hommes. On traînait d'autres billots que l'on jetait à l'eau en amont du *boom* et que l'on disposait le long des autres pour élargir ce premier lien entre les deux rives.

Le contremaître toucha sa casquette.

— Bonjour, monsieur le curé. Ça ne sera pas trop long. On va d'abord attacher les billots avec de la broche pour qu'ils ne tournent pas, puis on en mettra d'autres sur les joints, et après vous pourrez traverser.

— Il faudra combien de temps ?

— Pas plus qu'une heure, une heure et quart.

— Je ne puis attendre. Le blessé pourrait mourir.

Résolument, il s'avança sur le *boom*.

— Mettez au moins mes bottes de draveur, cria le contremaître, courant pour le rejoindre. Tenant haut le viatique, l'abbé d'Argent s'engagea sur les billots mouillés comme s'il marchait dans la procession de la Fête-Dieu, suivi de près par le contremaître, qui essayait de raffermir les billots sous ses pas. Rendu au milieu de la rivière, un grand bloc de glace charrié par le courant vint s'abattre sur le *boom* et le choc lui fit perdre pied. Tenant les Saintes Espèces au bout de ses bras comme à l'élévation durant la messe, il s'enfonça verticalement dans les flots sombres et écumants. Le contremaître n'eut que le temps de le happer par le col de son manteau avant que le remous ne l'entraîne sous le *boom*. Il y eut course des deux côtés de la rivière. On porta le curé, plus mort que vif mais tenant toujours le viatique serré sur son cœur, au camp, où, réconforté par un thé brûlant, il put administrer les secours de la religion au blessé, qui survécut. Quand on le vit revenir de l'hôpital, parfaitement guéri de ses nombreuses fractures et contusions, on ne manqua pas de qualifier cette guérison de miraculeuse et d'en attribuer la cause à la sainteté du curé. Cette histoire fut maintes fois racontée au magasin général, car on ne manquait pas d'en informer les nouveaux arrivants, qui se faisaient de plus en plus nombreux. Depuis l'arrivée des Marchessault, quatre autres familles canadiennes-françaises étaient venues s'ajouter à la paroisse, achetant des fermes de familles de langue anglaise trop heureuses de récolter un petit capital qui leur permettrait d'émigrer vers les régions plus accueillantes de la péninsule sud-ontarienne. La chapelle était maintenant décidément trop petite et Wilfrid, en sa qualité de marguillier en chef, s'occupait activement avec Mastaï Lallier à établir les plans d'une nouvelle église, modeste mais plus spacieuse.

Doug Stewart aussi attendait un acheteur, mais comme il voulait se rendre jusqu'en Californie, son prix était plus élevé et jusqu'à maintenant il n'avait pas trouvé preneur.

Avec le soleil qui brillait presque vingt heures par jour à cette date, le potager poussait littéralement à vue d'œil et il put reprendre ses voyages réguliers vers les marchés d'Iroquois Falls et des environs. En ce troisième mercredi de juillet, il revint du village, où il était allé faire ferrer le cheval en prévision du voyage du lendemain, et annonça à Rose qu'ils avaient maintenant un nouveau voisin.

— Enfin, voisin, c'est une façon de parler. C'est un jeune homme du nom d'Alexandre Sellier. Il va passer quelque temps chez Joe Vendredi, le vieux Métis qui habite un camp de l'autre côté de la Bazil's Creek et qui vit de trappage.

— Je ne crois pas l'avoir jamais vu. Joe Vendredi, je veux dire.

— Il ne sort pas souvent. Ça doit faire quatre ou cinq ans qu'il habite là, sur le territoire de chasse de son ami, Bazil McDougall. Je l'ai rencontré quelques fois au magasin Lamontagne.

— Ce visiteur, c'est un parent de Joe Vendredi ?

— Non, il ne le connaît même pas. D'abord, j'ai espéré que c'était quelqu'un qui voulait s'établir à Sesekun et qui nous donne un bon prix pour la ferme, mais ce n'est pas du tout pour ça qu'il est venu. Il m'a raconté une histoire à dormir debout. Apparemment, il cherche son frère, qui est disparu dans le grand feu de Porcupine. Tu te rends compte, il y a quatre ans de cela. Je lui ai dit que la piste devait être passablement effacée, qu'il y avait longtemps que les fleurs-à-feu poussaient sur les lieux de la destruction. Il m'a répondu que, même s'il n'avait plus grand espoir de le retrouver vivant, il espérait au moins apprendre ce qui lui était arrivé.

— Comment se fait-il que tu l'aies rencontré ?

— Il est allé chez Lamontagne s'informer et Wilfrid l'a tout de suite envoyé me trouver à la forge. Je l'ai laissé descendre au coin où aboutit le sentier qui conduit chez Joe en lui disant qu'il aurait une bonne distance à marcher, mais il m'a répondu qu'il avait l'habitude.

Il tendit à Rose un mince colis enveloppé de papier blanc.

— Voilà tout ce qu'il y avait dans le courrier, ton journal favori.

Rose s'en empara et coupa avec précaution le papier d'emballage car la fidèle Mrs. Smyth, qui n'avait jamais cessé de lui faire parvenir le feuillet publié par l'église anglicane de Favisham, le *Saint Timothy Times*, avait l'habitude d'écrire ses lettres sur l'endos de l'enveloppe. Cette fois-ci, la note était brève : « Chère Rose : Malgré le retour de l'été, mes rhumatismes ne me laissent pas de répit. Comme tu verras dans le *Times*, le fils aîné des Tattleton a été tué en France et deux autres ont été blessés, dont le fiancé de ma nièce Phyllis. Si cette guerre pouvait finir ! J'espère que tu te plais toujours dans ton grand domaine de l'autre côté de l'océan. Crois en l'affection de la soussignée, Prudence Smyth. »

Rose se plongea dans la lecture de ce feuillet, seul lien qui la rattachait à son village natal. Tiens, Albert Stanley, un autre qu'elle avait connu sur les bancs de l'école, était porté disparu, peut-être fait prisonnier. Dieu merci, aux dernières nouvelles, son frère était toujours sain et sauf et même, dans sa dernière lettre, il s'attendait à retourner en congé à l'arrière.

— Le fils de Bill McChesney s'est enrôlé et est parti hier, dit Doug, interrompant la lecture de sa femme.

— Lequel ? Harvie ?

— Non, Edward. Harvie est encore trop jeune. Il n'a que dix-sept ans. Pour le moment, il se contente de tourner autour de la belle Thérèse Lamontagne. Mais Wilfrid l'a mis à la porte en lui disant d'aller se faire sécher le nombril et que, de plus, sa fille n'épouserait jamais un protestant.

— Qu'est-ce que Thérèse a dit de cela ?

— Pas grand-chose pour le moment, mais tu la connais. Je ne serais pas surpris qu'elle ait la tête aussi dure que son père et qu'elle donne du fil à retordre à Wilfrid. Bon, maintenant, il faut que j'aille charger la voiture pour demain matin.

Coiffant son chapeau à larges bords, Doug sortit, laissant Rose à sa lecture.

Troisième partie

XVII

On était à la fin de juillet. Les dernières framboises rouges se cachaient sous les feuilles rugueuses des framboisiers le long des abattis et dans la vallée du petit ruisseau qui se jetait dans la rivière. Les nuits devenaient déjà plus fraîches, le soleil plus bref et distant.

Doug était parti au lever du jour pour Iroquois Falls. Après le repas du midi, les tâches quotidiennes étant terminées, Rose se dit qu'elle irait voir dans la clairière au bout de la ferme si les bleuets étaient mûrs. Elle raffolait de ces petites baies qui faisaient des desserts si délicieux même s'ils vous teignaient la bouche et les doigts. Y en avait-il en Angleterre ? Elle ne se rappelait pas en avoir jamais mangé avant l'an dernier.

Elle coiffa son grand chapeau de paille, prit un récipient et marcha le long de la rivière vers la forêt, où il lui fallut se frayer un chemin parmi les arbustes et sous les grands arbres jusqu'à ce qu'elle débouche dans une sorte de clairière naturelle, avec ici et là des bouquets de trembles et d'épinettes. Le sol humide était recouvert de mousses douces et spongieuses et les tiges des bleuets présentaient, parmi leur feuillage brillant vert émeraude allant parfois au rouge vif, des grappes fournies de baies bleues, mêlées, puisque c'était le début, de baies vertes tournant au violet. Se laissant tomber sur la mousse qui faisait un coussin moelleux, Rose se mit à dégarnir méthodiquement les tiges ligneuses de leur moisson sucrée. Bientôt, le fond de son plat fut couvert et elle leva les yeux pour chercher d'autres talles. Au pied d'une épinette, des taches bleues se distinguaient et elle s'y dirigeait lorsqu'elle aperçut, près d'une énorme pierre qui émergeait du sol, vestige d'une ancienne moraine, des tiges plus hautes que les autres qui ployaient littéralement sous une moisson succulente. Sans bruit, elle s'avança sur le tapis de mousse. En se penchant pour cueillir les fruits qui se balançaient presque à portée de la main, elle donna contre la pierre avec son récipient métallique, qui rendit un son clair comme une clochette.

Un grognement rauque retentit et une énorme bête sombre se dressa à une distance d'à peine quinze pieds devant elle. Paralysée de terreur, les membres parcourus de picotements douloureux, le souffle coupé par son cœur qui battait à se rompre, Rose fixait ce monstre aux yeux rouges qui balançait sa tête comme un serpent tout en faisant entendre un cliquetis de dents incessant. Un grondement sourd comme le tonnerre au loin sortait de cette gueule où les mâchoires puissantes s'agitaient comme des castagnettes.

Son cerveau presque paralysé par la peur lui commandait de fuir, mais un instinct profond lui disait de continuer à fixer les yeux de l'ours, de ne pas rompre ce lien qui seul, semblait-il, empêchait la bête de se jeter sur elle.

Doucement, sans mouvements brusques qui puissent

provoquer l'animal, Rose se mit à reculer silencieusement sur la mousse. L'ours continuait à claquer des mâchoires et à gronder, mais n'avançait pas. Rose commençait à se demander quand il serait prudent de tourner le dos et de s'enfuir à toutes jambes, lorsque son pied gauche rencontra le vide et se déroba à demi sous elle. Une douleur atroce lui déchira la cheville. Avec un cri de terreur et de désespoir, elle tomba à la renverse. Sa tête percuta contre un tronc d'arbre gisant sur le sol et elle perdit connaissance.

⁂

Comme il le faisait chaque jour depuis qu'il était là, Alexandre attendit que le vieillard se soit paisiblement endormi après le repas du midi avant de se préparer à partir pour la pêche. Le visage détendu du vieux Métis ressemblait à un masque de bronze, les pommettes saillantes, les orbites creuses, les mèches grises et raides barrant le front ridé. Lorsqu'il était arrivé, il y avait un peu plus d'une semaine, il avait trouvé Joe Vendredi couché sur un paillasson, si faible qu'il pouvait à peine se lever. Il avait voulu aller chercher de l'aide, mais Joe avait refusé. Alexandre lui avait préparé du thé et de la nourriture et était allé aux provisions en marchant jusqu'au village de Sesekun. Selon les instructions de Joe, il avait infusé une tisane à l'écorce d'épinette rouge et, avec les bons repas qu'Alexandre lui préparait, le Métis reprenait peu à peu ses forces.

Ramassant les agrès de pêche, Alexandre se dirigea vers l'abri au bord de la rivière où était rangé le canot de Joe. Il le mit à l'eau et avironna jusqu'au courant pour ensuite se laisser aller doucement à la dérive tandis que l'appât flottait derrière l'embarcation. Pas un souffle n'agitait les feuilles et seul le chant insistant des grillons rompait le silence. L'aviron sur les genoux, il se livrait à une vague rêverie, heureux de se sentir enveloppé de la douce quiétude de cet après-midi d'été.

Cependant, les poissons, paresseux ou repus, se souciaient fort peu de l'appât. Il songea qu'il devrait rapporter du poisson frais pour le repas du soir. Reprenant l'aviron, il dirigea le canot vers l'endroit où un méandre de la rivière creusait une anse profonde ombragée de saules et d'aulnes. Ici venait se déverser un ruisseau babillard et, au fond de l'anse, des nénuphars blancs, leurs corolles parfumées fermées contre la chaleur de l'après-midi, balançaient mollement leurs grandes feuilles vert olive à la surface des eaux calmes. Depuis qu'il avait découvert cet endroit, rares étaient les jours où il ne prenait pas un ou deux brochets. Il s'apprêtait à appâter l'hameçon lorsqu'un grognement de bête en colère retentit dans l'air calme, suivi bientôt d'un cri déchirant de femme. C'était si inattendu que, de saisissement, Alexandre laissa choir la ligne au fond du canot. Le grognement continuait à se faire entendre. En toute hâte, Alexandre saisit l'aviron et, approchant le canot de la rive, sauta sur le sol tout en se morigénant intérieurement de ne pas avoir apporté sa carabine. À tout hasard, l'aviron à la main, il se mit à grimper en courant la pente de la colline d'où était venu le cri. Quand il parvint à la clairière, il s'arrêta, surpris. Une jeune femme blonde vêtue de bleu pâle gisait sur la mousse. Un bruit de fuite s'entendait et Alexandre aperçut au fond de la clairière un gros ours noir qui détalait à toutes jambes, chassé sans doute par le bruit de son approche.

Il mit un genou par terre et prit dans sa main le mince poignet de la jeune femme.

Le pouls battait régulièrement, donc elle n'était qu'inconsciente, mais il était évident qu'elle s'était lourdement heurté la tête. Avec précaution, Alexandre passa le bras sous les minces épaules et appuya la tête blonde contre lui. Puis, il souleva la femme comme une enfant pour la porter jusqu'au canot. Sentir cette forme gracile abandonnée dans ses bras le remua. Il regarda longuement le fin visage, les sourcils délicats, les paupières bleuâtres comme celles d'un enfant, bordées de cils d'or sombre. La bouche… Les mots de Flaubert lui revinrent soudain à la mémoire: «…sa bouche, rose comme une grenade entr'ouverte…». Il se rappela cet épisode du Petit Séminaire alors qu'on lui avait enlevé le livre interdit. Après l'incident, il avait cherché dans le dictionnaire la signification du mot *grenade*: «Fruit du grenadier, baie ronde de la grosseur d'une orange renfermant de nombreux pépins entourés d'une pulpe rouge». Non sans sourire de l'incongruité d'évoquer des souvenirs littéraires en un pareil moment, Alexandre regardait, fasciné, les lèvres entrouvertes, si proches, le cou mince, le renflement de la poitrine sous le corsage de ginguan bleu. Sans s'en rendre compte, il s'était immobilisé, perdu dans la contemplation de cette beauté offerte, si proche, plus proche qu'il ne l'avait jamais vue excepté dans ses rêves. Soudain, elle remua et les paupières se soulevèrent, découvrant deux prunelles d'un bleu-gris comme des agates polies au fond d'un ruisseau. Spectateur extasié, Alexandre retenait son souffle. Le regard fut d'abord vague puis, la mémoire lui revenant, Rose tressaillit et la terreur reparut sur son visage.

Alexandre se hâta de la déposer sur un coussin de mousse près du tronc lisse d'un tremble où elle s'appuya. Il s'agenouilla devant elle.

— N'ayez pas peur. L'ours s'est enfui.

— *Who... who are you*? bégaya-t-elle.

Il reprit en anglais :

— N'ayez pas peur. L'ours s'est enfui. Je m'appelle Alexandre Sellier. Je pêchais dans la rivière lorsque j'ai entendu votre cri. Et moi qui, comme une tête de lard, avais oublié ma carabine ! Grâce à Dieu, l'ours s'est en allé sans se faire prier. Heureusement que vous n'êtes pas tombée sur une mère avec ses petits.

Rose fronça les sourcils comme pour se rappeler.

— Alexandre Sellier ? C'est vous qui habitez chez Joe Vendredi ?

— Comment le savez-vous ?

— C'est mon mari qui vous a amené dans sa voiture le jour de votre arrivée. Je suis Rose Stewart.

— Heureux de faire votre connaissance, dit-il en lui tendant la main.

Elle se souleva pour prendre la main offerte.

— Oh, là, là, fit-elle avec une grimace, je crois que je me suis fait une bosse à la tête en tombant.

— Il vaudrait mieux mettre des compresses froides avant que ça enfle trop, dit-il avec sollicitude. Si vous permettez, je vous porterai jusqu'à la rivière et je vous ramènerai chez vous en canot.

— Oh, je crois que ça va aller.

Elle tenta de se mettre debout et il lui saisit le bras pour la soutenir. Mais quand elle voulut marcher elle chancela et serait tombée s'il ne l'avait retenue.

— Je crois que je me suis cassé la cheville en tombant.

Alexandre, qui avait, depuis qu'il l'avait posée, une envie folle de la reprendre dans ses bras, lui entoura les épaules.

— Voyons, gronda-t-il, vous allez vous faire du mal. Permission ou non, je vous porte jusqu'au canot.

D'un mouvement preste, il la souleva de nouveau et se dirigea vers la rivière. Quand il descendit la berge et dut se frayer un chemin parmi les saules, il resserra son étreinte et, se tournant à demi, se glissa parmi les branches drues, s'obligeant à concentrer son attention sur le sentier le plus commode à suivre, car il eut soudain peur, peur de perdre contrôle et d'enfouir son visage au creux du cou pâle d'où s'exhalait un parfum ténu de lavande. Il la déposa dans le canot et sortit son mouchoir, qu'il trempa dans l'eau fraîche.

— Je vais mettre cette compresse sur la blessure que vous vous êtes faite à la tête en tombant.

Obéissante, Rose tourna la tête, mais la torsade de ses cheveux blonds l'empêchait de voir.

— Vous êtes médecin? demanda-t-elle d'une voix taquine.

— Non, mais quand on a grandi dans une famille nombreuse, on apprend à panser toutes sortes d'écorchures. Il faudrait défaire votre chignon car je vois du sang séché dans vos cheveux.

Sans protester, Rose retira quelques épingles et la masse soyeuse coula sur ses épaules. Elle pencha la tête et sépara les cheveux avec ses doigts. Une ecchymose violette et gonflée apparut à la raie pâle.

— Bon, je vous applique la compresse. Tenez-la en place pendant que je vous ramène chez vous.

Alexandre chercha un moment son aviron.

— Tiens, c'est vrai, je l'ai laissé là-haut. C'était ma seule arme contre l'ours. Heureusement que je n'ai pas eu à m'en servir car il l'aurait vite réduit en miettes. Attendez-moi, je reviens dans un instant.

Rose le regarda grimper la berge. Qu'aurait-elle fait, mon Dieu, s'il n'était venu à son secours? Rien qu'à penser aux yeux rouges phosphorescents de l'ours, elle frissonna. Bientôt, elle le vit revenir, ses longues jambes foulant le sol du pas assuré de l'homme habitué à la forêt, et observa avec curiosité ce sauveteur inespéré qui avait tout à coup surgi alors qu'elle se trouvait en si mauvaise posture. Elle vit des épaules robustes, un chapeau renvoyé à l'arrière découvrant des cheveux bruns sagement lissés sur le côté comme un écolier modèle, encadrant un front haut et large.

Voyant qu'elle le regardait, Alexandre agita comme un trophée le chapeau de paille de Rose et un sourire éclaira son visage hâlé.

— Vous voyez, j'ai même retrouvé votre chapeau. Il avait roulé dans un creux derrière le tronc qui vous a fait la bosse.

Rose avança la main pour le prendre et rencontra ses yeux bruns et doux.

— Pardonnez-moi mes mauvaises manières. Je crois que je ne vous ai même pas remercié de m'avoir sauvé la vie.

— Oh, vous savez, dit-il, tout en poussant au large le canot de ses grandes mains expertes, il ne faut pas m'attribuer trop de mérites. Je crois que l'ours avait la panse pleine de bleuets et qu'il se serait en allé de toute façon. Vous devez l'avoir surpris durant son somme digestif.

— Quand même, qu'est-ce que j'aurais fait pour rentrer à la maison si je m'étais réveillée seule dans la forêt avec la cheville cassée ?

— Croyez que je suis le plus heureux des hommes de m'être trouvé là au bon moment. Mais j'y pense, votre mari doit s'inquiéter de votre absence.

— Il n'est pas là. Trois fois par semaine, il part très tôt le matin vendre des légumes à Iroquois Falls et il ne revient que le soir.

Tout à coup, Alexandre se sentit heureux comme un roi. Pour un peu, il aurait entonné un hymne à la joie. Il avironnait gaiement et le canot filait sur la rivière tranquille. Rose tenait la compresse sur sa tête et laissait glisser les doigts de sa main droite dans les eaux fraîches. Devant la maison, Alexandre tira le canot sur la rive et se pencha pour soulever la jeune femme. Elle ne protesta pas, se contentant d'élever les bras comme une enfant pour se faire prendre. Ce simple geste le remua dans tout son être. Cette beauté qui s'offrait si ingénument dépassait tout ce qu'il avait pu imaginer jusque-là. Un éblouissement l'aveugla momentanément et il dut s'appuyer un instant contre la pince du canot.

— Oh, je sais que je suis trop lourde, gémit-elle, essayant de se soulever.

— Mais non, gronda-t-il en l'enlevant, tout simplement je m'assurais que le canot était bien tiré.

Lentement, il marcha vers la maison, faisant durer le plaisir de la sentir contre lui. Dès qu'il eut passé la porte, elle lui indiqua le fauteuil :

— Posez-moi là.

Il obéit, mais dit aussitôt :

— Maintenant, il faut s'occuper de votre cheville.

Il la vit rougir et ajouta :

— Enlevez votre chaussure et votre bas pendant que je vais chercher de l'eau fraîche.

Il prit la cuvette sur le petit meuble près de la porte et alla la remplir au puits. Quand il revint, il vit le mignon pied blanc aux ongles roses gonflé par l'enflure qui descendait de la cheville. Il s'agenouilla en silence et se mit à le baigner, manipulant délicatement la cheville.

— Vous n'avez rien de cassé, je crois. Tenez, je ferai un bandage serré avec cette serviette. Ça diminuera l'enflure.

Lorsqu'il se releva, Rose lui demanda de mettre de l'eau à bouillir pour le thé, qu'ils burent à petites gorgées tout en parlant d'abondance comme de vieux amis. Il lui raconta comment son frère avait disparu, ses recherches pour le retrouver et comment il en était à sa dernière tentative en venant voir Joe Vendredi.

— Il a pu vous aider ?

— D'une certaine façon, oui. Il avait déjà servi de guide à Lyle Wellesby pour deux voyages de prospection en 1909 et 1910. Pour celui que Lyle comptait faire en 1911, il avait d'abord accepté, puis avait dû annuler à cause de la mauvaise santé de sa femme, Clémentine, qui est d'ailleurs décédée par la suite. Il ne sait pas qui l'a remplacé, mais il sait que Lyle avait l'intention de voyager vers le sud-ouest plutôt que franc nord et ouest, la région où j'ai concentré mes recherches.

— Avez-vous l'intention de visiter cette région ?

Alexandre haussa les épaules.

— Je ne crois pas que cela m'apporterait grand-chose.

Si vraiment ils sont partis dans cette direction et qu'ils se sont déplacés assez vite, il y a une possibilité qu'ils aient échappé au feu. S'ils ont disparu, je crains qu'ils aient été victimes d'un banal accident comme il en est arrivé à nombre de prospecteurs qu'on n'a jamais revus.

Rose prit la théière et lui offrit de nouveau du thé et des gâteaux.

— Et vous, demanda-t-il, il y a longtemps que vous êtes dans cette région ?

— Oh, moi, j'ai quitté l'Angleterre au printemps 1913...

— Tiens, c'est justement à cette époque que je suis monté dans le Nouvel-Ontario.

Ils finirent par établir qu'ils étaient arrivés tout au plus à une semaine d'intervalle.

— Je venais rejoindre mon frère à Peltrie Siding. Ma mère était décédée et, quand mon frère m'a écrit qu'il possédait une ferme de cent quatre-vingts acres, j'ai cru qu'il était riche comme les grands propriétaires terriens de chez nous. Vous voyez comme on peut se faire des illusions.

— Eh oui, nous avons tous nos illusions et nos rêves. J'ai souvent pensé que c'était comme la carapace des tortues : quand le monde réel devient trop menaçant, on s'y réfugie, attendant le moment de faire face à la réalité, espérant que le danger sera écarté.

Rose hocha la tête. Elle continua à se raconter comme elle ne l'avait jamais fait auparavant, ne songeant même pas à s'étonner qu'il fût si facile de converser avec quelqu'un qu'elle n'avait jamais vu avant aujourd'hui, et un homme encore ! Le soleil avait atteint la fenêtre de l'ouest. Elle prit soudain conscience de la fuite du temps et leva les yeux vers la pendule. « Six heures presque ! Mon mari sera bientôt de retour et je n'ai rien préparé pour le souper. Si vous voulez bien partager notre repas, Doug sera heureux de vous revoir et de vous remercier. »

Alexandre s'excusa, alléguant que Joe s'inquiéterait, qu'il n'était pas complètement remis. Il prit congé et partit en direction de son canot. Elle regarda s'éloigner la haute silhouette, le suivant des yeux tant qu'il ne fut pas disparu au tournant de la rivière. Puis, se tenant aux meubles, elle s'affaira à préparer le souper.

⁂

Ce soir-là, Alexandre ne parvenait pas à s'endormir. Il finit par s'assoupir, pour se réveiller en sursaut, serrant contre lui l'oreiller rempli de foin de senteur. Dans son rêve, il avait de nouveau tenu le corps souple de Rose dans ses bras. Il avait posé ses lèvres sur le visage doux et velouté et il avait glissé doucement vers les lèvres entrouvertes, telles qu'elles lui étaient apparues quand la jeune femme était évanouie. Puis, il s'éveilla tout à fait et le remords s'empara de lui. Il se leva et sortit du camp dans la nuit claire et bruissante, indifférent aux moustiques qui tournoyaient autour de son visage. La clairière s'illuminait du bref éclair des lucioles. Comment pouvait-il faire des rêves pareils ? Rose était l'épouse de Douglas Stewart, elle avait été d'une réserve parfaite, elle l'avait honoré de sa confiance en lui parlant comme à un ami. Quant à lui, son travail était terminé. Il était grand temps qu'il retourne dans les Cantons-de-l'Est et qu'il reprenne ses études interrompues depuis deux ans. L'inauguration de la nouvelle église de Sainte-Amélie-de-la-Vallée s'était faite avec seulement un fils de la paroisse debout près du curé Courtaud : Auguste Drouin. Enfin, mieux valait tard que jamais. Sa raison lui dictait clairement le chemin à suivre, mais du fond de son âme jaillissait une détresse comme il n'en avait jamais connu. « Pardon, mon Dieu, ayez pitié de ma faiblesse. » Longtemps, il pria, jusqu'à ce que la fraîcheur de la nuit le fasse frissonner. Il retourna à son lit et, comme il se couchait, il songea qu'il devrait tout de même aller prendre de ses nouvelles. Ce n'était là, après tout, que devoir d'homme civilisé. Il s'endormit aussitôt.

De bon matin, il prit le canot et partit pour la pêche. Deux heures plus tard, la pêche ayant été bonne, il choisit les deux plus beaux poissons, les embrocha dans une tige de saule et se dirigea vers la maison des Stewart. Doug et Rose travaillaient dans le potager. Rose, assise sur un petit banc, cueillait les cosses vert tendre des petits pois. Doug s'avança et lui serra la main.

— Ma femme m'a raconté. Nous vous sommes grandement redevables.

— Je n'ai pas fait grand-chose et, vous savez, dans le fond, j'étais très content que l'ours ait décidé de lui-même de quitter les lieux sans trop se faire prier. J'aimais autant ne pas avoir à lui faire face avec un aviron.

— On ne sait jamais ce que ça peut faire, un ours, dit Doug. C'est quand même assez surprenant d'en voir si près des habitations.

— J'avais remarqué qu'on voyait beaucoup de gibier par ici. Joe me dit qu'il doit y avoir des feux de forêt quelque part autour qui refoulent les bêtes dans nos parages. Enfin, je suis très content de voir Mrs. Stewart assez bien remise de cette expérience terrifiante.

Il tendit la brochette à Doug.

— Je suis allé à la pêche ce matin et j'en ai pris plus que nécessaire pour Joe et moi-même, alors j'ai pensé à vous en apporter, tout en venant prendre des nouvelles de Mrs. Stewart.

On le remercia, on le força à accepter des légumes en échange et on le convia à dîner. Il refusa car il lui fallait veiller sur le vieux Joe, qui se remettait lentement.

— D'ailleurs, comme le gibier abonde, je vous en apporterai si je suis chanceux à la chasse d'ici à ce que je parte.

— Vous partez bientôt?

La question avait jailli malgré elle.

— Dans deux semaines environ. Je dois être là-bas avant septembre.

Sur le chemin du retour, Alexandre songea qu'il avait vu un éclair de tristesse dans les beaux yeux bleu-gris de Rose Stewart.

Lui qui, au cours de ces deux années passées dans le Nouvel-Ontario, s'était tenu plutôt à l'écart, se découvrit soudain des tendances grégaires. Il se persuada qu'il devait faire la connaissance des Marchessault puisqu'ils étaient ses voisins. Un dimanche après-midi, il alla donc leur porter du poisson comme il l'avait fait pour les Stewart et fut reçu à bras ouverts par Eugène et Alma. Quand on apprit qu'il retournait au Séminaire, qu'il était quasiment prêtre, on se sentit doublement honoré.

— Je vous ai vu à la messe ce matin et je me demandais qui vous étiez, dit Alma. Avez-vous rencontré notre curé?

— Non. Il y avait beaucoup de gens qui attendaient pour le voir et je m'en vais bientôt.

— C'est un vrai saint, ce curé-là. N'empêche que j'ai hâte que le père Mercier vienne prêcher les quarante heures.

Alexandre ne put s'empêcher de sourire. Il avait trouvé assez cocasse d'entendre l'abbé d'Argent donner, dans cette chapelle en pleine forêt, un sermon qui ressemblait fort aux cours de théologie de l'abbé de Noirecloque au Grand Séminaire et qui passait des grandes envolées mystiques aux explications où il traduisait les grands mots dans *leur* langue: « Samedi prochain, veille de l'Assomption, sera jour de jeûne et d'abstinence, c'est-à-dire que vous ne devrez pas consommer la chair des animaux, vous devrez faire comme si c'était jour de carême... »

Alexandre se tourna vers Eugène, qui fumait tranquillement sa pipe tout en berçant le petit Germain tandis que Rose-de-Lima dormait dans son ber.

— Qu'est-ce qui vous a décidé à venir vous établir à Sesekun ? Vous venez du Québec, je crois.

— Oui, de Sainte-Marie-des-Pins, dans le bout de Joliette. Quand on s'est mariés, Alma et moi, on est d'abord restés chez mon père. J'ai toujours aimé la culture, moi, mais par chez nous la terre était sablonneuse et pleine de roches. Pis on a reçu une lettre de mon oncle Isidore Maheu. Lui, c'était un grand entrepreneur en macadam qui était parti de Cornwall pour aller travailler à Cobalt. Il avait les rouleaux et toute la machinerie pour ça. Y savait l'anglais aussi ben que le français et y prenait des contrats pour les chemins. Y nous offrait de l'ouvrage.

— Alors, vous êtes monté à Cobalt ?

— Oui. Mon frère Henri voulait monter à tout d'reste. J'en ai parlé avec Alma et on a décidé de tenter notre chance. Mon oncle Isidore avait mentionné qu'y avait des belles terres par là, pas chères. J'me suis dit que j'pourrais gagner assez d'argent pour m'en acheter une et qu'Alma viendrait me rejoindre avec le p'tit.

— Ça a pris quasiment trois ans, monsieur Sellier, se hâta de dire Alma. C'est pour ça qu'y a tant de différence entre mon plus vieux et l'autre, acheva-t-elle en indiquant le petit qui se faisait bercer sur les genoux de son père.

Pour rien au monde elle n'aurait voulu que quelqu'un qui était presque un curé pense qu'elle ne faisait pas son devoir.

— Vous êtes venu à Sesekun de Cobalt?

— Non. La dernière année, je travaillais à la construction du moulin de l'Abitibi à Iroquois Falls. J'étais ouvrier et là j'ai fait les meilleurs gages que j'avais jamais faits. Y payaient bien et on pouvait faire de l'*overtime* tant qu'on voulait. Je me suis réveillé avec deux mille cinq cents piastres, ouais monsieur. J'étais venu à Sesekun avec un gars qui avait de la parenté par ici. J'ai marchandé des terres et c'est comme ça que j'ai acheté la terre des Duncan. Lui, le père Duncan, y était content de me la vendre. Il est allé dans le Sud s'acheter une terre à tabac.

— Et vous, vous ne le regrettez pas?

— Non. C'est de la ben bonne terre à cultiver. Et pis y'a du bon bois dessus que j'peux couper et vendre, pas comme chez nous à Sainte-Marie-des-Pins, où on pouvait avoir un lot de colon rien qu'après que la compagnie avait coupé tout le bon bois dessus. Icitte, mon bois, c'est à moé et les droits de mine aussi. La seule chose, c'est qu'on est loin de la parenté.

— Y vont venir nous rejoindre, dit Alma. Tenez, j'ai un oncle qui travaille à Latchford et qui veut venir s'acheter une terre par icitte. Y a des garçons et, avec c'te conscription qu'on parle tout le temps, y veut s'établir habitant pour pas être dérangé.

Au cours de la semaine qui suivit, Alexandre abattit un chevreuil à environ un mille du camp et Joe insista pour aller lui-même dépecer l'animal. Il regardait le vieillard, qui accomplissait sa tâche avec une économie de gestes dénotant l'expérience de toute une vie passée dans les bois.

— Avez-vous songé à ce dont je vous ai parlé, Joe? Car il me faudra bientôt partir.

— Moi, je reste ici, dit Joe sans lever les yeux.

Alexandre le regarda avec une impatience mêlée d'admiration. Le col de sa veste de caribou à longues franges découvrait un cou ridé et basané avec, à la cinquième vertèbre, la déformation particulière qui vient d'avoir porté le canot dans d'innombrables portages.

— Tout de même, vous n'allez pas me dire que c'est prudent de vivre ainsi tout seul dans un camp si loin des voisins? Que vous serait-il arrivé si je n'étais survenu il y a trois semaines quand vous étiez malade?

— Quand le bon Dieu me voudra, Il viendra me chercher.

— Il me semble qu'il y aurait moins de chances qu'Il vienne vous chercher avant le temps si vous alliez habiter près de votre fille à Waveyadam Falls ou avec votre ami Bazil McDougall.

— Bazil m'a donné ce terrain de chasse pour trapper et c'est ce que je fais.

Il n'y eut pas moyen de le faire changer d'idée. Alexandre était perplexe. Il lui semblait impossible d'abandonner à son sort ce vieillard frêle et encore convalescent. Telle est la capacité du cœur humain de se persuader que, petit à petit, Alexandre s'imagina que la charité la plus élémentaire lui commandait de veiller sur le vieux Métis, comme il lui semblait naturel d'avoir tout à coup envie de fréquenter les voisins et de leur rendre service. Le mois de septembre arriva. Il se sentit incapable de s'arracher à ce pays. La première semaine fut pluvieuse et quand, enfin, le soleil parut, Eugène et Alma se hâtèrent de finir la coupe du grain et la cueillette des pommes de terre. Alexandre leur offrit ses services, qu'ils acceptèrent avec gratitude, ce qui lui permit, la conscience claire, d'aller également aider les Stewart. Il refusait tout argent pour son travail, se contentant d'accepter des légumes, du lait et des œufs pour lui et Joe Vendredi.

Comme le beau temps persistait, Eugène décida de mettre à exécution une idée qu'il avait eue : celle de creuser, dans une colline abrupte, un caveau pour y remiser le surplus de légumes et de pommes de terre qui ne tiendrait pas dans la cave de sa maison, comme on faisait chez lui, au Québec. Le printemps prochain, alors que le prix serait haut, il pourrait réaliser un beau profit. Alexandre l'aida pendant plus d'une semaine. Quand ce fut fini, Eugène regarda avec satisfaction l'espèce de caverne profonde de plus de dix pieds sous le sommet de la colline dont l'entrée était fermée par deux solides portes de bois encastrées dans des soliveaux, avec un espace d'air entre les deux. Eugène ouvrait et fermait les portes étanches, qui tournaient sans bruit sur leurs gonds bien huilés.

— Pour de la bonne besogne, c'est de la bonne besogne, y a pas à dire, dit-il en soulevant son chapeau et en passant ses doigts dans la tignasse crépue de ses cheveux roux. Et ben content de votre aide. Mais vous, ça vous arrange pas. Vous aviez pas dit que vous partiez pour le Séminaire?

— J'ai presque décidé d'attendre au printemps pour me donner une chance de revoir mes livres et me préparer à reprendre mes études. Et puis, j'apprends tellement de choses pratiques avec vous que je me dis que ça pourra m'être utile, plus tard, en mission.

— C'est Alma qui va être contente si vous passez l'hiver dans les parages. Moi, je retourne au chantier bientôt. Sa sœur la plus jeune, celle qui est infirme, va venir passer l'hiver avec elle, mais des créatures toutes seules… Et avec notre seul voisin, Stewart, qui lui aussi part pour l'hiver… En par cas, Alma a été chanceuse d'avoir madame Stewart l'hiver passé quand Rose-de-Lima est venue au monde.

— Ça prend des femmes courageuses pour rester seules, si éloignées du village. Je vais aider Joe à faire la trappe. Il est vraiment trop âgé pour vivre seul. Et je pourrai passer de temps à autre voir si elles n'ont besoin de rien.

Il le disait très sincèrement, avec les meilleures intentions du monde.

XVIII

Décidément, les affaires de Wilfrid Lamontagne prospéraient depuis qu'il avait décroché un contrat pour ravitailler un certain nombre de chantiers de l'Abitibi Pulp and Paper Company.

Lorsque le Québec s'était joint à l'Ontario pour refuser de vendre aux Américains le bois brut destiné à la fabrication du papier, exigeant plutôt qu'il fût usiné au Canada avant l'exportation, les États-Unis avaient dû céder. L'*Underwood Tariff*, proclamé l'année précédente par Washington, avait aboli les barrières tarifaires et amorcé une relance de l'industrie des pâtes et papiers. Cette bienfaisante retombée avait amené une expansion des activités de l'Abitibi Paper, comme on l'appelait, et Wilfrid avait eu assez d'astuce pour obtenir une part du gâteau. Deux fois par semaine, il partait en chaloupe sur la Driftwood, aidé du fils de Mastaï Lallier, pour aller livrer ses marchandises.

Ce mercredi-là, il était parti de bon matin comme toujours, dans une aurore claire qui annonçait une belle journée. Tout en ramant, il songeait qu'un contrat en attirerait un autre, maintenant qu'il connaissait les grands patrons et qu'il ferait ses preuves. Pour sûr, il pourrait bientôt leur vendre non seulement des provisions alimentaires, mais également le foin et l'avoine, qu'il achèterait des fermiers des environs et revendrait à profit. Sa femme et ses deux filles aînées pouvaient s'occuper du magasin tandis qu'il voyagerait pour ses affaires. Maintenant qu'il avait mis le holà aux amourettes de Thérèse avec le jeune McChesney, elle finirait par s'intéresser à quelqu'un d'autre et un jour elle épouserait un bon gars solide qu'il associerait à son commerce.

Heureusement pour Wilfrid, il ne s'était pas retourné quand il était monté dans la voiture pour descendre au quai ; il n'avait pas saisi l'éclair de satisfaction qui avait brillé dans les yeux de Thérèse lorsqu'elle avait vu la voiture se mettre en branle. Les rêves de Wilfrid auraient pu en être troublés.

Tout l'avant-midi, Thérèse servit les clients qui se présentèrent au magasin. Chaque fois que la clochette annonçait un nouvel arrivant, la mère jetait un coup d'œil anxieux pour s'assurer que ce n'était pas le jeune McChesney qui profitait de l'absence du père, puis elle retournait à ses occupations. La veille encore, son mari s'était réjoui parce que Thérèse avait enfin abandonné ses airs tragiques et qu'elle paraissait plus sereine, plus détendue. Amanda n'avait pas osé faire part à son mari de ses inquiétudes, mais la soudaine résignation de sa fille la laissait mal à l'aise.

Aussitôt le repas du midi terminé, Thérèse lança à sa sœur Mina :

— C'est à ton tour de faire la vaisselle. Moi, je vais porter à madame Walter sa commande.

Comme elle allait sortir, Amanda lui cria :

— Ne t'amuse pas en chemin !

— Non, maman. Je reviens tout de suite.

D'un bon pas, elle descendit le chemin, rendu boueux par les pluies récentes. Une fois à la porte des Walter, elle ne s'attarda pas malgré l'invitation pressante de la femme à entrer prendre une tasse de thé.

— Merci, mais j'ai d'autres livraisons à faire. Au revoir !

Elle continua à dévaler le chemin qui menait à la scierie. Une fois passé le tournant du chemin, elle prit à gauche le petit sentier qui formait, pour les piétons, un raccourci vers la gare et le magasin. D'un regard rapide, elle s'assura que personne ne venait et, quittant le sentier, se dirigea vers une énorme pierre comme on en trouve un peu partout dans ce pays. Elle en fit le tour et se jeta dans les bras de Harvie McChesney, qui l'y attendait. Ils échangèrent un long baiser puis, toujours enlacés, s'assirent sur un tronc d'arbre tombé, serrés l'un contre l'autre comme deux oiseaux sur une branche, échangeant à mi-voix des confidences intarissables d'amoureux qui se racontent.

Quand Thérèse revint au magasin, Amanda regarda les joues roses et les yeux brillants de sa fille et se douta que le vent frisquet annonçant l'automne n'en était pas la seule cause.

— T'en as mis du temps pour aller chez les Walter, reprocha-t-elle.

— Oh, tu connais Mrs. Walter. Elle jase qu'on peut plus s'en démancher.

— Et son mari, est-ce qu'elle l'attend bientôt ?

— Je ne sais trop. Elle en dit tant qu'à la fin on perd le fil.

À ce moment précis, la clochette sonna et Thérèse s'empressa d'aller servir le client qui entrait. Amanda la regarda et soupira. S'il fallait que Thérèse ait trouvé un moyen de voir le jeune McChesney et que Wilfrid le découvre, la colère du père serait terrible. Elle avait son caractère, celle-là, et ne le craignait pas. Tous deux emportés, têtus. Alors qu'Amanda avait passé sa vie à apaiser son mari, à écarter de sa route les choses qui pouvaient le mettre en colère, Thérèse, elle, le heurtait de front. « Si seulement elle avait été un garçon, celle-là, se dit Amanda pour la centième fois, comme la vie aurait été plus simple ! »

L'après-midi fut assez occupé au magasin général Lamontagne, car déjà les gens se préparaient pour le jour tout proche où, comme le maître qui revient au logis après la période des vacances, l'hiver se réinstallerait à demeure. Ce serait alors la saison des départs : les fermiers gagneraient les chantiers, laissant femmes, enfants et vieillards blottis dans les maisons enneigées. Ce serait aussi le temps où les mineurs descendraient sous terre avant le lever du soleil et en ressortiraient après le couchant, de sorte qu'ils ne verraient plus la lumière du jour qu'au congé hebdomadaire. Ce serait la saison où la mort guette le lièvre téméraire, qui se croit invisible dans son pelage blanc alors qu'il laisse deviner son œil rond et noir dans la blancheur de la neige.

✣

Alexandre se laissait vivre au fil des jours, s'interdisant de songer au printemps, qui ramènerait les hommes au logis, et à l'été, où, de nouveau, sonnerait l'heure des décisions. Il partait en traîne à chiens relever les pièges, ramasser les bêtes au pelage soyeux et replacer les pièges de façon à ne point donner l'alerte au gibier. Avec Jim Kentick, il était allé à bonne école, aussi Joe Vendredi était-il content, la plupart du temps, de lui laisser faire cette besogne et de s'occuper, au camp, du raclage et de l'étirage des peaux sur les formes de bois. Parfois, quand le temps était clair, le vieil homme l'accompagnait le long des ruisseaux et de la rivière, où il tendait avec adresse les pièges qui prendraient le castor industrieux, la loutre courageuse et difficile à piéger, le rat musqué prolifique. Au retour de ces expéditions, Alexandre repartait avec les chiens, laissant Joe à ses occupations. Il s'arrêtait d'abord à la maison des Marchessault, où Alma et sa sœur Émilia l'accueillaient avec des théières de liquide brûlant et des pointes de tourtière comme sa mère en faisait. Il prenait note des choses dont elles avaient besoin chez le marchand, puis il se rendait chez les Stewart, où Rose lui ouvrait la porte, le plus souvent sans qu'il eût à frapper. Là, il ne s'attardait pas car il lui fallait franchir à travers bois les deux milles qui le séparaient du village de Sesekun, où il faisait ses courses, se rendait au bureau de poste pour le courrier puis cueillait à la porte de l'école le jeune Albert Marchessault, qui en était à sa première année. L'enfant, ravi, s'installait dans la traîne et riait aux éclats quand les chiens démarraient en trombe, passant en bel équipage au nez de ses camarades moins chanceux qui devaient chausser leurs raquettes pour la longue marche vers leur maison de ferme isolée.

Puis, ayant déposé enfant, colis et courrier chez les Marchessault, Alexandre était libre de retourner au camp peint en faux cottage du Sussex où la blonde Rose s'affairait aux préparatifs du souper. Il ne demandait rien de plus que de la suivre des yeux, de la voir, le buste penché vers le four, sortir ces brioches fleurant bon le safran et le carvi qu'il avait goûtées chez elle pour la première fois et dont il raffolait, et d'admirer la grâce du bras rond versant le thé brûlant dans sa tasse.

Après le repas, ils continuaient de parler dans la quiétude de la nuit déjà tombée. Ils se racontaient leur enfance, ils s'épanchaient l'un dans l'autre comme des vases communicants et même le silence ne rompait pas le lien d'amitié et de confiance qui s'était établi entre eux. De bonne heure, Alexandre repartait, laissant les chiens retrouver seuls le camp dans la forêt où la pâtée les attendait, tandis que, insensible au froid âpre et noir de la nuit, il baignait encore dans la douceur de cette rencontre qu'il avait interrompue sans peine, sachant qu'il y retournerait dans quelques jours.

Il lui arrivait, pendant son sommeil, de sentir de nouveau dans ses bras le poids du corps de la jeune femme, la douceur de la tête blonde sur son épaule, comme au premier jour, et son corps de jeune mâle se réveillait. Mais il s'interdisait tout geste ou parole équivoques car il savait qu'il faudrait peu de chose pour rompre cet enchantement aussi fragile que l'innocence du paradis terrestre.

Pourtant, le sable s'écoulait dans le sablier. Les tempêtes de la fin de février cédèrent peu à peu au soleil plus ardent de mars.

Puis, arriva le jour où il se sentit frôlé de près par le danger toujours présent, il s'en rendait de plus en plus compte, de révéler par gestes ou en paroles à quel point il aimait Rose.

Alexandre était venu comme d'habitude s'enquérir si elle avait besoin de quelque chose avant de se rendre au village. Le froid était vraiment excessif ce jour-là, encore accru par un grand vent de mars soulevant la neige du jour précédent en une poudrerie qui effaçait la trace des pas et des traîneaux. Cette fois, la porte ne s'était pas ouverte avant qu'il arrive et personne n'avait répondu lorsqu'il avait frappé. Inquiet, il était entré et avait cherché dans la maison. Il n'y avait personne. Il sentit la panique toute proche et sortit précipitamment voir à l'écurie, puis, n'ayant trouvé personne, il chercha autour des bâtiments des traces de pas qui indiqueraient où Rose pouvait être allée. Soudain, il découvrit des traces, déjà à demi effacées, qui se dirigeaient vers la forêt. En courant, il suivit la piste et finit par rejoindre la jeune femme pataugeant dans la neige parmi les grands conifères.

Il cria: « Rose, où allez-vous ? »

Elle se retourna et il vit qu'elle pleurait. Les larmes avaient gelé au bord des cils dorés, le nez et les joues portaient des marbrures blanches annonçant l'engelure toute proche. Il la saisit par les bras.

— Au nom du ciel, qu'est-ce que vous faites ici par un temps pareil ?

Elle hoquetait.

— C'est Toby, mon petit chien. Il est perdu et je suivais sa trace.

Elle indiqua des pistes d'animal qui s'enfonçaient entre les épinettes sombres et les trembles gris fer.

— Voyons, gronda-t-il, ce ne sont pas là des pistes de chien, surtout pas d'une petite bête grasse aux pattes courtes comme Toby. C'est un renard qui est passé par là.

Venez, nous allons retourner à la maison. Mais d'abord, il faut frotter votre visage pour l'empêcher de geler.

Enlevant ses mitaines, il lui frictionna les joues et le nez avec de la neige jusqu'à ce que revienne leur rose naturel. Puis il enleva l'écharpe de laine qu'il portait au cou et la lui posa sur le front, ramenant les bouts pour lui couvrir le visage comme faisait sa mère lorsqu'il était écolier.

— Maintenant, appuyez-vous à mon bras.

Ils se mirent à marcher, mais, sans raquettes, ils enfonçaient dans la neige profonde de cette fin d'hiver. Une envie presque irrésistible lui venait de la soulever dans ses bras. Seule la crainte de trébucher et d'enfoncer plus profondément encore lui permit de vaincre cette tentation. Une fois à la maison, il voulut l'aider à enlever son manteau, mais elle le supplia d'aller retrouver Toby avant qu'il fût trop tard.

— Quand est-il sorti de la maison ?

— Je ne sais pas. Il doit m'avoir suivie ce matin quand je suis allée nourrir les poules et le cheval. J'ai cherché partout, puis j'ai vu ces traces qui se dirigeaient vers le bois.

— Bon, laissez-moi faire. Préparez-vous un thé chaud. N'ayez crainte, il ne peut pas être très loin. Je le retrouverai.

Il sortit et se dirigea vers l'écurie, examinant les traces encore visibles et qui ne subsistaient que sur les crêtes durcies par le froid et balayées par le vent. Il fit lentement le tour des bâtiments, cherchant à déchiffrer parmi les traces de lièvres, de belettes, d'oiseaux celles qui l'avertiraient qu'il était sur la bonne piste. Il les découvrit enfin : des pattes courtes et un petit corps qui s'était traîné vers un gros banc de neige accumulée contre l'enclos qui protégeait les couches chaudes. Dès qu'il s'approcha, il entendit des gémissements plaintifs. C'était Toby. En gambadant, il devait être tombé du banc de neige dans l'enclos et se trouvait maintenant dans l'impossibilité d'en sortir.

Quand Alexandre remit à Rose le petit corps frétillant, elle le serra sur son cœur en lui murmurant des mots de tendresse et de réconfort comme à un enfant. Elle fit chauffer du lait et continua à le caresser pendant qu'il lapait le liquide chaud de sa langue rose. Soudain, le jeune homme éprouva le besoin qu'elle s'occupe de lui.

— Je m'en vais, je suis pressé. Alma m'a dit qu'elle attend son mari dans une semaine ou deux. Doug ne va sans doute pas tarder lui non plus.

À ce rappel, il vit Rose se figer. Puis elle se releva lentement et instinctivement son regard chercha la fenêtre, où le vent sculptait des reliefs dans la neige. Rien n'avait changé, mais elle savait que déjà les jours allongeaient imperceptiblement.

— Oui, en effet, le printemps va bientôt revenir.

Son regard rencontra le sien et elle baissa les yeux. Alexandre prit congé précipitamment et sortit, craignant de céder à l'envie de baiser ces paupières baissées, cette bouche d'enfant soudain devenue grave parce que le printemps arrivait. Il allait donner le signal du départ aux chiens lorsque la porte se rouvrit et elle cria: « Merci ! Merci beaucoup pour Toby ! » Il lui fit un geste de la main et s'éloigna au trot des chiens.

Comme il n'y avait rien dans le courrier et que Rose ne lui avait pas donné de courses à faire, Alexandre s'obligea à ne pas retourner chez les Stewart à son retour du village. Maintenant qu'il avait lui-même évoqué le retour de Doug, il se dit qu'il vaudrait mieux quitter Sesekun avant que se produise entre eux l'étincelle fatale qu'il sentait toute proche. Il valait mieux retourner dans sa famille, emportant dans son cœur le souvenir de cet hiver de paix et de bonheur, souvenir qu'il pourrait évoquer sans remords plus tard, quand il serait de nouveau loin des siens et de son pays, dans quelque mission en terre étrangère. Il se remémora le visage de sa mère. Comme elle serait heureuse de le voir revenir plus tôt, de savoir qu'enfin son fils serait bientôt prêtre. Et les autres, le fils de Charles qu'il ne connaissait pas, la petite Estelle qui aurait bientôt dix ans. Il s'obligea à ne penser qu'à eux, à reprendre le fil rompu depuis bientôt trois ans.

La troisième semaine de mars, lorsqu'il arriva chez les Marchessault, Eugène était déjà revenu. Ce fut une vraie fête. Alma énuméra à Eugène tous les services qu'il leur avait rendus ainsi qu'à Mrs. Stewart, bien sûr.

— Je crois que nous aurons un beau printemps, dit Eugène en se frottant les mains. Il fait déjà chaud plus que de coutume. On pourra ensemencer de bonne heure.

Déjà il était repris par le rêve du bon grain tombant dans la terre, germant, poussant à vue d'œil sous les chauds rayons d'un soleil qui s'attardait chaque jour un peu plus.

Alexandre leur fit part de sa résolution de retourner chez lui pour l'été.

— Joe est toujours aussi têtu quand on lui parle d'aller vivre auprès de sa fille, mais au moins il se porte bien maintenant. Il a une résistance peu commune pour un homme de son âge.

— À ce que j'ai entendu dire, c'est quand il a perdu sa vieille que ça lui a donné un dur coup, dit Alma. Il va se sentir seul quand vous partirez.

« Moi aussi, se dit Alexandre intérieurement, et ce n'est pas seulement Joe qui me manquera. Enfin, elle m'oubliera et moi, je finirai bien par l'oublier. »

Mais il sentait qu'il se leurrait. Il n'oublierait pas si facilement, mais au moins il reprendrait sa vie en main. Il cesserait ce vacillement, cette indécision. Il travaillerait dur à ses études. Il se sentit calme, décidé, tellement que, lorsque Eugène lui dit que de toute façon il attelait la jument pour aller au village et qu'il pouvait se charger d'apporter le courrier de Mrs. Stewart, il le remercia et s'obligea à rentrer chez lui.

XIX

Durant la deuxième semaine d'avril, Alexandre se rendit à Matheson avec Joe pour y vendre les fourrures, fruit de leur travail de l'hiver. Joe voulut lui remettre la moitié de l'argent, mais Alexandre refusa d'accepter plus qu'il n'avait raisonnablement besoin pour retourner chez lui. Après tout, il avait depuis longtemps remboursé l'argent prêté par son père et maintenant, s'il pouvait payer son voyage de retour, il s'estimerait satisfait.

Tandis qu'il s'affairait à ces préparatifs, le besoin d'aller voir Rose pour lui dire au revoir le préoccupait. Redoutant sa faiblesse malgré son courage tout neuf, il se dit qu'il se contenterait de lui écrire un mot. Désormais, si elle avait besoin d'aide, les Marchessault étaient là et, surtout, Doug ne devrait pas tarder. Il commença plusieurs brouillons de lettre qu'il finit par froisser et jeter au poêle. Non. Il la blesserait inutilement. Selon toute apparence, elle ne s'était pas du tout aperçue de son trouble et elle se demanderait pourquoi il n'avait pas eu l'élémentaire politesse de venir lui serrer la main. Continuant à se morigéner, il se dit qu'il fallait y aller simplement, comme l'ami sincère qu'il avait toujours été. Il lui parlerait de ses projets et la quitterait en lui laissant le souvenir d'un ami sûr. Il irait demain. Non, demain Alma l'avait convié à souper avant son départ. Après-demain alors. Comme toujours lorsqu'il savait quand il la reverrait, la joie inonda son cœur et lui apporta un apaisement qu'il prit pour de la fermeté.

Pendant deux jours, il continua à s'occuper des préparatifs de son départ. Mais lorsqu'il s'approcha de la maison des Stewart et se dit qu'il y pénétrait pour la dernière fois, l'angoisse lui comprima le cœur. Il attacha les chiens au coin de la remise et aperçut Rose qui se tenait debout sur le seuil.

— J'ai été inquiète quand je ne vous ai pas vu venir de toute la semaine dernière. Eugène Marchessault m'a apporté mon courrier. Il y avait une lettre de mon frère.

Ils parlèrent longuement de son frère qui avait été blessé et qui se remettait lentement dans une maison de convalescence en Angleterre. Elle se mit à préparer le repas du soir et Alexandre lui dit qu'il devait rentrer. Elle insista :

— Il y a plus d'une semaine que je vous ai vu. Je vous ai, je vous garde.

Elle riait, sans arrière-pensée. Il se dit qu'il devrait parler maintenant, puis il y renonça. Pourquoi attrister le repas ? La soirée se déroula comme d'habitude et, quand il se leva pour partir, elle ne chercha pas à le retenir.

— Je vous dis bonsoir, Alex, et à la prochaine fois.

— Non, Rose. Je ne vous l'ai pas dit car c'est toujours un déchirement que de prendre congé de ses amis. Je pars après-demain.

Elle porta la main à sa gorge.

— Vous partez ? Pour aller où ?

— Je retourne chez moi, au Québec.

— Vous deviez rester jusqu'à l'automne.

— Il vaut mieux que je parte maintenant. Je suis venu vous faire mes adieux.

Il parlait vite, sentant l'émotion qui le gagnait. À ce mot « adieux » elle parut s'affaisser. Un moment, elle resta debout devant lui, les bras ballants, puis les larmes noyèrent ses prunelles limpides et coulèrent sur ses joues. Il la saisit aux épaules :

— Rose, je vous en prie, ne pleurez pas.

Elle se ressaisit et alla chercher un mouchoir. Comme une enfant, elle se moucha bruyamment et resta le dos tourné, honteuse de s'être laissé surprendre, luttant pour retrouver son calme, lui en voulant d'avoir provoqué cet étalage inadmissible d'émotion.

Il s'approcha d'elle. Il regardait la nuque frêle sous la lourde torsade blonde, les épaules encore secouées par les sanglots. Une douleur terrible lui étreignait la poitrine.

— Rose, vous ne pouvez savoir à quel point il m'est difficile de partir. Ne m'enlevez pas ce qui me reste de forces...

Elle se tourna alors. Il vit l'éclair bleu de ses yeux. Il voyait ses lèvres remuer. Sans doute lui disait-elle quelque chose, mais il n'entendait que les battements sourds de son propre cœur et son sang qui bruissait dans ses oreilles. Lentement, inexorablement, ses bras entourèrent la jeune femme et se refermèrent sur le corps souple. Ses lèvres s'appuyèrent d'abord sur les cheveux soyeux, puis goûtèrent le sel des larmes qui mouillaient les paupières frémissantes. Comme dans ses rêves, elles descendirent aux lèvres tremblantes, qui s'entrouvrirent sous les siennes.

Alors, comme un torrent qui rompt enfin la digue, toute sa jeunesse brimée s'écoula par la brèche. Il couvrait Rose de baisers. Il l'enserrait et la caressait avec tant de violence qu'elle en fut d'abord effrayée et que le spectre de sa nuit de noces revint soudain la hanter. Mais elle devina bientôt que c'était la première fois qu'Alexandre tenait une femme dans ses bras et elle se mit à lui caresser le visage, à le rassurer. Il bégayait des mots sans suite: «Rose, mon amour, je t'aime, je t'adore. Je t'ai adorée dès le premier moment où je t'ai aperçue...». Sans trop savoir comment, ils se retrouvèrent sur le lit. Une vague de bonheur déferlait sur elle. Elle se rendait compte soudain à quel point elle l'aimait, le désirait. Alors, elle s'abandonna tout entière à la douceur de cet amour partagé, sentant confusément qu'enfin une partie de son patrimoine de femme lui était rendu.

Une fois sa fièvre apaisée, Alexandre songea tout à coup à Tom Clegson, l'Américain avec qui il avait fait son premier voyage. Il évoqua le mépris qu'il avait ressenti pour cet homme qui s'était si égoïstement servi de Sophia, l'Indienne. Et lui, qu'avait-il fait de mieux? Il avait abusé de la femme qu'il aimait par-dessus tout, de celle qui avait eu confiance en lui.

— Pardonne-moi, Rose, gémit-il. Pourras-tu jamais me pardonner?

— Te pardonner quoi, mon amour?

— L'offense que je t'ai faite...

— Tu ne m'as pas offensée puisque je t'aime. Je suis heureuse, comprends-tu? Je n'ai jamais été aussi heureuse de ma vie. Je t'aime comme j'avais toujours rêvé d'aimer.

— Tu m'aimes? demanda-t-il, incrédule. Tu pourrais m'aimer? Mais je me suis jeté sur toi comme une bête. Tu es trop belle et je t'aime depuis trop longtemps sans pouvoir te le dire. J'ai perdu tout contrôle...

Elle eut un petit rire.

— Je dois dire que tu m'as un peu surprise au début. Mais je te connais bien, Alex. Je savais que j'aurais pu, même là, t'arrêter si je l'avais voulu.

— Je ne t'ai pas blessée? Je suis si maladroit.

— Non, rassure-toi.

Il attira la tête blonde sur son épaule et la tint pressée contre lui.

— Je ne connais rien aux femmes, Rose. Aime-moi, apprends-moi à t'aimer comme une femme doit être aimée.

Un vacarme s'éleva au-dehors. Les chiens jappaient, hurlaient.

— Qu'est-ce qu'ils ont? demanda Rose, saisie.

— Ah, j'ai oublié. C'est l'heure où je les nourris d'habitude. Il vaut mieux que j'aille leur donner quelque chose à manger sinon ils vont ameuter jusqu'aux Marchessault.

Quant il revint, elle était assise dans le lit, enveloppée du drap. Elle lui tendit les mains, qu'il saisit et porta à ses lèvres. Puis, s'asseyant au bord du lit, il se mit à retirer les épingles qui retenaient encore son chignon à demi défait. «Voilà une chose dont j'ai envie depuis longtemps», dit-il tendrement. La chevelure dorée coula sur ses épaules en larges ondulations. Il retira doucement le drap.

— Dieu que tu es belle, ma Rose. Laisse-moi te regarder. Quand je te vois, je pense à mon oncle Esdras et à la chanson qu'on lui réclamait à chaque noce.

Il se mit à chanter en français :

« Rose, ma douce Rose, Pourquoi le ciel t'a-t-il créée si belle ? Pourquoi le ciel me défend de t'aimer… »

— Qu'est-ce que ça veut dire ?

Il traduisit. Doucement, elle posa son index sur ses lèvres pour le faire taire : « Chut ! » dit-elle, et tout en lissant sur son front les cheveux d'enfant sage, elle ajouta : « Demain viendra assez vite. Ce soir est à nous. »

Il ne la quitta qu'à l'aube.

⁂

Joe Vendredi ne fit aucune allusion à sa rentrée tardive ce jour-là, ni les jours qui suivirent. Chaque soir, une fois la nuit tombée afin que les Marchessault ne le voient pas s'y rendre, il allait retrouver Rose et ne revenait que peu avant que le fermier se lève. Il vivait dans un état d'exaltation extraordinaire qui balayait toute interrogation, tout remords, comme un fétu emporté par le courant du printemps. Au début, il avait dit : « Si tu allais devenir enceinte ? » Mais elle l'avait rassuré. Elle était sûre qu'elle ne pouvait pas avoir d'enfant. N'était-elle pas mariée depuis plus de deux ans ? La pudeur l'empêcha d'ajouter que plusieurs fois Doug avait, par ivresse, négligé les précautions, comme il disait, et que chaque fois elle avait espéré en vain.

Cependant, le spectre du retour de Doug se faisait chaque jour plus menaçant. Ni l'un ni l'autre n'osaient penser à ce moment où il leur deviendrait impossible de se voir. Quand il lui arrivait d'y penser, Alexandre se rendait compte que jamais il n'aurait la force de la quitter. Autant lui demander de cesser de respirer. Tant qu'il vivrait, il ne pourrait s'en séparer. Alors, quoi ? Il partirait avec elle. Ils iraient cacher leur bonheur quelque part, dans les prairies de l'Ouest probablement. Il suffisait de monter à Cochrane et de prendre le transcontinental pour Winnipeg.

Une lettre de Doug arriva enfin. Il avait obtenu de rester après les autres, avec le contremaître, le cuisinier et quelques autres, pour s'occuper des chevaux et déterminer le moment où il faudrait faire revenir les hommes pour la drave. « Ça va me donner une bonne somme additionnelle et nous rapprocher du jour où nous partirons pour la Californie, écrivait-il. Je serai de retour à temps pour les semis. »

Même si cette lettre leur avait causé un malaise en évoquant entre eux l'existence de Doug et son retour, dans un court délai sans doute puisque le soleil était chaque jour plus chaud, extraordinairement chaud pour ce temps de l'année, l'échéance était quand même repoussée pour un certain temps. Alexandre serra Rose dans ses bras comme si ce court répit devait durer toujours et telle était leur faim l'un pour l'autre que bientôt ils oublièrent que ce répit avait un terme précis.

XX

Quand Alexandre revint au camp ce matin-là, Joe était déjà levé et fumait sa pipe près du poêle. Le jeune homme le regarda et songea que lui aussi avait aimé une femme comme il aimait Rose. Se pouvait-il que ce vieil homme si impassible, si énigmatique ait vécu autrefois ce que lui vivait présentement ? Il éprouva soudain une vive curiosité à son égard. C'est pourquoi, pendant qu'ils déjeunaient, il se mit à l'interroger :

— Joe, comment avez-vous connu votre femme ?

Les paupières ridées se soulevèrent et Alexandre vit une étincelle s'allumer dans les yeux noirs. Puis, comme un éteignoir sur un cierge, elles redescendirent et cachèrent les prunelles sombres.

— C'est la mère supérieure qui m'a fait demander.

— La mère supérieure ? demanda Alexandre interloqué.

— Oui. Elle m'a dit : « Joe, j'ai pris mes renseignements et il paraît que vous êtes un honnête homme, bon chrétien et, surtout, que vous ne prenez pas d'alcool. Est-ce vrai ? » « Oui, ma mère », que j'ai répondu. Elle a continué : « C'est bien vous qui avez fréquenté l'école que dirigeait mère Sainte-Eulalie au lac Bleu ? » « Oui, ma mère. » « Vous travaillez ? » « Jusqu'à présent, j'avais le contrat pour le transport du courrier. Mais là on m'offre d'être assistant facteur de la Hudson Bay à Waveyadam Falls. » « Alors, vous auriez besoin d'une femme. Vous voulez vous marier ? » « Oui, ma mère, si je trouve quelqu'un de bien qui veuille de moi. »

Le vieillard se tut et parut perdu dans sa rêverie. À force de questions, Alexandre put reconstituer la scène, qui s'était passée il y avait plus d'un demi-siècle.

La mère supérieure avait paru contente et elle lui avait dit : « Vous vous demandez sans doute pourquoi toutes ces questions. Je vais vous le dire. Il y a presque seize ans de cela, deux arpenteurs nous ont amené une petite fille qu'ils avaient découverte près du cadavre de sa mère indienne, morte dans les bois. Le bon Dieu a permis qu'ils l'entendent pleurer. Sans cela, la pauvrette serait morte de faim ou dévorée par les bêtes. Ils l'ont apportée au couvent. À mesure qu'elle grandissait, il devenait évident que son père avait dû être un Blanc. C'est une bonne enfant. Elle est maintenant en âge de se marier et je voudrais la confier à quelqu'un qui soit bon pour elle. Vous êtes vous-même métis, je crois ? » « Oui, ma mère. Mon père venait de Belgique et travaillait pour Révillon Frères à ce que m'a dit ma mère, qui était montagnaise. » « Très bien. Alors, présentez-vous au parloir dimanche après-midi, entre la grand-messe et les vêpres. Si après trois ou quatre dimanches la petite veut de vous, j'avertirai le père et on vous mariera. »

— Alors, pressa Alexandre, qu'est-il arrivé ? Vous êtes allé au parloir ?

— Non. Je suis d'abord allé à la grand-messe pour

voir entrer les sœurs. Et j'ai vu la jeune fille qui suivait mère supérieure. Elle avait une tresse épaisse, noire et luisante comme l'aile d'un canard. Ses yeux étaient baissés, mais je voyais ses longs cils noirs sur sa joue lisse et veloutée comme une peau de jeune caribou.

Il se tut un moment et reprit d'une voix un peu voilée :

— Alors, je suis allé au parloir et j'ai attendu. La mère supérieure est arrivée avec la jeune fille. Elle a dit : « Joe Vendredi, je vous présente Clémentine. » Elles se sont assises toutes les deux en face de moi.

— La mère supérieure aussi ?

— Oui. Clémentine ne disait rien. La mère supérieure attendait et moi, je ne savais pas quoi dire. Alors, j'ai dit n'importe quoi. J'ai dit : « Êtes-vous déjà allée en canot sur la Blanche ? » Alors, elle m'a regardé et j'ai vu qu'elle avait de beaux yeux brun clair avec des reflets verts, comme la rivière Noire au printemps quand elle déborde et coule sur les longues herbes.

Joe repoussa son assiette, sortit sa blague à tabac et sa pipe, qu'il se mit à remplir en silence.

— Alors, le pressa Alexandre, elle vous a répondu ?

— Je ne me souviens plus.

— Vous n'êtes quand même pas restés tous les trois sans parler ?

— Non. J'ai commencé à lui raconter comment j'avais transporté le courrier depuis Moosonee jusqu'à Fort Temiskaming, en traîne à chiens l'hiver et en canot l'été, avec les portages. Ça l'intéressait beaucoup. Au bout d'une heure, la mère supérieure s'est levée et elle m'a dit : « C'est très bien, Joe. Vous reviendrez dimanche prochain. »

— Vous êtes retourné ?

— Oui.

— Et Clémentine, elle vous parlait ?

— Presque pas. Mais quand je lui racontais la vie dans les bois, la pêche dans le grand lac Abitibi, elle levait sur moi ses beaux yeux et je savais que ça l'intéressait. Je lui ai raconté comment, quand j'arrivais à Moosonee avec le courrier, après avoir couru devant les chiens toute la journée, le soir j'allais danser toute la nuit. Elle m'a dit alors : « Qu'est-ce que c'est, danser ? »

Il s'arrêta de parler.

— Vous lui avez répondu ? demanda Alexandre. Vous lui avez expliqué ou vous lui avez montré ?

— Ni l'un ni l'autre, car la mère supérieure s'est levée et elle m'a dit : « L'heure est écoulée. Vous reviendrez dimanche prochain, Joe Vendredi. »

— Ça a duré plusieurs dimanches ?

— Trois seulement. Le troisième dimanche, la mère m'a demandé de raconter mon enfance. Alors, je lui ai dit que j'avais trois ans quand mon père est retourné en Europe. La mère m'a demandé si je m'en souvenais. Pas beaucoup, que je lui ai dit. Je me rappelle qu'il avait les yeux bleus et de la barbe. Alors, comme les Indiens n'ont pas de barbe… Il avait dit à ma mère qu'il reviendrait, mais il n'est jamais revenu. Alors, elle est allée vivre dans sa tribu. Quand j'ai eu six ans, elle est venue au lac Bleu, où elle avait un frère qui travaillait pour la mission catholique. Elle a commencé à travailler elle-même pour les sœurs et moi, je suis allé à l'école jusqu'à douze ans. Après, j'ai fait toutes sortes de choses. J'ai été guide, j'ai fait la trappe et la pêche, j'ai travaillé pour la Hudson Bay, j'ai transporté le courrier. Quand j'ai eu fini, la mère m'a dit : « Maintenant que vous connaissez Clémentine, êtes-vous prêt à l'épouser ? » J'ai répondu : « Oui, ma mère. » Elle a demandé la même chose à Clémentine et elle a fait signe que oui. Alors la mère a dit : « Joe, allez voir le père. Il vous attend. Vous vous marierez mercredi en huit. » Et la mère a ajouté : « Pas besoin de revenir dimanche prochain puisque vous vous marierez trois jours plus tard et que vous l'aurez pour la vie. »

Pour la première fois depuis le début du récit, Joe se mit à rire de bon cœur.

— Eh, elle n'était pas tendre, la bonne mère, dit Alexandre en riant aussi. Vous vous êtes mariés ?

Joe fit signe que oui.

— Vous avez été heureux ?

— Pas tout de suite. Après le mariage à l'église, j'ai amené Clémentine chez un ami à moi, qui vivait dans le fort avec sa famille. Ils nous ont fait une fête et, le soir, ils nous avaient préparé une chambre, mais Clémentine a refusé de se coucher avec moi.

— Pourquoi ?

— Parce que c'était péché de se coucher avec un homme.

— Ah, ça, par exemple ! s'exclama Alexandre.

Le vieillard continua, imperturbable :

— La famille de mon ami se sont moqués d'elle et ils ont voulu la forcer. Mais j'ai dit : « Laissez-la tranquille. Elle couchera seule dans la chambre, moi, je coucherai ailleurs. » Le lendemain matin, je l'ai amenée chez le père et je lui ai expliqué la chose. Alors le père lui a dit : « Tu vois, Clémentine, c'est vrai que c'est péché de coucher avec des hommes. C'est permis seulement quand c'est ton mari et seulement avec lui. Même c'est ton devoir d'état maintenant de coucher avec Joe qui est ton mari et d'être la mère de ses enfants. Dans le mariage, tout est permis. Tu comprends, Clémentine? Tout est permis.» Clémentine a fait signe qu'elle comprenait et nous sommes sortis. Quand nous avons été dehors, elle m'a regardé et elle a demandé: «Qu'est-ce qui est permis?»

De nouveau, le vieillard se mit à rire silencieusement, les yeux fermés, le regard tourné vers cet été d'autrefois. Puis il continua:

— Alors je lui ai dit: «Il est permis d'aller tous deux vivre dans les bois comme le peuple de nos mères a vécu avant nous. Viens avec moi et je t'enseignerai tout ce que ma mère et mes oncles m'ont appris.» Je lui ai tendu la main, elle a mis sa main dans la mienne. Nous sommes montés dans mon canot et nous avons vécu dans les bois, sous la tente, comme des Indiens, pendant un mois avant d'aller retrouver Ken Moore à Waveyadam Falls.

— Et vous avez été heureux? demanda rêveusement Alexandre.

— Oui, et Clémentine a toujours aimé la vie dans les bois. Chaque été, on partait en canot pour quelque temps, rien que nous deux. Quand les enfants étaient jeunes, on les laissait avec des parents ou des amis. Plus tard, on est restés tout seuls.

— Vous avez eu plusieurs enfants?

— Quatre vivants. Deux garçons et deux filles. James, mon plus vieux, il est allé à l'école plus longtemps. Il est mesureur de bois pour une compagnie forestière dans la région du lac Supérieur. J'ai une fille à North Bay, mariée à un employé du chemin de fer. Mon autre fille est mariée au facteur de la Hudson Bay à Waveyadam Falls.

— Votre autre fils?

— Celui-là, il a fait de la peine à sa mère, énonça Joe, hochant la tête.

— Comment s'appelle-t-il ?

— Paul. Il a toujours été difficile, celui-là. Il est maintenant guide quelque part au nord de Sudbury. Il paraît qu'il s'est abouché avec des Indiens et des Blancs, une bande de malfaiteurs qui volent du *high-grade* dans les mines et salent des *claims* qu'ils revendent à gros prix à des prospecteurs sans expérience.

Le vieil homme se tut, puis il se leva lentement et sortit dans le matin clair et pur d'un printemps hâtif.

XXI

Une semaine plus tard, en arrivant chez Rose, Alexandre vit tout de suite que quelque chose de sérieux s'était passé.

— J'ai eu des nouvelles. Lloyd Murdoch est venu cet après-midi. Il travaillait au même camp que Doug. Doug a eu un accident.

— Grave ?

— Il est blessé assez gravement, mais les médecins pensent qu'il s'en tirera. Il a été transporté à Toronto par le train. Je dois recevoir une lettre de l'hôpital de Toronto dans quelques jours.

— Comment est-ce arrivé ?

Rose lui répéta ce que Lloyd avait dit. Même si on était encore en avril, l'eau avait déjà monté sur la rivière. Comme il le faisait chaque matin, Doug était allé avec un pic pour sonder la glace. Mais le soleil avait chauffé les piles sombres des billots et fondu le gel qui les maintenait comme un mortier. La vibration causée par le pic avait donné le branle à l'énorme pile de bois. Quand il avait perçu le grondement de l'avalanche, Doug n'avait pas osé courir sur la glace de crainte d'être emporté. Il avait cru pouvoir regagner le bord, mais il avait été rejoint et enseveli. On l'avait trouvé sous la pile et il n'avait pas été facile de le tirer de là. Il n'y avait que six hommes au camp et il fallait surtout éviter de faire s'écrouler d'autres billots. Toute la journée on avait travaillé, souvent en risquant sa vie car la glace devenait mauvaise. Ce n'est qu'au soir que l'on avait pu le transporter au chemin de fer et trouver un médecin. Celui-ci avait constaté que Doug avait un bras et une jambe fracturés et qu'il souffrait de blessures internes. Il avait ordonné que l'on transporte le blessé à Toronto et, comme il avait échappé aux blessures à la tête, on pouvait espérer qu'il s'en tire.

Rose racontait à voix basse. Ils n'osaient se regarder de peur de lire dans les yeux de l'autre la pensée secrète qu'ils n'osaient s'avouer à eux-mêmes. Cet accident qui arrivait à point, c'était vraiment trop commode. Si Doug mourait de ses blessures…

Ils se ressaisirent et longtemps devisèrent gravement. Ils convinrent qu'ils ne se verraient plus, qu'ils se quitteraient et qu'elle se dévouerait pour Doug lorsqu'il sortirait de l'hôpital. Ni l'un ni l'autre ne voulait tourner la tête et voir la porte qui s'était entrouverte sur la liberté. Non. Il était absolument impensable qu'ils eussent, même pour un seul instant, pu désirer la mort de Doug ou pensé que si les choses tournaient au pire cela résoudrait bien des problèmes. Ils s'étourdirent de bonnes paroles, de pieuses résolutions, et Alexandre prit congé tôt dans la soirée.

On vivait un printemps extraordinaire, jamais vu de mémoire d'homme. La chaleur était arrivée hâtivement et ne se démentait pas. La neige avait fondu à vue d'œil, les perce-neige et les violettes avaient fleuri trois semaines plus tôt que d'habitude. Fossés et marais s'éclairaient de l'or fragile des soucis d'eau. Les cours d'eau bondissaient, libres de leur carapace de glace. Eugène jubilait. « Ce sera une bonne année, je le sens, répétait-il. Pour une fois, on pourra récolter avant les gelées. » À la fin d'avril, le bétail était déjà au pâturage et la rivière apportait allégrement des flottilles de billots au moulin, qui avait repris ses activités. Wilfrid Lamontagne avait obtenu le renouvellement de son contrat avec l'Abitibi Pulp and Paper. Voyant augmenter ses revenus, il avait donné à Mastaï Lallier le contrat d'agrandir son magasin, de sorte que, du matin jusqu'au soir, on entendait la chanson de la scie et le joyeux bruit du marteau. Il ignorait toujours les amours de sa fille Thérèse et quand il songeait à elle c'était pour en évoquer la bonne mine, comme il se félicitait de sa propre habileté pour avoir étouffé dans l'œuf l'amourette sans conséquence. « Il faut avoir de la poigne, aimait-il à répéter. Quand on a de la poigne, on réussit toujours. »

L'oncle d'Alma était arrivé avec toute sa famille et avait acheté la terre des McFarland. Il laissait là-bas de bons contrats de voirie mais, que voulez-vous, avait-il dit, avec trois garçons en âge de guerre, il valait mieux être cultivateur et être sûr de ne pas être dérangé.

Alexandre avait tenu bon pendant trois jours puis il s'était rendu chez Rose, au grand jour, comme un ami qui vient prendre des nouvelles. La lettre attendue était arrivée. Rose la lui tendit. Le premier feuillet était signé du médecin traitant. En plus des fractures aux membres, Doug avait des côtes cassées qui avaient endommagé ses poumons. Il ne pourrait certainement pas quitter l'hôpital avant le début de juillet. Le second était une lettre de Doug, dictée à une infirmière. Il avait demandé à la compagnie d'envoyer à sa femme l'argent gagné durant l'hiver. Puis suivaient des instructions très précises sur ce qu'elle devait faire pour préparer les couches chaudes et ensuite transplanter les semis dans le potager, ainsi que le nombre de poussins à commander. « Je sais, continuait la lettre, qu'il te sera impossible de faire tout ce travail toi-même. Il faut que tu engages quelqu'un pour t'aider. Si Alex est toujours là, il ne te refusera certes pas ce service. »

Alexandre sentit la honte lui monter au front. Doug lui faisait confiance alors que lui… « Mon Dieu, pria-t-il intérieurement, faites que je ne devienne jamais un cynique… »

Avec ce printemps si extraordinairement en avance, la besogne pressait. Les Marchessault, les Lamontagne, tout Sesekun admirait le dévouement d'Alexandre, qui retardait son départ pour aider un pauvre homme gisant sur un lit d'hôpital à Toronto et qui trimait dur à planter et à ensemencer afin de ne pas manquer la meilleure saison qui se soit jamais présentée.

En obéissant aux volontés du blessé, Rose et Alexandre se disaient qu'ils réparaient le mal qu'ils avaient fait. Désormais, se dirent-ils, il leur suffirait de se voir, de travailler ensemble. Ils étaient courageux et sincères.

Mais les oiseaux chantaient dans les cerisiers sauvages en fleur. La brise n'avait jamais été aussi parfumée. Une odeur de végétation en pleine fécondité montait des vallées le soir, les fleurettes blanches des fraisiers se pressaient le long des routes, annonçant la moisson sucrée et parfumée. À la fin du jour, Alexandre quittait la ferme des Stewart et rentrait à pied par la route pour que les Marchessault le vissent retourner par le sentier qui conduisait au camp de Joe Vendredi. Mais quand le concert des ouaouarons battait son plein et que la lune brillait sur la rivière, il prenait son canot et remontait jusqu'à l'anse d'où il avait entendu l'appel désespéré de Rose. Puis il gagnait la maison par l'orée du bois et serrait contre son cœur cette femme sans laquelle il ne pouvait plus vivre. La première fois, Rose avait pleuré. « Il ne fallait plus, il fallait être forts. » Cependant, il avait l'air si malheureux, comment pouvait-elle lutter à la fois contre lui et contre son propre cœur ? Alors ils se disaient que de toute façon leur idylle prendrait fin quand Doug reviendrait. La brièveté même du temps qui leur était alloué exaspérait leur désir.

Alexandre ne vivait que pour ce bonheur : l'éclair de joie qu'il voyait s'allumer dans les yeux de Rose à son arrivée, le rire d'enfant lorsqu'il la soulevait dans ses bras comme il l'avait fait au premier jour ; les travaux, durs certes, mais qui paraissaient légers parce qu'ils étaient partagés ; les repas pris ensemble ; les cheveux d'or qui lui tombaient jusqu'aux hanches lorsqu'elle défaisait son chignon ; les nuits où il tenait le corps jeune et souple dans ses bras ; le doux parfum de lavande qui flottait dans ses cheveux et sur son corps.

⁂

Dès la première semaine de juin, tous leurs semis étaient en terre. Eugène regardait ses champs ensemencés et disait : « Maintenant, tout ce qu'il nous faut, c'est une bonne pluie tranquille. » Mais chaque jour l'astre brillant se levait dans le ciel pâle sans que le moindre petit nuage annonçât l'orage tant souhaité. On allait consulter le thermomètre du chef de gare : trente-sept degrés Celcius en juin, on n'avait jamais vu ça. Les rivières avaient tellement baissé que la scierie se ravitaillait difficilement, le niveau de l'eau étant insuffisant pour assurer une bonne flottaison. Les pâturages jaunissaient. Alexandre transportait de l'eau en baril depuis la rivière et lui et Rose passaient les soirées à arroser le potager, où les légumes s'épanouissaient. « Une bonne chose avec c'te sécheresse, disait Mastaï en fumant sa pipe au magasin Lamontagne, c'est du vrai bon temps pour faire de l'abattis. Il va s'en défricher de la terre, cette année. »

Dans chaque ferme, des hommes peinaient, arrachant les broussailles et les souches, qu'ils mettaient en tas. Il faisait si sec quand cela brûlait que c'était un plaisir à voir. Malgré le ciel sans nuages, l'air était toujours un peu brumeux, chargé de toutes les fumées qui s'élevaient verticalement de chaque ferme dans l'air stagnant. On était si habitué à l'odeur du feu que les gens ne s'en apercevaient même plus.

Comme les autres, Eugène Marchessault avait résolu de faire contre mauvaise fortune bon cœur. Puisque les récoltes ne seraient pas aussi bonnes qu'il l'avait espéré à cause de cette sécheresse qui n'en finissait plus, il se dit qu'il fallait donner un grand coup dans le défrichement. Ayant rencontré, au magasin Lamontagne, un nommé Will Laroche, qu'il avait connu au chantier durant l'hiver et qui, ayant bu tout son argent, se cherchait maintenant du travail, il résolut de l'embaucher pour cette besogne. Tout le jour, l'air calme retentissait des coups de hache, du grincement des godendards, du fracas des arbres qui tombaient.

Maintenant que les travaux étaient à peu près finis chez les Stewart (excepté l'arrosage du soir), Alexandre travaillait avec eux à ébrancher les troncs et à les scier pour faire du bois de chauffage qui alimenterait les poêles des Marchessault, Stewart et Vendredi au cours de l'hiver à venir. Puis les trois hommes ramassaient les branches et les broussailles, arrachaient les souches (pour les plus grosses, il fallait des chevaux ou de la dynamite) et les réunissaient en tas. Enfin, on allumait ces bûchers, qui flambaient avec un crépitement joyeux.

XXII

Au début de juillet, Doug revint. Rose aperçut la voiture, conduite par le fils de Lloyd Murdoch, qui descendait le versant vers le petit pont. Elle sortit sur le pas de la porte et le vit descendre péniblement, repoussant farouchement la main tendue du jeune Murdoch. À l'aide de ses béquilles, il retrouva son équilibre et se tourna vers Rose, qui, la gorge serrée, le regardait s'approcher. Son teint avait la pâleur verdâtre des alités, son corps amaigri flottait dans ses vêtements, mais le sourire moqueur qui lui servait de bouclier était toujours là.

— Allons, belle dame, ne faites pas cette tête-là. Moi, je trouve que c'est épatant, une grande amélioration. Songez donc, je peux maintenant jouer Quasimodo ou Richard III sans costume.

Prenant une pose théâtrale, il se mit à déclamer: «*Now comes the winter of our discontent, Made glorious summer by this sun of...* Sesekun», acheva-t-il avec un rire sans joie. Puis, exagérant par bravade sa démarche d'infirme, il pénétra dans la maison. Comme dans un rêve, Rose lui prépara le thé et lui servit un repas. Il voulut savoir où en étaient le potager et l'ensemencement des pommes de terre et du grain. Malgré sa fatigue évidente, il insista pour se rendre compte par lui-même de l'avancement des travaux. Quand Alexandre, qui avec ses compagnons avait vu passer la voiture car rien n'échappe aux habitants des régions isolées, vint le soir porter une charge de bois de chauffage et arroser le potager, il lui serra la main avec chaleur.

— Alex, je n'oublierai jamais ce que tu as fait pour Rose et pour moi. Je n'aurais pas pu faire mieux moi-même et sans ton aide nous aurions perdu toute une récolte.

Ces paroles tombèrent sur son interlocuteur comme une pluie de tisons ardents. Évitant le regard de Rose, Alexandre prit congé d'eux, déchiré de honte et de douleur. Dès la semaine suivante, Doug déclara qu'il reprendrait ses voyages à Iroquois Falls pour rétablir sa clientèle. Il se déplaçait péniblement, mais refusait toute assistance. Rose le vit partir dans le matin jaune et sans fraîcheur d'un juillet que l'on n'avait jamais connu si étouffant. Toute la journée elle attendit son retour, se doutant dans quel état il reviendrait. Pour sa part, elle venait de prendre une grande résolution.

Enfin, vers neuf heures du soir, elle vit la voiture, qui avançait lentement sur la route, point noir dans cet étrange monde de brume ocre où se passait l'été. À l'horizon, le disque morne du soleil rejoignait lentement les cimes acérées des épinettes. Quand Doug arriva, elle alla à sa rencontre et le regarda descendre, titubant de fatigue et aussi de cette bagosse dont l'odeur lui était devenue si familière.

— Va te reposer dans la maison. Je m'occupe du cheval.

— *Ah, Rosie, Rosie, you're a mighty good girl. Yes, sirree, you're the best.*

Esquivant sa main maladroite, elle saisit le cheval à la bride et le conduisit vers l'écurie. Quand elle revint à la maison, Doug était affalé dans un fauteuil.

Elle lui servit à souper, mais il ne mangea guère et ne remarqua pas qu'elle ne mangeait pas du tout. Le crépuscule épais obscurcissait les vitres. Doug tira de sa poche un flacon où il restait un fond de liquide blanchâtre. Rose se leva et le lui enleva doucement des mains. « Tu n'as pas besoin de ça. Viens avec moi, viens te coucher. » Puis, comme il la regardait avec méfiance, elle ajouta : « Ne suis-je pas ta femme ? »

Il se laissa déshabiller sans protester. Étendu sur le lit, il la regardait se dévêtir, non pas comme d'habitude dans un coin sombre, le plus loin possible du lit, sous l'ample robe de nuit qui la recouvrait jusqu'aux pieds, mais dénudant complètement son corps éclairé par la lampe. Elle se coucha près de lui et se mit à le caresser doucement. Alors, les larmes lui montèrent aux yeux et il enfouit son visage dans le creux de sa gorge. Elle l'enveloppa de bras maternels.

Quand ce fut enfin terminé et qu'il fut endormi, Rose se leva, refit les gestes rituels, puis elle sortit sur le pas de la porte dans la nuit chaude et sans rosée, éclairée par une lune bizarre, sphère de cuivre dépoli. Jamais elle n'avait autant évoqué l'ombre de Nellie comme elle l'avait fait depuis quelque temps. Et Ron ? Le renverrait-on au combat une fois sa convalescence terminée ? Elle frissonna soudain dans la nuit étouffante.

La fumée des abattis cessa momentanément de s'élever des fermes, non seulement de Sesekun, mais tout le long de la voie ferrée depuis Haileybury jusqu'à Cochrane. Le foin était mûr, il fallait le couper. Avec la sécheresse qui continuait toujours, les champs de mil prenaient un aspect jaune et les épis feutrés s'égrenaient en poussière dans la main.

Comme ils quittaient leur tâche de défrichage pour rentrer souper, Eugène dit à ses compagnons: «Y a pas à dire, on a fait de la belle besogne, les gars. J'ai marché le morceau et y faut dire qu'on va avoir proche vingt acres à labourer cet automne, surtout si on a du beau temps pour faire les foins. Ça a pas l'air de vouloir mouiller de sitôt, mais on sait jamais avec ce maudit pays.»

Alexandre s'étonnait toujours de cette espèce de haine amoureuse qu'Eugène témoignait envers sa terre, envers Sesekun, envers le Nouvel-Ontario. Il l'avait remarqué chez beaucoup de gens qui se plaignaient, rouspétaient, déblatéraient, mais n'abandonnaient pas: les fermiers contre le climat qui ruinait les récoltes; les bûcherons contre la forêt qui leur fournissait du travail mais où des circonstances imprévisibles — froid excessif, tempêtes, dégels inattendus, mouches et moustiques torturants — rendaient leur travail pénible et parfois périlleux; les prospecteurs contre ce sol qui cachait ses richesses, qui faisait miroiter l'or pur en surface, qui parfois donnait sans mesure comme dans le cas de la Dome, la McIntyre, la Hollinger, alors que d'autres fois une veine prometteuse s'arrêtait net sans que l'on sache pourquoi. À vrai dire, beaucoup s'en allaient, mais ceux qui demeuraient semblaient liés par une attirance inexplicable qui se muait en lutte, en corps à corps où l'homme mesurait son courage à la dureté de ce pays sans pitié.

— Quand on aura fini ici, on commence chez les Stewart ? demanda Alexandre.

— C'est ça. Ça te va, Will ?

Celui-ci acquiesça d'un vague grognement. Un curieux type, ce Will, taciturne mais doué d'une force peu ordinaire, comme Eugène avait pu s'en rendre compte l'hiver précédent au chantier. C'est d'ailleurs ce qui l'avait poussé à l'embaucher. Il couchait dans la grange et, malgré l'interdiction que lui avait faite Eugène de toucher à l'alcool, ce dernier se demandait parfois s'il ne réussissait pas à s'en procurer quand il disparaissait le samedi soir aussitôt la besogne terminée. Mais le lundi matin on le voyait sortir de la grange à l'aurore et peiner toute la journée sans se plaindre, abattant une somme de travail « comme deux hommes ordinaires », disait Eugène.

Quand ce dernier l'avait présenté la première fois à Alexandre, il n'avait pas manqué d'exprimer au nouvel arrivant la fierté qu'il éprouvait d'avoir comme ami et comme aide un homme si instruit. « Même s'il est au Grand Séminaire et quasiment prêtre, y a pas peur d'une bonne journée de travail, celui-là. J'cré qu'y est aussi fort que toi, Will, et, comme dit Alma, du dévouement pareil, on en rencontre pas souvent. »

Alexandre, gêné, avait coupé court aux effusions d'Eugène et salué Will. L'engagé avait à peine répondu à son salut et Alexandre avait même cru apercevoir un éclair de malveillance dans le regard obtus de Will. Il en avait d'abord été troublé, puis il s'était dit qu'il avait dû faire erreur. Mais quelques incidents au cours du travail, quoique minimes en soi, étaient venus renforcer la désagréable impression du début.

Après le souper, Alexandre, comme toujours, se rendit chez les Stewart pour arroser le potager, qui était comme une oasis de verdure dans un désert de foin jauni et de terre desséchée. Doug avait tendu du coton à fromage au-dessus des plantes pour les protéger de l'ardeur excessive du soleil et, avec les arrosages réguliers, on n'avait encore jamais eu une si belle récolte. Même les tomates mûrissaient et, à moins qu'août n'amène les gelées blanches, on aurait une belle récolte de délicieuses tomates rouges, chose que l'on voyait rarement.

Malgré sa fatigue, Alexandre ne manquait jamais de rendre ce service aux Stewart car cela lui permettait de voir Rose, de lui parler. Les amants pouvaient rarement se parler en tête-à-tête, seulement le dimanche alors que Rose allait, comme elle le faisait chaque année, à la cueillette des fruits sauvages pour en faire des desserts et des conserves. Doug avait objecté qu'elle risquait de faire de mauvaises rencontres comme l'année précédente. Alexandre s'était tout de suite offert: «J'irai pêcher à portée de voix, mais armé de ma carabine, cette fois.»

Doug avait accepté d'emblée. Aussi, le dimanche après-midi, alors que lui-même s'installait non loin de la maison pour pêcher dans la rivière ou s'occupait dans le potager, Rose longeait la rive vers la forêt à la recherche de framboises ou de bleuets, tandis qu'Alexandre la suivait en canot, la carabine sur les genoux, la canne à pêche à la main. La confiance absolue de Doug n'était pas sans le gêner. Il y avait aussi un autre facteur. Quand il parvenait à se ménager quelques minutes de conversation avec Rose, il lui semblait qu'elle n'était plus la même. La spontanéité enfantine avait fait place à une gravité étonnante. D'adolescente, elle s'était muée en femme sous ses yeux.

Dès le retour de Doug, ils avaient convenu que Rose ne pouvait abandonner son mari encore mal remis de ses blessures; Alexandre ne pouvait se résoudre à s'éloigner de cette femme qui le possédait corps et âme et qui avait tout balayé dans sa vie. Quel serait le dénouement de cette impasse? Alexandre parfois échafaudait des projets qui avaient fort peu de chance de se concrétiser. Quand Doug serait remis, il lui parlerait. Peut-être celui-ci accepterait-il de partir seul pour la Californie? Il l'aiderait à amasser la somme nécessaire. Que ne ferait-il pas pour avoir Rose tout à lui: nouveau Jacob, il était prêt à travailler sept ans pour mériter sa Rachel. Rose l'écoutait sans rien dire, se contentant du bonheur de le voir, de l'entendre, de le sentir tout près pour quelque temps encore.

XXIII

Au cours de la dernière semaine de juillet, la chaleur augmenta encore. Au magasin Lamontagne, on racontait que l'on avait enregistré, dans les camps en forêt de l'Abitibi Pulp and Paper, des températures de quarante-deux degrés Celsius et que des mineurs de la région de Porcupine qui sortaient de la fraîcheur des galeries souterraines s'étaient évanouis en étant soudainement plongés dans l'atmosphère embrasée de la surface de la terre. Un grand silence tomba. Pas un souffle n'agitait les nombreux lacs et cours d'eau, mués en miroirs polis reflétant le soleil implacable. Les oiseaux se taisaient. On vit, en plein jour, des chevreuils, des orignaux et des ours qui passaient sans regarder, se dirigeant vers le sud comme des voyageurs appelés en hâte vers le lieu où se joue leur destin. La terre retenait son souffle. C'était le calme terrifiant qui précède la tempête.

Quand Alexandre mit l'eau à bouillir pour le thé ce matin-là, ses yeux s'arrêtèrent au calendrier colorié annonçant Wilfrid Lamontagne, Marchand général — *General Merchant*. C'était aujourd'hui le 29 juillet

1916. Il ne se doutait pas alors que cette date, il la porterait gravée dans son âme et dans sa chair pour le reste de ses jours.

Joe, comme à l'habitude, fumait sa pipe dehors, assis sur un tronc qui lui servait de banc près de la porte. Quand il entra pour déjeuner, il dit à son compagnon:

— Les bêtes passent. Il y a des feux de forêt qui les chassent.

— Je ne crois pas que le feu vienne dans cette direction. Il me semble qu'il y a moins de fumée qu'avant.

Le vieillard hocha la tête. Alexandre, pressé de se rendre chez les Stewart où on coupait le foin, ne l'interrogea pas davantage.

Le travail de la veille reprit. Doug conduisait les chevaux qui tiraient la charrette sur laquelle Eugène, Will et Alexandre empilaient le foin qu'ils déchargeaient ensuite dans la tasserie. La sueur coulait sur leurs visages, mouillait la chemise qui adhérait à leurs corps. Une poussière s'élevait de ce foin desséché qui irritait les yeux et altérait la gorge. Rose apportait de l'eau fraîche qu'elle prenait au puits.

Ils venaient de décharger une dernière charretée avant le dîner lorsqu'un sourd grondement se fit entendre et l'air remua. Eugène leva les yeux vers le ciel qui s'assombrissait imperceptiblement sans que l'on pût distinguer de nuages. Le soleil était toujours là, mais réduit à un pâle cercle sans lumière. Des éclairs se mirent à sillonner la nue. «C'est bien notre chance, soupira Eugène. Une journée de plus et on avait fini.»

Avec une violence inouïe, l'ouragan s'abattit sur eux, soulevant en un tourbillon effrayant foin, poussière, branches d'arbres arrachées. Doug, qui s'appuyait sur sa béquille, vacilla et fut projeté au sol. Ensemble, Eugène et Alexandre l'aidèrent à se relever et, tout en le supportant, se dirigèrent vers la maison. Will, immobile, la bouche ouverte, semblait frappé d'idiotie soudaine. Eugène lui donna une bourrade en passant et il les suivit docilement. Ils parvinrent à la maison, qui craquait de partout, et fermèrent la porte.

— J'ai jamais vu un orage comme ça, haleta Eugène, cherchant à retrouver son souffle.

— Pourtant, il ne tombe pas une goutte de pluie, observa Alexandre, qui regardait par la fenêtre.

— Il faut que j'aille voir à Alma et aux petits.

— Et moi, Joe…

Alexandre regarda Rose, qui pansait l'écorchure que Doug s'était faite au bras en tombant. Elle leva les yeux et rencontra son regard. Les trois hommes sortirent en silence dans la tempête, qui rappelait à Alexandre ce qu'il avait lu des tempêtes de sable du Sahara. Péniblement, ils se frayaient un chemin dans le vent qui leur projetait à la figure tous les détritus qu'il arrachait à la terre.

À Sesekun, lorsque l'ouragan frappa le village, faisant voltiger le bran de scie et voler les copeaux et les planches, on arrêta les machines de la scierie. Lorsqu'on vit les arbres se casser et le poulailler des Murdoch renversé, Bill McChesney, le contremaître, hurla aux ouvriers qu'ils pouvaient rentrer chez eux. L'unique route qui traversait le village fut bientôt encombrée de tonneaux et de seaux qui roulaient, emportés par le vent, de femmes qui cherchaient en titubant et en tombant à retrouver les enfants qui jouaient dehors. L'enseigne de métal fixée au toit du magasin Lamontagne, arrachée d'un seul coup, s'abattit avec fracas dans le chemin et, soulevée à intervalles par la tourmente, rendait un son lugubre. La cloche même de la chapelle se mit à tinter sans l'aide d'une main humaine. Les groupes familiaux se formaient et se dirigeaient vers la gare, où le télégraphe était la seule communication avec le monde extérieur. Jim Taylor, le chef de gare, était à son poste, interprétant le cliquetis qui ne voulait rien dire aux non-initiés. « Voilà, dit-il, il paraît que la tempête fait rage depuis Cochrane jusqu'à Kirkland Lake. À Cochrane, quelques colons sont arrivés de la campagne en criant que le monde était en flammes. »

Ce mot, prononcé pour la première fois, sema l'inquiétude dans le groupe. Certains avaient connu des gens qui avaient péri dans le feu de Porcupine cinq années auparavant. Le chef de l'équipe d'entretien du chemin de fer, Hugh Anderson, et son épouse n'avaient eu la vie sauve qu'en se réfugiant avec d'autres personnes dans le lac, une couverture sur la tête, s'immergeant à intervalles pour se rafraîchir et mouiller la couverture. Tous les yeux se tournèrent vers Anderson.

— Il n'y a pas de doute que s'il y a du feu en quelque part, ça va courir loin avec un vent pareil. Il faut rester en communication avec les villes en haut de la ligne pour voir ce qui se passe, déclara-t-il.

Le télégraphe continuait à déverser ses appels. Jim dit soudain :

— Un convoi mixte de wagons passagers et de marchandises vient d'atteindre Nellie Lake. L'ingénieur rapporte qu'ils ont traversé une grande étendue de forêt qui brûlait à la hauteur de Niddville. Il conseille à tous de monter à bord et de se réfugier vers le sud.

— Pas une minute à perdre, dit Hugh Anderson. Il

faut avertir tout le monde de se préparer à prendre ce train.

Le groupe se répandit dans le village, frappant aux portes, alertant les occupants. Des femmes en pleurs se mirent à empiler des vêtements et des objets dans des valises. Que fallait-il emporter ? Comment pouvaient-elles abandonner ces choses qui constituaient tout leur maigre avoir ?

Mastaï alla avertir le curé, qui arriva bientôt au magasin Lamontagne, son maigre corps dessiné par le vent qui plaquait sur lui sa soutane verdie. Même dans les chaleurs extraordinaires qu'on avait subies, on ne l'avait jamais vu autrement qu'en collet romain et vêtu de sa soutane élimée à laquelle il manquait des boutons. Devant la porte, il rencontra un paroissien qui montait en voiture.

— Allez-vous chercher votre famille, Théodore ?

— Non, monsieur le curé, je vais les rejoindre. J'abandonne pas ma terre. J'en ai assez grand de défriché et j'ai pas peur.

Fouettant son cheval, il s'éloigna au trot. À l'intérieur, il trouva Amanda qui emplissait des mallettes.

— Vous partez, madame Lamontagne ?

— Pas moi, monsieur le curé. J'envoie les enfants avec Thérèse. Je ne peux pas partir sans Wilfrid. Il devrait être ici vers la fin de l'après-midi.

— Envoyez-les avec Mina, dit Thérèse. Je reste avec vous, maman.

— Admirable fille, dit le curé. C'est dans les temps de malheur qu'on découvre les âmes héroïques.

Cependant, le vent diminuait. On entendit le sifflet du convoi qui s'approchait. Quand il s'immobilisa vis-à-vis de la gare, les gens se pressèrent autour, hissant leurs paquets, aidant les enfants et les femmes à monter.

— Qu'est-ce que dit Cochrane? demanda Hugh à Jim Taylor.

— Cochrane ne répond plus.

— Monte à bord alors, dit Hugh. Il n'y a pas une minute à perdre.

Alors Jim tapa: «Cochrane ne répond plus. Le feu semble se diriger vers nous. Je quitte mon poste.» Il alla rejoindre sa femme et ses enfants à bord du train.

— *Coming aboard, father*? demanda Hugh au curé, qui aidait Amanda et Thérèse à faire monter les trois plus jeunes à bord d'un wagon de marchandises.

— Qu'est-ce qu'il dit?

Thérèse traduisit.

— Non, monsieur, dit le curé, tant qu'il y aura des paroissiens ici, je resterai.

— Vous allez tous périr, hurla Hugh. Montez à bord et faites monter les autres.

— Nous sommes dans la main de Dieu. Que sa Sainte Volonté soit faite.

Amanda se sentit rassurée. Que risquait-on avec un saint?

Le convoi s'ébranlait lentement. Il avançait à peine tandis que de chaque côté les hommes à bord scrutaient l'horizon, guettant pour voir si d'autres colons se dirigeaient vers la voie ferrée afin de les recueillir à bord. Bill McChesney regarda sa famille et s'aperçut que Harvey n'était pas avec eux. Il se pencha à la portière et le vit sur le quai de la gare.

— Harvey! Monte!

— Oui, papa.

Bill le vit qui s'accrochait au rebord et se hissait souplement dans le wagon. Poussant un soupir de soulagement, il revint dire à sa femme qu'ils étaient tous en sécurité. Il ne vit pas le jeune homme qui sautait à terre de l'autre côté du train. Harvey n'avait qu'une idée en tête : retrouver Thérèse.

⁘

Quand Alexandre parvint à l'entrée du sentier en forêt qui conduisait à la demeure de Joe Vendredi, l'abri que lui fournissaient les arbres lui permit de se déplacer plus rapidement. En arrivant au camp, il aperçut Joe qui regardait par l'unique fenêtre.

— Qu'est-ce que vous en pensez, Joe ? C'est pas une tempête ordinaire.

— C'est la tempête du feu, répondit le vieillard.

— Le feu ? Vous voulez dire que le feu s'en vient ?

— Oui.

— Qu'est-ce qu'il faut faire, alors ?

— Il faut prendre le canot et descendre la Bazil's Creek jusqu'à la grande rivière.

— Mais les Stewart, les Marchessault ? On peut pas les abandonner.

Joe fixa sur Alexandre ses prunelles d'un noir impénétrable.

— Non, dit-il après un moment, on peut pas les abandonner. Alors, il faut prendre toutes les couvertures qu'on a et toutes celles qu'ils auront et les mouiller…

Avant même qu'ils atteignent la maison des Marchessault, le vent cessa aussi brusquement qu'il avait commencé. Un silence de mort tomba dans la demi-obscurité où on ne distinguait les bâtiments que grâce à une lueur glauque qui émanait on ne savait d'où.

Alexandre frappa à la porte et découvrit toute la famille, y compris Will, qui disait le chapelet alors qu'une chandelle bénite brûlait dans une soucoupe sur la table de cuisine. Rapidement, il les mit au courant. Eugène passait ses doigts dans ses cheveux roux, signe chez lui d'une grande perplexité.

— Je ne sais pas... Laisser ma maison et ma grange.

— Si le feu se dirige vers nous, il va brûler la maison et vous avec, répliqua Alexandre.

Alma laissa échapper un gémissement. « Mon doux Jésus, mais où aller, alors ?

— Qu'en pensez-vous, Joe ? demanda Alexandre.

Le vieillard regardait le paysage. Ses yeux s'arrêtèrent sur la colline qui s'élevait si curieusement au milieu de la prairie des Stewart, l'ancien cimetière indien.

— Là, dit-il simplement.

Will, qui donnait tous les signes d'une agitation croissante, cria tout à coup :

— Écoutez-le pas ! Vous allez pas écouter un vieux sauvage tombé en enfance. C'est dans le caveau qu'y faut se cacher.

— Tiens, c'est vrai. Si on était dans le caveau, on serait à l'abri du feu, commença Eugène.

— N'y pensez pas, coupa Alexandre. Je pense qu'on étoufferait là-dedans. Joe est le seul qui connaisse vraiment bien le pays. Il faut faire ce qu'il dit.

L'air commençait à s'agiter. Une brise légère folâtrait, courant le long de la route, soulevant de légers tourbillons.

— Il faut se dépêcher, énonça Joe gravement. Il ne reste pas beaucoup de temps.

Will voulut crier de nouveau qu'il fallait aller au caveau. Eugène l'interrompit :

— Ferme-la et fais ce qu'on te dit. Après, tu t'en iras au caveau si le cœur t'en dit.

Pendant que Will et Alexandre attelaient le buggy, Alma et Eugène ramassèrent toutes les couvertures que l'on pouvait arracher des lits et sortir des coffres et, avec celles qu'Alexandre avait apportées, les empilèrent dans la voiture, où on installa Alma et les enfants.

— Il faut libérer les bêtes, dit encore Joe.

Alors, pendant que la voiture conduisait la famille et Joe vers les Stewart, Alexandre et Will ouvraient les barrières, libéraient les vaches, les cochons et les volailles, puis ils coururent rejoindre les autres. Là, sous la direction de Joe, on mouilla toutes les couvertures à la rivière et on les transporta dans le champ de pommes de terre qui couronnait la colline.

— Quand on verra le feu, il faudra se coucher entre les rangs et se couvrir de couvertures mouillées, dit Joe. Si on a le temps, il faudrait amener des barils d'eau ici.

Tous travaillaient fébrilement, exécutant ses ordres.

— Il faut mouiller la terre et faire coucher les femmes et les enfants d'abord. Il faut les couvrir avec le plus possible d'épaisseurs de couvertures mouillées et nous en garder une ou deux pour chacun de nous, dit encore Joe.

Soudain, le vent tomba de nouveau et un silence effrayant se fit. Les éclairs zébraient la nue obscure et la neige se mit à tomber tranquillement.

Ce nouveau phénomène, jamais vu en juillet, surtout

par une chaleur pareille, parut faire basculer Will dans la démence. Tout l'après-midi, il avait fait preuve d'une agitation croissante qui s'accordait peu avec son caractère taciturne habituel. Il cria soudain : « C'est la fin du monde ! On va tous mourir ! »

Saisissant Alexandre par le bras, il le secoua.

— L'absolution ! hurla-t-il. Donnez-moi l'absolution !

— Je ne suis pas prêtre, dit Alexandre en le repoussant. Dis ton acte de contrition.

Mais l'homme se laissa glisser à genoux dans la boue et commença la formule rituelle :

— Pardonnez-moi, mon père, parce que j'ai péché. Il y a dix ans que je n'ai pas été à confesse…

— Tais-toi, cria Alexandre au comble de l'agitation. Je t'ai dit que je ne suis pas prêtre. Confesse-toi à Dieu, en silence !

Mais rien ne pouvait faire dévier Will de son idée fixe. Avec acharnement, il continuait :

— J'ai tué un homme, mon père, mais j'ai pas vraiment fait exprès. Il était idiot. Il ne voulait pas me dire où il avait trouvé l'or. Tout le monde savait que Frank Selyer était fou depuis le feu de Porcupine.

D'abord, Alexandre ne comprit pas car Will avait prononcé Sel-yeur à l'anglaise. Puis, un terrible doute s'infiltra en lui.

— Hein ? Qu'est-ce que tu dis là ? De quoi avait-il l'air, ce Frank Selyer ?

— Il était grand, avec les cheveux rouges, et il était devenu fou au feu de Porcupine quand il avait été pris dans le bois. Il vivait seul dans un camp sur la Glashini et il avait tout cet or, des gros morceaux de *high-grade* par terre, dans son camp.

À mesure que Will parlait, une rage meurtrière s'emparait d'Alexandre, jusqu'à lui faire oublier où il se trouvait et pourquoi. Plus rien n'existait que cet homme affalé dans la boue qui racontait d'une voix traînante comment il avait tué François-Xavier.

— J'ai voulu lui faire dire où il avait trouvé ces roches, mais il restait là comme un imbécile. Alors je lui ai un peu cogné la tête sur un rocher, mais il parlait toujours pas. Alors j'ai cogné plus fort. Vous voyiez qu'il était fou, il se défendait même pas. Puis il est tombé par terre et j'ai vu qu'il respirait plus.

Le dernier vestige de maîtrise de soi quitta Alexandre. Il se rua sur Will et le renversa par terre. Il se laissa tomber sur lui, lui maintenant les bras écartés, et cria: « Qu'est-ce que tu as fait après, misérable? »

— Je l'ai jeté dans la rivière avec une pierre au cou pour qu'on le retrouve pas. Donnez-moi l'absolution…

— Assassin! Tu as tué mon frère et tu me demandes l'absolution?

Ses grandes mains se refermèrent sur la gorge de Will comme un piège d'acier sur un animal que l'on capture. Malgré la force peu commune de Will, cette attaque brusque lui coupa le souffle. Sa bouche s'ouvrit, un râle se fit entendre. Le groupe horrifié regardait ces deux hommes qui luttaient silencieusement sous un ciel d'enfer. Eugène le premier retrouva ses esprits. Il saisit Alexandre aux épaules et lui cria à l'oreille: « Arrêtez-vous, vous allez le tuer. Vous m'entendez, vous allez devenir un assassin vous aussi! »

Lentement les grandes mains se desserrèrent. Alexandre se releva et se cacha le visage dans les mains. Il tremblait de tous ses membres.

Dès qu'Alexandre s'écarta de lui, Will bondit sur ses pieds.

— Tu es un mauvais prêtre. Tu donnes pas l'absolution. Que le diable vous emporte tous en enfer ! cria-t-il tandis qu'il s'éloignait en courant et disparaissait dans l'obscurité croissante.

La neige avait cessé. Le vent reprenait mollement, puis avec une vélocité croissante. Joe posa sa main sur le bras d'Alexandre et attendit que celui-ci le regarde. Silencieusement il indiqua l'horizon, où se levait une aurore de sang. « Il est temps », dit-il simplement.

Alors, on fit coucher Alma face contre terre sur le sol humecté, pressant contre elle le petit Germain et le bébé, Rose-de-Lima. On fit coucher Rose tenant le jeune Albert dans le rang voisin et on les recouvrit de toutes les couvertures mouillées dont on disposait, puis on jeta par-dessus de la terre humide. Ensuite, Doug et Eugène se couchèrent à leur tour et s'abritèrent sous leurs couvertures, enfonçant les bords sous la terre, se creusant des terriers comme le font les bêtes de la forêt. Seuls Joe et Alexandre restaient debout. Joe étendit les bras et renversa la tête, sa silhouette se découpant comme un oiseau hiératique sur le ciel rougeoyant. Il poussa un cri guttural, suivi d'une incantation indienne où s'entrechoquaient les syllabes. Puis lentement il se coucha sur ce sol, qui renfermait les ossements sacrés de ses ancêtres. Alexandre à son tour alla se coucher, près de l'endroit où se trouvait Rose. Il allongea la main et retrouva celle de la jeune femme.

L'incendie fonçait sur eux avec un grondement de cent locomotives lancées à toute vitesse, des locomotives qui auraient circulé sur un pont. Le vent hurlait et précipitait sur eux des étincelles et des braises. Déjà ils sentaient son haleine enflammée qui les léchait comme un fauve.

— N'aie pas peur, Rose, lui cria Alexandre à l'oreille, je suis là !

Un à un, les grands conifères flambaient comme des torches. Puis la chaleur les faisait exploser avec des bruits d'obus tandis que les débris enflammés, portés par le vent, pleuvaient à cent pieds en avant, allumant de nouveaux foyers d'incendie. « Peut-être le feu s'arrêtera-t-il à la rivière », pensa Alexandre. Mais, comme si l'élément destructeur avait voulu lui servir immédiatement un démenti, il entendit comme un bruit de succion, un bruit de vapeur qui s'échappe. Déjà les grands arbres de leur côté flambaient, au pied même de la colline où ils étaient réfugiés. Une détonation retentit toute proche et une tête d'épinette enflammée tomba carrément sur leur groupe. Alexandre la saisit à pleines mains et la rejeta au loin tandis qu'Eugène faisait la même chose avec d'autres débris qui jonchaient le sol. Puis les deux hommes virent avec horreur qu'une muraille de flammes d'une centaine de pieds de hauteur s'avançait vers eux. Ils n'eurent que le temps de s'aplatir sur le sol et de se couvrir avec les couvertures mouillées que déjà le monstre se jetait sur eux. Alexandre sentit une douleur affreuse au dos et aux bras, puis le souffle lui manqua et il perdit connaissance.

XXIV

Lorsque le convoi quitta Sesekun, onze personnes demeuraient sur le quai de la gare : l'abbé d'Argent, Amanda et sa fille Thérèse, Zénon Gagné, sa femme et ses deux grands fils, Arthur Alarie, son jeune frère et sa femme, et Harvey McChesney. Amanda voyait d'un mauvais œil le jeune homme qui s'approchait de Thérèse. Elle se tordait les mains : « Ton père doit pourtant être à la veille d'arriver », se lamentait-elle.

Les autres qui n'avaient pas pris le train étaient des fermiers qui se hâtaient vers leurs terres et leurs familles. On discuta stratégie et il fut entendu que si le feu approchait, on formerait une chaîne humaine pour arroser et empêcher les étincelles de mettre le feu aux maisons d'alentour.

— Si le pire vient au pire, monsieur le curé, on se réfugiera dans la rivière, dit Zénon.

L'abbé d'Argent réfléchit. « Non, dit-il, ce qu'il faut, c'est trouver un endroit où il n'y a rien à brûler. Voilà, dit-il triomphalement, j'ai trouvé. » Il indiqua l'endroit où on avait fait sauter le rocher à la dynamite pour élargir la voie ferrée et y loger deux voies d'évitement.

— C'est là que nous trouverons refuge. J'emporterai le saint sacrement et, comme il n'y a absolument rien pour alimenter les flammes, ni arbres ni bâtisses pour plus de cinquante mètres autour, nous y serons en sécurité.

— Il me semble pourtant qu'à la rivière... reprit Zénon.

— Non, mon brave. Si l'incendie vient de ce côté, il se peut que nous n'ayons pas le temps de nous y rendre. Et il y a la scierie et les amoncellements de bois qui vont flamber comme paille. Tandis qu'en ce lieu aride, rien ne peut nous atteindre. Pas besoin de connaître la physique pour savoir que, lorsqu'il n'y a rien à brûler, il ne peut y avoir d'incendie.

— Voyons, Zénon, gronda sa femme, tâche d'écouter monsieur le curé.

Lorsqu'on vit approcher l'incendie, il devint tout de suite évident que ce n'était pas avec des seaux d'eau que l'on empêcherait le village de brûler. À perte de vue, l'horizon s'embrasait, jetant des lueurs sinistres sur le ciel obscurci. Le vent soufflait en furie, le grondement du feu et les détonations assourdissantes des grands arbres résineux qui éclataient rappelaient les champs de bataille de l'Europe.

Le petit groupe s'était tu, saisi par la majesté terrifiante du spectacle.

— Mes enfants, allons nous mettre à l'abri du rocher comme nous l'avions prévu. Si c'est la volonté de Dieu, Il saura nous protéger comme Il a protégé Daniel dans la fournaise ardente, dit le curé.

Il se hâta vers la chapelle pour y chercher le ciboire contenant les hosties consacrées et, en procession, on se rendit près de la paroi rocheuse de la voie d'évitement. Là, on se mit à genoux et l'abbé d'Argent se mit à réciter des prières auxquelles les assistants répondaient en chœur.

Harvey s'était agenouillé près de Thérèse, un peu à l'arrière du groupe. Comme les prières se prolongeaient, il lui prit le bras et lui chuchota à l'oreille : « Viens avec moi, j'ai à te parler. » Thérèse fit non de la tête.

— Je t'en prie, viens avec moi là-haut. Nous reviendrons les rejoindre dans un moment.

D'abord elle refusa puis, voyant que les prières ne semblaient pas devoir se terminer bientôt et que sa mère paraissait entièrement absorbée dans ses dévotions, elle finit par céder.

— Montons en haut du rocher, dit Harvey. Nous verrons venir le feu et, si ta mère te cherche, nous l'entendrons ou nous la verrons.

Ils se levèrent avec précaution et personne ne leur porta attention. Une fois escaladé le rocher, ils s'assirent dans un creux près du sommet où l'été les gamins avaient l'habitude de venir s'amuser malgré la stricte interdiction des mères, inquiètes qu'ils ne tombent sur les convois en manœuvres.

Avec un bruit d'enfer, l'incendie se rapprochait toujours. Sidérés, ils regardaient ce spectacle grandiose et terrifiant. Soudain, ils virent les flammes qui s'élançaient à des centaines de pieds dans les airs.

— C'est le moulin à scie qui brûle, dit Harvey.

Une pluie de feu s'abattait sur le village. L'une après l'autre, les maisons flambaient, puis elles s'écroulaient en série comme des châteaux de cartes.

— Notre magasin qui brûle ! cria Thérèse en pleurant.

Le solide édifice carré venait de sauter, s'éparpillant dans une pluie d'étincelles comme un feu d'artifice. Le feu avait atteint les réserves de pétrole pour les lampes et la dynamite à l'usage des colons et des prospecteurs.

Harvey la serra dans ses bras et lui tourna le visage contre son épaule. « Ne regarde plus, Thérèse. S'il nous faut mourir, du moins nous mourrons ensemble. »

La fumée se faisait plus dense et plus étouffante. L'air était si chaud qu'ils en sentaient la brûlure sur leur peau. Longtemps, ils contemplèrent l'élément destructeur qui léchait l'îlot rocheux comme une bête frustrée, s'acharnant sur les souches et les tas de branches qui gisaient là depuis la construction du chemin de fer. Puis, n'ayant plus rien à dévorer, l'hydre aux mille têtes se retira en grondant et poursuivit sa route vers le sud-ouest. Épuisés, les yeux brûlés, la gorge en feu, Harvey et Thérèse n'en exultaient pas moins.

— Nous sommes sauvés, Thérèse, lui répétait Harvey. Tu m'entends, mon amour, nous sommes sauvés. Tu m'aimes ?

— Tu le sais bien que je t'aime.

— On se mariera ?

— Quand je serai majeure. Tu sais que papa ne donnera jamais son consentement.

— Et toi, tu ne changeras pas d'idée ? Tu me le promets ?

— Tu sais bien que je ne change pas d'idée facilement.

Harvey l'embrassa avec fougue, mais Thérèse le repoussa.

— Allons voir ce qui se passe en bas. Maman me cherche peut-être. Elle doit être inquiète.

La main dans la main, ils descendirent et s'approchèrent. Dans le creux du rocher, le groupe dormait paisiblement.

— Ne les éveille surtout pas, murmura Harvey. Ils sont tous sains et saufs. Retournons là-haut.

Tout à la joie de savoir sa mère en sécurité, Thérèse ne se fit pas prier et ils retournèrent la-haut, où on respirait plus aisément. Ils étaient heureux d'être vivants, heureux d'être enfin ensemble pour quelques heures, et finalement cette nuit sinistre se mua pour eux en nuit de noces. L'aube les trouva endormis, étroitement enlacés.

✣

À quelques milles de là, sur la colline qui renfermait l'ancien cimetière indien, Alexandre remontait lentement du fond de l'abîme. Chaque fois qu'il tentait un mouvement, il sentait de nouveau courir sur son corps la morsure du feu. Quelque chose était changé pourtant : une main bienfaisante répandait sur lui une rosée rafraîchissante. Il voulut lever la tête, mais l'effort le précipita de nouveau dans le noir, et de nouveau il lui fallut recommencer la pénible ascension. Soudain, il entendit les faibles pleurs d'un enfant et le souvenir des événements récents lui revint en mémoire.

Avec précaution, il souleva lentement la tête. La nuit était noire et une douce pluie tranquille tombait. De temps à autre, une flamme jaillissait, illuminant des troncs mutilés d'où pendaient des lambeaux d'écorce noircie comme la peau des suppliciés. Il appela : « Rose ! Alma ! Les enfants ! Eugène ! Doug ! » L'un après l'autre, ils répondirent à l'appel. Mais quand il appela : « Joe ! » il n'y eut que le silence. En rampant, car tout effort pour se mettre debout lui faisait tourner la tête, il atteignit l'endroit où gisait le vieil homme. Son corps était inerte et froid. Son esprit était allé rejoindre les mânes de Clémentine.

Alexandre songea à l'humble héroïsme de cet homme qui avait, sans hésiter, abandonné le seul plan qui, à son âge et dans son état de santé, lui eût assuré la survie, celui de descendre en canot jusqu'à la grande rivière et d'attendre que l'incendie fût passé. Ce plan, il l'aurait sûrement mis à exécution s'il avait été seul ou avec Alexandre, mais il y avait renoncé pour sauver ses voisins.

Ils se consultèrent. Il n'y avait rien d'autre à faire que d'attendre le lever du jour car il était impossible et dangereux de se déplacer dans l'obscurité. Grelottants, fiévreux, ils attendirent pendant des heures sous la pluie qui tombait par intermittence, n'ayant rien pour s'abriter car le feu avait réduit leurs couvertures en lambeaux. Ils sommeillaient parfois, se réveillant en sursaut et s'interpellant pour s'assurer qu'ils étaient tous vivants, ne pouvant croire qu'ils avaient échappé au cataclysme. Quand enfin arriva la clarté grise qui précède l'aurore, elle leur révéla une sombre et morne plaine s'étendant à perte de vue et se confondant à l'horizon, hérissée de troncs à demi calcinés et d'où montaient, ici et là, de minces volutes de fumée. Dans ce décor dantesque, leur petit groupe avait une allure d'épouvantails : faces noircies, cheveux et sourcils brûlés, crânes dégarnis semés de brûlures. Leurs vêtements pendaient en lambeaux sur leurs chairs meurtries, ils étaient méconnaissables, mais vivants ! Un à un, ils s'agitèrent, se redressèrent. Eugène était presque aveugle ; chaque fois que Rose tentait de se lever, le vertige la forçait à se recoucher ; la respiration de Doug était sifflante comme celle d'un asthmatique; le petit Germain pleurait de faim et de froid tandis que son frère, agrippé à son père, semblait être devenu muet. La petite Rose-de-Lima, avec le serein détachement des tout petits enfants, tétait goulûment le sein de sa mère.

— Il faut essayer de se rendre au chemin de fer, dit Eugène.

Il exprimait là leur pensée à tous, la première qui leur venait dans le malheur. Ce chemin de fer qui les avait tous amenés dans le pays représentait le cordon ombilical qui les reliait à la vie, à la civilisation, et leur fournissait à la fois transport, ravitaillement, communication, contact humain.

Alma, toujours pratique, se mit à déterrer des pommes de terre et à les distribuer à la ronde. « Puisque nous sommes dans un champ de patates, autant en profiter. »

Les tubercules blancs étaient frais et juteux dans leurs bouches desséchées. Puis la procession se forma: Eugène ouvrait la marche avec les deux garçonnets; suivaient Alma portant le bébé et Alexandre marchant entre Rose et Doug, ce dernier se traînant avec peine sur sa béquille, qu'il avait eu la bonne idée d'enfouir dans la terre. Lorsqu'on passa devant la forme immobile de Joe Vendredi, Alma se signa. « Il est allé rejoindre sa vieille, dit-elle. Y a pas à dire, c'était un homme dépareillé. » Alexandre songea que ces mots constituaient une épitaphe des plus appropriée.

Dans le paysage, tous les points de repère avaient disparu, sauf le lit de la rivière, obstrué de troncs d'arbres tombés et de débris à travers lesquels l'eau amère, chargée de cendres, se frayait un chemin tandis que les rives étaient jonchées de poissons morts.

De la maison peinte en cottage du Sussex et de ses dépendances, rien ne subsistait, sauf le poêle de fonte à demi tombé dans la cave et le monceau de fer tordu qui avait été le lit. Rose songea que tous les pauvres souvenirs qu'elle avait apportés de son pays avaient disparu : les zincs où revivaient les visages de sa mère et de son frère mort au Transvaal ; la tasse de porcelaine qui rappelait le jubilé d'or de la reine Victoria, don du cousin Finlay ; la *Bible* où étaient inscrits les noms des Brent depuis plusieurs générations ; tous ses vêtements. Il ne lui restait plus que les haillons souillés et à demi brûlés qu'elle portait. Malgré elle, des larmes coulèrent sur ses joues, traçant des sillons pâles. Alexandre s'en aperçut et lui serra la main. Doug ne disait rien, conservant ses forces pour respirer, pour avancer.

Le pont avait disparu. Il fallut traverser la rivière en marchant sur des troncs d'arbres tombés. Quand ils arrivèrent devant l'endroit où quelques heures auparavant étaient dressées la maison et la grange des Marchessault, Eugène regarda de ses yeux brûlés les ruines de son foyer, de sa grange pleine de foin. Dans les champs rasés où se balançaient hier les épis mûrissants gisaient les carcasses calcinées de son bétail gras. Tout était anéanti, tout ce qu'il avait acquis au prix de cinq années de labeur acharné. Une immense colère s'empara de lui. Levant ses poings crispés vers le ciel, il cria : « Maudit pays d'enfant de chienne ! Si la terre a un trou de cul, c'est icitte, dret icitte ! »

— Voyons, Eugène, gronda Alma scandalisée, tu vas pas blasphémer le bon Dieu qui nous a sauvé la vie et celle des enfants !

Tendant la main, elle ajouta :

— Regardez ! Moi qui avais mis une cuite au fourneau juste avant qu'on soit obligés de partir, c'est un vrai miracle. Le bon Dieu nous donne de quoi manger.

Ils virent que le poêle était tombé sur le côté. La porte du fourneau entrouverte découvrait de belles miches dorées, cuites à point. Quelque temps après, le jeune Albert, toujours cramponné à son père, lui tira la main et lui indiqua silencieusement un groupe d'hommes qui venaient. C'était la première équipe de secours qui arrivait, composée d'une dizaine d'hommes du 228e Bataillon sous la conduite de Matt Boivin, coureur de bois émérite. Les soldats donnèrent les premiers soins aux rescapés et se préparèrent à les transporter à la voie ferrée, où le régiment des Northern Fusiliers était déjà à l'œuvre pour rétablir les rails et permettre aux trains de secours de s'approcher. Eugène songea soudain à Will. Sans doute avait-il trouvé refuge dans le caveau. L'un des secouristes s'y rendit et y trouva l'homme étendu sur le plancher, mort asphyxié.

⁘

À Sesekun, lorsque Thérèse et Harvey s'éveillèrent, un silence impressionnant régnait. Une pluie fine tombait sans bruit. La gorge et les poumons douloureux, les membres endoloris, ils se regardèrent. Puis Thérèse songea à sa mère.

— Il faut que je retourne auprès de maman avant qu'elle s'éveille.

Elle se sentait coupable et inquiète et se mit à dévaler la pente du rocher avant que Harvey ait pu la suivre.

— Reste, lui dit-elle en se retournant. Je ne veux pas que maman te voie.

Malgré l'interdiction, il continua à la suivre de loin. Les rails brillaient, intacts, entre les parois rocheuses alors que plus loin ils étaient noircis et tordus. Sur l'épaulement de la voie d'évitement, le petit groupe dormait toujours, dans la même attitude que le soir précédent. Thérèse se hâtait, évitant de faire du bruit. Harvey la vit s'agenouiller auprès de sa mère endormie. Soudain, un cri déchirant retentit, répercuté par les murailles de cette espèce d'entonnoir rocheux: «Maman, maman, réveillez-vous, maman!» Harvey vit Thérèse qui secouait le corps de sa mère. Chose curieuse, personne ne bougeait autour d'elle. Rapidement, il la rejoignit. Couchées dans l'attitude du sommeil, neuf personnes gisaient, les yeux ouverts, le curé serrant toujours le ciboire.

Harvey lui entoura les épaules de son bras: «Ne reste pas là, Thérèse. Viens.»

Il tenta de la relever, mais elle le repoussa farouchement.

— Va-t'en! C'est ma faute, je n'aurais pas dû la laisser.

— Voyons, Thérèse, je t'en prie. C'est pas de ta faute. Si tu étais restée avec elle, tu serais morte aussi.

Mais Thérèse sanglotait toujours:

— Va-t'en, laisse-moi. Je lui ai désobéi. C'est ma faute si elle est morte.

Harvey avait beau lui expliquer qu'elle n'y était pour rien, que c'était le gaz produit par le feu qui s'était répandu au fond de l'entonnoir et les avait asphyxiés, il n'obtint aucune réponse d'elle. La tête appuyée sur le corps de sa mère, elle continuait à sangloter.

C'est ainsi que son père la découvrit lorsqu'il arriva avec la première équipe de secours.

XXV

Comme une faucille géante, le feu avait tout rasé sur une longueur de plus de cent vingt kilomètres. Seule l'immensité du lac Abitibi l'avait arrêté dans sa course. Il avait pris naissance presque simultanément aux deux extrémités de ce parcours, ce qui laissait penser à la combustion spontanée de la forêt surchauffée par les températures élevées de cet été de sécheresse inusitée autant qu'aux feux d'abattis allumés par les colons, qui se seraient répandus et propagés. Dans sa course terrifiante, le monstre avait dévoré fermes isolées, villages et hameaux jusqu'à ce qu'il soit maté par la pluie, torrentielle à Cochrane et aux environs, plus légère vers le sud. Tout avait disparu de Cochrane, de Porquis Junction, de Nushka, où là aussi le curé avait péri avec quelque cinquante de ses ouailles, et jusqu'à Ramore. Peltrie Siding avait été balayé et, si les Murchison avaient eu la vie sauve, c'est qu'ils s'étaient réfugiés dans la rivière, assez importante à cette hauteur; mais la belle maison de ferme et ses dépendances avaient disparu. À Porquis Junction, le médecin avait vaqué aux malades puis, se voyant encerclé par les flammes, s'était anesthésié au chloroforme ainsi que ses proches pour ne pas être brûlé vif. À Iroquois Falls, trois wagons de soufre destinés à la fabrication du papier avaient brûlé et suffoqué dix personnes. Une jeune fille de seize ans, découvrant sa famille entière décédée, avait essayé de se suicider en se tranchant la gorge, mais n'avait réussi qu'à se faire une entaille peu profonde. Matheson était complètement détruit. En tout, deux cent trente-deux personnes, hommes, femmes et enfants, avaient péri, au compte officiel. Et cela ne comprenait pas ceux qui s'étaient trouvés en forêt ce jour-là et dont on n'entendit jamais parler.

Un détachement de soldats avait érigé une ville de tentes près de l'emplacement fumant de Matheson et réparé la voie ferrée pour permettre à un train de secours de se frayer un chemin avec une équipe médicale à bord et des wagons chargés de vivres, de vêtements et de cercueils.

Maintenant que le danger était passé et que les survivants se rendaient compte de l'immensité de leurs pertes, qui de leurs proches, qui de leurs biens, la colère grondait parmi les survivants. Comment les gouvernements provincial et fédéral pouvaient-ils laisser de pareilles conflagrations se produire, d'abord en 1911, ensuite en 1916? Certains étaient sûrs que ce feu avait pris naissance quand des étincelles s'échappant des locomotives avaient allumé les bûchers si négligemment laissés le long de la voie ferrée depuis sa construction. La générosité du ministre fédéral des Chemins de fer, Frank Cochrane, celui-là même qui avait donné son nom à la ville où se produisait la jonction entre le Transcontinental et le T. & N.O., n'apaisa guère les esprits, non plus que les deux cent mille dollars acheminés par le gouvernement provincial avec l'assurance que ces sinistres ne se répéteraient plus. On retint les services des avocats Slaght de Haileybury pour poursuivre le Temiskaming and Northern Ontario Railway.

La ferme expérimentale de Monteith, qui avait échappé à l'incendie grâce aux immenses champs et jardins qui l'entouraient, servait de refuge temporaire aux gens et aux bestiaux sortis vivants et à peu près indemnes du sinistre. Là furent transportés Eugène et Alma Marchessault et leurs enfants. Rose, assez mal en point, Doug qui respirait avec difficulté et dont la fièvre montait, et Alexandre, brûlé au troisième degré au dos, aux bras et à la tête, furent transportés par le train à l'hôpital d'Haileybury.

Quand Eugène avait appris que le gouvernement offrait de l'aide aux colons qui désiraient rebâtir leurs maison et granges, alors que le chemin de fer offrait de rapatrier gratuitement les familles désireuses de retourner dans leurs places d'origine, il s'était tourné vers Alma :

— Alors, qu'est-ce qu'on fait ? On s'en retourne à Sainte-Marie-des-Pins ou on recommence sur notre terre à Sesekun ?

— Je pense comme toi, Eugène.

— Qu'est-ce que tu veux dire ?

— Qu'on recommence à Sesekun.

C'est ainsi qu'ils se retrouvèrent installés dans une tente prêtée par l'armée canadienne, travaillant à la reconstruction de leur demeure avec le beau bois scié que déchargeaient les convois de fret à la gare. Sesekun, ayant enseveli ses morts, renaissait de ses cendres. Obéissant à la suggestion d'Alexandre, Eugène avait fait inhumer Joe Vendredi dans la colline où se trouvaient déjà les ossements de ses ancêtres. Il avait oublié sa révolte et sa rage du début et travaillait allégrement à rebâtir. Il se disait qu'avec un peu de chance la maison serait terminée avant l'hiver et que, maintenant que la forêt avait disparu, il suffirait de nettoyer les débris et de labourer. Dans quelques années, presque toute sa ferme serait en culture. Et comme on n'aurait plus à craindre le feu, ce serait mieux qu'avant.

— Je me demande si Rose et son mari reviendront rebâtir leur ferme eux aussi, dit un jour Alma.

— Ça me surprendrait pas, répondit son mari. Y a beau toujours parler de s'en aller en Californie, maintenant je pense pas qu'il lui reste grand-chose pour aller ben loin.

C'était justement la question que se posait Rose, étendue sur son lit d'hôpital. Depuis que ses forces revenaient, elle s'interrogeait de plus en plus sur l'avenir. Elle n'avait pas revu Doug et Alexandre depuis le jour où ils avaient été hospitalisés, mais les infirmières et le médecin traitant l'avaient rassurée sur l'état de Doug. Il faisait du progrès et, la semaine prochaine, il pourrait probablement la voir.

— Et Alexandre Sellier?

Matron McCuaig avait levé les bras en signe d'exaspération.

— Ah, celui-là, on ne peut même pas le garder au lit. Il y a belle lurette qu'il se promène dans l'hôpital malgré ses pansements. Heureusement, ses blessures cicatrisent bien.

Depuis cette conversation, une sourde angoisse habitait Rose. S'il pouvait marcher, pourquoi ne venait-il pas la voir? Peut-être avait-il peur de la fatiguer? La fièvre avait été forte et on lui avait interdit les visites au début. Mais maintenant, elle allait mieux. Aujourd'hui même, le médecin avait été encourageant lors de sa visite de la matinée. « Tout va bien, Mrs. Stewart. Ne vous inquiétez surtout pas. On peut dire que vous l'avez échappé belle, dans votre condition. Mais tout est bien qui finit bien, n'est-ce pas ? Et voilà vos cheveux qui repoussent. Quand votre mari viendra, il trouvera un joli gamin ! »

Après son départ, Rose avait pris le petit miroir que les dames charitables du Women's Institute lui avaient apporté avec d'autres menus objets de toilette. Elle y regarda son visage encore marbré de brûlures, des yeux bleus sans cils et juste une ombre de sourcils. Au-dessus du front, de courtes boucles soyeuses faisaient leur apparition.

— C'est vrai que j'ai l'air d'un garçon, pensa-t-elle. J'ai la tête de cette statue grecque qui se trouvait dans le hall d'entrée chez Lady Arabella, celle qui a de grands yeux blancs et des boucles serrées.

Lorsque Matron McCuaig passa pour s'assurer que chacun était prêt pour la sieste, elle l'arrêta :

— Je puis avoir des visiteurs maintenant, n'est-ce pas ?

— Oui, mais votre mari n'a pas encore la permission de quitter son lit.

— Je sais. Mais puisque notre ami, Alexandre Sellier, va mieux et peut circuler, voulez-vous lui dire que j'aimerais le voir et le remercier de nous avoir sauvé la vie à tous les deux.

— Pour sûr, petite dame. Je m'en vais justement à la salle des hommes. Je lui ferai votre message immédiatement, pourvu que je le trouve !

Elle s'éloigna de son pas décidé entre les deux rangées de lits et Rose se mit à guetter la porte du corridor, anticipant le moment où elle verrait s'y profiler la chère silhouette. Enfin, un pas résonna dans le corridor et son cœur se mit à battre. Quelqu'un entra, mais ce n'était pas lui. De désappointement, les larmes lui montèrent aux yeux et de nouveau la question qu'elle s'était posée si souvent se remit à faire la ronde dans son esprit : Pourquoi n'était-il pas venu la voir puisqu'il pouvait marcher ? Il y avait une dame dans le lit voisin, la vieille Mrs. Grindle, qui lui affirmait que la télépathie existait et lui racontait des histoires de pressentiment et de communication à distance. Si c'était vrai ? Silencieusement, de toutes ses forces, elle se mit à l'appeler. Mais la porte restait vide. Elle n'y voyait que le soleil encore chaud du mois d'août qui brillait sur le parquet ciré. Parfois, un filet de vent agitait les rideaux tirés de la salle, un vent froid qui rappelait aux poitrinaires étendus sur leurs lits dans la galerie grillagée — dont Doug — combien bref était l'été.

Vers la fin de l'après-midi, alors qu'elle ne l'attendait plus, il fut soudain au pied de son lit. Sans un mot, elle dévorait des yeux le cher visage sous le pansement qui entourait le front. Elle voulut parler : les mots s'étranglèrent dans sa gorge. Elle lui tendit les mains, mais il inclina la tête sans s'approcher.

— Rose, dit-il si bas qu'elle dut tendre l'oreille pour saisir ses mots, ne parle pas, je t'en supplie. Ne dis rien, sinon je n'aurai pas le courage de dire ce que je dois te dire, ni de faire ce que je dois faire.

Ses mains enveloppées se crispaient sur le pied de l'étroite couchette où elle reposait. Il continuait d'éviter son regard. Elle se mit à trembler. Une immense détresse vint s'ajouter à l'angoisse qu'elle ressentait déjà, comprimant son cœur à lui couper le souffle. Comme dans un cauchemar, elle entendit sa voix basse et rauque qui continuait :

— Quand j'ai vu venir cette muraille de flammes qui s'abattait sur nous, j'ai faite vœu solennel, si nous étions épargnés, de devenir prêtre et de consacrer ma vie aux missions les plus pauvres, aux âmes les plus délaissées. Je pars, Rose. Je prends le train de six heures. Pardonne-moi tout le mal que je t'ai fait. Sache que, tant que je vivrai, chaque jour, tu seras présente dans mon cœur et dans mes prières. Adieu, Rose. Puisse le ciel veiller sur toi !

Alors seulement il la regarda et elle vit dans ses yeux qui s'embrouillaient une détresse égale à la sienne. Puis il se détourna et s'éloigna rapidement. Elle voulait crier, appeler, mais aucun son ne sortait de sa bouche. De toutes ses forces, elle fixa une dernière fois l'image de l'homme qui s'éloignait. À la porte de la salle, il parut hésiter un moment, puis il se ressaisit et, hâtant le pas, disparut sans se retourner.

Elle retomba sur ses oreillers. Malgré la douleur qui broyait sa poitrine, ses yeux demeuraient secs. Plus tard viendrait l'apaisement des larmes. Pour le moment, une pensée tournait dans sa tête et elle s'y accrochait comme une noyée à une bouée : l'enfant ! Advienne que pourra, il y aurait l'enfant… l'enfant d'Alexandre qu'elle portait dans son ventre. Et cela, personne au monde ne pourrait jamais le lui enlever.

Choix de jugements
Hélène Brodeur sur elle-même

« Les circonstances de ma jeunesse ont voulu que je devienne en quelque sorte dépositaire de la tradition orale de la région. Dans l'Ontario-Nord du temps de la dépression où j'ai grandi, il n'y avait pas de radio et les cinémas ne se trouvaient que dans quelques villes ; la télévision ne serait inventée que vingt ans plus tard. Pour se distraire, les gens avaient l'habitude de se réunir les uns chez les autres durant les longues soirées d'hiver pour jouer aux cartes, chanter, et pour raconter des histoires. Moi qui étais trop petite pour prendre part à ces activités, je me contentais d'écouter attentivement. Quel enfant n'aime pas se faire raconter des histoires ? »

Hélène Brodeur, « Faire revivre le passé »,
Liaison, n° 30, printemps 1984, p. 46-47.

✣

« Puis j'ai vu "écrivain public", personne qui écrit pour ceux qui ne savent pas le faire, et je me suis dit que, de fait, j'étais une sorte d'écrivain public qui tentait de faire parler et raconter aux lecteurs ces colons des débuts de “l’Ontario Nord”, l’histoire de ce groupement francophone nombreux et actif qui s’y trouve encore aujourd’hui. »

« Donner la parole au Nouvel-Ontario », dans René Dionne (dir.), *Propos sur la littérature outaouaise et franco-ontarienne*, Ottawa, Centre de recherche en civilisation canadienne-française, vol. IV, 1983, p. 255-257.

Choix de jugements sur l'œuvre d'Hélène Brodeur

De tous les romans franco-ontariens, c'est *La quête d'Alexandre* d'Hélène Brodeur qui, me semble-t-il, illustre le plus clairement, dans un cadre historique précis, la relation entre l'identité, l'espace, le personnage et la diégèse.

Ronald Plante, « Paradis du Témiscamingue ou l'Inukshuk brodeurien », *Revue du Nouvel-Ontario*, n° 22, 1998, p. 92.

On reconnaît déjà le potentiel pédagogique de cette œuvre, puisque, de toute évidence, Brodeur sait rendre vivante l'histoire oubliée des Franco-Ontariens.

François Paré, « Un endroit qui s'appelait Haileybury : le lieu pédagogique de l'identité », *Éducation et francophonie*, vol. XXI, n° 3, décembre 1993, p. 5.

Dans son œuvre, Hélène Brodeur a su poser un regard original et critique sur une réalité qu'on était en train d'oublier. Les personnages qu'elle a créés appartiennent désormais à notre mémoire collective.

Johanne Melançon, « Hélène Brodeur, pionnière de la littérature franco-ontarienne contemporaine », *Liaison*, n° 122, printemps 2004, p. 21.

Nous n'avions pas d'histoire avant que vous nous en écriviez une.

étudiante anonyme citée par Hélène Brodeur dans G[isèle] C[aron], « Tournée de l'écrivaine Hélène Brodeur », *Le Nord*, 12 octobre 1988, p. Ka 6.

L'auteur [*sic*] s'est mise seulement au service d'une histoire grande et belle : elle a su lui donner l'attrait du romanesque ; à la fiction, elle a imposé des allures de vérité.

Gabrielle Poulin, « Ce feu qui couve... *Chroniques du Nouvel-Ontario. La quête d'Alexandre* d'Hélène Brodeur », *Lettres québécoises*, n° 24, hiver 1981-1982, p. 21.

There is a place for Hélène Brodeur's books in most general collections and it is a must for collections where there is a high interest in northern Ontario.

Sharon McLennan-McCue, « *The Honorable Donald : a Saga of Northern Ontario*, Book Three », *Canadian Materials*, vol. XVIII, n° 6, novembre 1990, p. 284.

C'est dire que cette large fresque se lit facilement et qu'il n'est pas nécessaire pour s'y laisser prendre d'avoir la piété franco-ontarienne.

Gilles Marcotte, « Madame Jacob a pondu une oasis médinnequébec », *L'Actualité*, vol. 8, n° 10, octobre 1983, p. 152.

Mais par-dessus tout, c'est une belle histoire d'amour qui s'échelonne sur plus d'un demi-siècle, racontée par une écrivaine de talent, fière de son coin de pays.

Micheline Piché, « *Chroniques du Nouvel-Ontario* : Alexandre et tous les autres », *Femmes d'action*, décembre 1986-janvier 1987, p. 33.

Tous connaissent la popularité des téléséries depuis quelques années. Fresque ou saga, cette trilogie pourrait fort bien faire l'objet d'un film ou d'une télésérie aussi captivant [*sic*] que les Dallas [*sic*], Dynastie [*sic*] ou Louisiane [*sic*] du petit écran, parce que les personnages s'y révèlent vivants, passionnés et profondément humains.

Georges Bélanger, «*Les routes incertaines.* Une fresque du Nouvel-Ontario»,
Liaison, n° 40, automne 1986, p. 53.

C'est là, en effet, dans sa description du beau pays rude de l'Ontario du Nord, que son œuvre brille le plus par sa rigueur et par son lyrisme.

Mark Benson, «Une voix ontarienne»,
Canadian Literature, n° 115, hiver 1987, p. 253.

En somme, il ne serait pas faux de conclure qu'Hélène Brodeur a créé une œuvre contre l'histoire officielle, mais tout contre l'histoire authentique consignée dans les archives du cœur et de la mémoire de ceux qui ont aimé. Jamais nous ne les oublierons.

Yolande Grisé, «Hélène Brodeur, une romancière au service de notre histoire»,
Liaison, n° 42, mars 1987, p. 27.

Sans doute le meilleur roman sorti d'ici.

Fernand Dorais, «*Entre l'aube et le jour*»,
Liaison, n° 30, printemps 1984, p. 50.

Les *Chroniques du Nouvel-Ontario* constituent une œuvre unique et riche, qui relève à la fois du roman de colonisation, de la chronique historique et de la fresque sociale. L'ampleur de l'œuvre, les accents épiques de *La quête d'Alexandre*, le témoignage sur le processus de formation identitaire des Franco-Ontariens, tous ces éléments apparentent les *Chroniques* aux grands succès populaires que furent *Les oiseaux se cachent pour mourir* de Colleen McCullough ou *Les filles de Caleb* d'Arlette Cousture.

Beatriz C. Mangada-Cañas, *Hélène Brodeur*, Ottawa, Éditions David, coll. « Voix didactiques - auteurs », 2003, p. 133.

[…] cette romancière est pour l'Ontario ce qu'Antonine Maillet est pour l'Acadie et Gabrielle Roy pour les provinces de l'Ouest, à savoir, une voix de femme emblématique de la littérature canadienne.

Beatriz C. Mangada-Cañas, « Hélène Brodeur : l'écriture au féminin », dans Johanne Melançon (dir.), *Écrire au féminin au Canada français*, Sudbury, Prise de parole, (*à paraître*, 2011).

Il reste à souhaiter aux *Chroniques du Nouvel-Ontario* la destinée de *Autant en emporte le vent* de Margaret Mitchell qui, comme elle, avait pour ambition de reconstituer l'histoire de son pays...

Marie-Hélène Barbier-Tainturier, « *Chroniques du Nouvel-Ontario. Hélène Brodeur.* Le roman régionaliste en question autour d'une étude du personnage d'Alexandre », thèse de maîtrise, Dijon, Université de Bourgogne, 1987, f. 214.

Biographie

1923 Naissance le 13 juillet à Saint-Léon-de-Val-Racine dans les Cantons de l'Est. Lorsque Hélène Brodeur a 4 ans, sa famille déménage à Val Gagné, près de Timmins en Ontario. Elle fait ses études primaires à l'école Val-Gagné et ses études secondaires à l'Académie Sainte-Marie à Haileybury (Ontario).

1939 Hélène Brodeur se rend à Ottawa pour obtenir son diplôme d'enseignement de l'École normale de l'Université d'Ottawa. Elle enseignera par la suite dans une école de rang pendant deux ans.

1946 Elle quitte le nord ontarien pour Ottawa, où elle poursuit des études en lettres à l'Université d'Ottawa. Elle obtient un baccalauréat es arts. Elle enseigne le français et l'histoire à la South Mountain Continuation School.

1950-1960 Hélène Brodeur se marie et élève cinq enfants, Pierre, Giselle, Léo, Jean et Sylvie, tout en suivant des cours de relations publiques à l'Université Carleton.

1957 À partir de 1957, Hélène Brodeur travaille à la pige comme rédactrice et traductrice. Elle écrit de nombreux textes pour la Canadian Broadcasting Corporation (CBC) et pour des revues telles *Chatelaine*, *Maclean's* et *Flight Magazine*. Elle signe également un roman policier sous forme de feuilleton dans *Extension Magazine*. Elle traduit de nombreux textes pour le compte de la Canadian Library Association. • Mère de cinq enfants qui sont à sa charge, l'auteure écrit la plupart de ses articles et nouvelles en anglais pour des raisons pécuniaires.

1964 Hélène Brodeur est embauchée par le gouvernement fédéral à titre d'agente d'information.

1975 Devenue directrice adjointe de l'information à Statistiques Canada, Hélène Brodeur est chargée de trois publications : l'*Annuaire du Canada*, le petit manuel *Canada* et *Statistiques chronologiques du Canada*.

1976 Elle est promue Directrice des communications au Secrétariat du Conseil du trésor, la première femme à accéder à ce poste. Elle siège également au comité de direction de ce ministère.

1977 Grâce au soutien de son deuxième mari, Hélène Brodeur prend une retraite anticipée de la fonction publique et réalise son rêve de se consacrer exclusivement à l'écriture. Elle se lance dans la recherche et la rédaction qui mèneront à la création des *Chroniques du Nouvel-Ontario*, pour lesquels elle recevra de nombreux prix et hommages. • Désireuse de recueillir avant qu'il ne soit trop tard les témoignages des personnes ayant fait partie de la première vague de colonisation du Nouvel-Ontario au tournant du 20e siècle, Hélène Brodeur retourne dans le Nord et enregistre de nombreuses heures d'entretiens, qui l'aident à reconstituer le passé.

1981 Parution, en mars, de *La quête d'Alexandre* aux Éditions Quinze de Montréal. Cet ouvrage lui vaut le prix Champlain.

1982 Hélène Brodeur écrit le scénario d'une télésérie de treize émissions, *Les Ontariens*, pour le compte de TV Ontario.

1983 Parution du deuxième volume de la trilogie, *Entre l'aube et le jour*, toujours aux Éditions Quinze. • Parution, en anglais, dans une traduction faite par l'auteure, du premier volume de *A Saga of Northern Ontario : Alexandre,* chez Watson & Dwyer Publishing de Winnipeg.

1984 Hélène Brodeur reçoit le Prix du Nouvel-Ontario, qui vient consacrer l'intérêt suscité par la publication de ses deux premiers romans. Le jury du prix « a particulièrement tenu compte de la grande valeur littéraire et de l'excellente qualité de la langue de l'ouvrage de Madame Brodeur. »

1985 Les Éditions Quinze ne voulant pas s'engager dans la publication du troisième volume des *Chroniques du Nouvel-Ontario*, les droits de la trilogie sont rachetés par les Éditions Prise de parole de Sudbury, qui rééditent *La quête d'Alexandre* à l'automne 1985. • Hélène Brodeur remporte le prix Le Droit pour *Entre l'aube et le jour*.

1986 Réédition, chez Prise de parole, du deuxième volume des *Chroniques*, *Entre l'aube et le jour*, suivie de la publication du troisième volume de la trilogie, *Les routes incertaines*, en juin. L'ouvrage est lancé à Orléans. • Les trois ouvrages, qui jouissent d'un grand succès commercial et critique figurent au curriculum des écoles secondaires françaises de l'Ontario pendant de nombreuses années.

1987 Parution, en anglais, toujours dans une traduction faite par l'auteure, du deuxième volume de *A Saga of Northern Ontario : Rose-Delima,* chez Watson & Dwyer Publishing de Winnipeg.

1990 Parution, en anglais, dans une traduction faite par l'auteure, du troisième volume de *A Saga of Northern Ontario : The Honourable Donald,* chez Watson & Dwyer Publishing.

1991 Hélène Brodeur est écrivaine en résidence à l'Université d'Ottawa.

1996 Hélène Brodeur fait paraître le roman *L'ermitage* aux Éditions Prise de parole.

1997 *L'ermitage* est finaliste au prix Trillium de l'Ontario.

2001 *Marie-Julie,* le dernier roman d'Hélène Brodeur, retrace la vie et l'époque de sa grand-mère. L'ouvrage est publié aux Éditions du Vermillon.

2003 Hélène Brodeur est intronisée à l'Ordre de la Pléiade par la section canadienne de l'Assemblée parlementaire de la Francophonie (APF).

2010 Hélène Brodeur décède le 15 août 2010, à l'âge de 87 ans, à l'hôpital Montfort d'Ottawa.

Sources : • Beatriz C. Mangada-Cañas, *Hélène Brodeur,* Ottawa, David, coll. « Voix didactiques - auteurs », 2003; • *Hélène Brodeur (1923-2010), Participe présent,* Bulletin de l'Association des auteures et auteurs de l'Ontario français, numéro 55, automne 2010; • *Hélène Brodeur,* Collection : Femmes de vision, Association des enseignantes et des enseignants franco-ontariens, 2008.

Romans d'Hélène Brodeur

A Saga of Northern Ontario, book 1 : Alexandre, Winnipeg, Watson and Dwyer, 1983.

A Saga of Northern Ontario, book 2 : Rose-Delima, Winnipeg, Watson and Dwyer, 1987.

A Saga of Northern Ontario, book 3 : The Honorable Donald, Winnipeg, Watson and Dwyer, 1990.

Chroniques du Nouvel-Ontario, tome I : La quête d'Alexandre, Montréal, Quinze, 1981 [1re éd.] ; Sudbury, Prise de parole, 1985 [2e éd.].

Chroniques du Nouvel-Ontario, tome II : Entre l'aube et le jour, Montréal, Quinze, 1983 [1re éd.] ; Sudbury, Prise de parole, 1986 [2e éd.].

Chroniques du Nouvel-Ontario, tome III : Les routes incertaines, Sudbury, Prise de parole, 1986.

L'ermitage, Sudbury, Prise de parole, 1996.

Marie-Julie, Ottawa, Vermillon, 2001.

Base de données

Bibliographie Biblifo (Bibliographie de la littérature franco-ontarienne), ressource documentaire du Centre de recherche en civilisation canadienne-française (CRCCF). [En ligne : http://kodos.cc.uottawa.ca/fmi/iwp/cgi ?-db=GV%20AI%207_CRCCF&-loadframes]

Sur Hélène Brodeur et les Chroniques du Nouvel-Ontario

Analyses critiques

Dickson, Robert, « Moi e(s)t l'autre : quelques représentations de mutation identitaire en littérature franco-ontarienne », *Francophonies d'Amérique*, n° 11, 2001, p. 77-89.

Grisé, Yolande, « La forêt dans le roman "ontarois" », *Études canadiennes/Canadian Studies*, vol. 13, n° 23, décembre 1987, p. 109-222. [Repris dans Grisé, Yolande, « La thématique de la forêt dans deux romans ontarois », *Voix et Images*, vol. 14, n° 2, hiver 1989, p. 269-280.]

Hotte, Lucie et Lara Mainville, « L'écriture de la mémoire », *Resources for Feminist Research/Documentation sur la recherche féministe*, vol. 25, n°s 1 & 2, printemps/été 1996, p. 5-8.

Karch, Pierre, « Espace identitaire dans la littérature récente de langue française en Ontario », *Revue du Nouvel-Ontario*, n° 22, 1998, p. 71-90.

Liddle, Michel, « Le voyage dans la littérature du Nouvel-Ontario », *Liaison*, n° 39, juin 1986, p. 22-24.

O'Neill-Karch, Mariel, « Les titres de Prise de parole : une volonté de nommer l'Ontario français », *Vie française*, vol. 40, n° 1, décembre 1988, p. 7-22.

Plante, Ronald, « Paradis du Témiscamingue ou l'Inukshuk brodeurien », *Revue du Nouvel-Ontario*, n° 22, 1998, p. 91-98.

Paré, François, « Un endroit qui s'appelait Haileybury : le lieu pédagogique de l'identité », *Éducation et francophonie*, vol. XXI, n° 3, décembre 1993, p. 4-7.

Comptes rendus et comptes rendus critiques

[s.n.], « *Chroniques du Nouvel-Ontario* », *Liaison*, n° 41, décembre 1986, p. 23.

Bélanger, Georges, « *Les routes incertaines*. Une fresque du Nouvel-Ontario », *Liaison*, n° 40, automne 1986, p. 53.

Bélanger, Georges, « Romans et nouvelles en Ontario français : "Du désir à la folie" », *Revue du Nouvel-Ontario*, n° 19, 1996, p. 175-184.

Benson, Mark, « Une voix ontarienne », *Canadian Literature*, n° 115, hiver 1987, p. 251-253.

Denance, Michel, « La Francophonie dans tous ses états », *Spirale*, n° 41, mars 1984, p. 15.

Desjardins, Normand, « *Chroniques du Nouvel-Ontario*, Tome II : *Entre l'aube et le jour* », *Nos livres*, vol. 14, septembre 1983, p. 38.

Dorais, Fernand, « *Entre l'aube et le jour* », *Liaison*, n° 30, printemps 1984, p. 49-50.

Fouchereaux, Jean, « Dynamique du roman franco-ontarien : Hélène Brodeur et *Chroniques du Nouvel-Ontario* », *Bulletin. Société des professeurs français en Amérique*, 1988-1989, p. 263-272.

Gagnon, Liette, « *Les routes incertaines* », *Clik*, vol. 1, n° 4, novembre-décembre-janvier 1988-1989, p. 9.

Gagnon, Réjean, « *Entre l'aube et le jour* », *Québec français*, n° 52, décembre 1983, p. 10.

Gay, Paul, « *Chroniques du Nouvel-Ontario* », *Liaison*, n° 16, juin 1981, p. 10-11.

Gay, Paul, « *Entre l'aube et le jour*. Des chroniques en spirale », *Le Droit*, 4 juin 1983, p. 30.

Grisé, Yolande, « Au pays de l'extrême », *Le Droit*, 20 juin 1981, p. 18.

Leblanc, Gérald, « Les racines des Franco-Ontariens », *Livre d'ici*, vol. 6, n° 48, 2 septembre 1981.

Legris, Nadia, « *Chroniques du Nouvel-Ontario. La quête d'Alexandre* », *Nos livres*, vol. 13, n° 104, mars 1982.

Marcotte, Gilles, « Madame Jacob a pondu une oasis "médinnequébec", Hélène Brodeur, elle, donne dans la saga romanesque américaine », *L'Actualité*, vol. 8, n° 10, octobre 1983, p. 150-152.

Martel, Réginald, « Jadis en Nouvel-Ontario. Chercher le frère pour trouver l'amour », *La Presse*, 29 août 1981, p. C2.

Martel, Réginald, « *Chroniques du Nouvel-Ontario*. L'épopée des pauvres », *La Presse*, 20 août 1983, p. E2.
McLennan-McCue, Sharon, « *Alexandre : A Saga of Northern Ontario*, Book One; *Rose-Delima : A Saga of Northern Ontario*, Book two », *Canadian Materials*, vol. XVI, n° 6, novembre 1988, p. 212.
McLennan-McCue, Sharon, « *The Honourable Donald : A Saga of Northern Ontario*, Book Three », *Canadian Materials*, vol. XVIII, n° 6, novembre 1990, p. 284.
O'Neill-Karch, Mariel, « *Les routes incertaines* », *Le Droit*, 30 août 1986, p. 26.
Piché, Micheline, « *Chroniques du Nouvel-Ontario* : Alexandre et tous les autres », *Femmes d'action*, décembre 1986-janvier 1987, p. 33.
Poulin, Gabrielle, « Ce feu qui couve... *Chroniques du Nouvel-Ontario. La quête d'Alexandre* d'Hélène Brodeur », *Lettres québécoises*, n° 24, hiver 1981-1982, p. 19-21.
Poulin, Gabrielle, « L'action par dévoilement. *Entre l'aube et le jour* d'Hélène Brodeur », *Lettres québécoises*, n° 31, automne 1983, p. 18-20.
Sandrin, Nancy, « *Alexandre : A Saga of Northern Ontario*, Book One », *Quill & Quire*, vol. 49, n° 10, octobre 1983, p. 31.
Simard, France, « Hélène Brodeur et les *Chroniques du Nouvel-Ontario*. Un rêve d'enfance réalisé », *Le Droit*, 13 août 1983, p. 25.
Sylvestre, Paul-François, « La rose d'un maudit pays », *Le Temps*, vol. 3, n° 10, 14 octobre 1981, p. 10.

Conférence

Gay, Paul, « Le roman franco-ontarien », dans René Dionne (dir.), *Propos sur la littérature outaouaise et franco-ontarienne*, Ottawa, Centre de recherche en civilisation canadienne-française, vol. IV, 1983, p. 133-140.

Discours

Brodeur, Hélène, « Donner la parole au Nouvel-Ontario », dans René Dionne (dir), *Propos sur la littérature outaouaise et franco-ontarienne*, Ottawa, Centre de recherche en civilisation canadienne-française, vol. IV, 1983, p. 255-257.

Essais critiques

Benson, Mark, « La quête d'Alexandre ou la quête d'un pays », dans Robert Viau (dir.), *La création littéraire dans le contexte de l'exiguïté*, coll. « Écrits de la francité », Québec, MNH, 2000, p. 353-364.

Mangada-Cañas, Beatriz C., *Hélène Brodeur*, Ottawa, Éditions David, coll. « Voix didactiques - auteurs », 2003, 189 p.

Paré, François, « L'institution littéraire franco-ontarienne et son rapport à la construction identitaire des Franco-Ontariens », dans Jocelyn Létourneau (dir.), *La question identitaire au Canada francophone. Récits, parcours, enjeux, hors-lieux*, coll. « Culture française d'Amérique », Sainte-Foy, Les Presses de l'Université Laval, 1994, p. 45-62.

Portraits

[s.n.], « Hélène Brodeur », *Cahier supplémentaire du Voyageur*, 9 octobre 1985, p. 9b.

Grisé, Yolande, « Hélène Brodeur : une romancière au service de notre histoire », *Liaison*, n° 42, 1er mars 1987, p. 26-27.

Melançon, Johanne, « Hélène Brodeur, pionnière de la littérature franco-ontarienne contemporaine », *Liaison*, n° 122, printemps 2004, p. 21.

Thèses

Barbier-Tainturier, Marie-Hélène, « *Chroniques du Nouvel-Ontario. Hélène Brodeur.* Le roman régionaliste en question autour d'une étude du personnage d'Alexandre », mémoire de maîtrise, Dijon, Université de Bourgogne, Centre d'études canadiennes, 1987, 260 f.

Bray, Anne, « L'inscription de l'histoire dans la trilogie d'Hélène Brodeur », thèse de M.A. (Lettres françaises), Ottawa, Université d'Ottawa, 2000, 159 p.

Mangada, Beatriz C., « Estudio de la identidad franco-ontariense en la trilogía *Chroniques du Nouvel-Ontario* de Hélène Brodeur », Madrid, Universidad Autónoma, 2001.

Trudel, Danielle, « Vers une nouvelle théorie de la littérature régionale appliquée à une œuvre de Munro, Roy, Brodeur et Vanderhaeghe », thèse de maîtrise, Sherbrooke, Université de Sherbrooke, 1986, p. 46-60.

Autres

Brodeur, Hélène, « Faire revivre le passé », *Liaison*, n° 30, printemps 1984, p. 46-47.

G[isèle] C[aron], « Tournée de l'écrivaine Hélène Brodeur », *Le Nord*, 12 octobre 1988, p. Ka 6.

Table des matières

www.ingramcontent.com/pod-product-compliance
Ingram Content Group UK Ltd.
Pitfield, Milton Keynes, MK11 3LW, UK
UKHW021055290826
14628UKWH00015B/3111

9 782894 232620